영광의 해일로
6

영광의 해일로 6

하제
현대 판타지 소설

테라코타

1. 웰컴 투 헤일로 월드

May this world that I love be a warm world for you(내가 사랑하는 이 세상이 당신에게도 따뜻한 세상이기를)

온 세상에서 음악이 울려 퍼진다. 거실에 켜놓은 TV부터 지나가는 택시에서 들려오는 라디오, 거리에 들어선 매장마다 음악이 흘러나온다. 2월의 대한민국은 콧물까지 얼어붙을 한기가 가득하지만, 음악 속을 거니는 발걸음은 몹시 경쾌하다.

날이 날이니만큼 평소보다 늦은 시각에 한가로운 길을 걸어 그는 곧 익숙한 정문에 도착했다. 오늘따라 정문 앞엔 많은 차들이 주차되어 있다. 그리고 그 차들의 주인일 게 뻔한 어른들이 주변을 기웃거린다. 꽃다발을 파는 행상과 정문 안에 모여 떠드는 무리. 발갛게 볼이 달아오른 그들은 전혀 추위를 느끼지 못하는 것 같았다.

"선배님들 축하드려요!"

영광의 헤일로 6

7

"11시부터 식이래."

"그럼, 점심 전에 끝나겠네."

"빨리 끝났으면 좋겠다."

장진수는 정문 앞에서 고개를 들어 올렸다.

〈2034년 제 O회 선연 고등학교 졸업식〉

2034년 2월 10일, 다사다난했던 2033년 수험생의 해가 끝나고 졸업식이 찾아왔다. 특별한 느낌이 없다면 거짓일 것이다. 2033년은 다른 이들에게 그렇듯 그에게 꽤 특별한 해였으니까. 진짜 끝났다는 후련함과 이상한 아쉬움, 그리고 이제는 진짜 성인이라는 기쁨과 미래에 대해 불안이 공존했다. 장진수는 깊게 숨을 들이켜며 정문 안으로 들어갔다.

그때 "아들!" 하며 부르는 한 여자의 목소리에 그는 무의식적으로 고개를 돌렸다. 중년의 여자가 그를 보며 손짓하고 있었다.

"응, 엄마. 왜?"

그리고 한 학생이 장진수의 옆을 지나간다.

"친구들하고 재밌게 놀다 와. 맛있는 것도 사 먹고."

학생은 여자가 건네주는 신용카드와 꽃다발을 당연하게 받아들었다. 그리고 이어지는 포옹과 다독임.

"졸업 축하해, 우리 아들. 그동안 고생 많았어."

학생은 귀찮아하면서도 그 손길을 거절하진 않았다.

장진수는 그들을 잠깐 바라보다가 다시 가던 길을 갔다. 다른 아이들과 달리 그의 부모는 졸업식에 올 리 없다. 집에서 자고 있을 인간은 그가 몇 살인지도 모를 터다. 당연히 축하해줄 후배도 없고. 꽤 조용한 졸업식이 될 것이다. 그래도 그리 섭섭하지 않았다. 장진수는 스마트폰 배경 화면을 떠올렸다.

실용 음악학과 장진수 님, 축하드립니다.
최종 합격하셨습니다.

– 합격자 공지 –
2034학년도 한국예술종합대학 10월 입시에 최종 합격하셨습니다.
입학처 홈페이지에 별도로 공지되는 합격자 안내문을 확인하여 주시
기 바라며, 신입생 등록 일정 내에 반드시 등록하여 주시기 바랍니다.

그는 이거면 됐다. 다시 즐거워진 장진수는 가벼운 발걸음으로
강당 안으로 들어갔다.
"와, 진짜."
장진수는 강당에 들어가자마자 흘러나오는 잔잔한 BGM에 감
탄하고 말았다. 아무리 우리나라가 노해일, 아니 헤일로 공화국이
라지만, 대한민국 가수 최초로 노해일이 그래미 어워즈에서 수상
한 게 며칠 전이긴 하지만, 그래도 졸업식에서마저 그의 곡을 듣게
될 줄 몰랐다. 안 어울린다는 것이 아니라 그냥 새삼스럽다고나 할
까, 혹은 친한 친구의 영향력에 기분이 묘하다고 할까, 하는 마음이
었다. 이렇게 졸업식에서 모두가 당연하다는 듯 헤일로의 곡을 듣
고 있는 걸 보니 친구가 다시 보였다.
장진수는 자연스레 제 친구가 뭐 하고 있을지 생각해보았다. 당
연히 해외에 있을 테고, 아마 늘 하던 대로 음악과 함께 살고 있을
것 같다. 자극이 필요하다며 뛰쳐나갔을지도 모른다.

노해일은 어느 순간부터 이상해졌다. 갑자기 새로운 것, 재미있는 것을 하고 싶다며 스스로 찾아 나서기 시작했다. 방송가 관계자들도 만나고 다양한 사람들과도 어울렸다. 원래부터 자유로운 영혼이라지만 그냥 자유로운 게 아니라 뭐랄까, 필사적으로 인생을 열심히 살아가는 자유로운 영혼이랄까? 이상한 표현이지만 정말 그랬다. 성인이 되어가니 그럴지도 모르겠다 싶다. 어쨌든 노해일은 지금 LA의 한 해변에서 사람들과 어울려 음악을 만들고 있을 것이었다.

짝짝짝.

장진수는 박수 소리와 함께 현실로 돌아왔다. 성적 우수자, 즉 한국대 합격생과 의대 합격생에게 상장을 수여하고 있었다. 강당 뒤에선 선생님과 학부모들도 박수 쳤고, 학생들이 "ㅇㅇ이 잘생겼다!", "넌 공부라도 잘해서 다행이다!" 하며 장난쳤다. 노해일이 이상 속에서 살아간다면, 장진수는 이런 현실 속에서 살아가고 있었다. 그의 친구와 달리 그는 그저 범인이었으니까.

그때였다.

"너는 안 나가냐?"

누군가가 비어 있던 옆자리에 앉았다. 철제 의자 특유의 철컹거리는 소리가 났다. 순간 익숙한 목소리라 생각했지만, 장진수는 옆을 돌아보지 않고 시큰둥하게 대꾸했다.

"어딜?"

"저기."

"내가 저길 왜 나가."

'이 새끼는 누군데 말을 걸지.'

장진수는 그저 귀찮았다.

"상 받는 것도 아니고."

"상 받아야지만 나갈 수 있는 건 아니잖아."

"그럼, 왜 나가는데?"

장진수는 되묻다가 천천히 고개를 갸웃거렸다. 왜인지 목소리가 묘하게 익숙했다. 게다가 아무렇지도 않다는 듯 이런 말도 안 되는 말을 할 수 있는 사람은 많지 않았다.

'설마… 그럴 리가 없는데. 그놈은 지금 LA에 있을 텐데. 그래미를 받은 게 엊그제였는데.'

"노래 부르러?"

장진수가 고개를 퍼뜩 돌렸다. 생글생글, 웃음기 섞인 눈과 마주쳤다. 졸업가운을 입고 학사모를 쓴 채 졸업생인 척하는 이는, 다름 아닌 노해일이었다. 마스크를 쓰고 있지만, 못 알아볼 리 없었다.

"노, 노해… 흐흐흠!"

소리를 지를 뻔하다가 장진수는 가까스로 입을 다물었다. 다행히 교장 선생님 축사에 목소리가 묻혔다. 미어캣처럼 주변을 살핀 장진수가 고개를 숙여 속삭였다.

"너, 너, 너! 외국에 있는 거 아니었어? 언제 귀국했어?"

"엊그제쯤."

"아, 엊그제. 시상식 하고 온 거야? 아니, 이게 아니라 이렇게 나와도 돼? 이렇게 사람이 많은 곳에?"

"왜 안 되는데?"

"그…"

당사자가 대수롭지 않다는 듯 말하니 장진수는 말문이 막혀 입만 뻐끔거렸다.

'시발, 안 되는 거 아냐? 엊그제 그래미 받은 놈인데. 이 자식 찾고 있는 기자가 한둘이 아닌데. 그리고….'

속으로 반박하던 장진수는 문득 더 이상한 걸 발견했다.

"아니, 그보다 졸업식에 어떻게 들어온 거야? 그건 왜 입고 있고."

"누가 지각했으면 조용히 입고 들어가라던데."

그러니까 학생이라고 오해받았다는 것이다. 오해는 오해고, 노해일은 그냥 재밌을 것 같아서 한 게 분명했다. 그게 아니라면 남의 말을 그렇게 잘 듣는 인간이 아니니 말이다. 지금도 신기한 듯 졸업 가운을 만지작거리고 있지 않은가. 이렇게 해도 되나 싶지만, 장진수는 금방 포기했다. 교장 선생님의 축사가 마무리되고 있었다. 나가기엔 이미 늦기도 했다.

"나도 모르겠다."

조용히 있다가 데리고 나가면 아무도 모를 것이었다. 그런데 문제는 이때부터였다.

"자, 단체 사진 찍겠습니다. 각 반 별로 모여주세요."

"너 조용히 있어. 빨리 선글라스도 쓰고."

장진수의 성화에 못 이겨 헤일로가 선글라스를 주섬주섬 빼 썼다. 마스크와 선글라스는 당연히 졸업생의 적절한 패션 아이템이 아니었지만, 마스크는 감기 때문이고 선글라스는 라식이라도 받았다고 하면 이해해줄 것이다. 그리고 선생님들이 담당 반 아이들도 챙기기 힘들어하는 이때라면, 장진수가 원하는 대로 조용히 넘어갈 것이다.

장진수는 느긋한 헤일로의 태도를 보며 발을 동동 굴렀다.

"3학년 3반. 미리 대기해주세요."

"열 명씩 세 줄로 서세요. 키 작은 학생들 앞으로 가고."

"빨리빨리 합시다."

장진수가 헤일로에게 부탁했다.

"여기서 기다려. 제발."

헤일로가 어깨를 으쓱였다.

굉장히 못 미더웠지만, 장진수는 바로 옆 3반 줄에 합류했다. 담임선생님은 보이지 않았지만, 단체 촬영은 잘 진행되었다.

"장진수."

그때였다.

옆을 보니 꽃다발과 상장을 품에 안은 박찬수가 서 있었다. 장진수는 1년 동안 자기 이름을 몇 번 부르지도 않는 놈이 웬일인가 싶었다.

"야, 방학에 잘 지냈냐?"

"뭐, 그렇지."

'이 새끼가 왜 말을 걸지?'

좋은 의도로 보이지 않았다. 특히, 한국대에 붙은 박찬수는 뻐기듯 어깨를 펴고 있었다.

"대학은 잘 갔냐?"

"뭐, 응. 잘 갔지."

"어디?"

"한예종."

박찬수가 눈을 동그랗게 떴다.

장진수는 그가 한국예술종합학교라는 학교를 모르나 싶었는데 놀란 이유는 따로 있었다.

"거기 연예인들만 가는 데 아냐? 넌 어떻게 붙었냐? 너 이제 곡 만들어줄 친구도 없잖아."

"뭐?"

"너 노해일하고 아직도 연락해?"

놀랍게도 악의는 없었다. 장진수는 어이가 없어서 화도 안 난다는 게 이런 거구나 싶었다. 다만 노해일이 들었을까봐 염려될 뿐이었다.

"아니, 그럴 리 없지. 인기 좀 얻었다고 연락부터 끊은 개새끼인데. 그래미 받았으니 더하겠지. 암튼 축하한다? 너도 재능이 있긴 했구나."

"야!"

이건 기분이 나빴다. 장진수가 작작 좀 하라고 말하려고 하는 그때 누군가 그들 사이로 불쑥 들어왔다.

"아, 이제 기억났다. 너도 이 학교 다녔구나."

"어, 어?"

"A, B, C 중 하나 맞지? 반갑다."

정말 반가움만 담긴 목소리에 박찬수의 동공이 흔들렸다. 선글라스에 마스크까지 무장하고 있어 누구인지 알 수 없었다.

"누, 누구?"

"나 몰라?"

얼굴을 가리고 있는데 어떻게 아느냐고 박찬수가 반박하려는 순간 포토그래퍼가 "촬영 시작하겠습니다!" 하고 외쳤다.

"누, 누군데?"

"이거 좀 실망인데."

박찬수는 갑자기 친한 척하는 녀석의 페이스를 따라갈 수가 없어 허둥지둥했다.

"첫 줄 열 명, 둘째 줄도 열 명. 이 반은 줄도 잘 섰네. 근데 맨 뒤에 제대로 줄 안 설 거예요?"

"뭐 해. 앞에 보라잖아."

"어, 어."

박찬수가 일단 앞을 향해 섰다.

"두 장 찍겠습니다. 한 장은 정자세로, 한 장은 학사모를 위로 던질게요."

작은 웃음소리가 들렸다. 박찬수는 옆에 선 이가 천천히 선글라스를 벗는 기색을 느끼고 쳐다보려 했지만, 포토그래퍼가 귀신같이 제대로 보라고 소리쳤다.

"하나, 둘, 셋, 김치."

찰칵.

박찬수는 옆을 신경 쓰느라 멍청한 표정으로 사진을 찍은 것 같아 찜찜했지만, 일단 확인하기 위해 눈을 돌렸다. 반달로 접힌 눈과 마주쳤다. 그건 꽤 익숙한 눈이었다. 늘 TV에서 보던….

"안녕."

"아…!"

"다시 한번 찍겠습니다. 다들, 학사모를 잡고, 하나 둘 셋 하면 던질게요. 하나 둘…."

"헤일로?!"

"셋!"

박찬수의 목소리가 환호성에 묻이고, 학생들이 학사모를 하늘로 던지는 순간 찰칵하고 사진이 찍혔다.

"자, 모두 고생하셨습니다."

포토그래퍼의 목소리와 함께 장진수가 서둘러 헤일로를 밀었다.

"야야, 빨리 가자. 어머니는 어디 계셔?"

"주차하고 온다고 했는데."

"일단 나가자. 그거 빨리 쓰고."

"헤, 헤, 헤일…."

박찬수가 멍한 표정으로 그를 불렀다. 그러나 그들은 이미 인파 속으로 사라졌다.

* * *

운 좋게 빈 주차 공간을 발견한 박승아는 꽃다발을 들고 선연 고등학교 정문 안으로 들어갔다. 주차 자리를 찾느라 너무 늦어졌다. 이미 졸업식이 끝난 것 같아 그녀는 걸음을 재촉했다.

"어머."

그러다 누군가를 발견하고 발걸음이 느려졌다.

"찬수 어머니?"

"누구? 세상에. 해일이… 어머니?"

상대도 점점 눈이 크게 떠졌다.

"찬수 어머니 오랜만이에요."

"네… 정말."

오랜만에 본 상대에 그저 반가움을 표하는 박승아와 달리, 찬수 엄마는 놀란 표정이 천천히 어색해졌다. 그녀는 노해일의 엄마를 이런 곳에서 보게 될 줄 몰랐다. 사실, 이사했다는 소리에 영영 만나지 않을 줄 알았다. 그러길 바랐을지도 모르겠다. 뭘 모르던 시절에 너무 많은 말을 했다.

"해일이 어머님이 여긴 어쩐 일로."

"아, 해일이 친구와 같이 밥을 먹기로 해서 데리러 왔어요. 졸업 축하도 할 겸."

"그, 렇군요."

"전 적어도 헛바람 들게 두진 않을 거예요!"

"헛바람이요?"

"뭐, '수박'에 좀 들어갔다고 성공하는 건 아니잖아요. 세상에 한 곡 알리고 묻히는 가수가 얼마나 많은데."

다른 건 치매에 걸린 것처럼 기억이 안 나는데, 자신의 과오만은 어제 일처럼 선명하게 떠오른다.

'나도 해일이가 헤일로라는 걸 알았으면 그렇게 말 안 했지.'

노해일 엄마는 그때가 기억나지 않는 듯 생글생글 웃는 낯이었지만, 찬수 엄마는 서둘러 떠나고 싶었다. 그러나 그녀의 옆엔 눈치 없는 인간이 하나 있었다.

"여보, 이분은."

집에서 배를 박박 긁던 영감이 점잖은 체하며 물었다.

'미인만 보면, 이런 느끼한 목소리로 묻더라.'

찬수는 제 아빠를 닮지 않아 다행이었다.

"안녕하세요, 찬수 아버님이시죠? 전 해일이 엄마예요."

"아, 네, 안녕하세요."

해일이가 그 노해일인지 모르는 그는 그저 찬수 친구인가 보다

했다. 그에게 중요한 건 찬수 친구 이름이 아니었다.

"찬수는 대학에 잘 갔지요?"

"아, 네. 한국대 붙었습니다."

"어머, 잘됐네요. 옛날부터 가고 싶어 했는데 결국 갔네요. 정말 열심히 공부했나봐요."

"뭐, 운이 좋았죠. 애가 저를 닮아 좀 똑똑하기도 하고요."

'닮긴 뭘 닮아.'

찬수 엄마는 껄껄껄 웃는 남편을 보며 가슴을 퍽퍽 때렸다. 애가 탄 그녀는 '저 인간의 입을 틀어막을 방법이 없을까' 고민하던 순간 그의 남편의 질문에 화들짝 놀랐다.

"그, 해일이도 잘 갔나요?"

하지만 노해일의 엄마는 아무렇지도 않게 대답했다.

"아니요. 해일이는 다른 길을 간다고 해서요."

"아, 세상에. 고생하시네요."

"제가 고생할 게 있나요. 애가 무리하지 않을까 걱정되긴 하는데, 즐거워하는 모습을 보니 그냥 행복해요."

"뭐, 하긴 대학을 반드시 가야 하는 세상은 지났죠. 해일이는 잘 될 거예요, 어머님."

'잘 될 거긴 뭘 잘돼. 이미 잘 된 애인데. 걔는 그만 잘 돼도 된다고.'

남편의 말에 찬수 엄마는 좌불안석이었다.

"네, 저도 그렇게 믿어요."

박승아가 부드럽게 미소 지었고 그도 따라 미소 지었다.

찬수 엄마는 강당 입구에 도착하자마자 남편을 잡아끌며 속사포처럼 말했다.

"만나서 반가웠어요, 해일이 어머니. 저희는 그럼 먼저 가보겠습니다."

"벌써 간다고? 왜 같이 식사라도…."

"식사는 무슨 식사야. 빨리 가자."

찬수 엄마는 남편의 엉덩이를 걷어차고 싶었지만, 눌러 참았다.

"네, 그럼 다음에 봐요."

박승아는 의미 모를 표정으로 인사했다. 뒤로 찬수 엄마가 죄인처럼 서둘러 지나갔다. 그녀라고 과거 찬수 엄마와 몇 마디 주고받았던 걸 잊은 건 아니다. 그저 그 일은 정말 별거 아닌 일이라 굳이 꺼내지 않은 것이다. 중요한 건, 지금 그녀를 기다리고 있을 아이들이었다.

"아들! 진수야! 아줌마가 많이 늦었지? 서두른다고 했는데. 졸업 축하해."

박승아는 짠하고 장미꽃다발을 안겨주었다. 크고 풍성하고 예쁜 꽃다발을 장진수가 쑥스러워하며 받았다.

"감사합니다. 오실 줄 몰랐는데."

"진수 졸업식인데 당연히 와야지. 친구들하고 인사 더 안 해도 되니?"

"네, 다했어요."

"그래, 그럼 맛있는 거 먹으러 가자."

뒤에서 누군가 장진수의 이름을 불렀다. 그러나 그는 노해일과 떠들기 바빠서 듣지 못했다. 사실, 더는 뒤를 돌아볼 이유도 없었다. 장진수는 어느새 어깨를 활짝 펴고 앞으로 걸어 나갔다.

째깍. 학교 본관에 달린 시계가 12시를 가리켰다. 오늘을 시작할 시간이었다.

* * *

"근데 진짜 이렇게 일찍 돌아와도 돼? 네 영화 자문은 다 끝난 거야?"

"아직. 그래도 촬영은 끝났으니, 내가 계속 있을 이유는 없지. 필요하다면 직접 오거나 내가 가면 되고."

"아하."

작년 한 해는 쭉 시끄러웠다. 수험생인 장진수에게도 들려올 정도로 말이다. 우선 3월, 봄이 시작되었을 때 헤일로에게 그래미를 안겨준 헤일로 14집 〈사랑의 형태(Shape of Love)〉가 발매되었다. 14집에 수록된 '이 세상을 사랑해(Love this world)'는 진짜 재작년의 〈코첼라〉만큼의 감동이 있었다.

장진수는 물론 그 누구도 헤일로가 그런 노래를 발매할 거로 상상하지 못했다. 늘 파격적인 음악으로 사람들의 감정을 뒤흔들며, 자기의 이야기를 하던 헤일로의 변화가 그대로 담긴 음악이었다. 장진수는 헤일로가 이 세상의 따뜻함을 느끼며 쓴 것이라 그 곡이 특히 좋았다. 최단 시간에 빌보드 1위가 되고, 아주 오랫동안 자리매김하며 그래미가 패배를 선언할 수밖에 없을 정도로, 그리고 그 누구도 부정할 수 없을 정도로 아름다운 곡이었다.

그걸로 끝이 아니었다. 이어서 세상은 헤일로 음악의 영화화 소식으로 또다시 소란스러워졌다. '여왕님'의 음악과 삶을 영화화하고, ABBA의 곡을 〈맘마미아〉라는 영화로 재탄생시킨 것처럼, 헤일로의 열세 개 앨범을 영화화하며 BB가 메가폰을 잡았다는 소식에 기대와 걱정, 환영과 부정이 오갔다.

누군가 영화관의 커다란 스크린과 오디오로 헤일로의 음악을 담을 수 있다는 데 열광했다면, 누군가는 시나리오에 대해 우려를 표했다. 음악을 영화 음악으로 쓰는 건 좋은데, 영화에 음악이 다는 아니라는 말이었다. 명곡을 이상한 시나리오가 망쳐버릴 수 있다는 우려는, 다행히도 브라이언 베리가 메가폰을 잡았다는 기사가 나온 후 좀 잠잠해졌다. 그래도 우려와 불만이 사라진 건 아니었고, 두고 보겠다는 의미였다.

이후 누구나 예상했듯이 전 세계 수많은 배우들이 '헤일로 영화'에 출연하길 원했다. 오디션에 다양한 국적, 인종, 성별의 배우들이 지원했다. 남녀노소 심지어 열 살짜리 아이까지 무슨 역이 있는지 모르고 일단 문을 두드렸다. 장진수가 보기에 적어도 헤일로 팬이라고 티를 많이 냈던 태양단 혹은 헬리건들(혹은 그들의 가족)이 지원한 것 같았다.

사실, 팬이 아니라도 관심을 가질 수밖에 없다. 브라이언 베리라는 대감독과 헤일로의 음악이 만난 영화라니. 훌륭한 배우는 훌륭한 영화가 만든다고, 웬만해선 상업적으로든 포트폴리오 면에서든 실패하지 않을 영화에 투자자들만큼 참여를 원하는 건 배우들일 것이다.

잡음도 적지 않았다. 가장 큰 논란은 헤일로가 극본을 썼다는 소문이 할리우드에 돌았을 때였다. BB가 이를 인정하면서 황색 언론에선 별별 이야기가 다 나왔고, 일반 언론에서도 헤일로에게 온갖 잣대를 가져다 댔다. 헤일로야 남의 말을 신경 쓰지 않는 성격이지만, 그런 '나쁜' 논란은 처음이었기에 장진수는 크게 걱정했다. 논란은 일단 오디션에서 '헤일로' 역을 따낸 '레디 크로포드'와 감독의 인터뷰로 일단락되었다. 아직 나오지도 않은 영화에 계속 딴지를 걸기도 뭐하지 않은가. 그래도 2034년 하반기 최고 기대작임은 분명하다. 좋은 의미로든 나쁜 의미로든 말이다.

장진수는 대충 고개를 끄덕이며 그릇을 내려놓았다. 헤일로도 냅킨으로 입을 닦았다. 배도 불렀고, 회포도 풀었다.

아이들을 흐뭇하게 지켜보던 박승아가 물었다.

"헤일이는 레이블에 갈 테고, 진수도 레이블에 갈래?"

"아, 아니요. 갈 곳이 있어서."

"갈 곳? 집에 가게?"

"그게 아니라, 알바를 구하려고요."

박승아가 뜻밖의 말에 놀라 눈을 동그랗게 떴다.

"아르바이트하려고?"

"네, 독립할 생각이라서요."

헤일로가 고개를 갸웃거리며 물었다.

"그걸 왜 해?"

"어? 당연히 돈 벌어야지. 독립하려면. 너처럼."

"있잖아."

"뭐가 있어? 아… 음원 수익."

'쇼 바이 쇼(Show by show)' 음원 수익을 떠올린 장진수가 피식 웃었다. 고등학생이 손에 쥐고 있기에는 큰 수입이었다. 이제까지 하나도 안 썼으니 방 하나 구하는 데 문제가 없겠지만, 그 돈이 무한히 나오는 게 아니었다. 지금은 장학금을 받지만, 대학 생활에도 비용이 들어갈 테고, 한예종 졸업 이후도 생각해야 했다. 자기 음반이 학기 중에 혹은 졸업하자마자 성공할 거라는 보장은 어디에도 없으니 말이다.

"그래도 생활비는 구해야지. 쓰기만 할 수는 없으니까."

또 말하진 않았지만 '쇼 바이 쇼'는 오로지 자기 노력으로 만든 게 아니라 수익을 쓰기에 망설여지는 장진수였다. 설사 눈앞에 있는 녀석이 전혀 신경 쓰지 않는다고 해도 말이다.

"그럼, 음악은 언제 하게?"

대학에 간다는 것도 이해하지 못했는데, 학교에 아르바이트까지 한다고 하니 혜일로는 장진수가 진짜 음악을 할 생각이 있는 건지 궁금했다. 장진수가 "중간 중간?"이라고 대답했지만 만족스러운 답은 아니었다.

"어떤 일을 할 건데?"

"어…. 편의점?"

장진수는 이제부터 차차 알아보려고 했다. 한예종에 합격하긴 했지만 아직 재학생이 아니라 음악 관련 일은 힘들지 몰라도, 그냥 아르바이트는 구할 수 있을 것이다. 한두 번 해본 것도 아니고 못 구하면 아지트 형들한테도 물어볼 작정이었다.

그런데 노해일이 장진수에게 뜻밖의 제안을 해왔다.

"그럼 우리 레이블에서 일할래?"

"뭐?"

긍정의 뜻도 부정의 뜻도 아니었다. 노해일이 제게 이런 제안을 하리라 상상도 못 해 일단 놀랐을 뿐이다.

그러나 당사자는 별거 아니라는 듯이 말했다.

"우리 회사에 들어오려면 어떻게 일이 돌아가는지 알아야지 않겠어?"

"내가 너희 회사 들어간다고?"

"그럼 안 들어오게?"

너무 당연하게 말해서, 장진수는 자기가 대학 졸업 후 입사한다고 약속이라도 했나 잠시 혼란스러워 어버버했다.

"내가 가서 무슨 일을 해?"

"뭐든."

"너희 회사에서 사람 구하는 거 맞아?"

"제발 직원 좀 더 구해달라는데."

"얼마나 부려 먹었으면. 아니, 노해일, 그 전에 진짜 내가 가도 되는 거야?"

* * *

헤일로는 오랜만에 오는 레이블을 익숙하게 거닐었다. 팬들이 '신전'이라 일컫는 이곳은 작년 하반기에 완공된 사옥인데 레이블로서도 작업실로서도 집으로서도 모든 역할을 하고 있었다.

이미 최상층 펜트하우스와 최하층 극장을 구경한 장진수는 혀를 내둘렀다. 이 건물은 뭐랄까, 어떤 로망들이 총집합된 곳 같았다. 이미 몇 번 와보긴 했지만 이 '신전'에 적응된 건 아니었다. 규모는 늘 적응이 안 되었고 올 때마다 달라지는 게 있어서 낯설었다. 장진수는 헤일로와 함께 정문에 들어오며 멈칫했다. 웬일인지 많은 사람들이 1층 로비에서 웅성거리고 있었다.

"오늘 무슨 일 있어?"

"글세, 무슨 일 있나?"

건물 주인이자 레이블 대표가 모르겠다고 고개를 저었다. 그때 언론홍보 담당자가 나와 프레스 석에 섰다. 그와 함께, 사람들 아니 기자들의 목소리가 터져 나왔다.

"영화 〈HALO〉의 촬영이 오늘부로 끝났는데요. 헤일로 씨가 영화 시나리오를 얼마나 만드신 건가요?"

"이후 노해일 씨의 일정이 어떻게 됩니까?"

"그래미 어워즈 이후 헤일로 씨의 행방이 묘연한데, 어디 있습니까?"

"단독인터뷰 예정이 있습니까?"

장진수는 무의식적으로 기자들과 모자를 깊게 눌러쓴 노해일을 번갈아 쳐다보았다. 행방이 묘연하다는 헤일로는 지금 그의 옆에 있지만, 엊그제 비밀리에 들어왔으니 기자들은 모를 수 있다. 그래도 레이블에선 알고 있어야 했다.

"우선…."

담당자가 입을 열자, 기자들이 약속이라도 한 듯 입을 다물었다.

"단독인터뷰 일정이 없다는 걸 먼저 밝히겠습니다."

언론홍보 담당자의 말이 청산유수로 이어졌다. 영화 〈HALO〉에 대해 언급할 건 없다는 말로 기자들의 질문을 일단락시켰다. 그리고 마지막으로 모두가 궁금해하는 헤일로의 행방에 대해선 "현재 헤일로 씨는 새 음반 제작에 심혈을 기울이기 위해 LA 자택에서…"라고 말하며 인터뷰를 정리하려고 했다. 그러나 그녀는 머리를 귀 뒤로 넘기며 시선을 멀리 던지다 기자들 뒤에 서 있는 두 인영을 발견했다.

"LA에…."

언론홍보 담당자의 동공이 흔들렸다. 하나는 모르는 사람이지만, 다른 하나는 모를 수가 없었다. 다행히 모자에 마스크까지 하고 있었지만 저 사람을 못 알아볼 리 없었다.

'LA에 있어야 할 내 가수가 왜 여기에…?'

전직 '우리가 죠스로 보이냐' 팬클럽 간부, 현직 H 레이블 소속 언론홍보 담당자 김 대리는 자신의 시선에 기자들도 뒤를 돌려고 하자 서둘러 말을 이었다.

"머무르고 있으며 귀국 일정은 아직 정해지지 않았습니다."

직원의 동공이 흔들리는 걸 정면으로 발견한 장진수는 설마설마하며 헤일로를 바라봤다.

"설마, 너."

"들어갈까?"

언론홍보 담당자의 심장을 들었다 내려놓은 당사자가 장난스러운 얼굴로 말했다.

"아마 깜짝 놀랄걸."

'너희 직원이 깜짝 놀란 거 같은데.'

"그래, 일단 들어가자."

장진수는 할 말이 많았지만 하지 않았다.

"사장님?"

"사장님!"

"아니, 왜 여기에."

직원들의 반응이 하나같이 똑같았다. 벌떡 일어나 그의 이름을 외쳤고, 크레센도로 퍼져나갔다.

"모두 오랜만입니다, 잘 지내셨죠?"

직원들을 모두 기립시킨 헤일로는 태연하게 손을 흔들며 그들의 속을 뒤집어놓았다. 그가 이렇게 홀연히 출근한 자체는 문제가 아니다. 모두가 심지어 사측에서도 그의 위치를 LA로 알고 있는 게 문제였다.

'무슨 일이 있으면 어떡하려고.'

그들의 사장은 여느 록스타처럼 사회면에 올라가는 종류의 이슈 메이커는 아니었지만, 다른 의미의 이슈 메이커로 종잡을 수 없는 아티스트였다.

"사장님!"

곧, 기자들 앞에서 심장마비가 올 뻔했던 언론홍보 담당자가 기자들을 무사히 보내고 올라와 오열했다.

"사장님, 제가 얼마나 놀랐는지 아세요. 갑자기 이렇게! 제발 귀국할 때 말씀 좀 해달라고 했잖아요."

"아!"

헤일로는 이제야 기억난 듯 부드럽게 웃었다.

"저 귀국했습니다."

"네에!!!"

직원들 전원이 기함한 사건이 일어났지만, 레이블은 헤일로의 등장과 함께 순식간에 생기를 되찾았다.

종잡을 수 없는 아티스트이고, 가끔 뒷목을 잡게 하지만 사회적 물의를 일으키진 않는 사장이다. 직원 대부분이 헤일로의 팬이라서 그의 기행에도 익숙하다. 게다가 아티스트가 헤일로와 그 밴드 하나뿐이라, 레이블 자체가 헤일로의 존재 유무에 따라 달라졌다. 모든 사업, 방송부터 음반과 굿즈까지 그를 중심으로 돌아가고 있으니 말이다.

"사장님, 그런데 이쪽은….'

뒤늦게 그들은 헤일로의 옆에 있는 다른 존재를 인지했다. 장진수가 서둘러 인사하려고 할 때 뒤쪽에서 다른 이의 목소리가 먼저 들렸다.

"뭐야, 사장님 왔어요?'

익숙한 목소리에 사람들의 시선이 흘러가듯 이동했고, 헤일로도 반가워하며 손을 들었다.

"잘 지내셨어요?'

"저야, 좋은 자리 만들어주셔서 잘 지냈죠. 사장님이야 여전하고, 그리고 이쪽은….'

"강영민 아저씨?'

장진수는 두 눈을 의심했다. 헤일로의 '고백'부터 장진수의 '쇼바이 쇼' 그리고 헤일로 1집과 2집을 녹음한 HY스튜디오의 강영민이 눈앞에 있었다.

"이게 누구야. JJ?'

중학생 때 그 불량아는 어디 갔는지, 강영민은 장진수의 스타일이 너무 달라져 못 알아볼 뻔했다.

놀란 건 장진수도 마찬가지다. 홍대 HY스튜디오에 있어야 할 사람이 왜 여기에 있나 싶었지만 곧 탄성을 내뱉었다. 노해일이 로비에서 왜 자신에게 깜짝 놀랄 거라고 말했는지 깨달았다.

"이미 알겠지만, 레이블 A&R팀 엔지니어인 강영민 씨.'

"그리고 이쪽은….'

직원들이 호기심이 담긴 눈으로 장진수를 쳐다보았다. 헤일로는 씩 웃으며 그를 소개했다.

장진수는 간단한 면접(사실 면접 수준도 되지 않았다)을 거치고 합격 목걸이, 아니 인턴 목걸이를 받았다. 그는 '이렇게 들어와도 되나?' 하며 자신의 자격에 관한 의구심을 가졌다. 취업을 해본 게 아니니 자세히 아는 건 아니지만, 누군가에겐 간절할지도 모르는 자리가 아닌가. 그런 자리에 어려운 시험이나 압박 면접도 거치지 않고, 이렇게 A&R팀 막내가 된 건 낙하산이라고밖에 할 수 없었다. 심지어 면접이라는 것도 언제부터 일할 수 있느냐와 오늘 바쁘냐는 질문밖에 없었다. 그 외에 뭘 묻지 않아서 3월부터 학교에 가야 한다고 먼저 이실직고했다.

"한예종? 세상에, 한예종 붙었니? 축하한다."

"네? 네. 감사합니다."

"너희가 중학생이었던 게 엊그제 같은데, 벌써 대학생이라니…."

그리고 반응은 그게 끝이었다.

'이 회사 제대로 돌아가는 거 맞아?'

옛날에 아르바이트 경험이 있는 장진수는 절대 이것이 정상이 아니라는 걸 알았다.

놀랍게도 회사는 잘 돌아갔다. 원래 그런 건지, 아니면 헤일로가 돌아왔기 때문인지 몰라도 레이블은 생기 넘쳤고, 헤일로를 붙잡고 울먹이던 홍보팀 직원은 "네, 기자님. 네? 선연, 뭐라고요? 어떤 고등학교 졸업식에서 헤일로 씨를 보았다는 제보가 있다고요? 그게 무슨 말이에요. LA에 있는 헤일로 씨가 왜 그런 곳에 있겠어요. 저희도 당황스럽네요. 기자님, 그런데 설마 그런 말도 안 되는 건으로 연락하신 건 아니죠?"라며 할리우드 오디션에 응해도 이상하지 않을 연기 실력을 보여줬다.

"사장님, 잘 오셨습니다. 몇몇 흥미로운 섭외가 있는데….."

"사장님, 새로운 콘텐츠 기획 건에 대해."

그들보다 한참 어린 사장을 붙잡고 직원들은 활발한 소통을 이어갔다. 그런 적극적이고 전문적인 인재들의 모습에 장진수는 솔직히 긴장했다.

"월요일 오전에 콘텐츠 기획 회의가 있는데, 그때까지….."

"네?"

"왜 그래? 궁금한 거 있어?"

"아니요, 그게 아니라. 저도 들어가요? 들어가도 돼요?"

"응. 당연하지."

강 팀장이 뭐가 문제냐는 듯이 장진수를 바라봤다.

"우리 레이블에선 모든 직원이 회의에 들어가야 해."

장진수는 인턴 목걸이를 받긴 했지만, 어쨌든 알바생인 자기가 그런 회의에 들어가도 되나 싶었다. 아지트 형들한테 조금 배웠지만 전문적인 용어를 아는 것도 아니고, 만약 실수라도 저지르면 노해일 입장도 난처해지지 않겠는가.

"제가 도움이 될까요?"

강영민은 그제야 장진수가 머뭇거린 이유를 깨달았다. "아" 하며 짧게 탄식하고는 뒷머리를 긁적이며 질문에 뭐라고 답할까 고민했다. 옛날에 그가 헤일로한테 스카우트될 때 가졌던 고민과 똑같았다. 그리고 이 회사에서 많은 이들(특히 이쪽 전공이 아닌 사람들)이 고민했던 부분이기도 하다.

이럴 때 리더는 뭘 해야 할까. 누군가는 제 경험을 토대로 격려할 테고, 누군가는 화려한 언변으로 설득할 것이다. 혹은 강한 카리스마로 이런 의문도 갖지 않게 만들 수 있을 것이다. 그러나 강영민은 어떤 유형에도 속하지 않았다. 오히려 프리랜서처럼 자기 일만 하는 스타일이다. 그는 역시 리더 체질이 아니라고 생각하며 최대한 다정하게 대꾸했다.

"도움이 될지 안 될지는 월요일 회의 때 보면 알겠지."

진짜 월요일에 알게 될 것이다. 콘텐츠 기획 회의라는 것이 장진수가 생각하는 것만큼 특별한 게 아닐 수도 있다는 걸 말이다. 누구나 아이디어를 낼 수 있는 회의, 그 아이디어가 허황되든 웃기든 상관없다. 오히려 헤일로는 그런 말도 안 되는 것들을 즐기는 편이었다. 그래서 월요일이면 도움이 되는 방법이 생각보다 어렵지 않다는 걸 깨닫게 될 것이다.

물론, 지금의 장진수에게 그런 말은 전혀 도움이 되지 않아 잔뜩 긴장한 얼굴로 고개를 끄덕였다.

강영민은 '대답이 별로였나? 역시 도움이 안 되었나?' 하고 고민하며 일단 업무에 관해 설명하기 시작했다.

* * *

"안녕하세요, A&R팀 인턴 장진수입니다."

월요일 오전 9시, 회의 시작은 오전 9시 30분이지만 각이 잡힌 장진수는 회의실에 들어오는 사람들을 보며 90도로 인사했다. 잔뜩 긴장한 얼굴의 그가 사장과 동갑인 갓 스무 살이라는 걸 아는 사람들이 귀엽게 바라보았다. 낙하산이라고는 하지만, 사실 레이블 H의 직원 대부분이 헤일로가 데려온 이들로 낙하산이라고 할 수 있었다. 정상적인 루트로 들어온 이를 찾는 게 더 어려웠다.

게다가 헤일로가 데려온 이들이 대개 충분히 혹은 그 이상으로 업무를 소화해내니(덕심과 매우 높은 연봉의 힘일 것이다) 사장의 안목에 믿음이 생긴 상태다. 그래서 첫 회의에 실수할까 긴장한 장진수와 달리, 직원들은 어련히 잘하려니 여겼다. 자기들 젊었을 적이 생각나 긴장한 모습이 귀엽기도 하고 말이다.

"진수, 안녕!"

"어울리지 않게 긴장한 것 같네."

"진영이 형!"

아는 얼굴의 등장에 장진수의 얼굴이 그나마 밝아졌다.

월요일 콘텐츠 기획 회의를 소집한 콘텐츠 기획팀 팀장이 안건을 꺼냈다.

"헤일로 씨에게 너튜브 채널이 두 개 있지 않습니까. 하나로 합치지 않겠다고 하여 저희는 이를 토대로 구상했습니다. 노해일 계정인 'wave_r', 일명 '웨이버'를 활용하는 게 어떨까 합니다."

너튜브의 발달과 함께 많은 연예인이 너튜브를 활용해서 그들의 삶이나 자체 콘텐츠를 보여주고 있다. 연예인들은 방송으로 할 수 없었던 콘텐츠를 마음껏 보여줄 수 있었고, 팬들은 그들이 사랑하는 스타의 모습을 더 자주 볼 수 있게 되어 서로 만족하는 일거양득의 채널이다.

헤일로의 회사에 들어오기 전이나 지금이나 그가 좀 더 사람들에게 노출되길 바라는 직원들은 헤일로가 그의 채널을 좀 더 활용하길 바랐다. 특히, 헤일로가 헤밍아웃하기 전부터 팬이었던 사람들은 내심 기존의 노해일 채널이 방치되는 것을 아쉬워했다. 헤일로 계정은 뮤직비디오와 새로운 앨범이 올라가기도 하지만, 노해일 계정은 남들이 부러워할 만한 팔로워 수에 비해 최초의 영상밖에 없었다. '웨이버'를 활용하자는 건 그런 아쉬움의 발로에서 나온 안건이었다. 그리고 그들은 하나 더 욕심을 부려보기로 했다.

"헤일로 씨가 이번에 노해일의 이름으로 앨범을 낸다고 했으니…."

'어 진짜로?'

장진수는 퍼뜩 고개를 들었다. 헤일로 14집을 내서 앞으로 헤일로라는 이름으로 활동할 줄 알았다. 이미 합의된 내용인지 헤일로가 고개를 끄덕였다.

"웨이버를 한번 살려보는 게 어떨까 합니다. 웨이버에 올릴 자체 콘텐츠를 하나 만들어서요."

"어떤 콘텐츠요?"

"저희 측에선 여러 가지 의견이 나왔습니다만."

헤일로가 고개를 끄덕이자 기획팀 팀원들이 한 명씩 입을 열기 시작했다.

"저희는 계속 내보일 수 있는 자체 콘텐츠를 만드는 게 좋겠다고 생각했습니다. 그래서 '리브'님이 너튜브에서 하는 것처럼 인간관계를 보여줄 수 있는 토크쇼는 어떨까 합니다."

"아니면 아예 자유로운 삶을 보여주는 것도 좋을 것 같습니다. 일명 '스타의 휴가' 같은 제목으로, 하루는 초밥 먹으러 일본에 가고, 하루는 파스타 먹으러 이탈리아에도 가고."

"오, 그거 좋네요. 가끔 유람선 같은 것도 타고. 별장도 소개하고."

"여기서부터 저기까지 다 주세요? 이런 건 어때요."

정말 다양한 의견이 나왔다.

"저는 헤일로 씨가 아예 한 번도 보여주지 않은 모습을 보여줘도 좋을 것 같아요. 게임이라든가, 요리라든가."

장진수는 생각보다 회의의 내용이 어렵지 않아 내심 놀랐다. 심지어 가끔 말도 안 되는 아이디어를 제시하기도 하며 분위기가 자유로웠다.

"아예 참신하게 무중력 모드에서 기타 연주하기 어때요?"

"아무도 안 했을 거 같긴 하네요."

"기네스북에도 이름 올릴 듯….”

같이 웃고 떠들었다. 그러다 다들 조용해지는 순간이 왔다. 더는 생각이 나지 않았기 때문이다. 그때 가만히 들으며 농담으로 받아치기도 했던 헤일로가 웃으며 입을 열었다.

"아직 말하지 않은 사람이 있는 것 같은데."

장진수는 저도 모르게 몸을 굳혔다.

'저 자식, 아니, 저 사장놈 설마 나를 말하는 건 아니겠지. 첫날인데. 진짜 아무것도 모르는데.'

현실을 부정했지만, 그는 헤일로와 눈이 마주치자 인정했다. 딱 표정을 보니 말하지 않은 사람을 챙기려는 게 아니라, 곤란하게 만들고 재밌어하는 것 같았다. 그는 '나쁜 자식' 하고 속으로 욕 한번 하고 입을 열었다.

"저….”

사람들의 시선이 장진수에게 몰렸다.

그는 사실 직원들의 브레인스토밍을 들으면서 떠오른 게 있긴 했다. 이미 논해보았겠거니 하며 조용히 있었는데, 결국 그것밖에 생각나는 게 없어 입을 열었다.

"어쩌면 다른 분들도 이미 생각해보았던 걸지도 모르지만, 저는 그래도 노해일, 아니 헤일로 하면 단 하나밖에 생각이 나지 않아서요. 바로⋯ 음악!"

뻔한 말이긴 한데, 정말 그랬다. 장진수가 보아왔던 노해일의 삶은 음악으로 가득 차 있었다. 정확히 홍대에서 만났던 그때부터 지금까지 쭉. 게임이나 요리하는 노해일의 모습도 누군가에겐 신기하고 재밌을지도 모르지만, 장진수에겐 음악을 하는 노해일이 가장 신기하고 부럽고 존경스러웠다. 노해일은 음악을 빼놓고는 설명할 수 없으며, 음악을 빼놓은 모습은 도저히 상상이 가지 않는달까? 식상할지도 모른다. 다들 이미 고려했을 수도 있다. 그래서 의견을 조금 더 붙이자면⋯.

"저라면 다음 앨범을 만드는, 음악하는 노해일의 모습이 가장 궁금할 거 같아요. 아, 다른 모습이 궁금하지 않다는 건 아니에요."

어쩌다 사장의 이름을 불러버렸지만, 사람들의 눈초리에 긴장한 장진수는 인지하지 못했다.

"아니면, 어⋯ 저처럼 음악을 좋아하지만, 잘하지 못하는 사람들에게 프로듀싱을 해주는 건 어떨까요? 〈쇼 유어 쇼(show your show)〉에 나왔던 저 같은 사람들에게 말이에요. 혼자 기계처럼 곡 뽑는 애라 수지타산이 안 맞을지도 모르지만(이때 몇몇이 킥킥 웃었다), 저에게는 지금까지 가장 의미 있는 시간이라."

솔직히 장진수는 자기가 뭐라고 말하는지도 몰랐다. 어느 순간 횡설수설에 논지도 잃어버렸다. 점점 사람들의 표정이 굳어지는 것 같았기 때문이다.

'역시 바보같은 의견이었나?'

"노해일… 사장님은 그냥 음악 하는 모습이 가장 설득력 있지 않나 하고."

정적이 흐른다. 장진수는 제발 아무나 말 좀 해주길 바랐다. 노해일이 뭐라고 하더라도 이번에는 정말 고마울 것 같았다. 그때였다. 헤일로가 천천히 입꼬리를 올렸다. 놀린다는 느낌은 아니었고, 무언가 마음에 들어 하는 표정이다.

장진수가 눈을 깜빡였을 때 헤일로가 입을 열었다.

"전 마음에 드는데 다들 어떠세요?"

멈춰진 시간이 풀린 기분이었다.

"더 할 말 없습니다."

"굿."

"역시 젊은 뇌가 좋다니까."

"너무 큰 스케일에 익숙해지긴 했어."

무거웠던 분위기가 단번에 풀려나갔다.

문서연이 장진수를 보며 씽긋 웃어주었고, 한진영이 그에게 엄지를 올려주었다. 전직 팬클럽 간부였다는 홍보팀 직원이 제 이마를 때렸다.

"초심을 잃었습니다. 반성하겠습니다."

콘텐츠 기획 팀장은 "잠시만요" 하고 다급하게 외치곤 PPT에 뭐라고 쓰기 시작했다.

장진수는 무슨 상황인가 얼떨떨했다. 그의 옆에 앉아 있던 강영민이 어깨를 툭툭 두드렸다.

"잘했다."

"네?"

"역시 같은 아티스트라 통하는 게 있나?"

장진수는 자신의 의견을 긍정적으로 검토하는 것 같아 기분이 묘했다.

"그럼, 다음 앨범 기획부터 발매까지 메이킹 느낌으로 콘텐츠를 제작해볼까요?"

"프로듀싱이라… 헤일로와 아마추어의 만남. 힐링캠프 재질로 가도 되고, 좀 더 빡세게 가도 되고. 뭐든 너무 좋은데?"

"그 소스는 기록해둔 다음 나중에 쓰자. 지금은 일상 리얼리티에 초점을 잡고. 중구난방은 곤란하니까."

갑자기 여기저기서 장진수가 낸 아이디어에 새로운 아이디어를 추가하거나 보완하기도 했다.

"메이킹 영상을 리얼리티 식으로 가는 건 어떠세요? 뮤비 비하인 드 이런 게 아니라, 진짜 A부터 Z까지 보여주는 거죠. 작곡자의 고뇌 부터 앨범이 완성되기까지 얼마나 많은 노력과 인력이 필요한가."

"헤일로가 고… 뇌? 근데 일상 리얼리티는 좋을 거 같아요. 니즈 가 꾸준히 있으니까요."

"아예 〈나 홀로 집에〉나 〈전지적 중역 시점〉 같은 포맷으로 확장 하는 것도 나쁘지 않을지도?"

"콘텐츠 제목은 뭐로 할까요? 슬기로운 음악 생활?"

"아니면 뭐, 한때 유행했던 '부모의 세계'처럼, '헤일로의 세계' 어때?"

"세계라."

그 순간 모두의 입이 다물어졌다. 이번에 그 제목에 동의했다기보다 순간 뇌리를 스쳐 지나간 제목이 있었기 때문이다.

"우리 콘텐츠 제목 방금 저만 생각났나요?"

"나도 같은 거 생각난 것 같은데."

'세계' 하면 가장 먼저 생각나는 게 있다. 문서연이 가장 좋아하는 곡이자, 이번에 초점을 맞춘 '웨이버' 아니 '노해일'의 곡.

"웰컴 투 마이 월드(Welcome to my world). 나의 세상에 온 걸 환영해."

이 콘텐츠의 정체성과 다름없는 한마디가 누군가의 입에서 나왔다. 반대는 없었다.

헤일로의 일상 다큐멘터리에 대한 니즈는 꾸준히 존재했다. 사람들은 스타가 어떤 집에서 살고 어떤 하루를 보내며 뭘 좋아하고 무슨 옷을 입는지 알고 싶어 했으며, 방송에 드러나지 않은 부분에도 관심을 보였다. 누군가는 헤일로의 작업환경에 대해서도 궁금해했다. 어떻게 해야 그렇게 좋은 음악이 나올 수 있는지, 그렇게 좋은 음악은 얼마나 많은 노고를 거쳐야 하는지, '천재'는 범인과 어떻게 다른지 궁금해했다. 특히, 그는 스타치곤 노출이 적은 아티스트 아니던가. 방송국에서 나오지 말라고 하는 것도 아니고, 〈전지적 중역 시점〉, 〈나 홀로 집에〉 따위의 일상 리얼리티 프로그램 섭외도 매일같이 들어오는데, 단 한 번도 출연한 적이 없었다.

레이블도 팬들의 니즈를 분명히 인지하고 있었다. 해외 일정이 잡히지 않았다면 비슷한 예능에 출연했을 테고, 어느 시점부터 헤일로는 좀 더 활발하게 활동하기 시작했으니까. 한 달 동안 불타올랐던 영화 오디션에 참석하며 영화 음악 자문을 하지 않았더라면, 필시 한국 방송에 출연했을 것이다.

그리하여 장진수가 던진 돌은 잔잔한 호수에 큰 파동을 일었다.

"저라면 다음 앨범을 만드는, 음악하는 노해일의 모습이 가장 궁금할 거 같아요… 사장님은 그냥 음악하는 모습이 가장 설득력 있지 않나…."

그건 그들의 간지러운 곳을 꼬집어주는 동시에 뒤통수를 내려친 충격이 되었다. 왜 '음악'에 초첨을 맞춘 리얼리티 콘텐츠를 만들 생각을 못했을까, 하고 말이다.

콘텐츠 개요가 나오자 콘텐츠 기획팀에서 순식간에 포맷을 뽑아냈다. 오직 한 아티스트를 위한 레이블이기에 가능한, 헤일로의, 헤일로에 의한, 헤일로를 위한 포맷으로.

2. 멋진 초보자들

헤일로의 일상은 평소와 같았다. 설사 펜트하우스를 포함해 그의 모든 동선에 카메라가 깔렸다 해도 변함없었을 것이다. 헤일로의 아침은 전날 취침 시간의 영향을 받긴 하지만 보통은 일찍 일어나는 편이다. 많은 이들이 새벽 시간대 불타올랐다가 해가 질 때까지 침대에 붙어 있는 아티스트의 모습을 떠올리지만, 더욱이 헤일로의 평소 느긋한 태도에 게으른 아침을 연상하지만, 생각보다 그는 잠이 많은 체질이 아니었다.

그리하여 암막 커튼으로 어둠이 내려앉은 방 안, 헤일로는 스르륵 일어나 침대에서 내려왔다. 욕실에 들어가 샤워가운을 입고 거실로 나오기까지는 여느 직장인들과 다를 바가 없었다. 물론, 그가 사는 집은 평범하지 않다.

턴테이블 위에 바이닐을 올려둔 헤일로는 음악과 함께 커피머신을 켠다. 아침 식사 대신 진한 에스프레소 한 잔을 마시며 여유로운 아침을 시작한다. 작년에 내내 은발을 했던 헤일로는 다시 흑발로 돌아온 상태였다. 다른 색으로 염색하기 전 쉬어주고 있었다. 겸사겸사 무슨 색으로 염색할지 고민도 하고. 레이블에선 금발과 핑크 그리고 카키 브라운이 높은 득표율을 보이고 있었다.

그의 펜트하우스에 설치된 카메라, 혹은 CCTV는 그런 느긋한 아침과 함께 화려한 벽면을 찍었다. 거실 한쪽 면을 차지하는 턴테이블과 오디오 인터페이스를 포함하여 수천만 원을 호가하는 여러 대의 오디오, 그리고 바이닐 더미는 결코 깔끔하다 할 수 없었지만, 보는 이들의 낭만을 자극할 것이다.

헤일로는 에스프레소 잔을 내려놓고 자리에서 일어났다. 발치에 치이는 종이공들을 걷어차며 출근 준비를 했다. 현관문 대신 곧바로 엘리베이터에 올라탄 헤일로는, 3층을 꾹 눌렀다. 층고가 높은 1층은 로비와 카페이고, 개방형인 2층은 직원 휴게실과 음반 서고가 있다. 사무실은 3층인데 사실 그는 대개 작업실에 있기 때문에 사무실에 갈 일이 많지 않다. 그런데 오늘은 콘텐츠 기획팀 PD가 그를 불렀다.

헤일로의 레이블은 모두가 궁금해하고 입사하고 싶어하는 곳이다. 그래서 기획팀 PD는 영화 연출을 전공하고 팬심으로 H에 입사했다. 기획팀 PD는 천천히 다가오는 그의 스타를 찍으며 입을 열었다.

"안녕하세요, 헤일로 씨."

카메라의 빨간색 점이 깜빡인다. 헤일로는 그걸 잠깐 바라보고 곧 편하게 맞은편에 있는 소파에 앉았다. 동향인 창문에서 들어오는 햇살이 그의 얼굴 반쪽을 비췄다.

'헤일로의 일상 리얼리티가 공개되면 반응이 어떨까. 말해 뭐 해.'

두근거리는 PD만큼 팬들도 좋아할 것이다. 그들 사전에 실패란 단어는 없었다. 이렇게 좋은 소스를 가지고 망치면, 그게 정말 대단한 재능(?)이다.

"안녕하세요, 여러분."

헤일로의 옆으로 서울의 전경이 비친다. 그가 당연히 LA에 있다고 생각한 사람들이 깜짝 놀랄 것이다. 그렇게 〈웰컴 투 마이 월드〉, 줄여서 〈웰마월〉의 이야기가 시작되었다.

"노해일입니다."

나의 세상에 온 걸 환영해, 〈웰마월〉의 티저이자 1편을 이루게 될 전설의 인터뷰였다.

＊＊＊

"이거 지금 돌아가는 거예요?"

"글쎄, 촬영하면 말해주겠지?"

문서연이 카메라에 손을 흔들다가 몸을 일으켰다. 사실 이미 카메라가 돌아가고 있었지만, 그곳에서 답해줄 사람은 없었다.

이전 성수역 레이블과 비슷하게 꾸민 현재의 작업실에 멤버들이 둥글게 앉아 있다. 헤일로가 해외 일정을 소화하며 준 긴 휴가동안 멤버들은 각자의 시간을 즐겼다. 오랫동안 쉰 만큼 다시 일하고 싶어 몸이 근질근질했지만, 안타깝게도 아직 헤일로가 구상한 곡은 없었다. 곡이 아예 없는 건 아니고, 노해일의 이름으로 낼 곡이 없다는 것이다. 이제까지 노해일의 이름으로 활동하지 않은 건, 헤일로라는 이름값이 크기 때문이 아니라 노해일로서 내고 싶었던 곡이 없었기 때문이다.

　14집 〈사랑의 형태〉의 '이 세상을 사랑해'를 내며, 그의 과거를 정리한 듯한 혜일로는 보다 현재에 전념하고 싶어했다. 특히, 현재를 얻게 해준 '노해일'의 이름으로 말이다. 하지만 노해일로 하고자 했던 '다른 사람들을 위한 음악'이란, '나를 위한 음악'보다 어려웠다. 혜일로는 어려움을 겪고 있음을 솔직하게 인정했다. 어쩌면 이런 게 예술가의 고뇌라는 것일지도 몰랐다. 미국에서 혼자 고민하다가 이대로는 안 될 것 같아서 충동적으로 귀국한 것이다.

　혜일로가 직접적으로 말했다.

　"슬럼프가 온 거 같아요."

　"응, 그래. 응?"

　한진영이 잘못 들었다는 듯 되물었고,

　"네?!"

　"뭐라고요?"

　문서연과 남규환도 마찬가지로 반응했다.

　'갑자기 무슨 슬럼프? 이렇게 예고도 징조도 없이?'

　그러나 혜일로는 진심이었다. 이게 슬럼프가 아니라면 무엇인가 싶었다. 14집 때도 고민을 오래 하긴 했지만, 그때는 무슨 음악을 할까, 고민한 것일 뿐이다. '다른 사람을 위한 음악'을 하고 싶다고 생각했는데, 곡이 안 나오는 지금이 진정한 슬럼프 같았다.

　눈을 껌뻑인 멤버들이 곧 진지한 얼굴을 했다. 이건 놀릴 거리나 장난이 아니었다. 누구에게나 찾아올 수 있는 거고, 그건 혜일로라고 해도 다르지 않을 것이다.

　"사실 이상한 게 아니지. 사람이라면 누구나 겪는 거야. 네가 이제까지 특이했던 거지.”

한진영이 이해한 듯 고개를 끄덕였다.

문서연은 결연한 표정으로 헤일로를 바라봤다.

“사장님, 저 봐봐요. 요즘 따라 내 노래가 별로인 것 같고, 뭘 해도 제자리걸음인 것 같으세요?”

그녀는 진지한 얼굴로 물었다. 이런 건 당연한 거라고 알려주기 위해.

헤일로는 눈을 굴렸다. 딱히 별로라고 느낀 적은 없었다. 제 노래는 언제나 최고였으니까. 그러나 뭘 해도 노해일 식의 음악이 떠오르지 않는 건 사실이라, 일단 고개를 끄덕였다.

“갑자기 막 다 때려치우고 뛰쳐나가고 싶고?”

뭘 하느냐에 따라 다르긴 했는데, 재미없는 걸 하면 뛰쳐나가고 싶긴 해서 헤일로는 고개를 끄덕였다.

“누구나 겪는 거예요. 이상한 게 아니고, 저나 진영이 오빠, 그리고 쟤도 다 겪은. 그리고 처음이라 이상한 거지. 생각보다 별거 아닐지도 몰라요.”

“저도 최선을 다해 돕겠습니다.”

다들 머리를 맞대고 슬럼프 극복 방안을 검토하기 시작했다. 대부분 한 번쯤 겪은 문제이기에 각자만의 방법이 있었다.

“전 그냥 사람들과 어울리는 편?”

술과 음악이 있는 곳에서 긍정적인 사람들을 만나는 사람도 있을 테고.

“전 제가 옛날에 재밌게 했던 것을 다시 하면서 재미를 느껴보려고 노력한다고 할까.”

초심을 다시 찾는 사람도 있을 테다.

"난 별거 없지만, 그냥 루틴을 반복하다 보면 알아서 사라지던데."

"음….."

그것들은 사실 이미 헤일로가 하는 것들이다. 그는 늘 사람들과 어울리며 곡을 연주하고 만들었으니까. 멤버들도 딱히 이게 도움이 된다고 생각하지 않는지 다시 머리를 싸맸다.

그리고 마침내 누군가가 말했다.

"리프레시."

원론적이긴 했지만, 기분을 환기하고 에너지를 재충전하는 게 효과적인 방법이다. 리프레시할 수 있는 활동은 많다. 평소에 자주 하지 않은 것을 하는 것도 리프레시고, 오랜만에 옛 지인을 만나거나 평소 안 듣던 음악을 찾아 듣거나 여행도 좋다. 어쨌든 요점은 헤일로가 자주 하지 않은 활동이라는 것이다.

헤일로의 머릿속에 가장 먼저 생각나는 건 번지점프, 암벽등반, 패러글라이딩 같은 익스트림 액티비티지만, 그건 모두가 반대하는 것이다. 부모님과 멤버들, 레이블 직원들, 팬들까지 모두. 스콜피온의 릴이 선물해준 오토바이만 타도 걱정하는 사람들이 많은데 그쪽은 절대 안 됐다.

"한 번도 해보지 않은 활동이라."

"사장님이 한 번도 안 해본 활동이 뭐가 있지."

그 순간 문서연과 한진영이 고개를 들었다. 서로 눈이 마주친다. 어쩌면 둘이 떠올린 게 똑같을지도 모른다.

"혹시?"

"너도?"

헤일로가 해외 일정이 생기면 멤버들에게 긴 휴가를 안겨주었다. 멤버들은 각자의 시간을 보냈다. 그건 그들이 시간이 나면 언젠가 해보고 싶었을 의미 있는 활동이기도 하고, 아마 헤일로가 해보지 않았을 활동일 것이다.

"나는 딱히 뭐 안 했는…."

남규환이 문서연의 눈초리에 입을 다무는 사이, 한진영이 환하게 웃으며 말했다.

"그럼 첫 타자는 나로 할까?"

* * *

"선생님!"

"어, 얘들아."

"저 오늘 연습 엄청 많이 했어요!"

"이것 좀 봐주시면 안 돼요?"

우다다 달려온 아이들이 한진영을 둘러쌌다. 맹수같이 몰려온 탓에 한진영의 뒤에 있던 인영은 움찔했지만, 그는 능숙하게 아이들을 대했다.

"얘들아, 연습 다 했니? 다 했다고? 잘했어. 이제 가서 스무 번 더하고 와."

"에엑?"

"승준이는 숙제 내준 거 다 했어?"

그의 한마디에 쩌렁쩌렁하던 목소리가 한 옥타브 줄어들었다.

"선생님."

"응, 은지야. 왜? 어려운 거 있어?"

"네, 저 이거 잘 모르겠어요."

"근데, 선생님이 지금 바빠서 이따 봐줘도 될까? 꼭 봐줄게."

"좋아요!"

단숨에 북적이던 복도를 정리했다.

"선생님, 선생님 오늘 근데 누구 와요? 원장쌤이 촬영한다던데."

"연예인 와요? 설마 헤일로?"

한진영이 흠칫했지만 눈치채지 못한 아이들의 대화가 이어졌다.

"이 빡대가리야. 헤일로가 LA에 있는데 여기 왜 와."

"선생님이 헤일로 베이스잖아."

"헤일로 베이스면 뭐 해. 헤일로 혼자 LA에 갔는데. 선생님 버리고!"

"헉! 선생님 버려진 거야?"

"잘려서 여기 온 걸지도 몰라."

"하하하, 얘들아. 그런 거 아니거든!"

한진영이 절대 아니라고 반박했지만, 자기 세계가 뚜렷한 아이들이 제대로 들을 리 없었다. 그리고 저 쩌렁쩌렁한 목소리가 '손님'에게 들리지 않을 리 없었다. 뒤에 있던 인영의 몸이 떨리기 시작해 한진영은 더 민망한 기분이 되었다. 다행히도 수업 종소리가 울리자, 아이들이 우다다 뛰어 연습실로 들어갔다.

"휴."

한숨 돌린 기분이다.

"꽤 선생님 같네요."

그때 이때까지 조용히 있던 헤일로가 입을 열었다.

"이제 겨우 초보 태 좀 벗어났지."

"휴가 내내 애들을 가르친 거예요?"

"응. 그렇지."

한진영이 그를 데려온 곳은 홍대의 한 실용음악 학원이었다. 초 등학교 저학년부터 성인 취미반까지 다양하게 가르치는 실용음악 학원인데, 입시반만 다른 곳에 분리되어 있다. 한진영은 이곳에서 지난여름부터 강사를 했다. 학원을 운영하는 형이 잠깐 쉬는 동안 해보면 어떻겠냐고 제의했고, 처음에는 누군가를 가르친다는 것에 부담감을 느껴 거절했지만 형의 설득에 시작하게 되었다. 그리고 생각보다 할 만해서 헤일로가 귀국할 때까지 이렇게 강사로 눌러 앉아 있던 것이다.

"나도 나한테 이런 적성이 있는 줄 몰랐는데 해보니까 꽤 잘 맞 는 것 같아. 좀 의외지?"

오랫동안 해왔던 DJ보다 훨씬 잘 맞는 느낌이었다. 아이들도 귀 엽고 가르치는 것도 생각보다 적성에 맞았다. 자신이 사람들에게 도움을 주고, 그리하여 그들의 실력이 느는 걸 볼 때 그 무엇보다 뿌듯했다.

"날 여기 데려올 줄 몰랐지만, 의외는 아니고요."

"응?"

"예전에도 나 잘 가르쳐줬잖아요."

"내가 누굴? 내가 해일이 널 가르쳤다고? 언제? 야, 해일아."

헤일로는 대답해주지 않고 앞서 나갔다. 한진영이 그의 이름을 크게 부르려다 목소리를 줄였다. 그리고 장진수면 몰라도 노해일 은 처음부터 뭐든 잘했는데 뭘 가르쳐줬나 싶었다.

헤일로는 연습실 안에 선생님과 나란히 앉은 아이를 유리창 너머로 바라봤다.

"자, 이걸 어떻게 쳐야 한다고?"

"점점 세게!"

그들 위로 MIDI를 가르쳐준 한진영과 자신의 예전 모습이 덧씌워졌다.

"그래서 오늘 할 건, 애들을 가르치는 거예요?"

헤일로는 애들을 좋아하지 않았다. 그리고 그 사실이 웃긴 한진영은 늘 "애가 애를 싫어하네" 하며 재미있어했다. 일그러진 표정으로 묻는 헤일로에게 한진영이 고개를 저었다.

"안타깝게도. 오늘은 애들 가르치는 게 아니야."

솔직하게 밝아지는 헤일로의 표정에 한진영은 즐거웠다.

"내가 애들을 가르친 건 맞지만, 애들만 가르친 건 아니거든."

"그럼요?"

"원장 선생님께 인사하고 올라가자. 올라가면서 설명해줄게."

헤일로가 순순히 고개를 끄덕였다.

오늘 헤일로가 참관할 수업은, 저학년 아이들 반이 아니라 성인 취미반 중 D반이다. 성인취미반 A반 B반이 직장인의 퇴근 시간에 스케줄이 맞춰져 있다면, D반은 유일한 오후 반이다. 회사원보다는 가정주부, 프리랜서, 휴학생 등등 오후 두세 시에 시간을 낼 수 있는 다양한 직업군이 몰려 있었고, 가장 인원이 적은 반이다. 그래서 수강생의 촬영 동의를 받기도 쉬웠다.

그러나 한진영은 진짜 촬영하게 될 줄 몰랐다. 헤일로를 데리고 참관시킬 생각이었지 촬영은 생각도 못 했는데, 콘텐츠 기획팀에서 첫 외출인데(?) 제발 소스를 남겨달라고 하도 부탁하는 바람에 그는, 수강생 모두가 동의한다면 하겠다고 받아들였다. 원장이야 나쁠 게 없으니 오케이 할 테고, 수강생 중 누군가는 반대하겠지 했는데 예상외로 모두 동의했다. 자기가 나오면 모자이크 처리를 해달라는 사람은 있었지만, 전원 동의나 다름없었다.

"아니, 아니 데리고 온다는 사람이, 물론 듣긴 들었는데 그러니까 진짜 혜일로 씨? 아니, 노해일 씨라고 불러야 할까요? 이렇게 누추한 곳에 귀한 분이…. 만나 봬서 정말 영광입니다."

"편하게 불러주세요."

"감히 제가 어, 어떻게 편하게…."

수업 참관을 위해 임시 강사 자격을 허가받으러 온 혜일로를 발견한 원장은 허가고 뭐고, 까맣게 잊었다. 원장은 여러 악기를 다룰 줄 알지만 주 전공이 기타인 만큼 혜일로를 보는 감상이 남달랐다.

"혹시… 사인 가능할까요?"

"물론이죠."

원장은 팬 모드가 되어 기타를 꺼내왔다. 큰맘 먹고 구입한 G사의 기타를 어찌나 애지중지하는지 한진영도 딱 한 번 보았다. 그런 몸체에 혜일로 사인을 받은 원장은 도통 입꼬리를 내릴 줄 몰랐다.

"형, 그래서 임시 강사로 고용하실 건가요?"

"그건 오히려 제가 부탁드려야 할 것 같은데요. 얼마든지 물론입니다."

'혜일로한테 자격이 뭐냐. 21세기 최고의 보컬리스트이자, 기타리스트인 음악 천재한테.'

원장은 너무 거대한 분을 데려와 부담스러웠다.

"그런데 진영아 있잖아."

"네?"

원장이 문득 정신 차린 얼굴로 물었다.

'나도 이 정도인데, 수강생들은….'

"수업이… 될까?"

원장은 진심으로 걱정됐다. 그리고 그의 걱정은 현실이 되었다.

한진영은 수강생들에게 촬영 허가를 구하며 공연 연습을 도와줄 세션을 부르겠다고만 했다. 그래서 촬영 때문에 어쩌면 연예인이 올지도 모른다고 추측할 수는 있었지만, 그 누구도 헤일로가 올 거로 상상도 하지 못한 상태였다.

"잠깐…."

"헤일로다."

"헤일로?"

"아니, 헤일로라고?"

"진짜 헤일로야?"

헤일로가 나타났을 때까지만 해도 호기심이 담긴 눈으로 보던 수강생들은 헤일로가 선글라스를 벗자 두 눈을 의심했고, 마스크까지 벗었을 때 누군가가 들고 있던 펜을 툭 떨어트렸다. 사람이 충격과 극한의 기쁨을 느꼈을 때 보여주는 전형적인 반응이 연달아 일어났다.

데구루루, 펜이 바닥을 굴러 헤일로의 발치에 닿는다. 모두가 선글라스와 마스크를 벗고 인사하는 헤일로에게 넋을 놓은 사이, 헤일로는 태연히 제 발치로 굴러온 펜을 주워 돌려주었다.

"제, 제가 이걸 받아도 될까요?"

"떨어트리신 건데요?"

"아."

전날까지 다가오는 공연으로 초조해하던 그 사람들이 맞는지, 한진영은 난처하게 돌아보다가 일단 소개를 마무리하기로 했다.

"미리 알려드렸던 대로 오늘 연습을 도와줄 기타리스트입니다. 우리 환영의 박수를…."

수강생들은 전혀 듣고 있지 않았다. 저학년생은 통제하기 힘들어서 진작 촬영반에서 제외한 한진영은 성인이라고 통제력이 뛰어난 게 아니라는 걸 깨달았다. 흡사 성인 ADHD와 같은 모습이랄까. 그래도 그는 이들을 집중시킬 방법을 잘 알았다.

"자, 여러분, 공연이 이제 일주일 남았죠?"

"악!! 잊고 있었는데."

"선생님, 한 달만 미루면 안 될까요?"

공연을 상기시켜주자 사람들의 정신이 퍼뜩 돌아왔다. 지금 연예인이 중요한 게 아니다. 아니, 헤일로라면 중요하긴 하지만 그들의 형편 없는 베이스 연주가 세상 앞에 드러날 시간이 다가왔다. 아무 생각 없이 친구나 가족을 초대한 사람들은 숨이 막히는 표정을 지었다.

"다들 잘하시잖아요. 잘하실 거라 믿어요."

한진영이 능숙하게 말하며 헤일로의 앞에 손을 내밀었다.

"다들 아시겠지만, 헤일로입니다. 여러분 중에 헤일로 곡을 준비하시는 분도 있잖아요? 여러분들을 위해 제가 특별히 부탁드렸으니, 우리 모두 환영해주세요."

사람들의 얼굴이 희게 질렸다. 헤일로를 보는 건 좋은데 직접 원

곡자를 데려오다니. 현 세기의 음악 천재라 불리는 아티스트 앞에
서 자기 베이스 실력을 보인다는 건 또 다른 부담이었다.

강단 앞으로 나온 혜일로가 그들에게 손을 흔들며 인사했다.

"안녕하세요, 노해일입니다. 만나서 반갑습니다."

모두가 "와!" 하고 탄성하며 환영했다.

그렇게 한마디만 할 줄 알았는데, 씩 웃은 혜일로가 덧붙였다.

"그리고 오늘 기대하겠습니다."

'뭘? 뭘 기대해요?'

한진영은 전혀 강사답지 않은 말에 흠칫했지만, 사람들을 몰입
시키는 데는 성공한 것 같아 가만히 있었다.

성인취미반 평일 오후 D반은 한진영이 맡았던 반 중 가장 독특
한 반이다. 20대부터 60대까지 다양한 연령대의 다채로운 직업군
이 몰려 있다. 명문대에 재학 중인 여학생, 아들이 둘 있는 가정주
부, 화이트해커라는 컴퓨터를 많이 다루는 프리랜서, 정년퇴직한
아저씨까지 나이도 성별도 성격도 다른 이들로 모여 있어 처음부
터 끝까지 어색한 반이 되지 않을까 걱정했다. 그런데 예상외로 이
들은 자기소개하는 첫날부터 잘 어우러졌다. 너무 친해진 나머지
강의하기 힘들 정도로 에너지가 넘쳤지만, 그래도 한진영은 이 개
성 넘치는 이들과의 수업이 꽤 좋았다.

어쨌든 D반은 이제 겨우 손가락에 굳은살이 생긴 베이스 기초
반이다. 직업을 위해 혹은 입시용으로 배우는 것이 아니라, 바쁜 일
상에 겨우 시간을 내서 베이스를 배우러 온 취미반이다. 한진영은
이들이 '재미있게' 베이스의 매력에 빠져들 수 있도록 가장 많이
신경을 썼다. 피드백도 피드백이지만 자신감을 잃게 하지 않는 선,

도움이 되는 그 선을 지키려고 노력했다. 그래서 한진영은 문득 혜일로의 피드백이 우려되었다. 그가 막 욕을 하거나 험한 말을 하진 않지만, 성격이 매우 솔직하다. 그를 잘 아는 사람은 익숙하지만, 그렇지 않은 사람이라면 혹은 마음이 여린 사람이라면 상처를 입고 오해할지도 모른다. 그랬는데….

"어때요…?"

"괜찮은데요."

"네? 정말요? 솔직하게 말해주셔도 돼요."

"정말 괜찮았어요. 제 노래 같진 않았지만."

"뭐라고요? 하하하."

'생각보다는 꽤 괜찮은 것 같기도…?'

"이 부분은 매번 연습하는데 자꾸 틀리는 거 같아요."

"새끼손가락에 힘이 안 들어가는 것 같은데, 검지 약지로 바꾸어서 치는 게 나을 거예요."

"오!"

'이대로라면 그냥 내버려도 괜찮….'

"혜일로 씨는 베이스도 치실 줄 아세요?"

"조금요? 악기에서 어떤 소리가 나는지는 알아야 하니까요."

"오오, 그럼 기본기 잡는 데 얼마나 걸리셨어요? 전 아무리 연습해도 기본기가 안 잡히는 것 같아서, 베이스에 재능이 없나 싶더라고요."

"음 그렇게 신경 쓰지 않아도 될 거 같아요. 저도 베이스는 정식으로 배워본 적이 없는데 치다 보니 내가 가장 편안한 자세를 만들고 연주하고 있더라고요. 그건 그냥 즐겁게 연주하다 보면 잡혀 있을 거예요."

"그런가요?"

'아니, 아니야!'라고 속으로 외친 한진영의 어깨가 들썩였다. 베이스를 가르쳐주지 않아도 남이 치는 걸 따라 하며 자신만의 음악을 만들 줄 아는 천재의 한마디는, 범인들에게 잘못된 오해를 심어놓기 충분했다. 당장 끼어들려 했던 한진영은 평소 기본기 때문에 스트레스받던 가정주부의 얼굴이 밝아지는 걸 보고 멈칫했다.

두 사람의 대화가 이어졌다.

"그리고 연습 많이 한 거 보였어요. 틀리라고 만든 구간인데 안 틀렸더라고요."

"어머, 일부러 그렇게 만들었다고요? 세상에. 어쩐지 어렵더라."

"앗, 설마 그럼 '투쟁(Struggle)'의 이 부분도 일부러 어렵게 만들었던 걸까요?"

누군가 끼어들었다.

"아니요."

"연습 좀 하란 소리네!"

"헤일로 씨도 그건 심각하대."

웃음이 이어진다. 헤일로 주변에서 사람들이 떠나지 않는다. 그들은 첫사랑을 만난 것처럼 한마디 반응할 때마다 기뻐서 어쩔 줄 몰라 했다. 솔직한 평가에 웃으며 당연하게 받아들이고, 리액션도 훌륭했다.

'평소 수업 때도 이랬으면 참 좋을 텐데.'

잠깐 허허롭게 웃은 한진영은 집중한 듯한 헤일로와 수강생을 살펴보고는 '괜찮겠지' 하며 마음을 놓았다.

헤일로는 베이스에 열중하는 사람들을 보며 부드럽게 웃었다. 그는 어설프지만 끙끙거리며 어떻게든 멋진 음악을 만들려는 사람들을 좋아했다. 한진영은 헤일로가 혹평을 할까 걱정했지만, 그는 옛날 밴드에게 한 것처럼 혹평할 생각이 없었다. 직업이 아니라 취미라는 걸 의식한다기보다 그냥 열심히 하려고 하는 모습이 보기 좋아서 그랬다. 그리고 신기하기도 했다. 늘 음악을 직업으로만 하는 사람들만 만나다 보니, 이런 초보적 수준의 곤란을 겪는 사람들을 만나는 게 너무 오랜만이었다.

"후우, 후우."

헤일로는 과도하게 심호흡하는 대학생을 인내심 있게 기다려주었다. 천천히 베이스를 안은 대학생이 연주하기 시작했다. 점점 울상이 되어가는 게 평소보다 연주가 안 되는 모양이다.

"아⋯."

결국 대학생이 손을 내려놓았다. 곡을 다 완주하기 전에 포기한 것이었다.

"제가 제일 못하죠?"

그리고 헤일로가 뭐라고 하기 전에 소심하게 물었다.

"못한다고 말하기에는 아직 못 들었는데요."

"실수도 계속했잖아요. 완주도 못 하고. 죄송해요, 시간 낭비하게 해서."

사과를 바란 적도 없는데 사과한 대학생이 곧 작은 탄식을 내뱉고 얼굴이 더 어두워졌다.

"제가 무대공포증이나 주목공포증 같은 게 있거든요. 한 사람이라도 저를 보면 '아, 저 사람이 나를 뭐라고 생각할까', '실수하면 어떡하지' 하는 생각 때문에 당황하고 말도 못 해요. 원래 뭘 하려고 했던 건지 하나도 기억나지 않고, 바보처럼 행동하죠. 그걸 극복하려고 이렇게 악기도 배우고 있는데 여기서도 똑같네요."

가만히 듣고 있던 헤일로가 고개를 기울이며 물었다.

"다른 사람이 나를 어떻게 생각하는지 중요해요?"

"네?"

자조적인 중얼거림에 헤일로가 반응해주자, 처음엔 당황했던 대학생이 말을 이었다.

"네, 신경 쓰여요. 누구라도 '쟤 진짜 못한다'라거나, '웃기네' 그런 말을 할까 봐. 물론 친구들은 생각보다 사람들이 타인에게 관심이 없다고 신경 쓰지 말라고 하지만 말이에요. 헤일로 씨는 이해 안 되시죠?"

대학생이 다 안다는 듯 물었다. 틀린 말은 아니었다. 헤일로는 기본적으로 타인이 어떻게 생각하든 자신과 자신의 음악이 더 중요했고, 심지어 남이 별로라고 욕하더라도 '어쩌라고. 난 좋은데?'라고 말하는 편이었다. 누군가는 정신력이 강하다고 했다. 그건 잘 모르겠지만 그의 취향이 확고하긴 했다. 실패를 별로 경험해본 적이 없어서 자기 확신도 강했고. 그래서 그는 이 대학생의 고민을 공감해주기는 힘들었다.

그는 실패를 염두에 두지 않기에 무대에서 긴장하지 않았고, 타인의 평가와 반응에 크게 연연하지 않으며, 대부분 그를 좋아한다는 믿음도 가지고 있다. 그래도 헤일로는 그녀의 물음에 답해주려고 노력했다. 그는 음악을 즐기는 사람을 좋아하고 어설픈 사람들이 성장해가는 모습을 좋아했으니까.

헤일로는 천천히 입을 열었다.

"전 사람들이 타인에게 관심이 없다고 생각한 적은 없어요."

"네?"

"오히려 많은 편이죠. 특히 무대 위에 오르면 나를 보러 왔든, 나를 보러 오지 않았든 사람들은 나를 보게 돼요."

뜻밖의 반박에 대학생이 되물었다가 얼굴이 하얗게 질렸다. 곧 베이스 공연을 앞둔 대학생의 머릿속에선 '지금이라도 못한다고 해야 하나'부터 온갖 생각이 오갔다.

"그리고 무대에 서면 다들 실수 한 번쯤은 하고요."

밝은 표정으로 무서운 소리를 하니 그녀는 아래로 더 추락하는 것 같았다.

"그래도 실수하면 좀 재미있지 않나요?"

"네? 뭐가요?"

헤일로는 씩 웃었다.

"갑자기 무대에 긴장감이 생기잖아요. 나는 나대로 이 실수를 어떻게 무마할까? 머리를 굴리고, 다른 세션도 허둥대겠죠. 곤란해하면서도 어떻게든 되돌리려는 모습이 재미있기도 하고."

"네?"

"또 오늘은 얼마나 많은 사람이 내 실수를 눈치챌까 시험도 해보고."

대학생은 실수가 곧 '스릴'이라고 말하는 헤일로가 신기하기도 하고 멋있기도 했다. 아무나 연예인 하는 게 아니라는 말이 괜히 있는 게 아니다. 하지만 그래도.

"저는 그렇게 생각이 안 돼요. 실수하면… 사람들이 욕하는 것도 욕하는 건데, 제가 큰 실패를 겪은 거 같아요."

"제가 실수하면 실패한 걸로 보여요?"

"아니요."

그녀가 놀라 저도 모르게 고개를 절레절레 저었다.

'그럼 뭐가 문제야'라고 하듯 헤일로가 두 팔을 벌렸다.

"실수는 실패가 아니에요. 그냥 내가 가끔 보여주는… 무대의 작은 요소죠. 그리고 이건 가끔 드는 생각인데 사람들은 실수가 없는 완벽한 무대를 그렇게 바라는 것 같지도 않아요."

"그럴 리가. 그러면 그 사람들이 바라는 게 뭔데요?"

'당연히 완벽한 무대를 바라지 않을까'라고 대학생은 대스타가 그냥 위로차 하는 말이라고 생각하며 집요하게 물었다.

헤일로는 아랑곳하지 않고 당연하다는 듯이 대꾸했다.

"그야 저죠."

"네?"

"내 음악, 내 무대, 그리고 내가 준비한 모든 것. 내가 준비한 모든 걸 보며 그 시간을 만끽하러 오는 거죠…."

그때부터 대학생은 입을 다물었다.

"그래서 만약 어떤 무대가 실패한다면, 그건 실수해서가 아니에요. 내가 준비한 걸 다 보여주지 못했기 때문이죠."

자기 얘기를 하는 듯한 헤일로의 말은 어느 순간 그녀의 말이 되었다.

"그건 정말 아쉽지 않나요? 베이스 정말 열심히 연습했는데. 내가 잘하진 않아도 완주할 줄 아는데. 사람들은 내가 아무것도 준비하지 않았다고 생각하겠지만 정말 노력했는데."

헤일로는 대학생이 더는 대꾸하지 않는 게 만족스럽지 못해서라고 여겼다. 그러나 그건 그의 조언 중의 하나가 그녀의 마음을 관통했기 때문이다. 헤일로의 말은 무대공포증에 대한 궁극적인 해결책이 되지 못한다. 타인을 과하게 신경 쓰는 성격도 바꾸지 못할 테고. 그러나 그녀는 조금 전 자신의 행동이 떠올랐다. 실수 몇 번 했다고 베이스를 놓아버렸던, 전혀 만족스럽지 못한 행동 말이다.

그녀는 잠깐 베이스를 바라보았다가 고개를 들었다.

"다시 해봐도 될까요?"

그 말에 헤일로가 고개를 끄덕였다.

"같이 맞춰봐요."

수업을 끝내고 레이블에 돌아온 헤일로에게 문서연이 물었다.

"오늘 어떠셨어요?"

헤일로가 밝게 웃으며 대답했다.

"즐거웠어요."

그는 음악을 좋아하는 사람들을 만나 오랜만에 즐거웠다. 자기 곡이 어렵다는 말에 이렇게 하면 어떻겠냐고 편곡도 해봤고(더 어려워했다), 실수했을 때 실수 안 한 척하는 편법만 알려주는 등 제대로 된 강의는 아니었다. 그래서 그 사람들은 어떻게 생각할지 모르겠지만, 그는 꽤 만족스러운 시간을 보냈다. 특히, 그는 사람들이 들려준 베이스를 하게 된 경위가 매우 흥미로웠다.

무대공포증을 극복하고 싶은 대학생, '베이스'의 존재도 몰랐지만 아들이 베이시스트가 된다고 하여 전혀 모르는 분야를 알아가고자 한 가정주부, 친구와 술 먹고 한 내기 때문에 베이스를 배우게 된 프리랜서, 그리고 베이스 소리가 좋아서 배우고 싶다던 아저씨까지 제각각의 이유와 고민을 가진 이들이 공연을 목표로 다 같이 연습하고 있는 모습이 신기했다.

"브라보!"

"허허허, 오늘은 좀 괜찮았지?"

"와! 진짜 잘하셨어요."

"나 실수한 거 좀 티 나지 않았어?"

"아니요. 전혀 모르겠던데요."

음악이 아니었다면, 어쩌면 영원히 만날 일이 없었을 사람들인데 혜일로는 그들을 보며, 떠오르는 발상을 노트에 적었다. 슬럼프는 모르겠고, 충분히 리프레시가 된 것 같았다.

"그럼, 다음 타자는 준비되었나요?"

"물론이죠!"

한진영의 물음에 문서연이 결연하게 고개를 끄덕였다. 첫 타자가 한진영이었고, 그다음 타자는 문서연이다.

"사장님도 마음에 들 거예요!"

문서연이 대충 휴가 때 어디에서 시간을 보냈는지 아는 한진영은 묘한 표정을 지었지만, 크게 우려하지 않았다. 노해일은 학원에 잘 적응했듯 그곳에서도 잘 적응할 것이다. 뭐, 조금 더 어려울지는 모르겠지만.

* * *

레이블 H의 콘텐츠 기획팀 남궁 PD는 촬영 영상을 먼저 돌려 보고는 말했다.

"우와! 이게 뭐지?"

그냥 실용음악 학원에서 일일 합주 도우미로 불려 갔다고 들었는데 엄청난 영상이 나오니 일순 당황했다. 어떻게 보면 평소의 헤일로와 다르지 않다.

"이게 슬럼프라고…?"

다시 한번 큰 의문이 그를 직격했다. 이게 슬럼프라면 대부분 사람들은 일생을 슬럼프, 번아웃, 더 심한 무언가로 보내는 게 아닐까. 헤일로가 자기 입으로 슬럼프라고 말하지 않았다면, 슬럼프라고 의심도 하지 않았을 것이다.

한동안 영상을 살펴본 남궁 PD는 머리를 털고 정신을 차렸다. 일단 중요한 것은 오늘 그는 영상 업로드를 예약해야만 한다. 너튜브에 영상을 올리는 것이기에 아무런 제약이 없었고, 그저 계정에 들어가 등록하면 됐다.

[Welcome to my world(웰컴 투 마이 월드)]

최초 영상밖에 없던 곳에 새로운 섬네일이 들어온다. 남궁 PD는 이것이 올라오는 시각에 무엇이 어떻게 변할까 상상해보았다. 일단, 헤일로의 본 계정 'HALO_Official'보다 구독자 수가 적으니 반응이 조금 느릴 수 있다. 하지만….

[안녕하세요, 여러분 노해일입니다. 오랜만에 인사드립니다. 다들 잘 지내고 계셨나요?]

머지않아 많은 게 달라질 것이다. 일단 구독자 수부터. 남궁 PD는 왠지 긴장되는 기분에 침을 꿀꺽 삼키고는 예약을 눌렀다.

* * *

직장인 성호는 퇴근 후 치킨을 먹으며 습관처럼 텔레비전을 틀었다. 딱히 채널을 지정하진 않았는데, 마침 예능 프로 〈나 홀로 집에〉에서 이름 모를 신인 배우가 자기 집을 소개하고 있었다. 그는 닭 다리를 게걸스럽게 뜯으며 '생각보다 평범하게 사네'라고 생각한다. 집이 모 재벌이나 모 스타의 집처럼 거대하고 화려하지도 않았다. 그냥 여느 자취생 같았다. 벌집 같은 원룸에 살았던 적이 있어서 어떻게든 공간 활용을 하고 효율적으로 살아가려는 모습이 공감 갔다.

프로그램이 끝날 때까지 멍하게 쳐다보던 성호는 잘 모르는 배우의 삶도 이렇게 재밌는데, 스타의 삶을 보면 얼마나 재밌을까 싶었다. 〈나 홀로 집에〉에 천만 배우가 출연했을 때 그의 집과 취미, 고양이까지 엄청난 화제가 되었던 것처럼 말이다. 이를테면 한국인 최초로 그래미 '올해의 앨범상'을 수상한 '그'라던가.

성호는 여동생처럼 그의 열렬한 팬은 아니지만, 그냥 어떤 사람인지 인간적인 호기심은 있었다. 무려 그래미까지 수상한 아티스트 아닌가. 록 음악의 불모지라고 불리는 한국에서 나온, 그것도 나이가 이제 겨우 스물인 천재 중 천재다.

성호는 평범한 한국인이었고, 평범한 삶을 살아가는 회사원으로서 예술가에 대한 동경이 있었고, 그중 요즘 가장 인기가 많은 예술가 혹은 천재의 삶이 궁금했을 뿐이다. 대중에 속한 자신도 이런데 그의 팬들은 얼마나 간절히 바라고 있을까 싶었다. 헤일로가 방송에 많이 노출되는 아티스트가 아니란 건 그도 알고 있었다. 물론, 팬 중 많은 이들이 헤일로라는 아티스트의 자유로움까지 사랑한다고 말하지만, 그래도 방송에 나온다면 말이 다를 것이다.

그런데 방송국이 바보도 아니고 그를 섭외하지 않을 리 없다. 특히, 국위선양까지 한 이 시기에 말이다. 팬덤 규모도 아이돌 팬덤을 압도하지 않는가. 성호는 술 마실 때마다 아는 연예인들에 대해 말해주는 방송국 친구에게 헤일로에 관해 물어본 적이 있다.

"헤일로는 어때?"

"헤일로? 어, 음."

떨떠름한 표정을 짓길래 처음엔 방송가에선 이미지가 안 좋은 가 싶었다.

"왜? 헤일로도 별로야?"

"어, 모르겠는데?"

"이해도 못 할 정도로 거지 같아?"

"아니, 그냥 한 번도 만난 적도 스친 적도 본 적도 없어. 그냥 없어."

친구는 2년 동안 본 적이 없다고 했다. 그가 음악방송을 맡은 적은 없지만, 예능국에서 오래 있었는데 단 한 번도 본 적이 없단다.

'그것도 참 쉽지 않은데.'

역시 대한민국 대표 자유로운 영혼다웠다. 사고 안 치고, 좋은 음악을 한다는 점에선 훌륭한 아티스트였지만, 팬들은 참 힘들 것 같다. 그런 이유로 헤일로가 저런 예능이나 다른 방송에 나온다면 화제가 될 것은 분명했다.

아무튼 식은 치킨도 맛있게 거의 다 먹은 성호는 자리 정리를 시작했다. 그때 '띠링'하고 핸드폰이 울렸다. 황금 같은 휴식을 위해 카톡 알림도 꺼놨고, 다른 알림도 원래 꺼놓는 편이라 잘못 맞춰진 알람이려니 하며 대수롭지 않게 핸드폰을 들었다.

[NuTube: wave_r님이 〈웰컴 투 마이 월드〉 제0화를 게시했습니다.(1분 전)]

'내가 이런 채널을 구독한 적이 있던가?'

떠올려보던 성호는 익숙한 제목에 눈을 번쩍 떴다.

'웰컴 투 마이 월드? 잠깐 이거.'

성호는 다급하게 배너를 눌렀다.

'고백' 이후로 아무것도 없었던 채널에 영상이 하나 추가되어 있었다. 스튜디오에 앉아 있는 헤일로의 옆 모습이 섬네일에 박힌 채, 유려한 글씨가 쓰여 있었다.

[웰컴 투 마이 월드]

그리고 자동 재생된 영상에 '제0화'가 떠오른다. 〈웰컴 투 마이 월드〉라니 참 가슴 뛰게 만드는 글자가 아니던가. 노해일 정규 1집의 타이틀이자, 타이틀곡의 제목이다.

'혹시 정규 1집 곡으로 뮤직비디오를 만들 생각인가? 혹은 콘서트 예고?'

다른 뭔가라도 좋았다. 직장인 성호뿐만 아니라 떡밥이 없어 그래미 공연과 시상 멘트만 무한 반복으로 보던 사람들은 기쁘게 영상을 클릭했다. 아무 글자도 없는 검은색 화면에서 점점 카메라가 위로 올라가며 도로를 비추었다. 그곳을 가로지르는 밴. '저 밴은 무엇인가? 누가 타고 있으며 어디로 가고 있는가?' 하는 궁금증이 일 때쯤, 카메라가 도로의 표지판을 비추었다.

[Welcome to LAS VEGAS]

그리고 순식간에 화면이 돌아가며, 화려한 사막의 도시 라스베이거스의 전경이 펼쳐진다. 화려한 폭죽과 눈부신 조명들, 그리고 도시로 들어오는 차들을 환영하는 배너가 카메라에 들어왔다. 그리고 라스베이거스를 방문했던 수많은 사람의 마음을 울린 멘트가 다시 한번 보여진다.

Love this world
Love this time
All of us love you

음악이 그 배너를 채우기 시작했다. 드럼 소리와 함께 그래미 어워즈의 헤일로 밴드가 카메라에 담겼다. 헤일로가 보여준 '투쟁'에 그래미 시상식 현장의 열기가 더해지고, 미쳐가는 스타들의 모습이 카메라에 담겼다. 그중에는 방송에 나오지 않았던 비하인드 컷도 있었다. 헤일로가 이 공연 이후 수상했다는 걸 아는 사람들의 가슴이 콩닥콩닥 뛰었다. 그때의 전율이 다시 느껴지는 것 같았다.

'톱스타들이 열광하는 한국의 가수라니.'

가만히 있으려 하지만 자꾸 손가락이 꿈틀거리는 기타리스트와 당장 무대에 뛰어오르고 싶은 표정의 팝가수 등은 의례적으로 하는 반응이 아니었다.

이윽고 음악 소리가 줄어들더니 딸칵 소리와 함께 완전히 사라졌고, 디지털 카운트다운이 황금빛으로 떠올랐다.

'끝났나?'

여기까지 보았을 때, 성호는 그래미 당시 비하인드를 보여주려는 거로 짐작했다. 아티스트 쪽에서 촬영한 영상을 시간이 지난 후 공개하는 건 으레 있는 일이었으니까. 그러나 의문인 건 섬네일과 제목의 의미였다. 섬네일은 소감에 대한 인터뷰를 의미할 수도 있다. 그런데 굳이 제목을 노해일의 1집인 〈웰컴 투 마이 월드〉로 해야 할 이유가 있을까 싶어 이것저것 추측을 하고 있는 순간이었다. 분명 끝났다고 생각했던 블랙 화면에서 다시 한번 딸깍거림이 들려왔고, 카운트다운되던 숫자가 거꾸로 올라가기 시작했다. 마치 해킹당한 시계처럼. 그리고 표시할 수 있는 숫자를 넘어섰을 때 카메라 ON 표시와 함께 불빛이 들어왔다.

카메라가 한 오피스를 비추었다. 평범한 오피스라면 오피스였고, 굳이 말하자면 외국계 기업 같은 개방형 느낌의 오피스 인테리어가 보였다. 그리고 왼편에 보이는 창가엔 서울의 전경이 들어왔다. 서울을 가만히 보던 성호는 그게 굉장히 낯익다는 걸 알았다.

"어, 저긴⋯."

홍대, 더 정확히 헤일로 신전, 아니 레이블이 있는 곳이다. 그것도 헤일로 레이블 같은⋯. 깨달음과 함께 어떤 남자의 목소리가 들려왔다.

[안녕하세요, ○○씨.]

'삐'처리 됐지만, 카메라가 천천히 올라간다. 발, 다리를 넘어 위로 올라가 마침내 한 남자를 비춘다.

[안녕하세요, 여러분. 노해일입니다.]

시상식 때와 똑같은 얼굴이다. 그때보다 한결 편안한 복장을 한 헤일로가 손은 들어 인사하고는 소파에 가서 앉았다. 카메라가 헤일로의 정면과 창밖으로 펼쳐진 서울의 전경을 한꺼번에 담았다.

[오랜만에 인사드립니다. 다들 잘 지내고 계셨나요?]

늘 잠적하여 팬들의 속을 뒤집어놓는 당사자가 편안한 얼굴로 이야기했다. 성호는 "LA에서 놀고 있으면 어떻게 노는지 알려달라고!" 하던 여동생의 외침을 그대로 녹음해 그에게 들려주고 싶었다.

[여러분에게 한 가지 소식을 전해드리고자 합니다. 놀라울 수도 있고, 예상치 않았을 수도 있지만….]

그렇게 말한 헤일로는 당연하다는 듯이 말했다.

[즐거운 소식을.]

참 신기한 게 별거 아닌 한 마디 한 마디에 집중하게 만든다. 즐 거울 거라고 자신하는 모습이 딱 사랑받는 이의 모습이라, 성호는 저도 모르게 즐거워졌다.

어느새 기타를 안은 헤일로가 '웰컴 투 마이 월드'의 전주를 연 주했다. 늘 듣던 좋은 음악이었다. 그리고 카메라가 흘러가며 수많 은 장면을 보여주었다. 어둠 속에서 기지개를 켜고 일어나 기타를 연주하며 진지하게 음악을 고민하고 누군가와 어울리는, 팬들이 무엇보다 보고 싶어 했지만 절대 볼 수 없었던 헤일로의 일상이 차 례대로 흘러가더니 한 장면이 펼쳐졌다.

[이거 지금 돌아가는 거예요?]

헤일로의 키보디스트로 유명한 중단발의 여자가 어색하게 카메 라에 손을 흔든다.

[글쎄, 촬영하면 말해주겠지?]

그리고 곧 들려오는 무심한 소리에 여자가 카메라에서 멀어졌다. 카메라엔 작업실의 풍경이 담긴다. 둥글게 둘러앉은 멤버들 사이로 흑발의 소년이 보였다. 곧 그들이 도란도란 이야기하기 시작했다. 보기만 해도 둥글둥글한 분위기에 성호는 그들의 대화가 듣고 싶어 졌다. 하지만 점점 소리가 멀어지고 어느 순간 소년의 말소리가 완 전히 사라지더니 멤버들의 당황한 목소리만이 다시 들렸다.

[네?!]

도대체 무슨 말을 한 건지 소년의 태도는 여상했지만, 멤버들의 표정이 심각해져 보는 사람도 같이 심각해졌다. 그리고 장면이 순식간에 바뀐다. 수많은 사람이 스쳐 지나가는 익숙한 거리다.

"홍대인가?"

긴 코트에 마스크와 선글라스로 얼굴을 완전히 가린 한 남자가 한 건물 앞에 멈춰 선다. 고개를 들어 올린 남자가, 아니 헤일로가 선글라스를 올리며 검지로 1을 만들었고, 마법처럼 그의 옆에 황금빛 글자가 유려하게 쓰였다.

[〈웰컴 투 마이 월드〉D-1]

영상은 그렇게 끝났다. 그러나 성호는 이게 끝이 아니라는 걸 알았다. 그가 기대하는 것만큼 다른 사람들도 기대하게 될 테니 말이다.

* * *

너튜브 콘텐츠 반응은 기다렸다는 듯이 올라왔다.

> *HALO의 현재 위치는?*
> *'웰컴 투 마이 월드'의 의미는? 그래미 수상자 너튜버로 복귀?*
> *헤일로의 일상 리얼리티 웹 예능 송출 플랫폼은?*

비슷한 내용의 인터넷 기사들이 속속 올라왔고, 시사를 다루는 너튜버들도 헤일로의 콘텐츠에 주목했다.

[생태계 위협하는 신인 너튜버 등장ㄷㄷㄷ]
[노해일 계정 구독자 수 실시간 우상향 중.]

[충격! 방송국이 헤일로를 보이콧한 이유는?!]
[다들 들음? 그가 돌아왔다! #King_is_Back #Oh_Sorry #Sun_rises_again]

그러나 무엇보다 열렬하게 환영한 건 이제까지 제 가수의 매력이 방송에 얽매이지 않는 자유로움이라고 말해왔던 팬들이었다. 누가 "헤일로(노해일)는 방송 안 나옴?"이라며 놀릴 때 "왜 나와야 함? 내 가수 알아서 잘 사는데. 방송국만 좋은 꼴 난 못 봄" 하고 답했던 이들은 상상도 하지 못했을 것이다.

[드디어!!!! 일상리얼리티라니ㅠ 평생 못 볼 줄 알았는데.]
[레이블 직원 고용했다더니 드디어 돌아가는구나].
[웰.마.월. 이름 들을 때부터 전율이.]
[해일이한테 리얼리티 제안하신 분 복 받으실 거예요.]
[드디어 우리 태양 어떻게 사는지 볼 수 있구나.]
[(HOT) 덕질 NN년차 티저 영상 추측 (뇌피셜 200%) (+100)]
[헤일로 언제 홍대 왔어??]
[늘 느끼는 건데 헤일로 무슨 스킬 갖고 있냐? 왜 이렇게 잘 숨어다님?]

해외 커뮤니티 반응도 마찬가지였다. 헤일로의 세컨드 계정에 관한 이야기로 인기 글이 가득 차 다른 글들이 묻힐 정도였다.
"네, 레이블 H입니다. 아, 네 기자님."
"PPL이요? 그건 아직 계획된 바가 없어…."
"죄송합니다만 저희가 따로 투자를 받지 않아…."

"자세한 사항은 내일 영상이 공개된 이후 안내해드릴 예정입니다."

헤일로의 레이블은 전화가 끊이지 않았다. 헤일로가 한국에 있는 걸 왜 말하지 않았느냐는 기자와 다시 섭외를 넣는 방송국, 그리고 광고 회사의 제안과 시청자들의 문의가 이어졌다. 헤일로의 허가하에 전화선을 끊어놓을 정도로 열렬한 관심이었다. 무엇보다 뚜렷한 지표는 헤일로의 세컨드 계정 혹은 노해일의 첫 번째 계정인 wave_r의 구독과 〈웰컴 투 마이 월드〉 제0화의 '좋아요'로 나타났다.

한편, 콘텐츠 예고편 하나로 세상을 떠들썩하게 만든 주인공은 황망한 얼굴로 산을 올려다보고 있었다. 기타 케이스와 함께 사운드 녹음 장비의 묵직한 무게가 그의 어깨를 눌렀다. 힘들다고 하기엔 같이 온 사람들은 더 무거운 장비를 지고 있었다.

"여길 간다고?"

여행은 좋아하지만 현대의 편리한 이동 수단에 익숙해진 헤일로가 산을 올려다보았다. 정말 인적이 드문 산과 들판이었다.

그때 문서연의 은사 마태호 교수가 뒤를 돌아보며 물었다.

"자네, 안 오나?"

3. 소리 찾기

　문서연과 은사인 마 교수의 인연은 한예종 시절부터 이어져왔다. 문서연이 신입생으로 들어왔을 때 가장 먼저 접하게 된 건 교수들에 관한 이야기다. 누가 빡빡하고 누가 어떻다는 등등. 거의 필수전공이기에 선택은 불가능하겠지만, 그중에서도 악명 높은 게 마태호 교수였다. "마 교수의 지도를 받으며 한 번도 안 운 사람은 없다", "다른 교수들도 그 앞에선 성질을 죽인다" 등 신입생들과 재학생들 사이에서 말이 많았다. 실제로 수업에서 쫓겨난 학생도 있었고, 지도교수로 마태호 교수를 배정받은 학생들은 수많은 애도와 격려를 받곤 했다.

　그러나 문서연은 마 교수가 그렇게 무섭거나 싫지 않았다. 수업 때 쫓겨난 학생은 쫓겨날 짓을 한 것이고, 호되다는 수업은 실기 평가가 철저하고 피드백이 합리적이고 정확해서 오히려 좋았다. 그녀는 배울 게 많은 마 교수를 존경했다. 물론 다른 이들의 불만을 이해는 했다. 마 교수는 눈썰미가 어찌나 예리한지 제대로 연습했는지, 과제할 때 얼마나 공을 들였는지 귀신같이 꿰뚫어 보았고, 그 직설적인 말투에 상처 입을 수도 있었다. 게다가 그는 아끼는 학생과 그렇지 않은 학생을 대하는 태도 차이가 큰 편이었다.

문서연은 마 교수의 애제자 중 하나였다. 피드백을 영리하게 받아들이고, 한 번도 게으름을 피운 적 없는 문서연에게 마 교수는 화를 낸 적이 없었다. 단 한 번, 그녀가 자퇴한다고 했을 때 화를 냈는데 그것도 그만큼 그녀를 아꼈기 때문이고, 긴 대화 후 그녀의 뜻을 존중해주었다. 자퇴 후에도 문서연이 가끔 연락하는 교수는 마 교수뿐이고, 첫 자작곡을 보여주기도 했다. 이후로도 계속 연락하다가 긴 휴가 때 다시 만나게 되었다.

「요즘 뭐 하니? 통 조용하구나.」

"요즘 그냥 쉬고 있어요."

「작곡은 안 하고?」

"새로운 곡을 만들고 싶은데, 잘 모르겠어서요."

「그럼 한 번 나와보겠나?」

"네? 어딜요?"

쭈뼛쭈뼛 한예종에 가게 된 문서연은 마 교수가 여전히 바쁘게 산다는 걸 알게 되었다. 리사이틀부터 수업 지도와 학회 활동과 함께 사운드 전시회도 한다고 했다. 나름 성실하게 산다고 자부했던 문서연은 반성해야 했다. 더 놀라운 것은 가득 찬 일정 속에서 꾸준히 봉사활동을 한다는 것이다. 그리하여 문서연은 휴가 동안 주로 소아병동과 보육원에서 재능봉사를 하며 시간을 보냈다. 그건 꽤 많은 생각과 감정을 갖게 하는 활동이었다.

그렇다고 문서연이 헤일로를 소아병동이나 보육원에 데려가려는 것은 아니고, 마침 이 시기에 마 교수가 사운드 전시회를 준비하고 있어 그곳에 데려가려 했다. 시각적으로 의존하는 세상에서 시각이 아닌 '청각'을 중심으로 세상을 경험하도록 준비한 프로젝트였다. 다양한 아티스트와 소리 전문가들이 참여한 만큼 헤일로에게 이 문화 활동이 꽤 리프레시가 될 거로 생각하고 마 교수에게 연락했다. 그런데 그는 뜻밖의 제안을 주었다.

　"전시회로 끝내기엔 너무 아쉬운 주제 아닌가. 같이 하던 사람들과 이번엔 청각 교재를 만들어보기로 했네. 세상을 '그림'으로 접할 수 있는 교재는 많은데 '소리'나 '음악'은 아직 부족한 것 같아서."

　그래서 문서연은 헤일로와 함께 사람의 발자취와 소리가 드문 자연 속에 오게 되었다.

　"휴우… 사장님, 힘드세요?"

　숨을 깊게 들이마신 문서연은 어느 순간 더 걷지 않고 주변을 두리번거리는 헤일로를 바라보았다. 기타를 두고 오는 게 좋다고 했지만, 기타 케이스에 음향 장비까지 들고 온 사장이 힘들지 않을 리 없었다.

　"사장님?"

　그러나 헤일로가 멈춰선 건 힘들기 때문이 아니었다. 애초에 매일같이 기타 케이스를 메고 다니는 데다, 콘서트를 위해 꾸준히 체력 관리도 하니 쉽게 지칠 리는 없다. 그가 멈춘 건 그저… 어느 순간 이 세상이 다르게 들려왔기 때문이다. 사람과 자동차, 디지털로 이루어진 소리 대신 수풀과 나무, 바람과 동물들로 어우러진 소리, 그리고 어디선가 들려오는 시냇물 소리….

"교수님, 한 번 쉬고 가는 건 어떨까요?"

헤일로를 흘끗 본 안 조교가 물었다. 계획했던 목적지까진 한참 남았지만, 좀 쉰다고 해서 문제는 없을 것 같았다.

대학원생들이 마 교수의 눈치를 본다. MBTI에 무조건 J가 있을 게 확실한 마 교수는 마음에 들지 않는다면 곧바로 호통을 칠 것이었다. 그러나 웬일인지 헤일로를 잠깐 바라본 마 교수가 그처럼 같이 주변을 둘러보았다. 바람이 쏴 하며 스쳐 지나간다.

'소리가 뚜렷하군.'

마 교수가 주변의 소리에 귀를 기울였다. 원래 계획했던 목적지까지는 한참 남았지만, 반드시 그 목적지를 고집할 필요도 없다. 그들의 목적은 오로지 소리 수집이지 등산이 아니다.

"잠깐 둘러보도록 하지."

그 한마디에 대학원생들은 '오늘따라 유하시네. 연예인이 와서 그런가. 교수님도 설마 말로만 듣던 헬리건?' 하는 쓸데없는 생각과 함께 장비를 조심스럽게 내려놓았다. 그러나 마 교수가 예뻐했던 눈치 빠른 제자는 단번에 그가 더는 이동하지 않을 거라는 걸 알았다. 이곳을 마음에 들어하는 게 눈에 보였다.

문서연은 같은 방향을 보는 마 교수와 헤일로를 한 번 보고는 가방에서 카메라를 꺼냈다. 일일 VJ 한번 해보고 싶다고 레이블에서 빌려온 카메라였다.

문서연은 탄탄한 땅 위에 삼각대를 설치하고 카메라를 올려놓았다. 카메라 초점에 헤일로의 모습이 명확히 담겼다. 알려준 대로 잘 설치한 것 같다. 문서연이 씩 웃고는 카메라에 눈을 떼려고 할 때였다. 마 교수가 헤일로에게 천천히 다가갔다.

"무얼 하고 있나. 녹음 준비하지 않고."

옆에서 들려오는 목소리에 헤일로가 고개를 돌렸다.

"오랜만이라서요."

"뭐가? 산에 온 게 말인가?"

"아니요. 그보다는… 머릿속에 꽉 차는 기분이 오랜만이라서."

희미하게 남은 헤일로의 어린 시절 기억 속에 이런 적이 있었던 것 같다. 세상의 소리가 머릿속에 가득 차 정신이 없던 기분. 소리를 정리하여 음악을 만들기 시작한 이후로 오랜만에 경험하는 기분이었다. 그때는 이게 너무 시끄러워서 싫었는데 지금은 그 유년의 느낌이 달갑게 느껴졌다. 참 이상했다. 자신은 유년 시절을 그리 좋아하는 편이 아닌데 말이다. 헤일로는 기분 좋게 음을 흥얼거렸다. 그때의 소음은 지금의 소음이 아니었다.

마 교수는 그런 헤일로를 보며 생각했다.

'세간에선 이 꼬마를 천재라고 하던가.'

아직은 잘 모르겠다. 사람들은 조금만 뛰어나도 천재라고 말하지만, 마 교수는 이제까지 너무 많은 천재를 보아왔다. 한예종 입학생이라면 한 번쯤 천재 소리를 들었을 테고, 마 교수는 더했다. 솔직히 그는 세상이 '천재'라는 단어를 너무 쉽게 쓴다고 생각했다. 그래도 저 소년은 어딘가 특이한 구석이 있다는 걸 인정했다. 우연일지 모르겠지만 '소리'를 찾아가는 것부터가, 아니 마 교수는 적어도 소년이 이 자리에 선 게 우연일 거라고 생각하지는 않았다.

"여기에 왜 왔는지 들었나?"

"소리를 녹음하러 왔다고 들었습니다."

"더 정확하게는, 소리를 잡으러 왔다네."

소년의 눈에 이채가 서린 걸 보지 못한, 마 교수는 두 눈을 감았다. 그의 두 팔 사이로 바람이 스쳐 지나갔고, 천천히 귀가 또렷하게 뜨였다.

"우리가 두 눈을 뜬 채로는 놓치고 있는 소리를 말이야."

마 교수는 녹음을 시작한 제자와 조교를 보며 말했다.

"음악은 소리로부터 만들어졌음에도 음악을 하는 우리는 생각보다 소리에 집중하지 않아. 보통 귀보단 이걸 많이 쓰지."

마 교수가 제 눈을 가리켰다.

"음악을 하는 이들은 가장 먼저 악보를 읽는 법을 배우게 돼. 박자와 음표, 마디 모두 중요한 요소지만 눈을 쓰는 법을 배운 이상, 다른 감각을 쓰는 데 게을러지지. 일반인들도 다르지 않아. 아이들은 그림책으로 글자와 그림에 익숙해지고, 글자를 배울 나이가 되면, 시각적인 자료로 배우게 되네."

세상에 얼마나 많은 시각적인 자료가 있던가. 글자를 배운 이후엔 더하다. 국어도 수학도 과거도 현재도 미래도 사람들은 시각으로 먼저 접한다.

"다른 감각을 쓰는 데 게을러져버린 나머지, 두 눈을 뜬 채 놓쳐버리는 소리가 있는 거지. 그걸 찾아보려 이곳에 온 거고. 이 김에 자네도 한번 찾아보았으면 좋겠군. 그게 무엇이든 말이야."

마 교수는 그렇게 말하고는 헤일로를 흘끔 보았다. 소년이 이 말을 이해할 수 있을까 싶었다. 천재라고 했던 많은 이들은 그의 말을 이해하지 못했으니까 말이다.

"교수님! 잠시만요."

대학원생의 부름에 마 교수가 잠깐 멀어졌다.

"이해하기 힘들죠? 말을 좀 어렵게 하는 분이세요."

그때, 헤일로에게 안 조교가 슬쩍 다가왔다.

"그냥 프로젝트 취지를 설명해주면 되는데."

"따로 있나요?"

"그럼요. 정부 지원을 받는 프로젝트인걸요. 아, 그렇다고 비밀 프로젝트까지는 아니고, 재능봉사에 가깝죠."

조교는 입술을 축이며, 어떻게 설명할지 고민했다.

"교수님은 세상에 시각으로 이루어진 교재가 많다고 생각하죠. 사실 틀린 것도 아니고. 하지만 그렇다고 사람들이 정말 시각 교재만 접하고 성장하는 건 아니죠. 우리에겐 핸드폰도 있고 텔레비전도 있잖아요. 동화책을 볼 때도, 옆에서 부모님이 읽어주시기도 했고. 요즘엔 시대가 좋아서 소리도 많이 나오더라고요."

그런데 그런 경험이 없는 사람들도 있다.

"하지만 세상엔 그런 경험을 하지 못하는 친구들도 있어요. 소아 병동에서 오랫동안 지냈던 친구들이나 텔레비전이나 컴퓨터를 접하기 힘든 환경에 사는 친구들이 있겠죠."

마 교수의 재능봉사 활동에 따라다니며, 처음엔 왜 이런 걸 해야 하나 의문을 가졌던 안 조교는 많은 걸 느꼈다. 누구나 보고 듣고 경험할 수 있는 것이 그 친구들에겐 가능하지 않았다.

"안 조교."

"예, 교수님 지금 가겠습니다."

안 조교는 교수의 부름에 순식간에 피로에 찌든 현대인이 되었다.

"이 프로젝트의 취지는 그런 친구들을 위한 '청각 교재'를 만드는 거예요. '우리'가 접하지 못하는 소리보다 '그들'이 접하지 못하는 소리로 생각하면 조금 더 쉬울 거예요."

'그들이 놓치는 소리라.'

헤일로가 고개를 끄덕이자, 이해했다는 말로 알아들은 조교가 반색했다.

"혹시 도움이 필요하다면 언제든 말해주세요."

"감사합니다."

"그리고 혹시 사인 좀…."

"안 조교."

"네!"

안 조교가 울상을 지으며 사라졌다.

헤일로는 그의 뒷모습을 보다가 시선을 천천히 올렸다. 나뭇잎 사이로 햇빛이 반짝였다. 기우제를 지냈던 안 조교의 바람과 달리 지독히도 맑은 날이었다. 심지어 2월치고 춥지도 않았다.

헤일로는 바람에 날려 떨어지는 나뭇잎을 발견했다. 물결처럼 떨어지는 나뭇잎은 물에 '퐁' 하고 내려앉았다. 이를 따라 파동이 일고, 파동은 물가의 돌멩이와 땅속으로 스며든다. 그 위에는 새싹이 자라 있다. 혹한을 이긴 새로운 생명이었다. 바람이 칭찬해주듯 부드럽게 어루만지고 지나가 숲속에 새 친구의 존재를 알렸다. 나무들이 가지와 잎으로 환영의 노래를 불러준다. 손이 꿈틀거렸다.

"뭘 하고 있나?"

그때였다. 헤일로가 30분 동안 멍하니 서 있자, 마 교수가 염려되는 마음에 다가왔다. 그는 헤일로가 자기 제자가 아니라는 걸 인지하고 있었고, 이제 막 스무 살이 된 아가라는 것도 알았다.

'세상 사람들이 다 천재라고 하여, 나도 동조해버렸나.'

마 교수는 문서연을 꽤 아꼈고, 문서연이 좋아하는 소년에게 부담을 줄 생각은 전혀 없었다. 어차피 대부분의 녹음이 여러 가지 이유로 폐기될 것이고 필요한 소리가 있다면 다시 와서 녹음할 것이다. 그래서 마 교수는 부담을 갖지 말고, 그냥 하고 싶은 대로 하라고 말하려고 했다.

그러나 헤일로가 고개를 끄덕이며 대답했다.

"기다리고 있어요."

"무엇을?"

"소리요."

그가 기다리고 있는 소리가 머지않아 올 것 같았다.

"그래?"

노는 것도 아니고, 어렵다는 것도 아니고 기다리고 있다니 할 말이 없어졌다. 마 교수는 더 이상 참견하지 않기로 했다. 오히려 헤일로에게 말을 걸려는 사람들을 말리며, 그의 행동을 눈에 담았다.

'어쩌면….'

무언가가 올 것 같았다. 마 교수는 그냥 그런 직감이 들었다. 여전히 이 소년이 천재인지 아닌지 모르겠지만, 그가 보아왔던 영감의 순간은 늘 이러했다.

헤일로는 천천히 두 눈을 감았다. 두 눈을 뜨고 있을 때 놓치고 있던 감각들이 하나둘 깨어났다. 어렸을 땐 소음이었던 소리가 머릿속에 채워진다. 이제 그 소리를 덜어낼 줄 아는 헤일로에겐 그것은 곧 음악이자 하나의 이야기가 되었다. 헤일로의 손가락이 다시 한번 꿈틀거렸다. 그리고 어느 순간 눈을 번쩍 떴다.

사람들의 눈이 부산스레 움직이는 헤일로를 향했다. 그들 중 누군가는 '왜 이렇게 비효율적으로 움직이지?'라고 생각했다. 자연의 소리를 녹음한다는 건 얼핏 어려워 보이지만, 그냥 인내심을 가지고 묵묵히 기다리면 됐다. 가만히 앉아 있다가 원하는 소리가 아니면 지우고, 다시 녹음하고 차근차근 하면 되는 것인데….

어느새 비탈길에 선 헤일로가 팔을 들었다. 나무가 흔들리는 걸 녹음하고 싶은 건지, 바람을 녹음하고 싶은 건지 모르겠지만, 저기 있다가 또 다른 곳으로 옮겨간다. 좋게 말하면 초보가 의욕적으로 일을 하는 거고, 나쁘게 말하면 ADHD…? 아니다, 그냥 일을 비효율적으로 하는 것처럼 보였다. 하지만 누구도 그에게 뭐라고 하진 않았다. 내버려두라는 마 교수의 전언도 전언이지만, 왠지 건드리면 안 될 것 같은 느낌이 들었다. 뭘 하는지 몰라도 녹음하는 동안 스쳐 지나가는 다채로운 표정을 구경하는 게 꽤 즐거웠다. 도대체 무얼 녹음하기에 저렇게 즐거울까 싶었다. 교수의 프로젝트 겸 재능봉사에 끌려왔다고 생각하는 대학원생들은 그 모습이 부러웠다.

그렇게 시간이 흐른다.

"크흡…. 흠! 뭐, 뭐야…."

"아무 일도 없었어."

자연의 소리만이 남은 이곳에서 졸다가 제 코 고는 소리에 놀라 깨어나고, 다 같이 둘러앉아 샌드위치를 먹는 와중에도 헤일로는 이곳저곳을 쏘다녔다.

"사장님! 샌드위치 먹고 해요."

그렇게 해의 위치가 기울기 시작할 즈음 마 교수가 일어났다.

"슬슬 내려가지."

산은 해가 일찍 진다. 인적 드문 곳이라면 특히 그렇다. 마 교수의 전언에 대학원생들의 얼굴이 밝아졌다. 원래라면 밤에도 녹음 했겠지만 문서연과 헤일로 덕분에 일찍 끝난 것이다.

"오늘은 일찍 끝났으니….”

'드디어 집에 돌아갈 수 있나?'

교수의 말에 이토록 두근거린 적이 없었던 대학원생들이었다.

"돌아가서 자료를 정리하도록 하지.”

문서연은 절망 어린 대학원생들의 표정에 킥킥 웃으며 주변을 두리번거렸다. 잠깐 눈을 뗀 사이 헤일로가 보이지 않았다.

"사장님!”

문서연은 마지막으로 보였던 곳으로 향했다.

"사장님?”

그녀의 목소리가 메아리쳐 울리지만 대답해주는 사람은 없었 다. 바닥에 떨어진 잎사귀가 바스락거린다. 그때였다. 옆에서 무언 가가 수욱 내려왔다.

"헉!”

소리도 못 지를 정도로 놀란 문서연은, 위에서 떨어진 게 헤일로 라는 걸 깨닫고 더 놀랐다.

"불렀어요?”

"네! 아니 그런데, 사장님 왜 거기서….”

'나무에서 떨어지면 어쩌려고. 아니, 그 전에 이 사람 언제부터 이렇게 나무를 잘 탔지.'

머리에 나뭇잎이 붙은 줄도 모르는 헤일로가 해맑게 웃으며 위쪽을 손짓했다. 문서연의 고개도 그를 따라 올라갔다. 그녀는 "와…” 하고 작게 감탄하곤 입을 막았다. 얽히고설킨 나무줄기 사이로 숨겨진 둥지가 보인다. 그곳에 머리를 삐죽 내민 새들이 "빡 빡" 울고 있었다. 아주 작은 소리라 귀를 기울이지 않으면 듣지 못할 뻔했다.

"너무 귀엽다."

만지면 깨질까 혹은 놀랄까 봐 손도 뻗지 못한 문서연이 한쪽 발을 동동 굴렀다.

"어떻게 찾으셨어요?"

"한 마리가 둥지 밖으로 떨어져 울고 있더라고요."

아, 그래서 나무 위로 올라갔구나. 문서연이 납득하며 새끼 새들을 바라보았다.

"그런데 왜 불렀어요?"

"아! 맞다. 이제 내려간다고 해서요. 혹시 녹음할 게 남았나요?"

"아뇨."

헤일로는 어깨를 으쓱였다. 마이크를 붙잡고 이곳저곳 누비던 사람답지 않았다. 녹음하고 싶은 걸 다 녹음해서 그런 건지 소리 수집에 관한 흥미가 떨어져서 그런 건지 알 수 없었다.

"한번 들어봐도 돼요?"

"그럼요."

"그럼 이따 차에 가서 들을래요!"

안타깝게도 문서연은 녹음을 듣지 못했다.

"아, 그런데 서연아. 오늘 따로 시간이⋯."

애제자의 대답이 없어 뒤를 돌아본 마 교수는 팔짱을 낀 채 자는 소년과 창문에 머리를 기대고 곯아떨어진 애제자를 발견했다.

"많이 피곤했나 보군."

옅게 웃은 마 교수는 고개를 돌려 정면을 본다. 두 대의 자동차가 해를 등진 채 달려 나갔다.

***

남궁 PD는 손을 달달 떨었다.

'제길 내가 왜 그랬지? 따라갔어야 했는데. 세상에….'

사장이 스스로 카메라를 들고 다녔다던 문서연의 말에 불길함을 아니, 기대감을 갖긴 했지만 결과는 정말 참혹했다. 남궁 PD는 영상과 미래의 자신에게 애도를 표했다.

"오 태양이시여."

초반 영상은 나쁘지 않았다. 카메라 초점이 뚜렷했고 교수와의 대화 이후 헤일로가 고민하는 모습은 그 자체로 매력이 있었다. 하지만 문제는 헤일로가 카메라를 가지고 다닐 때부터 일어났다.

천지개벽! 초점도 초점인데, 앵글이 흔들리기 시작했다. 마치 롤러코스터를 탄 것처럼 극심하게. 게다가 그나마 쓸 만한 영상엔 헤일로가 찍히지 않았다. 아니, 차라리 다른 사람이라도 나왔으면 좋았을 텐데 돌, 흙, 나무줄기와 가지, 투명한 물…. 그리고 "아악!" 강렬한 햇빛에 퇴마 당할 뻔한 남궁 PD는 심호흡했다. 헤일로가 등장한 영상도 있긴 했다. 먼발치에서 마이크를 들고 돌아다니는 흐릿한 뒷모습뿐이었다. 이걸 확대하면 어떻게든 될 것이다.

'되, 되… 되겠지?'

영상이 어떻냐는 헤일로의 말에 "최곱니다"라고 엄지부터 들어 올렸던 남궁 PD는 현재 위가 매우 쓰렸다. 물론, 헤일로가 다시 묻는다 해도 같은 대답을 해줄 것이었다. 남궁 PD는 일단 오늘의 영상을 제쳐두고, 너튜브를 확인했다.

오늘이 드디어 그날이다. 티저에서 예고했던, D-0.

* * *

따악.

직장인 성호는 냉동실에 넣어두었던 맥주 캔을 따며, 소파에 앉았다. 스마트 TV에 너튜브를 연결해놓은 성호는 방해금지 모드로 맞춰놓은 후 벽에 기대었다. 맥주 한 모금에 회사에서 얻었던 스트레스가 싹 풀리는 것 같았다.

'실시간 스트리밍으로 먼저 풀린다고 했던가.'

스트리밍 25분 전인데도 실시간 시청자가 모이고 있었다.

[드디어ㅠㅠㅠ]

[오오 곧이다.]

[Good morning!]

마치 어딘가에 좌표가 찍힌 것처럼 시청자 수가 불어났다. 이미 관심이 집중되어 어제부터 온갖 곳에서 이 이야기를 했다. 일반인들이야 스트리밍을 챙겨볼 사람은 그중에서 얼마나 될지 모르겠지만, 커뮤니티 쪽은 미쳐버린 것 같았다. 성호도 대중이 스타의 사생활을 궁금해한다는 걸 알았지만, 이 정도일 줄은 짐작하지 못했다.

어쨌든 남은 25분은 성호에게 너무 길었다. '배달의 일족' 어플에서 한참 고민한 후 불족발을 시켰는데도 10분이나 남아 있다. 그쯤 곧 헤일로의 웹 예능이 업로드될 거라고 인터넷 기사들이 올라온다. 이제 남은 시간 1분. 시청자들도 따라 카운트다운했다.

익숙한 음악이 들려왔다. 노해일의 정규 1집 타이틀 곡 '웰컴 투 마이 월드'의 반주다. 그와 함께 화면이 밝아지며, 기타를 연주하는 소년이 담겼다. 편안하게 반소매에 청바지를 입은 소년은 그 유명한 헤일로 기타를 튕긴다. 시작부터 무대 영상보다 적다는 실내 녹음실 영상이라는 필살기를 쓴 제작진들이 치사하다고 생각하기도 전에, 소년의 손이 어느 순간 멈췄다. 어딘가를 주시한 소년이 웃는다. 반가운 사람을 만난 건지 혹은 재밌는 농담을 들은 건지는 잘 모르겠다. 그러나 그는 즐거워 보였고 보는 사람마저 웃게 만들었다. 그의 뒤로 노랫소리가 잔잔하게 깔린다.

[EP 01. Welcome to my home(웰컴 투 마이 홈)]

곧바로 보이는 풍경에 성호는 "오" 하고 탄성을 내질렀다.

팬들에게 '신전'이라 불리는 레이블 H다. 카메라는 공식적으로 한 번도 공개되지 않았던 레이블의 로비를 비추었다. 층고가 높은 1층은 복층으로 한쪽 면이 창으로 되어 있어, 무척 개방적으로 보였다. 정중앙에 있는 엘리베이터와 기둥의 유려한 곡선, 따뜻한 색감의 타일과 알록달록한 가구, 은은하게 깔린 재즈와 커피 향 그리고 북유럽 감성의 우주 행성 오브제 조명이 이 레이블의 첫인상이었다.

[와 미쳤다.]

[우리 회사랑 비교도 안 되네.]

[그러니까 여기에 취직하면 이런 회사에서 매일 헤일로를 보면 일할 수 있다는 거죠?]

레이블 사옥에 공을 들일 필요가 없다고 말했던 신주혁도 감탄하고 갔을 정도였다. 깔끔하게 몇 컷의 사진과 음악으로 레이블을 보여주는 영상이 흐르는 가운데 불현듯 헤일로의 목소리가 들려왔다. 티저의 첫 부분이었다. 그리고 장면이 곧장 바뀐다. 흑발의 소년이 "자기소개 좀 해주세요"라는 PD의 멘트에 카메라를 똑바로 바라보았다.

[안녕하세요, 노해일입니다.]

잠시의 정적이 흘렀다. PD는 그게 다냐고 바라봤고, 소년은 여기서 더 뭐가 필요하냐는 듯한 얼굴이었다. PD는 해탈한 느낌으로 곧 다음 질문으로 넘어갔다. 처음엔 간단한 질문이었다. 댓글이나 여기저기에서 궁금하다고 했던 내용, 이를테면 "요즘 어떻게 지내고 계시나요?", "최근에 듣는 음악은?", "언제 귀국하셨나요?" 등이었다. 언제 귀국했냐는 질문에 답을 하면서 헤일로가 그래미 어워즈 직후, 직원들 몰래 돌아왔다는 게 드러났다. PD가 지금은 반성하냐고 묻자, 헤일로가 미소 지었다.

[그런데 좀 재미있지 않았나요?]

전혀 반성하는 사람의 태도가 아니었다.

[야ㅋㅋㅋㅋ직원들 단체 오열.]

[인생 ㅈㄴ 재밌게 산다ㅋㅋ]

그리고 드디어 사람들이 기다리던 콘텐츠가 나왔다.

[제 하루를 소개해달라고요?]

헤일로에게 직접 소개를 요청한 것이었다. 소년이 이해하지 못

한 얼굴로 고개를 기울였다.

[소개해줄 수 있지만, 다들 비슷하게 살 텐데?]

PD는 대답하지 않았다. 대답은 앞으로의 시청자들이 할 것이었다.

카메라가 전환되며, 새벽 5시 30분 곧장 어두운 방 안을 비췄다. 일상 리얼리티. 시청자들이 가장 바라던 부분이었다. 암막 커튼과 커다란 침대, 그리고 그 침대 위에 죽은 듯이 자는 인영은 여느 집과 다를 바 없었다.

'헤일로는 한 10시쯤 일어나려나?'라고 생각한 성호는 갑자기 인영이 스르륵 일어나자 화들짝 놀랐다. 알람도 없이 일어나 흔한 잠투정 없이 침대에서 내려온다. 놀랍도록 성실한 모습이었다. 소년은 유유하게 욕실로 들어갔고 샤워가운을 입고 나왔다. 통창으로 햇볕이 들어오자, 어둠 속에 묻혀 보이지 않았던 것들이 보였다. 통창으로 펼쳐진 서울과 펜트하우스의 전경은 사람들이 스타에게 기대했던 것이었다. 그리고 거실 한쪽 면을 차지하는 턴테이블과 오디오, 바이닐 더미.

소년은 음악을 켜고, 창가로 가 에스프레소를 마셨다.

[와 미쳤다.]

[ㅎㅎㅎ참 비슷하게 사네요.]

[우리 집 평수에 0 하나 더 붙이면 비슷할 거 같네요^^]

벽 한쪽 구석, 베란다 근처엔 종이공들이 굴러다녀 소년의 발치에 닿았다. 소년은 그걸 잠깐 보더니 걷어차버린다. 주워서 버릴 생각은 없어 보였다. 누군가가 기어이 '근데…. 청소는 안 하나 보네'

라고 다들 차마 쓰지 못한 댓글을 남겼다.

[인간미 무엇ㅋㅋㅋ]
[우리 엄마가 보면 등짝 각인데.]
[하지만 아들이 헤일로라면?]
[엄마가 치울 게 아들^^ 먹고 싶은 과일 있어?]

그사이 카메라는 바쁘게 온 집 안을 소개했다. 잠만 자는 커다란 침실과 드레스룸, 가정주부들이 꿈꾸는 넓은 부엌과 서재 등. 사람들은 음반도 음반인데, 받은 트로피와 상들이 무작위로 선반에 들어차 있는 걸 보고는 감탄했다.

[상이ㅋㅋㅋ 개근상 처박아둔 나랑 똑같긴 하네.]
[개근상=그래미 어워드.]
[근데 헤일로 이제 스무 살인데 상은 무슨 40대 원로 가수급.]
[누가 헤일로 상복 없다고 하지 않았냐?]
[그거 해외 신인상 안 줬다고 헬리건들이 과장한 거 아니냐.]
[ㅅㅂ 신인상 왜 안 줌?]

그리고 다른 쪽 구석을 카메라가 비추자, 갑자기 채팅 속도가 배로 붙었다.

[굿즈 제발!!!]
[내 모든 것을 저기에 두고 왔다.]

[Plz bargain I wanna buy]

[돈을 준다니까? 호구해준다는 데 왜 안 파는 거냐고.]

[굿즈 나만 없어ㅠㅠ]

[아니야 다들 없어…]

돈이 있어도 못 구한다는, 콘서트 굿즈가 단정하게 놓여 있었기 때문이다. 보는 사람 열받게 하려는 듯, 심지어 오르골이 돌아가고 있었다. 보급형 헤일로 시계가 팔리면서 시계 가치가 조금 떨어지는 듯했으나, 보급형과 기존 디자인이 다르고 기존 시계에는 넘버가 찍혀 있기 때문에 헤일로 시계 역시 어디에도 양도 물건이 올라오지 않았다.

펜트하우스의 구조가 소개되는 사이, 에스프레소 한 잔을 마신 소년은, 소파에 기대 무릎에 노트를 올린 채 펜을 돌리고 있었다. 평범한 모습이지만, 소년의 실체를 알고 있는 사람들은 숨을 죽이며 지켜보았다. 여전히 턴테이블이 돌아가며, 올드팝이 들리는데 소년은 전혀 듣지 못하는 것처럼 집중한 얼굴로 바닥에 놓인 기타를 만지작거렸다.

얼마나 시간이 흘렀을까. 턴테이블이 딸칵이며 멈췄다. 그 순간 소년이 허밍했다. 마치 옛날 〈랑데부〉 프로그램에서 나왔던 것처럼. 햇살을 받은 소년은 노래와 함께 빛나는 것 같았다.

'와…. 진짜 아무것도 없는데 뭐가 나오는구나.'

성호는 먹던 족발을 내려놓고 소년을 바라보았다. 작지만 길게 소년의 허밍이 이어졌다. 음악을 잘 모르지만, 감미로우면서도 지루할 틈이 없는 엇박이 듣기 좋았다. 채팅 반응도 좋다고 벌써 난리가 났다.

성호가 '이번 앨범 콘셉트인가?'라고 생각한 순간 소년이 중얼거렸다.

[별론데.]

그러고는 종이를 팍 잡아 뜯더니 돌돌 말아 구석으로 휙 던져버린다.

풉! 성호가 맥주를 마시다 코로 뿜었고, 채팅창에도 이해할 수 없다는 반응이 이어졌다.

[뭐임? 왜 버려?]
[별로라고? 방금 그 노래 버린 거임?]
[와 이건 진짜 개쩐다.]
[아니 왜 좋은데?]

곧 사람들은 깨달았다. 방구석에 모인, 그들이 쓰레기라고 생각했던 것들이 전부 다 저런 습작들이었던 것이다. 처음에 안 치운다, 지저분하다 하며 킥킥대던 사람들이 돌변해서 제발 하나만 달라고 조르기 시작했다.

[저게 그러니까 습작곡이었던 거야?]
[집 안에 황금이 굴러다니는.]
[안 돼. 제발 버리지 마. 습작곡 다 모아서 앨범을 내주세요ㅠㅠ]
[누가 제발 좋다고 좀 알려줘.]

팬들의 오열이 이어질 때, 누군가가 채팅창에 글을 남겼다.

[진짜 놀라운 게 뭔지 앎? 방금 30분 동안 한 다섯 곡 집어던진 듯. ㅅㅂ 진짜 이게 재능 차이인가. 음감이 끝도 없이 나오네. 저렇게 쉽게 나오는 게 아닌데 진짜⋯]

***

"으윽."

뚜두둑.

안 조교가 기지개를 켜자, 온몸에서 뼈가 울렸다. 그러나 같이 있던 이들은 안 조교를 놀리지 못했다. 그들 역시 놀릴 체력이 없었기 때문이었다. 늘 달고 다니는 다크서클이 오늘따라 짙어진 그들은 다들 온몸을 좀비처럼 비틀었다. 그럼에도 그들이 온전히 쉴 기회는 화장실에 다녀오는 15분이 다였다.

사실 마 교수가 그들에게 프로젝트를 강요하는 건 아니었다. 그저, 마 교수가 꼼짝도 하지 않고 일을 하는데, 먼저 들어가겠다고 말하기 뭐해서 그럴 뿐이다. 그리고 어차피 그들이 해야 할 일이기도 했다. 저희가 몇 날 며칠 대한민국 대지를 떠돌며 녹음한 걸 듣는 것은 떠돌아다닌 것보다 더 힘들었다. 졸졸졸 흘러가는 시냇물 소리가 이제 화장실 소리처럼 들렸고, 안 조교는 몇 번째일지 모를 시냇물 흐르는 소리를 들으며 고개를 꾸벅꾸벅 떨구었다.

그때였다. 진절머리가 난 대학원생 하나가 도저히 안 되겠다 싶어 머리를 식히기 위해 폴더를 누볐다. 그냥 이제 얼마나 남았나 세어보는 의미 없는 짓이었지만, 의미 있는 척하며 셈했다. 그때 대학원생이 머리를 갸웃했다. 용량이 어마어마한 다른 폴더와 달리 용량이 이상할 정도로 작은 하나의 폴더가 있었다. 눌러보니, 달랑 한 개의 파일만 있었다.

'이건 뭐지? 우리 중에 무임승차가 있나?'

열받을 뻔했던 대학원생은 날짜를 보고 나서야, 그게 오늘 녹음된 파일이라는 걸 깨달았다. 그리고 오늘 두 도우미가 있었다는 것도. 호기심이 들었다.

딸칵.

'아마도 이건, 헤일로 것이겠지? 음악 천재로 유명한 이의 것은 어떨까?'

다 같은 소리라고 생각해보지만 기억 속에서 헤일로는 정말 진지하게 여기저기 돌아다녔다. '도대체 뭘 녹음했길래 그렇게 만족스러운 얼굴을 했을까' 궁금해하며 대학원생은 헤드폰을 다시 쓰고, 스페이스 바를 눌렀다.

아주 작지만, 연약한 바람의 소리가 들려온다. 흔한 바람 소리가 아니라, 바람이 불기 시작하는 소리라 대학원생은 초보치고, 잘 캐치했다고 생각했다. 그러나 소리가 진공상태처럼 싹 사라지자, 대학원생은 저도 모르게 아쉬워했다.

'소리 괜찮은데 아쉽다. 편집하면 되려나.'

그때였다. 갑자기 물방울이 투두둑 떨어졌다. 그건 마치 실로폰처럼 들렸다.

"어?"

그리고 점점 바람이 번진다. 한순간 엄청난 바람에 수풀들이 머리를 세웠다. 물의 파동이 퍼져나간다. 누군가 부드럽게 시냇물을 어루만지는 것 같았다. 그와 함께 바람은 점점 커져 나갔으며, 사각 사각 옷자락이 걸리고 부딪히는 소리마저 이 산을 이루는 하나처럼 들려왔다. 햇볕이 내려앉고 바람의 손길에 나뭇잎들이 퍼져나간다. 소리가 합쳐진다. 그들이 말했던 노이즈가 이 순간 그렇게 아름다울 수 없었다.

'우리 같은 곳에 있었지 않았나? 근데 왜 이렇게 소리가 다르지? 내가 들었던 건 이런 소리가 아닌데.'

대학원생은 제 팔을 문질렀다.

"교수님….'

"왜 그러지?"

마 교수가 소심한 목소리를 찾았다. 대학원생은 자기가 무슨 표정을 짓고 있는지도 모르고 대답했다.

"한번 들어보셔야 할 것 같은데요."

대학원생은 이걸 뭐라고 정의해야 할지 몰랐다. 다만, 확실한 것은 이건 시냇물의 소리도, 바람의 소리도 아니다. 그들이 원했던 소리가 아니라는 것이다. 어떤 소리도 아니니 청각 자료로 쓸 수 없을 것이다. 그리하여 폐기해야 할지 모르겠지만, 이는 같은 곳에 있던 그가 절대로 듣지 못했던 소리였다.

마 교수는 뭔가 정신 나간 표정으로 저를 부르고 있는 대학원생을 향해 고개를 돌렸다.

"무슨 일인가?"

"어… 폐기하긴 아까운 소리가 있어서요. 그런데 이걸 어떻게 해야 할지 모르겠어서….'

항상 두괄식으로 정확하게 말하기를 선호하는 마 교수를 모르지 않을 텐데, 대학원생은 이상할 정도로 횡설수설했다. 마 교수는 시계를 확인했다. 늦은 시간이라 피곤한가 보다 하고는 고개를 끄덕였다.

"한번 틀어보게."

교수와 영화 〈라붐〉의 명장면을 오마주하고 싶지 않은 대학원생은 스피커에 블루투스를 연결했다.

"트, 틀겠습니다."

실내의 누구도 그의 말을 의미 깊게 듣지 않았다. 피곤했고, 집에 돌아가 아늑한 침대에 몸을 던지고 싶은 욕망이 강했을 뿐이다. 아무리 잘 녹음해봤자 다 아는 소리기도 했고 말이다. 그래서 안 조교는 처음에 바람 소리가 들렸을 땐 그러려니 했다. 그저 이걸 언제까지 들어야 하는지 궁금했을 뿐이다. 뒤이어 물방울이 투두둑 떨어졌을 때, 누가 바보같이 소리를 끊지 않았나고 생각했다.

'이것도 나쁘지 않은데.'

이어서 다시 바람 소리가 들려왔고, 다른 소리가 섞이기 시작했다.

안 조교는 이쯤 돼서 멍하니 듣기 시작했다.

"어…!"

그때였다. 옆에 있는 한 명이 소리를 지르려다 제 입을 막았고, 반대쪽 옆에 있는 이가 눈을 휘둥그레 떴다. 그러더니 둘이 소곤거린다. 왜들 그러나 싶어 안 조교가 "왜?"라고 속삭여 물었다. 어느새 눈을 감고 있는 마 교수의 심기를 건드리고 싶지 않았다.

"형, 안 들리세요?"

"뭐가?"

"음악이 들리잖아요."

안 조교는 처음엔 고개를 갸웃갸웃했다. 수집한 소리를 듣다가 갑자기 무슨 음악 이야기를 하나 했다. 그러나 그 또한 듣게 되었다. 자연의 소리가 하나의 악기 소리가 되었으며 그것들은 서로 맞물리며 음악이 되었다.

추운 겨울바람이 북처럼 둥둥거리며 대지를 울렸고, 사각거리는 소리는 누군가의 수군거림, 혹은 바람 같았다. 쏴아… 마침내 세상의 모든 것들이 일어나 합창했다. 정말로 음악이 그곳에 있었다.

"이게 뭐야…."

온몸에 전율이 일고 팔에 소름이 돋았다.

"이걸 누가 만든 거야?"

안 조교가 대학원생에게 물었다.

"잘못 들어온 파일 아니야?"

디지털 음 대신 자연의 소리로 작곡한 파일이 아닌가 싶었다.

"오늘 녹음된 파일이에요."

"뭐?"

"오늘?"

"누가?"

대학원생의 대답에 의문이 연발로 이어졌다. 그러다 그들은 뒤이은 답이 들려오기 전에 오늘 동행한 이의 존재를 인지했다.

"아… 설마."

오늘 추가된 동행인이 두 사람이 있었다. 한 사람은 마 교수의 애제자였고, 다른 사람은 세상 대부분이 아는 유명인이었다. 그들은 이렇게 녹음할 수 있는 사람은 단 하나밖에 없다는 걸 알았다. 애초에 이렇게 많은 소리를 담기 위해 바쁘게 움직인 사람은 하나밖에 없었다.

"이게 진짜 천재구나."

누군가의 목소리가 씁쓸하게 울려 퍼졌다. 이 자리에 '천재' 소리 들어본 적 없는 이는 없었으나, 이제까지 '천재'가 무엇인지 보여주는 사람은 없었다. 누군가는 감탄하고, 누군가는 씁쓸해하고, 누군가는 믿지 않을 때, 안 조교는 교수의 표정을 살피고 있었다.

아무런 말도 없이 눈을 감고 있는 교수는 그가 본 적 없는 표정을 짓고 있었다. 안 조교는 그게 무슨 의미인지 모를 수 없었다. 노력도 재능도 눈치도 갖춘 엘리트는 교수가 주야장천 했던 말을 오늘에서야 이해할 수 있을 것 같았다.

"우리가 두 눈을 뜬 채로 놓치고 있는 소리를 잡고 싶다네."

같은 날, 같은 자리에 있었으나, 다른 소리를 들은 이들. 모두가 두 눈을 뜨고 있었지만, 듣지 못했던 소리. 이건 시냇물 소리. 이건 바람 소리. 전혀 의도를 파악하지 못하고, 자기가 녹음해왔던 걸 다시 확인하며 교수가 이렇다 저렇다 말한 자신이 그렇게 바보 같을 수 없었다.

"교수님…."

안 조교는 말을 잇지 못하고 고개를 숙였다. 그제야 마 교수가 천천히 눈을 떴다. 왠지 제자들이 고개를 숙이고 죄인처럼 있었다.

조교와 대학원생들은 교수가 말했던 '그들'이란 게 단순히 장애아동이나 소외아동을 말하는 게 아니었다는 걸 이제야 깨달은 저희가 멍청하게 느껴졌다.

"자네들은 틀리지 않았어."

제자들이 마 교수의 말에 고개를 들었다.

"자네들은 '청각 교재'를 만들 자료를 수집하기 위해 최선을 다했지. 분명, 자네들이 수집한 소리는 청각 교재를 만들 양분이 될 것이네."

눈앞의 제자들은 정확히 출제자의 의도를 파악했고, 그들이 할 수 있는 최선의 답을 냈다. 그들은 틀리지 않았다.

"이게 시험문제였다면 자네들은 A를 받았을 것이야."

마 교수는 제자들을 돌려보내고 난 후 창문을 열었다. 차가운 공기가 피로감을 밀어냈다. 창밖으로 집에 돌아가는 학생들이 보였다. 그의 말이 격려가 되었는지, 아니면 그저 집에 가는 게 좋은 건지 발걸음이 무거워 보이진 않았다. 그거면 됐다.

그렇다고 마 교수가 그들을 위해 거짓말을 한 건 아니었다. 그는 누군가를 위해 하얀 거짓말을 해줄 성격이 아니었고, 오히려 능력 있는 아이들을 다그치는 쪽에 가까웠다. 그러니 그들에게 해준 그의 말은 분명 진실이었다. 그들은 틀리지 않았고, 출제자의 의도를 이해하려고 노력했다. 그들은 '청각 교재가 필요한 범주'를 '청각 경험이 적은 소외아동'에 초점을 맞춘 것이다. 실제로 정부의 프로젝트도 같은 방향이었고, '꼭 그런 아이들에게만 편향할 필요는 없다'라는 말은 중요하게 작용하지 않았던 것이다.

여전히 인상 깊게 남은 소년은 굳이 '청각 경험이 적은 소외아동'에만 집중할 필요가 없었던 것뿐이다. 소년이 듣는 소리를 듣지 못하는 것은 '청각 경험이 적은 소외아동'뿐만이 아니다. 누구도 듣지 못하는 소리를 그 소년만이 듣고 있었다. 누구도 보지 못하는 걸 볼 수 있는 사람, 세간에선 그런 사람을 천재라고 한다.

교수는 다시 한번 소년이 들어왔던 '소리'를 들으며 고민했다.

청각 교재로만 사용하기엔 아까운 이것을, 청각 교재에 넣기엔 뭐라고 정의해야 할지 모를 이것을 어떻게 쓸 수 있을지. 밤이 깊어져 간다. 행복한 고민으로 그는 오늘 잠을 이루긴 쉽지 않을 것 같다.

* * *

"슬럼프가 온 거 같아요."

남궁 PD는 그 한마디에 채팅이 실시간으로 난리가 나는 걸 보며, 손바닥에 턱을 묻었다. 사실 '슬럼프'라는 고민을 대중에게 공개하는 것에 대해 레이블 내에 수많은 의견이 오갔다. 반대하는 이도 많았고, 괜찮지 않냐고 말하는 사람도 있었다. 어쨌든 찬반 논쟁이 격렬하게 오간 건 크게 두 가지 이유 때문이었다.

첫 번째, 아티스트의 보호. 누구에게나 슬럼프가 올 수 있기에 별문제 아닌 것처럼 보여도 극복하지 못하면 매우 치명적일 수도 있다. 슬럼프를 이기지 못하고 끝내 몰락하는 운동선수도 많았고, 우울증 등을 야기하기도 했다. 좋은 것도 공개할 때 조심해야 하는 세상인데, 슬럼프라고 공개해봤자 수군거리는 사람뿐일 테다. 공개해봤자 아티스트에게 좋은 것도 없었고, 레이블이라면 아티스트가 스트레스 받지 않는 업무 환경을 만들어야 한다고 생각했다.

그러나 다른 한쪽에서는 '슬럼프'가 병이 아닌데 숨길 이유가 없다고 했다. 누구나 슬럼프에 빠질 수 있으니 이를 극복하는 모습을 보여주면 큰 공감을 얻을 수 있을 거라고 주장했다. 특히 이 콘텐츠의 취지는 노해일이라는 아티스트가 새로운 앨범을 제작하는 과정을 담는 것이니 곡에 대한 고민, 슬럼프가 있는 게 당연하지 않겠냐며 설전이 오갔다.

두 번째는 헤일로의 이미지에 대한 문제였다. 헤일로는 노출이 많지 않았지만, 그래도 대중들이 생각하는 이미지는 있었다. 음악 천재, 태양 등등 주로 자신감 넘치고, 천상 스타라고 불리던 이의 슬럼프는 그런 이미지를 위협할 수도 있었다.

이외에도 여러 가지 논의할 점이 있었지만, 주로 다루어진 게 이 두 가지다. 주로 직원들이 팬심으로, 혹은 헤일로에게 홀려서 모인 만큼 이제 막 스무 살이 된 아티스트에 대한 걱정이 컸다. 그러나 이런 논의는 허무하게 끝이 난다. 정작 당사자가 하나도 상관없다는 듯이 공개하자고 한 것이다.

"헤일로 씨 한 가지 알아두셔야 할 건, 사람들이 헤일로 씨의 슬럼프에 대해 별별 이야기를 다 할 거란 사실이에요. 그중에는 반드시 도움이 되는 말만 있지는 않을 거예요."

헤일로는 새삼스럽지 않다는 듯 답했다.

"항상 그랬는데요. 그리고 한번 생각해봤는데 괜찮을 것 같아요."

오랜 설전을 이어온 직원들을 허무하게 할 정도로 쿨한 답변이었다.

그래서 1화 '웰컴 투 마이 홈'은 헤일로의 슬럼프 고백으로 끝났다. 영상은 끝난 지 한참 됐는데도 채팅은 빠르게 올라가고 있었다. 임팩트가 커서 사람들이 아직 영상에서 떠나지 못했다.

[뭐요??? 내가 잘못 들었나?]

[슬?럼?프?]

[방금 다섯 곡 뽑은 새끼가 슬럼프????]

[What the…]

[여기서 끝난다고? 다음 편 어딨어! 다음 편!!!!!]

다들 못 믿는 반응이다. 사실 남궁 PD도 믿지 못했다. 분명 헤일로는 자신이 슬럼프라고 믿고 있는 것 같은데, 심지어 멤버들도 진지하게 생각하고 있는 것 같은데, 그의 팬심이 부족한 건지 아니면 공감 능력이 부족한 건지 계속 머릿속에 의문이 가득했다. 영상이 점점 늘어날수록 '납득'되기보다 물음표가 하나씩 더 늘어난다.

그래도 콘텐츠의 방향성 회의에서 결정한 대로 '슬럼프'라는 주제를 진지하게 가져갈 예정이다. 아티스트가 정말 진지하게 고민하고 있고, '슬럼프'는 가볍게 다루기엔 당사자에겐 매우 심각한 문제이기 때문이다.

전화가 뚜르르 울렸다. 홍보팀 직원도 아닌 그에게 지인들이 연락했다. 평소 자주 전화하는 성격이 아니었기에 아마도 헤일로 건임이 틀림없다. 카톡도 멈추지 않았다. 홍보팀 상황은 보지 않아도 뻔했다. 그리고….

"오, 빠른데."

남궁 PD는 1화가 끝난 지 몇 분도 되지 않은 상황에 기사들이 즉각적으로 올라온 걸 확인했다.

TOP_NEWS | 헤일로, 개인 너튜브에서 슬럼프 고백

구직자 절반 이상 '슬럼프'를 경험했다

38살 모태 솔로 38년째 연애 슬럼프 고백

태양이 슬럼프라고?

자막도 내보낸 영상이라 해외 뉴스도 곧 다룰 것이다. 세상은 슬럼프라는 단어에 꽂힌 것처럼 온갖 곳에 쓰기 시작했고, 이에 사람들도 반응했다.

[그래 슬럼프 올 때 됐지.]
[일 년 동안 13집 해먹었는데 세상이 공평하다면 슬럼프가 와야지.]
[평생 와도 문제없을 듯.]

이런 댓글은 사실 1화를 보지 않은 사람들이 쓴 것이고, 남궁 PD가 지금 모니터링해야 할 것은 영상을 본 사람들이었다.

[뭐야? 나 방금 보고 왔는데 해일이 진짜 슬럼프야?]
[선생님 앞뒤가 다르신데요.]
[물론 사람마다 편차라는 게 있긴 한데, 아니 습작이고 미완성이라지만 다섯 곡 만든 사람이 슬럼프??]
 ㄴ 심지어 개좋음.
 ㄴ 저게 내곡구려병인가 뭔가냐.
[여기 음악 전공하는 사람 없음? 헤일로 슬럼프 맞음?]
 ㄴ 원래 슬럼프라는 게 실력이 떨어진 현상이 아님. 실력이 떨어졌다고 느끼거나 노오력을 해도 실력이 늘지 않았다고 생각하는 게 슬럼프임.
 ㄴ 본인 밴드하는데, 헤일로 슬럼프 아님 저게 슬럼프면 난… 암튼 아님ㅠㅠㅠㅠ

다들 남궁 PD와 같은 생각을 하고 있었다. 그래도 그들은 좋아

하는 가수가 슬럼프를 앓고 있다고 고백했으니 나름 납득해보려고
노력 중이었다.

[난 그래도 슬럼프라는 거 이해됨. 매번 1위만 하니까 성적 스트레스 같
은 게 있겠지.]
[그러고 보니 해일이 한 번도 실패를 안 겪어봤구나…]
[원래 늘 꼴등 하는 애들은 슬럼프 없음. 상위권이 오히려 슬럼프 자주
겪음.]

그리고 이 상황에서 그들을 똘똘 뭉치게 하는 '공동의 적'도 포
착되었다. 바로, 공감 능력이 부족해 보이는 기사와 잘됐다는 듯이
인터넷에 출몰하기 시작한 인터넷 여포들이다.

[이거 다들 봤음? 우리 아기 태양 슬럼프 고백하자마자, 안티카페에서
축배 올린 거임.]
[난 해일이 슬럼프 얘기했을 때 얼마나 고민했을까 마음만 아프던데….
1분도 안 돼서 기사 올라오는 거 보고 소름 돋음.]
[그것도 그런데 누구 놀리듯 갑자기 관심도 없던 통계 가져와서 기사 쓰
는 것도 ㄹㅇ 우리나라에 사이코패스밖에 없음?]
ㄴ 갑자기 슬럼프가 무엇인가?
[진짜 세상 더럽다. 자기 일이었으면 이렇게 못할 거였으면서, 이제까지
운이 좋았다, 이제 슬럼프 걸릴 때 됐다… 참!]
[세상 관계자 다 등판해서 그럴 줄 알았다 ㅇㅈㄹ 사주팔자 어쩌구.]
[나는 해일이는 잘 극복할 거 같아서 그냥 믿었거든? 근데 지금 사람들

짓거리 보고 충격받을까 봐 걱정된다.]

자기 일인 것처럼 화를 내주는 사람들에 홍보팀 김 대리도 공감하며 고개를 주억였다. 그래도 다행인 것은 그녀의 가수는 사람들에게 어떤 관심을 받듯 크게 개의치 않는다는 거였다. 심지어 1화가 방영되었고, 곧 2화가 방영된다는 걸 알고 있을지 의문이다. 사실 알아도 별로 신경 쓰지 않을 것이다. 가끔은 팬들의 마음을 너무모른다고 언론홍보 담당자로서 헤일로에게 우는소리를 할 때도 있지만, 그래도 그가 커뮤니티 등에 찾아가 자기 이름을 검색하는 습관이 없다는 걸 다행으로 여기고 있다.

누구나 머리로는 안다. 자신의 이야기를 찾다보면 상처받는 건자신뿐이라는 걸. 그래도 결국 상자를 열었던 판도라처럼 호기심을 참지 못하는 게 사람이다. 그러다 심한 악플을 보고 상처받고, 우울증에 걸리고, 상처를 치료하기 위해 선플을 찾다가 다시 악플을 보게 되는 악순환의 늪에 빠져버린다. 헤일로는 제 앨범에 대한평론은 찾아봐도 자기에 관한 이야기는 잘 찾아보지 않았다. 그의멘탈이 강한 편이지만, 그런 건 그냥 안 보는 게 좋다고 김 대리는생각했다.

어쨌든 헤일로는 늘 그렇듯 잘 지내고 있었다. 멤버들과 함께. 오늘은 마지막 타자 남규환과 단체로 어딜 가서 며칠 머무른다고 했다. '헤일로가 직접 찍은' 영상 상태를 보고 감탄한(?) 콘텐츠 기획팀에선 아예 카메라맨을 붙여줬다.

원래 남규환은 자기 리프레시 방법이 헤일로에게 맞지 않다고생각해 빠지려고 했다. 그런데 "야, 설마 다른 사람은 몰라도 네가 안 할 건 아니지?"라고 눈치를 주는 문서연과 "규환아, 네가 할 건 뭐야? 살짝 힌트만 주면 안 돼?" 하며 궁금해하는 한진영, 제 팬심을 의심하는 콘텐츠 기획팀에 이어 무엇보다 이 모습을 관망하며 킥킥 웃는 헤일로 때문에 진지하게 고민하게 되었다.

생각나는 건 여러 가진데, 대부분 한진영과 문서연과 겹쳤다. 음악이라는 범주 안에서 한진영과 시도한 음악인과 소통하고, 문서연과 함께한 자연과 소통하는 걸 제외했더니 남는 게 별로 없었다. 그렇다고 헤일로와 함께 술을 먹는 건 아쉽고, 자신도 관심 없는 연주회같은 데 데려가는 건 성격에 맞지 않았다. 콘서트? 갑자기 놀이동산? 일일 아르바이트? 무얼 할지 감이 잡히지 않았다. 그러던 어느 날 남규환은 누나의 잔소리를 듣다가 "유레카"를 외쳤다.

"규환아, 할머니가 너희 엄청 보고 싶어 하더라. 네가 TV에 나온 걸 보고 노인정 스타가 되셨던데. 한번 뵈러 갈 생각 없어? 뭐, 바쁜 건 알겠지만, 할머니가 엄청난 걸 바라는 게 아니잖아. 가서 할머니가 만든 맛있는 거 먹고, 친구분들께 인사도 드리고 와. 너 원래 할머니 댁 가는 거 좋아했잖아. 공기도 좋고, 물도 좋은 데서 스트레스 좀 풀고 와. 그리고 백구 무지 큰 거 아니?"

꼭 음악에 집착할 필요는 없지 않나 싶었다. 재능 봉사, 교육 그런 것 말고 시골에서 그냥 쉬다 오는 것도 헤일로에게 필요할 것이다. 그런 이유로 남규환은 헤일로와 멤버들에게 '할머니네 놀러 가기'를 제안했다.

그리하여 가장 사람이 적을 평일 오전 시간대 새마을호 기차 한 량을 빌린 그들은 남규환의 할머니 집으로 향했다. 기차의 중앙 좌석에 헤일로와 멤버들이 자리 잡고, 동행한 매니저와 콘텐츠 기획팀 VJ가 바로 옆좌석에 앉았다. 사람이 없어 편하게 마스크와 모자를 벗은 이들은 둘러앉았다.

멤버들이 출발하기 전에 화장실도 가고 간식도 사 오겠다며 가고 혜일로는 혼자 멍하니 창가에 기댔다.

[곧 열차가 출발합니다.]

시간에 딱 맞춰 기차 알림이 울렸다. 그쯤 멀리서 누군가 급하게 에스컬레이터를 뛰어 내려오고 있었다. 기차 출발 1분 정도 남긴 상황이다. 혜일로는 VJ가 카메라 각도를 수정하는 걸 흘끗 보고, 다시 창밖으로 시선을 돌렸다. 이른 아침 서울역에는 그래도 사람이 좀 있었는데, 출근 시간을 교묘하게 비켜나간 시간이라 주로 여행객만 있었다. 에스컬레이터를 반쯤 날라 내려온 이가 머리가 산발이 된 채 혜일로가 탄 기차로 달려왔다. 핸드폰으로 시간을 확인한 이는 기차 앞에 서서 차량 번호를 확인하며 이동했다. 혜일로가 보기엔 일단 기차에 타서 칸을 확인하는 게 좋을 것 같은데, 타야 할 칸을 확인하고 들어갈 생각인 것 같았다.

"혜일로 씨, 안쪽에 앉으시는 게 어떠세요?"

VJ가 혜일로에게 물었다. 계속 기차가 역에 설 것이고, 잘못하면 그들의 촬영이 알려질지도 모르기 때문이었다.

혜일로는 어디에 앉아도 상관없었기에 고개를 끄덕이고 이동하려고 했다. 그가 몸을 일으키려고 할 때 창밖에 칸을 확인하던 이와 눈이 마주쳤다. 기차 밖에서 급하게 이동하던 이의 눈이 점점 커졌다. 모자도 마스크도 선글라스도 하지 않았으니 알아보는 게 당연했다. 그는 손가락으로 혜일로를 가리키며 뭐라 뭐라고 말했다. 혜일로는 그가 뭐라 말하는지 들리진 않았지만, 입 모양을 보건대 제

이름을 부른 게 분명해 웃으며 손을 흔들었다.

"안녕하세요."

입 모양을 뚜렷이 하니, 그녀도 수줍게 웃으며 고개를 숙인다.

'지금 인사할 시간이 없을 텐데.'

헤일로는 고개를 기울이며 그녀에게 말했다. 열차 안으로 들어오라고. 시간이 별로 없음을 뜻하기 위해 시계가 있는 손목을 툭툭 두드리니, 갑자기 그녀가 방긋 웃으며 제 손목을 드러냈다. 뭔가 했더니, 헤일로 시계였다. MK. 2 버전으로 판매된 시계. 꽤 가격이 나가는 걸로 아는데 구매한 걸 보면 제 팬이 분명했다. 헤일로는 저에게 시계를 자랑하는 귀여운 팬의 모습에 엄지손가락을 올렸다.

그때였다.

[열차가 출발합니다.]

헤일로와 팬의 표정이 동시에 어리둥절해졌으며, 그러거나 말거나 열차의 문이 자동으로 닫혔다. 곧 팬이 화들짝 놀라며 두리번거렸다. 열차가 천천히 앞으로 나아갔다. 당장이라도 문을 붙잡고 타야 할 것 같던 팬이, 열차를, 아니 그를 쫓아왔다. 떠나가는 연인을 붙잡으려는 듯 울먹이는 눈으로.

"안 돼! 가지 마! 드디어 만났는데!"

팬의 모습은 순식간에 사라졌고, 열차가 역을 벗어난 것도 순식간이었다.

"어…."

"사장님, 뭐 하세요?"

"헤일아, 배 안 고파?"

그쯤 멤버들이 품에 간식을 가득 안은 채 돌아왔다. 헤일로는 멤버들을 한 번 창문을 한 번 바라보곤 뺨을 긁적였다.

"중요한 일은 아니겠지?"

"네?"

"아니에요."

헤일로는 옅게 웃으며 자리를 옮겼다. 여행 시작도 전에 유쾌한 기분이었다.

4. 할머니댁 놀러가기

"이건 뭐지?"

남궁 PD는 2화 '웰컴 투 마이 프로젝트(Welcome to my project)'를 예약하다가 친구에게 온 메시지를 발견했다. 유명 커뮤니티 HOT에 오른 게시글을 아예 링크까지 보낸 것이었다.

[내 가수 만나서 시계 자랑하다 기차 놓친 썰 푼다.]

└ 이게 진짜라고 가정할 때 지금 기분이 어때?

└ (글쓴이) 좋은데… 좋은데… ㅅㅂ 나새끼 죽여버리고 싶다.

└ (글쓴이) 기차 타서 자랑할걸ㅠㅠ 그러면 해일이 옆에서 시계도 자랑하고 사인도 받았을 텐데.

헤일로가 어디에 갔는지 아는 남궁 PD는 기차란 말에 움찔했다. 다행히도 사람들은 반신반의하고 있었다. 아무래도 인증이 없었고, 설사 봤다고 해도 글쓴이가 시간대를 특정하지 않았기에 찾아갈 수도 없는 법이었다. 남궁 PD는 원망보다 미련이 넘치는 글쓴이를 보며 안심했다. 그리고 그에겐 이게 중요한 게 아니었다. 대학원으로 요청했던 이메일에 답장이 왔다.

'드디어…!'

첨부된 파일이 그가 기다리던 그것일 것이다. 사실 자연의 소리라는 게 누가 녹음해도 크게 다르지 않을 거라는 걸 안다. 그래도 뭔가 너튜브에 넣을 만한 소스가 여기에 존재하지 않을까 싶었다. 영상이 정신없이 찍힌 건 카메라를 들고 다닌 헤일로가 정신없이 돌아다녔다는 의미일 테고, 다른 사람이면 몰라도 헤일로라면 돌아다닌 이유가 있을 거라고 남궁 PD는 믿었다. 이제 관건은 음악에 관해선 지극히 일반인인 그가 이 파일에서 무언가를 찾을 수 있냐는 것이다. 그는 파일을 누르려다가 멈칫했다. 이메일의 내용이 생각보다 길었다. 스크롤을 내려본 그는 한 단어에 눈을 번쩍 떴다.

"소리 전시회?"

* * *

"할머니, 나왔어."

"으메, 우리 똥강아지. 왜 이렇게 말라부렀냐."

주름이 곱게 진 할머니가 엉덩이를 토닥여주자, 남규환은 어색하게 안긴 채로 뒤에 선 사람들을 의식했다.

"할머니, 잠깐만. 소개해줄 사람이 있어."

체격도 큰 장신의 남규환이지만 할머니에겐 여전히 대여섯 살 코흘리개였다. 그 역시 할머니를 만나면 말이 짧아졌다.

"할머니, 처음 보지?"

남규환은 뒤에선 사람들을 향해 손을 뻗으며 소개해주었다.

"처음 뵙겠습니다."

"안녕하세요, 할머님."

남규환의 어리광에 눈이 차게 식었던 문서연과 묘하게 보던 한 진영이 순식간에 공손한 태도로 인사했다. 카메라를 든 기획팀 VJ도 카메라와 함께 고개를 숙였다.

"이분이 느이 사장님이여? 느가 엄청 좋아하는? 헤이로라고 했는가요? 테레비에서 잘 보고 있습니다."

아는 척했지만 모르는 것 같았다. 전깃줄과 가로등도 별로 없는 이런 시골에서 최근 알려진 그의 이름을 알긴 어려울 것이다.

헤일로는 인사했다.

"노해일이라고 불러주세요."

"허매 만나서 반갑습니다당. 사장님, 참말로 귄있게 생겨브렀어요. 처음 뵙겠써라. 우리 강생이가 신세 지고 있습니다."

"할머니…."

전라도 작은 섬에 사는 남규환의 할머니는 맴버들이 못 알아들을 정도로 사투리가 심한 편이 아니었다.

"저야말로 남규환 씨에게 늘 도움을 받고 있습니다."

어쨌든 그리하여 사투리를 못 알아듣는 민망한 사태는 일어나지 않았고, 헤일로는 남규환에게 뜻하지 않은 감동을 줬다.

"할머니, 일단 들어갈까?"

"그려그려. 오랜만에 온 손님인지라 나가 정신을 못 차렸다. 편하게들 머물다 가시요."

혜일로는 사람들이 사랑방에 짐을 넣는 걸 보며, 주변을 둘러보았다. 기차에서 내려 배를 타고 들어온 이곳은 산과 밭, 그리고 꽤 많은 가구가 사는 전라도에 속한 섬 백운도였다. 사시사철 하얀 구름을 볼 수 있는 곳이라 하여 백운도인데 오늘은 그 이름과 어울리지 않게 구름 한 점 없이 맑았다. 할머니 집에서 보이는 바다 역시 그러했고, 미세먼지 하나 느껴지지 않는 공기도 깨끗했다. 혜일로는 머릿속이 깨끗해지는 기분이었다. 그는 사람들이 늦은 점심을 먹자며 찾기 전까지 한참이나 마을 전경을 내려다보았다.

"사장님, 점심이요!"

반찬이 가득한 20첩 반상으로 늦은 점심을 때운 그들은 거실에 둥글게 앉았다. 그들 주위에는 미리 허락받은 카메라가 설치되어 있었다.

"그러니까 우리 사장님과 아가들이 섬 생활을 하고 싶다고?"

"와, 우리 할머니 아직 서울말 잘하네."

"나가 원래 사투리 많이 안 썼제. 서울 사람이잖애."

자연스러운 전라도 억양에 멤버들이 킥킥 웃음을 삼켰다. 그러거나 말거나 남규환의 할머니는 남규환을 툭툭 두드렸다.

"얼마나 있다 간다 그랬제?"

"2박 3일?"

"겨우 이틀? 쪼매 더 있다 가지. 사장님들 바쁘면 아가라도 좀 더 있다 가면 안 되나?"

"할머니, 우리 곧 앨범 작업 들어가야 하고, 내가 우리 사장님한테 엄청 도움이 되는 사람이라 안 돼."

할머니가 속상해하는 게 눈에 보이자, 문서연과 한진영이 눈짓했다.

"바쁘긴 하지만, 규환이는 조금 더 있다 와도 되지 않나?"

"응, 두고 가도 상관없지."

헤일로가 피식 웃으며 막타를 쳤다.

"그럴까요?"

남규환은 헤일로의 말에 '브루투스 너마저도…!'를 외치던 시저의 얼굴이 되었다.

가만히 그들의 이야기하는 모습을 보는 할머니의 입가에 부드러운 미소가 번졌다. 일찍 간다는 건 아쉬웠지만, 그녀가 사랑하는 손주는 무척 편안해 보였고, 그런 편안함이 익숙해 보였다. 퍼커션인가 뭔가, 그녀가 잘 모르는 일을 한다고 했을 때 배곯는 일이라고 걱정했던 것치고 잘 지내는 것 같았다. 번지르르하게 서울 멋쟁이처럼 입고 다니는 것도 좋아 보였다. 늘 손주가 어디서 맞고 다니지는 않을까, 밥은 잘 먹고 다닐까, 회사에서 혼은 나지 않을까 걱정했던 할머니는 마음이 놓였다. 너무 고마우니 뭐라도 못 줄까. 할머니는 자리에서 일어났다.

"그럼 가지요."

"어디를요?"

"섬 생활을 해볼 테면 섬장을 만나야지 않겠는가요."

행동력 하난 남규환 저리 가라 한 할머니가 헤일로의 손을 붙잡고 집에서 나섰다. 사람들이 얼떨결에 할머니를 따라갔다. 그중 가장 급한 건 마을 전경을 찍기 위해 드론을 날리려던 VJ였다.

"자, 잠시만요."

VJ가 허겁지겁 카메라를 들고 쫓아갔다.

헤일로는 할머니를 따라가며 고개를 돌려 울퉁불퉁한 길, 알록달록한 단층집들과 푸른 바다, 항구에 늘어선 선박과 깨끗한 해변을 눈에 담았다. "와" 하고 VJ가 무의식적으로 감탄사를 내뱉을 만큼, 그리고 잠깐 있다 가기 아까울 정도로 아름다운 섬인 건 분명했다. 또 "안녕하지라?", "할매 손님이냐?", "어디서 왔으까", "서울 사람이라고 들었제, 서울 사람", "허매 엔간치 멀리서 왔다잉" 하며 길 가다 만나는 사람들이 호의적으로 인사하는 걸 보며, 섬치고 외지인에게 개방적이라는 걸 알 수 있었다.

"와아아!"

"형, 형은 어디서 왔어요?"

어른이든 아이들이든 참 활기찬 동네였다. 그때 헤일로의 눈에 무언가가 들어왔다. 이 활기찬 공기에 이질적인 하나가 보였다. 다른 아이들이 겁 없이 다가온 것에 비해, 머리가 다소 덥수룩한 아이는 돌담에 기대 그들을 지켜보고 있었다. 주변에 보호자는 보이지 않고, 아이는 혼자 있는 게 익숙해 보였다. 따돌림을 당하는 느낌은 아니었다. 헤일로와 아이의 눈이 잠깐 마주쳤다가 스쳐 지나간다.

"할머니 얼마나 가야 해?"

"거즘 다 왔지."

헤일로는 깊게 생각하지 않았다.

그렇게 곧 파란 지붕의 이장, 아니 섬장 집에 도착했다. 할머니는 그 앞에서 "에헴" 하고 기침했다.

"지금 한창 드리누워뻤을 시간이라 좀 걸릴 수 있당께."

시간상 낮잠을 자고 있을 거라는 말에 남규환은 익숙하다는 듯 고개를 끄덕였고, 할머니가 문을 탕탕탕 두드렸다.

"섬장 여기 있나?"

철제문이 삐걱거리며 온갖 소리를 냈다. 당연히 금방 나올 리 없다고 생각한 할머니가 다시 한번 문을 두드리려고 할 때 벌컥 문이 열리고 누군가 나왔다.

"흠흠, 어서 오십시오. 백운도에 오신 걸 환영….'

"웜마!"

"으매! 할매가 여기 왜 있는가?"

할머니가 문을 두드리던 주먹을 거두고 뒤로 물러났다. 빤짝거리는 한복을 차려입은 이장이 뒤이어 놀랐다.

"나가 손주 소개해주러 왔제잉."

"손주?"

"저번에 말했지 않나!"

할머니의 호령에 이장이 화들짝 놀랐다.

"워워, 할매 승질 하고는."

이장은 할머니의 손주를 찾으려는 듯 눈을 흘겨 떴다.

"규환이 왔나?"

못 알아볼 순 없었다. 남규환은 학생 때부터 체격이 가장 컸고, 제 아버지와 꼭 닮아 있었다. 이장은 남규환을 보고 반가워하다가 뒤에 있는 다른 일행들을 발견했다.

'이 할매 손자 하나 손녀 하나로 알고 있는데 다들 누구랴. 기타에 카메라?'

"그란디, 흠, 아니, 혹시 방송국에서 나오셨습니까?"

이장이 다시 어색한 표준어를 쓰며 물었다.

'방송국?'

일행들이 카메라 때문에 방송국으로 오해했나 생각할 때, 할머니가 먼저 물었다.

"뭔 놈의 방송국?"

"방송국에서 내한테 사람을 보낸다고 했는디. 아닙니까?"

"방송국이요? 할머니가 혹시 그렇게 얘기했어?"

할머니가 고개를 저었다. 그러더니 할머니가 촬영을 방송국이라고 잘못 들은 게 아니냐고 화를 냈다.

이장은 "방송국 맞는디? 아닌가?" 하고 고개를 갸웃갸웃하다 너튜브용 콘텐츠를 촬영한다고 상세하게 설명해주자, 머리를 긁으며 고개를 끄덕였다.

"아, 그럼 내가 오해했능갑다. 긍께 이쪽이 유명한 가수분."

TV에 나올까봐 열심히 꾸민 이장은 거추장스러운 망건을 벗어던지고 두 팔을 걷어 올렸다.

"서울분들 들어오십시오."

마을을 소개해주겠다며 이장이 손짓했다. 백운도의 지도가 유일하게 이장네 집에 있었고, 섬의 소개는 거기서부터 시작된다.

"섬 생활이 별거 아니랑게."

이장은 정 하고 싶다면 일도 시켜주겠다고 했다. 혹시라도 손주들에게 어려운 일을 시키려는 건 아닌가 하고 뒤에서 할머니가 이장을 노려봤다.

사람들이 지도 앞에 모이자 이장은 "흠흠" 목을 가다듬으며 다시 한번 고개를 갸웃거렸다.

"아니, 근디 진짜 방송국이 온다고 했는디."

"설명이나 하랑게."

"할매 승미 하곤. 알겠어."

이장이 멤버들을 훑었다. 남규환 빼고 다 도시 사람인 걸 티 내듯 희멀건 얼굴에 힘든 일 하나 못 할 것 같았다.

"혹시 자네들 집안일 좀 하나?"

* * *

시골은 해가 빨리 떨어진다는 말이 거짓은 아닌 모양이다. 배를 잘 못 탔다가 겨우 막배를 다시 탄 이들이 백운도 항구에 발을 디뎠다.

"여기가 백운도는 맞겠지?"

"아니라고 해도 내일에나 떠날 수 있겠는데."

"하."

지상파 방송국 MNC PD 나혜주가 한숨을 내쉬었다. 같이 따라온 작가 도민희도 지친 듯한 얼굴이었다.

"이런 곳에 진짜 있을까?"

"진짜 있을 거라고 믿어야지."

이미 너무 많은 곳을 거쳐왔기에 확신은 없었다. 그러나 반드시 찾아야 했다. 우연찮은 예능 공백기에 드디어 찾아온 입봉의 기회를 놓칠 수 없었다.

"운이 더 이상 좋을 수도 없으니까."

"시기를 말하는 거지? 다들 태양 데려오겠다고 큰소리쳐놓고 못 데려왔다며."

"그건 말이 그런 거지. 지금 공백기는 그냥, 시도했던 파일럿이 싹 다 망해서 그런 거야."

"그렇다기엔 태양 데려오겠다는 멍청이가 두 명 이상 되는 걸로 아는데. 뭐, 그런 걸로 치자. 중요한 건 이게 아니니까."

나혜주의 말에 도민희가 고개를 끄덕였다.

"진짜 영재가 여기에는 있길 바라자고."

한국은 헤일로의 헤밍아웃 전과 후로 나뉜다. 나혜주는 적어도 한국 방송국은 그렇다고 생각했다. 헤밍아웃 이전 노해일, 정확히 노해일의 태도에 대해 방송국의 입장은 수긍하는 쪽과 부정적으로 보는 쪽으로 나뉘었다. 방송에 적극적이지 않은 노해일의 모습에 수긍하는 쪽은 스타 연예인들이 모두 방송에 자주 나오는 것도 아니고, 그가 갑질을 하거나 사회면에 오를 논란을 일으키는 것도 아니니, 계속 출연 섭외를 할 뿐 부정적으로 보지 않았다. 반면 부정적으로 보는 쪽은 겨우 1년 차가 인기 좀 있다고 섭외에 응하지 않는 것을 '뻗대는' 거로 보고, 지금 당장은 어떻게 할 순 없지만 인기를 잃은 후 어떻게 하나 두고 봐라 하는 식에 가까웠다.

이런 방송국의 두 입장은 〈코첼라〉에서의 헤밍아웃으로 완전히 달라졌다. 원래 많았던 음악 방송은 더 많아졌고, 이제까지 별로 시도하지 않았던 밴드와 록 등 세부 장르를 시도하기 시작했다. 노해일이란 스타를 만든 〈랑데부〉 템플릿은 해외로 판권이 팔린 지 오래였고, 오디션, 라디오, 토크 등 많은 음악 관련 프로그램이 생겼다가 사라졌다.

나중에 헤일로가 엄청난 범죄를 저지른다면 어떻게 될지 모르겠지만, 지금은 나오기만 하면 레드카펫을 깔아줄 이들이 줄을 섰다. 그래미 어워즈 수상자, 태양, 진짜 아티스트, 음악 천재 등 그가 가지고 있는 수식어가 한둘이 아니었다.

모두가 그를 궁금해했는데, 이는 최근에 올라온 노해일 너튜브 콘텐츠만 봐도 확인되었다. 콘텐츠에 특별한 포맷을 가미하지도 않고, 개그도 감성팔이도 넣지 않았는데 그냥 재미있었다. '슬럼프 고백'은 화제성이 최고였다. 스트리밍 이후 너튜브에 올라온 1화를 본 나혜주는 2화를 찾아보지 않고는 못 견딜 것 같았다.

어쨌든 나혜주가 노해일에게 관심을 갖는 이유는 그를 섭외하기 위해서는 아니었다. 많은 PD가 노해일의 영향을 받아 음악방송을 기획한 것처럼 나혜주도 노해일의 영향을 받았다. 그녀가 기획한 프로그램은 대한민국의 '음악 천재'를 찾는 것이었다. 옛날 대한민국을 휩쓸었던 천재 열풍 때 잠깐 그런 프로그램이 만들어졌던 것처럼 다시 대한민국 어딘가에 있을 천재를 찾고 싶었다. 사실, 천재까지 가지 않더라도 영재이기만 해도 좋다. 어떤 환경적인 요인, 혹은 여러 가지 이유로 음악 교육을 제대로 받지 못하는 영재와 멘토를 연결해주는 것이 이 기획의 취지였다.

취지는 좋았다. 요즘 트렌드인 음악과 천재, 그리고 멘토를 연결해줌으로써 보여줄 수 있는 그림은 무궁무진했다. 존경하는 스타 PD인 장 PD도 괜찮다며, 멘토를 찾는 데 도움을 줄 수 있다고 했다. 그녀는 자신의 입봉작에 대한 무지갯빛 미래를 꿈꿨다. 하지만 그녀가 걱정해야 할 건 멘토가 아니었다. 멘티가 될 '음악 영재'였다. SNS와 이곳저곳을 통해 음악 영재에게 연락하고 찾아가 만나보고 있는데, 프로그램 취지에 맞는 이를 찾는 게 매우 어려웠다. 큰 상을 수상했다, 어찌했다 해서 기대를 안고 찾아가보면, 평범하거나 영재와 만들어진 영재 사이에 있는 아이들이 대다수였다. 또 실제 영재를 만났다 해도 그들은 멘토가 필요해 보이진 않았다.

"요즘 영재들은 재력도 필수인가 보네."

도민희 작가가 딱 그녀가 생각하는 바를 말했다.

그랬다. 요즘 영재들은 2000년대 TV에서 보였던 것만큼 부족한 삶을 살지 않았다. 흔히 말하는 강남권에서 태어나 유복한 집안에서 좋은 교육을 받으며 살아가거나, 인기 너튜버가 되어 이미 컨택을 받은 경우도 있었다. 제주도까지 갔다가 이미 제주도에 기거 중인 유명 피아니스트의 제자라는 소리를 들은 나혜주는 해탈한 얼굴로 돌아왔다.

"요즘 세상 참 살기 좋다. 나 때랑 다르네."

꼰대라고 해도 할 말 없지만 진심이었다.

그렇게 영재의 바다에서 나온 나혜주는 마지막으로 백운도에 찾아왔다. 기대하고 싶지만 이제까지의 경험 때문에 기대하긴 힘들었다. 심지어 백운도에서 영재를 보았다는 목격담은 다른 제보와 달리 영재라는 확신도 부족했다. 그냥 특이하다는 정도였다.

다음 날 백운도에서 새벽을 맞이한 나혜주는 일어나자마자 영재를 찾아갈 생각에 마음이 바빴다.

"그 애 이름이 뭐였지?"

"예쁜 이름이었어. 겨울이랬나."

도민희가 기억을 되살릴 때쯤 나혜주가 몸을 일으켰다.

"자, 그럼 일어나자."

"벌써?"

"여기 자러 온 거 아니잖아."

"새벽부터 찾아가는 건 예의가 아닐 텐데."

"시골은 원래 아침 일찍 시작하는 거 몰라? 그리고 마을도 둘러볼 겸 나가자."

수많은 영재 수색 실패 끝에 착잡해져 제대로 잠도 못 잔 도민희는 잠깐 고개를 떨구었다가 일어났다.

새벽공기는 사늘했다. 남부지역이라 해도 3월 초의 바닷바람을 무시할 수 없었다. 그런데도 수평선에서부터 떠오른 해는 섬 전체를 밝히고 있었다. 나혜주는 기지개를 켰다. 소금 내를 품은 새벽공기가 찌뿌둥한 몸을 일깨워줬다. 그때였다.

[3월 3일 금요일, 백운도의 하루를 알리며 아침 방송을 시작하겠습니다.]

나혜주는 갑작스러운 목소리에 화들짝 놀랐다. 도민희는 주변을 두리번거리더니 가로등에 붙은 마을 확성기를 발견했다.

"와, 시골이라 그런가 방송도 하나 보네."

그들은 이런 걸 보는 게 너무 오랜만이라서 놀랐다. 사실 도시였다면, 제가 틀지 않은 방송 소리에 짜증을 냈을 텐데, 그냥 신기해서 그럴까? 혹은….

[한 주의 마지막이 가까워진 오늘, 편안하고 여유로운 하루가 되길 바라며….]

"누군지 모르겠지만 목소리가…."

음질이 좋지 않은 확성기에서 들려온 목소리가 정말 감미로웠다. 아침을 시작하기에 딱 좋은 목소리였다. 라디오를 해도 잘할 것 같았다. 아니면 노래도 좋을 것이다. 웬만큼 못 부르지 않은 이상 목소리발로 듣기 좋을 것 같았다. 확성기 음질이 조금만 더 좋았다면 어땠을까, 생각한 나혜주는 여기에 온 이유를 잠깐 잊고 목소리의 주인이 보고 싶어졌다.

"어서 가자."

하지만 이럴 때가 아니다. 그들은 부지런히 움직이기로 했다.

* * *

백운초등학교 방송반.

헤일로는 방송 멘트가 적힌 종이를 읽고 있었다. 별 특별한 내용은 아니었다. 다만 방송을 안 한 지 한참 되어 모든 종이가 낡아 있었다. 무슨 문제가 있었던 건 아니라 그저 맡아 할 사람이 없었던 것이다. 마을 방송의 명맥이 끊긴 이때 군이 헤일로가 방송을 하는 이유는, 그가 생각보다 생활력이 없기 때문이었다. 이장은 섬에 방문한 도시인들과 함께 맛있는 제철요리를 해먹기 위해 이웃집에서 식자재를 가져오는 일, 요리 보조 등의 일을 분담시켰는데, 헤일로가 하는 족족 보는 사람을 기겁하게 만드는 장면을 연출해 방송실로 격리 아닌 격리를 당한 것이다.

[많이 들어본 질문일지도 모릅니다만, 여러분은 어떤 계절을 좋아하시나요? 모래사장이 가장 예쁜 여름? 형형색색의 꽃들과 몽글몽글한 새벽안개가 지는 봄? 전 겨울을 가장 좋아한답니다.]

헤일로는 대본을 보며 옅게 웃었다.

[두꺼운 이불 속에서 예쁜 동생과 사랑하는 부모님과 둘러앉아 먹는 고구마가 그렇게 맛있을 수 없답니다. 또, 늘 '다녀와'라고 말하던 어머니는 저를 다시 불러 따뜻한 목도리를 둘러주십니다. 감기 걸리지 말고 속삭여주시곤 합니다. 또….]

특별한 내용은 아니지만 나열된 이야기가 귀여웠다.

[그런데 최근에 읽었던 어떤 책에서 이런 구절을 보았습니다. 'Many human beings say that they enjoy the winter, but what they really enjoy is feeling proof against it(많은 사람이 말하기를 그들은 겨울을 즐긴다고 하나, 그들이 실제로 즐기는 것은 겨울을 이겨내는 느낌이다).' 영국의 유명한 소설가 리처드 애덤스의 명언입니다.]

　새벽에 항구로 나가던 사람들이 저도 모르게 간지러운 귀를 긁었다. 지난해 들었던 마을 방송과 전혀 다른 느낌이었다. 서울에서 유명한 이들이 왔다는 말을 들은 섬 사람들은 우리랑 뭐가 다를까 했는데, 방송을 듣고는 다르긴 다르구나 생각했다. 괜히 유명한 게 아니었다.

　"김 씨!"

　김 씨는 황 씨가 어서 오라며 소리쳤지만 일하기 싫은 마음이 들었다. 나른한 목소리에 저도 모르게 나른해지는 기분이었다. 그러나 먹고살려면 가야 한다. 김 씨는 천천히 앞으로 걸어갔다. 매주 금요일마다 틀어주던 지긋지긋한 팝송이 나올 차례인데, 방송이 더 이어지지 않는 것이 일하라고 떠미는 것 같았다. 그때였다.

　[아아, 아.]

　잠깐 삐익 하는 소음 이후에 다시 목소리가 들려왔다. 아니, 노래가 들려왔다.

　[When I was young, I'd listen to the radio(어릴 때 라디오를 듣곤 했어요) Waiting for my favorite songs(가장 좋아하는 노래가 나오길 기다리면서)]

　반주 없이 누군가 노래 불렀다.

　[When they played, I'd sing along(노래가 나오면 나는 따라 불렀고)]

　그리 힘을 주지 않은 듯 쉽게 부르고 있지만, 김 씨는 이 노래 음이 은근히 높다는 걸 알았다.

[It made me smile(그건 미소를 짓게 했죠)]

김 씨는 젊은 날이 떠올랐다. 애인과 한 이불을 나누어 덮고 음악을 듣던 기억. 지금 생각하면, 그 비좁은 단칸방에서 뭐가 그리 행복했을까 싶다.

[Every sha la la]

지겹도록 들은 노래인데 어떻게 이리 기분이 좋을 수 있는 건지. 노랫소리가 끝날 때까지 가만히 서 있는 김 씨에게 황 씨가 다가왔다.

"김 씨, 이러다 날 새겠어."

황 씨도 노래를 들을 때까지 가만히 있었으면서, 그의 탓을 했다. 감상을 못 한 건 다 저놈 때문이라고 김 씨는 투덜거리며 황 씨에게 다가갔다. 그런 김 씨의 속도 모르는 황 씨가 아까 그 노래를 흥얼거렸다. 음치인 황 씨가 부르니 좋은 노래도 소음이 되는 것 같았다.

"아따 조용히 좀 해라."

'여운도 다 날아가 버리겠네.'

헤일로의 아침 방송은 이렇게 끝났다. 그는 라디오도 나름 재미있는 것 같다고 생각하며, 자리에서 일어났다.

그때 밖에서 소음이 들려오고, 누군가가 급하게 달려왔다. 아직 개학 전이라 학생일 리는 없고, 시간상 교사들도 출근하기 전이었다. 그나마 있을 법한 사람은 학교를 관리하는 할아버지지만, 아까 그에게 학교를 안내해주고 들어가서 잔다고 했다.

헤일로는 올 사람이 없다는 걸 알고 고개를 갸우뚱했다.

'멤버들도 지금 한창 바쁠 텐데.'

소리가 가까워졌다. 곧 쿵쿵쿵 소리와 함께 문 앞에서 숨소리가 난다. 금방이라도 열릴 것 같던 문이 잠잠했다. 헤일로는 가만히 있다가 먼저 다가갔다. 살짝 열린 문 사이에서 빛이 들어왔다. 문 앞에는 덥수룩한 머리의 초등학생이 서 있었다. 아이들과 함께 어울리지 않고 혼자 골목에 숨어서 그들을 지켜보고 있던 꼬맹이었다.

"여기 아무도 못 들어오는데, 어떻게 왔어?!"

형형한 눈으로 묻는 꼬맹이를 보며 헤일로가 답했다.

"걸어서."

* * *

"이 마을은 정말 특이하네."

나혜주 PD는 도민희 작가의 말에 동의했다. 연락을 받은 집을 찾아가기까지 백운도에서 받은 감상은 '특이하다', '예상외다'였다. 마을 이장을 비롯해 만나는 사람마다 다 사투리를 쓰는데, 혼자만 표준어를 쓰며 감미로운 목소리로 방송을 하는 사람이 있는가 하면, 대게 뒷모습만 봤지만 심심찮게 눈에 보이는 세련된 청년들도 있었다. 놀러 온 섬 주민의 친척이나 지인일 수도 있지만 왠지 백운도에 안 어울리는 사람들 같았다.

"아, 이 집인 것 같은데."

"주소 맞다."

나혜주는 녹음기를 찾았다. 늘 영재를 찾아갈 때마다 들고 다니던 것이었다. 원래는 VJ도 대동하고, 동행인도 적지 않았는데 실패를 거듭하니 사람이 하나씩 줄어 이렇게 둘만 남았다.

"안녕하세요, 여기 혹시 겨울이 집 맞나요?"

단층짜리 집, 그러나 마당도 없는 이 집은 백운도 안에 있는 다른 집보다도 작아 보였다.

"뉘신데 우리 아를 찾으시는….'

"MNC에서 제보를 받고 찾아왔습니다. 음악 영재 건으로요."

"오매."

아기를 등에 업은 아주머니가 나왔다.

"정말 오실 줄은 몰랐는디. 우리 아가 방송에 나가는 건가요?"

"그 전에 겨울이와 대화를 해봐야 할 것 같아서요. 혹시 겨울이
안에 있나요?"

"아, 이걸 어쩐댜. 겨울이 지금 나갔는데."

"나갔다고요?"

"아침 방송을 듣더니, 그대로….'

겨울이 엄마는 아이가 가만히 앉아 있다가 아침 방송 노랫소리
를 듣고 놀라 뛰어나가는 걸 잡지 못했다.

'그냥 듣기 좋던데, 무슨 생각을 하는 건지.'

그녀는 종종 겨울의 행동을 이해할 수 없었다.

"저….'

"아, 나 PD라고 불러주세요, 어머님."

"나 PD님이 지금 하실 게 있으면 겨울이 데려올까요?"

나혜주와 도민희가 서로를 바라봤다.

'어떻게 할래?'

'이거 확실한 거 맞아? 애 숨기고 있는 거 아냐?'

'그래도 확인은 해야지.'

함께 일한 지 10년이 한참 넘은 둘은 말을 하지 않아도 서로의
생각을 읽을 수 있었다.

"어머님 그럼 저희가 직접 가겠습니다."

"겨울이 어디 있는지 알 수 있을까요?"

두 사람을 본 겨울이 엄마가 뺨을 긁으며 대답했다.

"아마, 백운초등학교 방송반에 있을 거예요."

옛날에 사고 쳐서 출입 금지된 겨울이 아침 방송을 듣고 뛰쳐나간 걸 보면 아직 미련을 못 버린 것 같았다.

마을 방송이 초등학교 방송반과 연결되어 있을 거라곤 상상도 못 한 나혜주는 막연히 그곳에서 그 목소리의 주인공도 만날 수 있지 않을까 기대했다.

* * *

꼬맹이는 할 말이 없는 듯 입술을 달싹이다 중얼거렸다.

"잠겨 있었을 텐데…."

"열어주던데?"

"누가?"

"나다, 이놈아."

그때, 옆에서 쓱 나온 관리자 할아버지가 꼬마의 정수리를 잡았다.

"죄송합니다, 깜짝 놀라셨죠."

이 마을에 사는 사람 중에 가장 표준어를 잘 구사하는 할아버지가 깍듯하게 사과했다.

"요놈, 또 몰래 들어와? 아가, 나가서 놀아, 사고 치지 말고."

"이거 놔!"

꼬맹이가 몸부림치자 할아버지가 고놈 참 힘이 세다며 능숙하게 다뤘다. 이런 게 한두 번이 아니라 할아버지의 대처는 신속하고 정확했다.

"들어가실 거죠? 저랑 같이 가죠."

"이거 놓으라고 대머리!"

헤일로에게 정중히 인사한 할아버지가 심장을 관통하는 한마디에 멈칫했다. 그러더니 버럭 꼬마에게 외쳤다.

"내가 왜 대머리냐? 아직 머리털이 얼마나 많은데! 내 동년배들은 다 나보다 벗겨졌⋯."

"반짝반짝 빛나면 다 대머리야!"

할아버지의 말문이 제대로 막혀버렸다.

"그래도 안 들여보내줄 거니 포기해라."

옥신각신 싸우는 게, 학교 관리자 할아버지와 학생을 보는 게 아니라 꼭 조부와 손자를 보는 것 같았다.

"왜 안 되는데?"

"섬장님에게 출입 금지당한 게 언제냐. 겨울이 넌, 반성하고 있어라."

"출입 금지?"

헤일로는 꼬마가 뭘 했길래 출입 금지까지 당했나 궁금했다.

"아무튼 가자."

꼬마가 미련이 많은 얼굴로 방송반에서 눈을 못 떼고 질질 끌려갔다. 헤일로는 그들을 뒤따라가며 물었다.

"들어가서 뭘 하려고 그러는데?"

꼬마가 그를 홱 돌아봤다.

"들어가게 해주게?"

"글쎄, 들어보고."

꼬마가 잠깐 관리인 할아버지를 쳐다보았다. 할아버지가 개의 치 않는 듯하자 용기를 내서 입을 열었다.

"소리, 소리를 이어보고 싶어서."

"응?"

헤일로가 그 말에 멈칫하는 순간 할아버지가 코웃음을 치며 끼 어들었다.

"또 아줌마 아저씨들 놀라게 하려고?"

"나는 그런 적 없어."

"그런 적 없긴. 방송 장비 막 만지다 마을 사람 고막 떨어지게 만 든 게 누군데."

"난 아니라니까."

"세상 다 무너지는 줄 알았다."

할아버지가 그때를 회상하며 몸을 부르르 떨었다. 꼬맹이는 꼬 맹이대로 눈을 흘기고.

"대머리는 멍청이야."

"어른이 되면 알게 된 거다. 대머리들이 세상에서 제일 착하다는 걸."

헤일로는 은은하게 웃으며 천천히 고개를 저었다. 꼬맹이와 할 아버지가 투덕거리는 걸 보며 앞으로 다시 걷기 시작했다.

"그럼, 가수야?"

꼬맹이가 그에게 갑자기 관심을 보인 건, 그의 직업을 들은 다음 부터였다. 어쩌다 이렇게 됐는진 모르겠지만, 학교 관리인 할아버 지가 학교를 비우기 어려워 그가 이 꼬맹이를 데려다주게 되었다. 가는 길이 비슷하니 겸사겸사. 데면데면하게 걷던 꼬맹이가 서울에서 뭐 하냐고 물어 헤일로가 노래 부른다고 답하자, 고개를 번쩍 들더니 덥수룩한 머리카락 사이로 눈을 빛내며 물었다.

"아니, 그럼 그 외국말 노래 부른 게….”

"응, 나야.”

꼬맹이는 마을 방송이 켜졌다는 걸 알고 뛰어오면서 들었던 노래를 떠올렸다.

"조금 잘 부르긴 했는데.”

"조금?”

헤일로가 말도 안 된다는 듯 되물었다.

꼬맹이가 입을 씰룩였다. 인정하긴 싫지만, 듣기 좋았다. 마을 사람 중에 가장 잘 부르는 것 같았다.

"그건 어떻게 부른 거야? 원래 서울 사람들은 아니 가수가 되면 다 그렇게 불러? 가수는 어떻게 될 수 있어?”

궁금한 게 참 많은 꼬맹이였다.

하지만 헤일로는 친절하게 답해주는 다정한 어른이 아니었다.

"소리를 이어보고 싶다고 했잖아.”

"응?”

늘 질문에 친절히 답해주거나, 나중에 답해주겠다는 말을 들은 꼬마는 '왜 대답을 안 해주지?' 궁금해하며 대충 대답했다.

"어떤 소리를 잇고 싶은 건데?”

계속 길을 걷던 꼬맹이가 멈칫했다. 헤일로가 아랑곳하지 않고 걸어가자 뛰어서 뒤따라갔다.

'이런 질문은 아무도 하지 않았던 건데. 왜 장난을 치느냐고 했지, 제대로 물어본 사람은 아무도 없었는데. 역시 가수는 뭔가 다른

걸까?'

"흥얼거리는 소리."

"응?"

"엄마가 흥얼거리는 소리를 잇고 싶어."

뜻밖의 대답에 헤일로가 꼬맹이를 흘끗 쳐다보았다.

꼬맹이는 무슨 생각을 하는 듯 허공을 쳐다보고 있었다. 정확히
는 생각을 한다기보다 후회 중이었다. 모르는 사람한테 이런 걸 왜
말했는지, 그리고 만약 왜냐고 묻는다면 어디까지 말해야 할지 고
민했다.

그러나 헤일로는 이유를 묻지 않았다.

"이을 수는 있어?"

"어?"

꼬맹이의 눈이 커졌다. 이유를 묻지 않으니 마음이 편해졌다. 이
런 것쯤이야 쉽게 답할 수 있었다.

"그건 모르겠어. 뭔가 생각은 많은데 복잡해. 너무 많은 길이 있
는데 어느 게 답인지 모르겠어."

"너무 많은 길이라."

"내가 이상한 거야?"

"아니."

이렇게 말하면 어른들은 보통 비웃거나 이해가 안 된다는 듯이
바라봤는데, 눈앞의 어른은 그냥 웃고만 만다. 꼬맹이는 가까이 다
가가 제 머릿속에 담긴 소리를 흥얼거렸다.

"왜 웃어? 진짜 이상해?"

"음…."

"왜 말 안 해줘? 지금 놀리는 거지?"

"아니, 그냥."

너무 많은 길이 보여서 어느 게 답인지 모르고, 머리가 복잡해진다. 어떨 때는 너무 시끄럽다가도 어떨 때는 너무 아름답고, 또 어떨 때는 머리가 아픈 것 같기도 하고. 그에게 그건 너무 자주 있는 일이었고, 꼬맹이도 그렇다고 얘기한다. 헤일로는 꼬맹이에게 웃으면서 답해줬다.

"그건 너무… 평범한 거라서."

"평범하다고? 그러니까 이상한 게 아니란 거지? 이상한 게 아니구나."

잠깐 고개를 갸웃거린 꼬맹이가 곧 이해하며 고개를 끄덕였다. 한결 가벼워진 얼굴이었다.

"그럼 나 노래 부르는 거 알려주면 안 돼?"

헤일로가 그 물음에 처음으로 걸음을 멈췄다.

"어? 헤일로 씨!"

그때, 뒤에서 그를 부르는 목소리가 들렸다.

"도대체 카메라 두고 어디 갔던 거예요. 한참 찾았잖아요."

VJ가 헤일로가 백운초등학교 방송반에 두고 온 카메라를 찾아오며 울상을 지었다.

그리고 다른 쪽에서 들려오는 목소리가 있었다.

"헤일로 씨?"

겨울을 찾으러 학교에 갔다가 이미 집에 돌아갔다는 관리인 할아버지의 말을 듣고 왔던 길로 되돌아오는 중인 나혜주 PD와 도민희 작가가 그들을 발견하곤 손가락으로 헤일로를 가리켰다.

"어?"

"노해일? 아니, 헤일로 씨?"

이 정신없는 상황 속에서 꼬맹이, 아니 겨울이 그의 옷을 잡아당겼다.

"안 돼?"

그의 대답을 종용했다.

헤일로는 겨울을 보며 답했다.

"안 돼."

* * *

직장인 성호는 다시 한번 외쳤다.

"안 돼!"

커다란 화면 속에서 흑발의 소년은 아랑곳하지 않고 굴러다니던 습작을 주워 쓰레기통에 넣기 시작했다.

[아 안 돼!! 제발.]

[왜 버려?? PD님 진짜 버린 거 아니죠?ㅠㅠㅠ]

[음악 안 구리니까 제발 내줘.]

다시 돌아온 한 주, 잊히지 않은 슬럼프 고백에 1시간 전부터 노해일의 계정 'wave_r'에 대기하고 있던 이들은 슬럼프고 뭐고 첫 장면부터 습작 곡을 치우는 소년을 발견하고 소리를 질렀다. 그와 함께 화면이 멈추며 2화 소제목 'Welcome to my project(웰컴 투 마이 프로젝트)'가 올라왔다.

"다 좋은데 제발 곡 버리지 말고 음원으로, 아니 너튜브에라도 내달라고."

성호는 영원히 들을 수 없는 곡이 아까워 술이 썼다.

슬럼프를 고백해버린 상황이지만, 2화는 그걸 집중적으로 다루진 않았다. 그보단 헤일로의 집에 방문한 한 남자를 조명했다.

[여, 잘 지냈냐?]

[신주혁이다.]
[해일이 슬럼프라고 해서 위로하러 왔나 보다.]
[아직 목소리밖에 안 나왔는데 형님의 존재감이…]

[이건 뭐야?]
[카메라요.]
[설마 내가 그걸 몰라서 물었겠냐?]

신주혁이 시큰둥하게 카메라를 보곤 안으로 들어왔다.

[아니, 그보다 한국에 왔으면 왔다고 말해야지.]
[말했잖아요.]
[LA 날씨 어떻냐고 물으니까 '한국인데요'라고 답한 게 말한 거냐고.]

화면에 떠오른 신주혁의 카톡 캡처본은 진짜 그가 말한 그대로였다.

[아니ㅋㅋㅋㅋㅋ]
[신주혁 당황해서 2분 동안 답장 안 한 게 찐이네ㅋㅋㅋㅋ]

[그보다 둘이 진짜 친한가 보네. 카톡도 하고.]

[원래 연예계 나이 차 많이 나는 친구로 유명하지 않나?]

[그나저나 복귀한다면서요?]

[말 돌리긴. 응, 들어볼래?]

신주혁의 신곡은 현재 시점 발매되었기에 앞부분만 잠깐 편집되어 나왔다. 그걸 들은 헤일로는 그저 웃었고, 신주혁은 물었다.

[어때?]

[좋은데요.]

물론, 뒤이어진 말에 신주혁이 그럴 줄 알았다고 말했다.

[제 취향은 보다….]

기타를 든 헤일로가 곧장 편곡을 해냈다.

[오. 그럼 이건?]

짧게 감탄한 신주혁이 헤일로의 기타를 가져와 편곡의 편곡을 했고, 헤일로도 재미있다는 듯 편곡의 편곡을 편곡했다. 마치 처음 라디오에서 만나 서로의 곡을 불렀을 때처럼 승부욕이 제대로 발동한 것 같았다. 정신없이 곡이 편곡되는 과정을 지켜본 시청자들은 처음엔 헤일로가 슬럼프를 극복하길 바라며 격려하다가 분위기가 달라지기 시작했다.

[아니? 슬럼프:???]

[혹시 제가 모르는 사이 슬럼프라는 단어의 의미가 바뀌었나요?]

[슬럼프?? 도대체 어떻게 나온 말임? 악마의 편집같은 건가? 끝말잇기라도 했나?]

신주혁과 한참 떠들던 헤일로는 잠깐 남겨지자 기타를 가만히 바라본다. 그런 그에게 슬픈 BGM이 깔렸다. 마치 슬럼프 때문에 고생하는 가수를 위로하는 듯한 음악이었다. 몇몇 사람들이 그에 맞춰 눈물 이모티콘으로 댓글창을 도배했다. 반면, 직장인 성호를 포함한 다른 사람들은 눈을 멀뚱멀뚱 뜬 채로 이 상황을 지켜봤다.

[ㅅㅂ 지금 나만 이상한가?]
[슬픈 브금인데… 슬픈 상황인 것 같은데… 슬퍼야 하는 것 같긴 한데…]
[오천만 한국인 공감 능력 부족한 사이코패스로 밝혀져.]

그러다가 드디어 그 영상이 나왔다. 헤일로가 슬럼프를 고백한 직후의 장면이.

* * *

철썩이는 파도 소리와 끼룩거리는 갈매기, 방파제에 부딪혀 분산되고 마는 하얀 포말과 항구에서 들려오는 뱃고동. 누군가에겐 삶을, 누군가에겐 여행을 누군가에겐 이별을 뜻할 장소에서 헤일로는 수많은 소리를 들었다. 하지만 마음에 들지 않은 미완성 음악은 파도에 흘려보내고 말았다. 헤일로는 바다로 흩어진 모래알 같은 소리를 들으며 슬럼프는 참 재미없다고 생각했다.

「사장님?」

전화기 저편에서 콘텐츠 기획팀 팀장이 다시 한번 불렀을 때에야 헤일로는 자기가 통화 중이었다는 걸 인지했다.

"네, 뭐라고 말씀하셨죠?"

「한예종 마태호 교수가 제안한 전시회 건은 어떤가요?」

남궁 PD가 받은 메일은 곧장 팀장과 레이블 주요 인사들에게 전달되었다.

「사장님이 긍정적인 의사만 가지고 있다면, 곧바로 진행해도 좋을 것 같습니다. 마침, 콘텐츠 일자와도 맞아떨어지고….」

헤일로는 평소였다면 소리 전시회에 큰 관심을 가졌겠지만, 지금은 그저 간단하게 '진행해달라'는 의사만 전했다. 소리 전시회가 싫은 건 아니었다. 소리 수집본이 어떻게 전시회까지 가게 되었는지 잘 모르겠지만, '우리가 두 눈을 뜬 채로 놓치고 있는 소리'라는 주제가 마음에 들었다. 그곳에 전시된 다른 소리에 대해서도 궁금했다.

「그럼 그렇게 진행하겠습니다.」

하지만 지금 그것보다 더 헤일로의 관심을 끈 것이 있었다.

"그럼 나 노래 부르는 거 알려주면 안 돼?"

"안 돼."

자신과 자신이 만들어가는 음악에 열중하는 헤일로였기에 원래라면 그냥 싫다고 하고 말았을 것이다.

"뭔가 생각은 많은데 복잡해. 너무 많은 길이 있는데 어느 게 답인지 모르겠어. 내가 이상한 거야?"

"아니."

"왜 웃어? 진짜 이상해?"

"그건 너무 평범한 거라서."

"그니까 이상한 게 아니란 거지?"

그때 안심하던 얼굴에서 자신의 어린 시절이 떠올랐다.

'왜일까. 닮진 않은 거 같은데.'

옛날의 그는 '평범하다'라는 말에 안심하는 성격은 아니었다. 오히려 특별하다는 말을 좋아했다. 누가 이상하다고 하면, 네가 멍청해서 그렇다고 답했던 성격의 소유자와 최근 만난 꼬맹이는 분명 같지 않았다.

그렇다고 거절한 게 마음이 걸리는 건 아니었다. 꼬맹이가 말한 그대로라면, 딱히 제게 배울 필요가 없을 것이다. 누군가에게 배우는 것보다 스스로 자연스럽게 찾아내고 알게 될 테니 말이다. 그러다 헤일로는 아주 먼 옛날 그에게 악기 다루는 법을 알려주던 형들을 떠올렸다. 그리고 지금의 아지트 형들. 그들처럼 '친절하게' 알려주는 건 못할 것 같다.

"사장님!"

생각에 잠겨 걷다 보니 어느새 이장의 집에 가까워졌다. 들어가기 전부터 맛있는 냄새가 났다. 헤일로 일행이 이장님을 도와 제철 음식으로 한 상 가득 차리고 있었다. 일하는 데 걸리적거린다고 헤일로를 방송실로 격리한 이장은 멋진 마을 방송에 감동해 그를 열렬히 환영하며 상 앞에 앉혔다.

"들으셨어요? 어젯밤에 방송국 관계자가 왔다는데."

VJ가 먹음직스러운 밥상을 찍는 사이, 문서연이 황급히 이장에게 들은 말을 전해주었다.

"알아요."

"사장님이 어떻게 아세요?"

"방금 마주쳤거든요. 대화도 했고."

헤일로는 돌아오는 길에 만났던 방송국 관계자, 아니 나혜주 PD

와 도민희 작가를 떠올렸다. 헤일로를 보고 기겁하며 왜 여기 있냐고 물어보던 그들은, 그를 만나러 온 건 아니었다. 물론, 그 뒤에 둘이 한참이나 수군거리고, 도민희가 미련을 표하긴 했지만 나혜주는 정중하게 그를 만나러 온 게 아니라고 밝혔다.

"오해가 없으면 좋겠습니다. 더하여 헤일로 씨의 휴식을 방해하거나 헤일로 씨의 의지에 어긋나는 일을 만들 생각이 없구요. 저희는 그저 헤일로 씨가 편안한 일정을 보내시길 바랍니다."

나혜주를 아는 사람이라면, 그녀가 좋은 인상을 주기 위해 얼마나 노력했는지 알 것이다. PD로서 우연히 마주친 톱스타를 섭외하고 싶은 욕구가 얼마나 강렬할까. 그런데도 나혜주는 앞으로의 관계를 위해, 이 기회를 깔끔하게 포기했다. 멘토가 없었다면 헤일로를 보고 혹했을지도 모르지만, 멘토를 이미 섭외한 마당에 헛된 욕심을 부리고 싶지 않았다.

"그런데 방송국에서 왜 나온 걸까요? 사장님을 만나러 온 것도 아니면."

애초에 헤일로가 여기에 있다는 걸 아는 사람이 많지 않았다.

"답사라고 했던 것 같은데."

"여기서 드라마 촬영이라도 하나?"

영상이 참 예쁘게 뽑힐 동네라고 했으니 말이다.

그때 그들의 대화에 "겨울이 보러 왔다던디" 하며 이장님이 끼어들었다.

"겨울이요?"

"좀 특이한 아가 있어."

은행나무 아래 평상에 앉은 이장이 말했다.

"특이하다고요?"

우엉 찹쌀 튀김과 삼치구이를 가져온 한진영이 자리에 앉았고, 뒤이어 남규환이 나왔다. 어느새 평상엔 할머니 집에서 먹었던 식사에 버금가는 요리가 준비되어 있었다.

"하는 짓이 좀 다른 애들하고 다르다고 해야 허나."

이장은 머리를 긁적였다.

"가끔 아 같다가도, 이해가 안 될 때가 있지."

다른 아이들하고 같이 있는데 다른 곳을 바라보는 것 같고, 하는 장난도 종류가 좀 달랐다. 한때 음악실이 멀쩡했을 땐 몰래 들어가 악기를 건드리더니 악기가 고장 나자, 그다음엔 방송실에 들어가 이것저것 눌러댔다. 마이크에 기계음이 빨려 들어가, 마을 사람들 귀를 5분 동안 테러한 사건 이후 방송실 접근을 금지했다.

"그래도 참 불쌍한 아여. 바다에 나간 겨울이 아빠가 돌아오지 않아서 아 엄마가 잠깐 미쳤는데, 그 곁에 붙어서 떨어지지를 않더라고."

남의 이야기는 가끔은 즐겁다가도, 가끔은 불편할 때가 있다. 이런 이야기를 들어도 좋을까 싶게 사람의 마음을 불편하게 만드는 것이다. 지금의 경우가 그렇다. 모두 입을 다물자, 이장이 뭘 잘못 말했나 두리번거렸다. 뭐가 문제인지 모르는 이장은 어쨌든 본론으로 돌아갔다.

"이번에 방송국에서 나왔으니 참 다행이지. 좋은 선생님 만나면 팔자 필 테고. 난 그 갸가 영재인 줄 몰랐는디. 그래서 그렇게 방송실을 좋아했던 건가."

방송국 관계자가 무슨 프로그램으로 왔는지 몰랐던, 헤일로는 선생님이라는 말에 젓가락질을 멈칫했다. 선생님이란 게 마음에 안 든 건 아니다. 그저 그 애가 옛날의 자신과 조금이라도 비슷하다면 쉽지 않을 거란 생각이 들었기 때문이었다. 그리고 한편으론 궁금해했다. 누가 선생님을 할지.

* * *

"안녕하세요, 다시 소개하자면 MNC 시사교양국 PD 나혜주라고 합니다. 제가 맡았던 작품은 이렇구요. 어머니, 〈그것을 모르고 싶다〉 혹시 보셨나요? 제가 거기 조연출이었습니다."

나혜주 PD는 겨울과 겨울이 엄마, 그리고 겨울이 동생들 앞에 앉아 제 이력을 보여줬다.

"네, 저희 겨울이가 영재라고 나왔다고요?"

"네, 맞습니다. 다만….."

겨울이라는 아이를 알게 된 건, 너튜브 영상을 통해서였다. 사람들의 제보뿐만 아니라 직접 영재를 찾고자 했던 나혜주와 도민희 작가는 시간이 날 때마다 SNS를 둘러보았는데, 알 수 없는 알고리즘 덕분에 백운초등학교 영상을 보게 됐다. 옛날 부임했던 초등학교 교사가 브이로그를 하며 올렸던 것 같은데, 그때 같이 찍힌 것이 꼬마였다. 피아노의 음을 모두 알아맞힌 절대음감. 그 영상 하나로 이곳저곳에 문의한 나혜주는 어렵게 백운도라는 것까지 알아내 이 꼬마에게 닿을 수 있었다. 하지만 겨울을 영재라고 추정할 수 있는 증거가 그 영상이 다였던 터라 확인이 필요했다.

"혹시 겨울이의 재능을 다시 보여줄 수 있으세요?"

나혜주는 그저 겨울이 절대음감이라는 것만 다시 보면 됐다. 그러나 이상하게도 겨울이 어머니는 잠깐 고개를 갸웃하더니 "이거면 되려나" 중얼거리며 서랍을 뒤적여 무언가를 꺼냈다. 아주 낡은 스케치북이었고 유치한 그림 위에 '진겨울' 이름이 삐뚤빼뚤하게 쓰여 있었다.

"제가 가진 건, 흠흠, 이게 답니다."

"편하게 말씀하셔도 됩니다, 어머님."

그렇게 말했지만, 겨울이 엄마는 절대로 편하게 사투리를 쓸 마음이 없어 보였다.

"그런데 이게 뭐예요?"

겨울이 엄마가 한번 보라는 듯 눈짓했다.

"처음엔 낙선 줄 알았는데."

나혜주는 별 기대 없이 한 장을 넘기자마자 눈을 번쩍 떴다.

'이건…!'

아주 악필인 데다 오선도 없어 잠깐 헷갈렸지만, 서로 다른 음표들이 이어지고 있었다. 음표 간격으로 아마 마디를 표시한 게 아닐까 싶었다.

"대박이다. 절대음감 수준이 아니라 작곡하고 있었다고?"

속삭이는 도민희의 목소리만이 들렸다.

음악의 퀄리티가 어떻든 상관없을 것 같았다.

"이, 이걸, 겨울이가 했다고요?"

"네, 초등학교 선생님한테 배워 가지고 아 혼자 조물조물거리더랑께요."

이건 영재가 맞다. 아니 어쩌면 천재일지도 몰랐다. 나혜주는 갑자기 덥수룩한 머리의 꼬마에게서 빛을 보았다. '고난 끝에 빛이 있으리' 하는 목사인 아버지의 한마디가 들려오는 것 같았다.

그러나 감격에만 겨워할 때가 아니다. 겨울이 영재라는 걸 이들이 증명했으니, 이제 그녀가 설득해야 할 차례였다.

"어머니, 겨울인 영재가 확실합니다. 그것도 무척 특별한 아이일 거예요."

"우리 아가요?"

"네, 특별한 재능을 가졌어요."

이곳에 겨울을 그냥 두는 게 아까웠다. 음악 교육을 받아야 하는 아이에게, 대한민국의 걸출한 음악가 멘토를 붙여주고 성장하는 과정을 찍고자 한다고 그녀는 차근차근 프로그램 취지를 설명했다.

"다 좋은데."

'다 좋은데라고? 그럼 뭐가 싫다는 거지?'

나혜주는 겨울이 엄마의 말에 심장이 덜컹했다.

"나는 우리 아한테 미안한 것밖에 없어 갖고, 그냥 우리 아가 원하는 대로 했으면 좋겠어요."

이런 거라면 다행이었다. 이건 보호자의 암묵적 허가와 다름없었다. 그러니까 겨울을 설득한다면 말이다.

"어머니, 그럼 겨울이를 설득할 시간을 주실 수 있으세요?"

물론, 나혜주는 아이라고 더 쉬울 거라곤 생각하지 않는다.

"겨울아, 안녕."

이미 지금도 아이는 일반 아이들과 다른 모습이다. 아까 엄마와 같이 대화하고 있을 때도 아이는 관심이 없다는 듯 다른 곳으로 시선을 돌리고 있었다.

"언니는 서울에서 온 MNC 교양국 PD야. 교양국이 뭔지 아니?

다큐멘터리 찍는 사람인데."

"서울이요?"

"응."

나혜주는 겨울이 관심을 보이는 듯하자, 덥석 대답했다. 아이가 그녀를 빤히 바라본다. 그녀는 취조당하는 기분이 되었다.

"혹시…. 아까 그 사람 많이 유명한 사람이에요?"

"응?"

"아까 그 사람…."

"혹시 헤일로 말하는 거 아냐?"

뒤에 잠자코 있던 도민희가 끼어들었다.

나혜주가 눈을 번쩍 떴다.

"헤일로 씨?"

"그 사람 나한텐 가수라고 했는데, 유명해요?"

"다, 당연하지!"

"방금 말 더듬은 것 같은데."

"아니."

그녀는 이런 질문을 받을 줄 몰라 당황한 나머지 말을 더듬었다. 다른 사람도 아니고 '그' 헤일로한테 유명하냐고 묻다니, 이 섬에는 TV도 안 나오나 싶었다.

'그래미 건으로 엄청나게 떠들썩했는데.'

그러다 나혜주는 그녀가 묵고 있는 방에 있던 아주 낡은 TV를 떠올렸다. 브라운관까지는 아니었는데 스마트 TV도 안 되고, 미러링도 안 되는 오로지 유선방송만 나오는 TV였다. 그것도 바람 불면 전파가 흔들렸다.

'그럼 모를 수도 있지. 아니, 그래도 어떻게 몰라.'

나혜주는 고개를 저었다. 교양국 PD로서 참을 수 없다.

"엄청 유명한 사람이야. 이거 볼래?"

그녀는 가져온 패드를 열어 헤일로의 기사와 영상물을 차례대로 보여주었다. 그래미 어워즈까지 보여준 그녀는, 아이가 갸웃하자 이번엔 너튜브를 열었다.

"이건 뭐예요?"

"이건….."

어제 그녀가 보다 만 〈웰컴 투 마이 월드〉 2화였다.

헤일로와 멤버들이 진지하게 슬럼프 논의를 하다가 리프레시를 하기로 하고, 홍대 거리 앞에서 딱 끝난다. 내용도 내용인데 나혜주는 채팅을 더 인상 깊게 봤다. 헤일로가 슬럼프냐 아니냐로 열정적으로 싸우는 채팅을 말이다. 그녀는 그러려니 하는 쪽으로 헤일로가 슬럼프라고 말했으니 슬럼프라고 생각했다. 물론, 사람들이 왜 공감하지 못하나 이해도 갔다. 그러나 일반인은 '천재'를 이해할 수 없는 법.

나혜주는 너튜브를 끄고 겨울을 설득했다. 그녀의 말을 듣던 겨울이 물었다.

"그럼 절 가르쳐줄 선생님은 이 사람보다 더 유명해요?"

"어?"

겨울은 적어도 그 사람보다 유명해야 한다고 생각했다.

"그럼 나 노래 부르는 거 알려주면 안 돼?"

겨울은 그가 곧 돌아갈 사람이란 걸 잘 알고 있었다. 섬사람과 달리 언젠가 떠나갈 사람, 도레미파솔라시도를 알려주었던 선생님이 그랬듯, 배를 타고 영영 돌아오지 않은 아버지가 그랬듯 말이다. 그래도 그냥 좋은 사람인 것 같아서 용기를 내서 물어본 것뿐이다.

"안 돼."

그런데 단호하게 거절당했다. 그 자리에선 당황해 아무 말도 못 했던 겨울은 이제 와서 그냥 돌아온 걸 후회했다.

'나쁜 사람!'

서울에서 가수를 한다고 했지만, 안 유명한 가수일 게 분명했다. 그런데 방송국에서 온 PD가 보여준 자료를 보며 겨울은 입을 다물었다. 사실 무슨 상 수상, 한국인 최초, 어쩌고 이런 말들은 잘 체감되지 않았다. 하지만 '헤일로'라는 사람이 얼마나 유명하고 대단한 사람인지 흥분해서 말하는 PD와 작가를 보며 아이는 생각했던 것보다 더 유명한 사람이란 걸 알았다.

다시 한번 그 사람이 말한다.

"안 돼."

겨울이 입을 삐죽였다. 그 사람보다 백배 천배는 똑똑하고 멋있는 사람에게서 배울 것이다. 나중에 엄청 대단한 사람이 돼서, 그 사람이 가르쳐달라고 빌면 똑같이 말해주고 싶었다. 저도 그런 말 할 수 있다고 알려줄 생각이다.

'그래도 한 세 번쯤 빌면 용서해줄까?'

자기가 이상한 게 아니라고 말하며 웃는 얼굴이 아주 오래전 다정했던 엄마의 얼굴과 닮아 있어, 겨울은 그 사람이 나쁜 사람이 아니란 걸 알고 있었다.

'그래도 완전 치사해!'

"어, 누가 더 유명하냐면…."

나혜주는 말문이 막혔다. 답은 정해져 있는데, 아이의 전투적인 시선에 솔직하게 이야기하면 안 된다는 걸 직감했다.

"어… 비교하기엔 범주가 다른데…. 음. 그리고 원래 멘토가 누군지 말해주면 안 되거든? 근데 언니가 겨울이한테만 미리 말해줄게. 대신 비밀 꼭 지켜줘야 해."

나혜주의 말에 겨울이 결연하게 고개를 끄덕였다.

"김선철 씨라고."

겨울이 고개를 갸우뚱하자, 나혜주가 그의 유명한 곡을 나열했다.

"어!"

겨울이 드디어 하나 알아들었다. '철길 건널목'이라는 히트곡 중에서도 오래된 곡이었다. 그녀는 겨울이 그 곡을 안다는 데 놀랐다. 아마도 이 마을에 최신 가요가 잘 알려지지 않은 듯했다.

"김선철 씨는 정규 7집까지 낸 원로 가수고, 방송에서도 활발하게 활동하고 있을 뿐만 아니라, 대학에서 강의도 하신단다. 겨울이 혹시 〈Spring Again〉이라는 프로 아니? 거기에도 나오신 분인데."

나혜주는 그 예능 제목이 헤일로의 앨범에서 따온 거라는 걸 깨달았지만, 다행히 겨울은 말똥말똥한 얼굴로 고개를 저었다.

"아뇨."

"아, 그렇구나."

"그 사람은 정규 몇 집까지 냈는데요?"

"어?"

그녀는 헤일로의 정규 1집 〈사랑의 형태(Shape of Love)〉 외 미니앨범 13집과 싱글 1집을 떠올렸다.

"정규는… 1집? 아니 2집이라고 쳐야 하나?"

노해일 이름으로 한 번, 혜일로 이름으로 한 번 냈으니 정확히 정규는 두 번 냈다고 할 수 있었다.

"근데 미니앨범 좀 많이 냈지."

겨울은 2집이라고 생각했다. 그 사람 나이도 별로 안 많아 보였는데, 그 정도면 많이 낸 건지 아닌지 감이 잡히지 않았다.

"좋아요."

겨울이 대답했다.

나혜주는 설마 하며 물었다.

"우리 프로그램에 나와줄 거야?"

"네! 거기 나가면, 빨리 가수가 될 수 있는 거죠?"

"그, 그렇지."

"빨리 유명해지고."

"안 나오는 것보단 좋겠지?"

"그럼 돈도 많이 벌고."

"응, 언니는 출연료 삥땅 치는 나쁜 사람 아니야."

나혜주가 도민희와 하이파이브를 하려고 했다.

"거기 나가서 그 사람보다 앨범 많이 낼래요!"

'삐끗' 두 사람의 손바닥이 서로의 어깨를 치고 흩어진다.

"어? 그건 좀 힘들 텐데."

그들의 중얼거림이 들리지 않았는지 겨울이 의지를 불태웠다.

"똑같은 나이에 내가 앨범 하나 더 많이 내서 반드시 이겨줄 거야."

그 시각 혜일로는 왠지 귀가 가려워지는 걸 느꼈다.

* * *

헤일로와 맴버들은 내일이면 섬을 떠날 예정이었다. 마을 사람들과 마을회관에서 같이 옛날 노래를 부르고, 가져온 기타와 멜로디언, 실로폰 등으로 아이들과 미니 합주를 하며 작은 잔치를 벌이다 보니 시간이 훌쩍 지나갔다.

"할머니, 이 항아리들은 다 뭐예요?"

시간이 많을 땐 안 보이던 것들이 시간이 없을 때 비로소 보인다고, 떠나기 전날 헤일로는 남규환의 할머니 집 뒤에 나란히 놓인 항아리들을 발견했다. 어떤 건 깨지고 어떤 건 구멍이 있으며 어떤 건 거미줄이 껴 있었다. 아무리 봐도 쓸 만한 항아리들은 아니었다.

"할머니, 왜 안 버렸어?"

망가진 항아리 뚜껑을 열어보고 썩은 냄새에 다시 닫은 남규환이 묻자, 할머니가 대답했다.

"에듭지 않나."

"뭐가 아깝다고 그래. 어차피 못 쓰는 걸."

할머니는 버릴 곳도 없고, 가져다 버릴 사람도 없다고 했다.

"그럼 날 시키면 되잖아."

아무것도 보이지 않는 어둠에 물든 섬에서 내일 배가 뜨면 돌아갈 예정인 그들은 항아리를 치울 수 없었다. 심지어 항아리만 문제가 아니라, 구멍이 난 돌담이라던가 집 곳곳에 수리해야 할 게 보였다. 사실 이는 할머니 집만의 문제는 아닐 것이다.

다들 걱정 어린 눈으로 주변을 둘러보자, 할머니가 곱게 웃으며 말했다.

"괜찮웅게 걱정마잉. 오늘 덕분에 질거윘으니께 아쉬워하지 말어. 다들 고구마 좋아하제?"

할머니가 아궁이 밑에서 집게로 고구마를 꺼냈다. 그들은 평상에 앉아 하늘을 보며 고구마를 까먹었다. 갓 구운 고구마의 온기에 남은 한기가 가시는 기분이었다.

"적당히 놀고 자그라."

할머니가 먼저 들어가고, 그들은 머리를 맞댄 채 누워 하늘을 바라보았다. 하얀 입김이 하늘로 올라간다.

"재밌었다."

"시간이 금방 가버렸어."

"아쉽기도 하고요."

누군가 말했다.

"돌아가기 싫다."

헤일로는 저도 모르게 대답했다.

"그러게요."

이곳에 있다 보면, 이곳에서 사람들과 어울리다 보면 무언가가 떠오를 것 같기도 했기에 아쉬웠다. 사실 그가 마음만 먹으면 더 있다 가도 상관없겠지만, 마태호 교수와 전시회 건으로 미팅을 잡아 놓기도 했고, 무엇보다 이곳에 계속 있어야 하는 이유 또한 없었다.

헤일로는 별이 가득한 밤하늘을 바라봤다. 그렇게 남은 시간도 흐르고 있었다.

* * *

"네? 뭐라고요?"

어슴푸레한 새벽, 도민희 작가는 나혜주 PD의 목소리에 눈을 떴다.

'이제 출항할 때가 되었나?'

원래 어제 돌아가려다가 파도가 거세 배가 뜨지 않아 하루 일정이 미루어졌다. 도민희는 '아마 혜일로 씨도 마찬가지겠지'라고 생각하며 이불을 걷고 일어났다. 시계를 보니, 오전 8시였다.

"그게, 무슨 소리예요?"

문을 열고 거센 공기에 기지개를 켜며 나오던 도민희는 나혜주의 심상치 않은 표정과 목소리에 놀랐다.

"제 프로그램을 선배가 맡기로 했다고요? 그게 무슨? 벌써 미팅을… 아니, 잠깐만요, 국장님."

나혜주의 입술이 달달 떨렸다.

"그건 그냥 빼앗는 거잖아요. 아니 제가 언제 선배한테 제 프로그램을 주기로…."

몇 마디로 분위기가 어떻게 돌아가는지 알 것 같았다. 도민희는 어제 온종일 방송국에서 전화를 받지 않았던 걸 떠올렸다. 꺼림칙하긴 했지만 설마 하며 그냥 넘겼다.

얼마 가지 않아 전화가 끊겼다.

"어떻게 된 거래?"

"선배가 내 거 가져갔대."

"그게 쉽게 돼?"

"몰라, 이미 미팅도 했다는데."

"미팅을 누구랑 했다는 거야? 겨울이는 여기에 있고….”

"김선철 씨."

"뭐?"

"그리고 다른 영재 구했대. 걔 있잖아. 우리가 강남에서 만난 애."

"아, 그 학부모 무서웠던 애."

그 애가 영재인가에 대한 의문은 있지만, 그것보단 멘토가 시급했다. 화가 날수록 뜨거워지는 사람이 있지만, 도민희는 차게 식는 스타일이라 이성적으로 생각했다.

"김선철 씨는 원래 우리랑 하기로 한 분이잖아."

"그러니까 다 빼앗은 거야."

"김선철 씨는 알고 있대?"

"응?"

"이런 거 모르고 있을 수도 있잖아. PD가 바뀐 거. 한번 말해보는 게 어때? 연락처 있지? 아니다, 넌 진정하고 있어. 내가 해볼게. 혹시 알아? 겨울이 얘기하면 흔쾌히 돌아와주실지. 다른 건 몰라도, 겨울이는 진짜 영재잖아."

나혜주가 고개를 끄덕였다. 겨울이는 그들이 만났던 어떤 어린이보다 특별했다. '인재발굴단'에서 막내 PD로 있어봤던 나혜주는 확신했다.

'그래, 김선철 씨가 돌아와준다면, 모든 걸 원래대로 돌릴 수 있어.'

선배의 프로그램이 망가질 테고, 그건 다시 그녀의 프로그램이 될 것이다. 선배 욕은 나중에 하기로 하고, 나혜주는 침착하게 도민희가 전화를 마치고 돌아오길 기다렸다.

"그래도 생각보다 긍정적인데?"

그리고 예상치 못한 답이 들려왔다.

"어?"

"내부 사정 웬만해선 말 안 하려고 했는데, 이미 눈치채고 있는 것 같더라. 하긴, PD가 아무 말 없이 바뀌었으니."

"와, 그럼 돌아오겠대?"

"어, 근데…."

도민희는 고개를 갸웃하다가 피식 웃었다.

"왜?"

"겨울이와 먼저 얘기하고 싶다는데?"

"겨울이랑은 당연히 만날 수 있는 거지. 근데 계약은 어떻게 된 거야, 계약 파기?"

"아니, 계약 전에 지금 겨울이랑 얘기해보고 싶다고."

도민희는 염세적인 표정이 되었다. '그럼 그렇지' 하는 표정이었다. 정의에 불타는 소년만화 주인공 같은 연예인이 세상에 있을 리 없었다.

"간보는 중이다, 이 인간."

"뭐, 그건 당연한 거잖아. 김선철 씨 입장에선 날 도와줄 이유가 전혀 없고. 난 만족해. 겨울이는 진짜 영재니까 돌아올 거야. 그래서 겨울이랑 언제 얘기하고 싶대?"

"지금 화상으로 연결하래."

"지금 겨울이 잘 텐데."

"지금밖에 시간 안 난다는 걸 보니, 계약 코앞인가 보다."

나혜주가 벌떡 일어나 패드를 챙겨 뛰쳐나갔다.

"어머니, 안녕하세요! 겨울아, 한 번만 도와줘!"

"네?"

"겨울이 선생님 되실 분이, 겨울이를 한번 보고 싶다고 해서. 혹시 지금 통화할 수 있니?"

자다 일어나 잠이 덜 깬 아이의 덥수룩한 머리에는 까치집이 그대로였다. 그래도 겨울이 "네"라고 대답하자마자, 나혜주는 겨울이 엄마의 도움을 받아 스케치북을 챙겼고, 세수하고 온 겨울에게 외투도 입혔다. 이렇게 입혀놓으니 귀여운 것 같다고 생각하며 나혜주는 이어서 상에 패드를 설치하고 화상통화를 연결했다. TV는 유선방송밖에 안 나왔지만, 그래도 전파는 잘 터지는지 곧 연결되었다.

"안녕하세요, MNC PD 나혜주입니다."

[오, 깜짝이야. 걔가 가을이인가요?]

"겨울이입니다. 김선철 가수님 연결 가능할까요?"

약간 껄렁이는 매니저가 진짜 연결될지 모르고 놀라더니, 곧 가수를 부르겠다고 떠났다.

[안녕하십니까?]

그리고 드디어 김선철이 보였을 때 나혜주 PD는 울 뻔했다. 세상은 역시 순리대로 돌아가는구나 하고. 이대로 그냥 돌아갔으면, 가기도 전에 배에서 뛰어내렸을지도 몰랐다.

[그리고 안녕 겨울아?]

"아, 안녕하세요."

화상통화로 연결된 김선철이 인자하게 웃었다. 인자한 선생님과 섬에서만 자란 손주뻘의 영재…. 나혜주는 벌써 장면을 어떻게 찍을지 보였다.

[나는 김선철이라고 하는 뮤지션인데, 내 노래 들어봤니?]

"네? 네."

[그래? 뭐, 거두절미하고, 선생님이 겨울이에게 몇 개를 물어볼

거다. 솔직하게 대답하렴.]

김선철은 겨울의 대답을 듣기 전에 카메라를 돌렸다. 피아노가 그곳에 있었다.

나혜주는 이곳이 섬이며, 겨울이 제대로 된 교육을 받지 못했다는 걸 알기에 조마조마했다. 그러나 절대음감 퀴즈라면 괜찮을 것 같았다. 김선철이 정말로 피아노 음으로 겨울의 귀를 테스트했다. 겨울이 조금 느리지만 대답할 때마다 나혜주는 속으로 쾌재를 불렀다.

그러다 음이 하나씩 늘어났다. 2음, 그리고 동시 3음. 2화음까지 잘 말해주던 겨울은 키가 높아지자 머뭇거리기 시작했다. 대답을 못 하자 김선철이 다시 한번 누른다. 3화음. 겨울이 다시 한번 고개를 갸웃하자 김선철이 피아노를 닫았다.

"자, 잠깐만요, 가수님."

위기감을 느낀 나혜주는 급하게 스케치북을 보여줬다. 겨울의 스케치북이었다.

"전파 문제로 소리가 변질돼 잘 안 들리는 것 같은데, 이것 좀 봐주시겠어요?"

[한번 펴보세요.]

김선철이 팔짱을 끼자, 나혜주는 그녀가 놀랐던 부분을 열었다. 겨울의 낙서, 아니 작곡 노트. 오선이 없지만 김선철 같은 원로 가수라면 알아볼 것이었다.

[카메라에 가까이 좀 대주시겠어요?]

"네, 네!"

흥미가 생긴 게 분명했다. 김선철의 눈이 이리저리 훑는다. 이건 정확히 겨울의 작품인데, 나혜주는 뭔가 자신의 작품을 평가받는 기분이 들었다.

어느 순간 김선철이 입꼬리를 올렸다.

'그린라이트인가?'

나혜주는 김선철의 입이 열리길 기다렸다. 이윽고 들려오는 한 마디.

[요즘 영재란 단어를 참 쉽게 쓰지 않나요?]

"네?"

[동네 꼬마가 어디서 보고 온 걸 비슷하게 그려오면 영재다, 천재다.]

"네? 아니, 김선철 가수님 뭔가 오해가 있는 것 같은데, 이건 어디서 보고 그린 게 아니고요. 직접 겨울이가 쓴⋯."

[그럼 뭐 합니까. 형편없는데.]

"네?"

[한번 연주해봤어요?]

그리고 뒤로 작게나마 욕지거리가 들렸다. 나혜주는 아이가 들을까봐 귀를 가려주었다. 그렇다고 겨울이 부정적인 뉘앙스를 눈치채지 못할 아이는 아니었다. 아이의 눈이 불안정하게 흔들렸다. 그러거나 말거나 김선철이 어깨를 으쓱이더니 다시 피아노 뚜껑을 열었다. 그러곤 겨울이 작곡했다는 악보를 그대로 연주했다. 나혜주는 듣다가 저도 모르게 눈살을 찌푸렸다. 제대로 된 음악이 아니었다. 피아노를 쳐본 적 없는 사람이 대충 치는 듯한 뚱땅거리는 소리가 이어졌다.

김선철은 끝까지 연주하지 않고, 뚜껑을 닫았다. 그리고 눈을 돌려 겨울에게 말했다.

[꼬마야!]

"…."

[넌 그냥 지극히 평범한 애니까, 엄마아빠한테 괜히 헛짓거리하지 말라고 해라.]

뚝. 사정없이 화면이 꺼지고 정적이 내려앉았다.

"아니, 무슨 저런 미친놈이."

도민희가 김선철의 무례함에 욕을 했고, 겨울이 영재가 아니라는 것에 당황했던 나혜주는 겨울을 바라봤다. 겨울의 눈이 떨리고 있었다.

"겨울아."

상처받은 게 분명했다. 겨울이 영재건 아니건 아이한테 그런 말을 해선 안 되었다. 나혜주는 자기 멘탈보다 아이부터 추스르려고 했다. 그러나 어느 순간 겨울이 이를 악물더니 그녀를, 정확히는 그녀가 들고 있는 스케치북을 노려봤다. 순식간에 아이는 스케치북을 빼앗아 집에서 뛰쳐나갔다.

"겨울아!"

나혜주가 벌떡 일어나 겨울을 따라 달려갔다. 이대로 두어선 안 될 것 같았다. 겨울은 아무 잘못이 없다. 겨울이 진짜 영재건 아니건 아이에게 영재라고 말했던 건 나혜주였고, 김선철과 통화하게 한 것도 그녀였다. 그러나 백운도는 참 복잡하게 이루어져 있었다. 이곳저곳 늘어선 집과 골목길. 어느새 겨울을 놓친 나혜주는 주변을 두리번거리며 무릎에 손을 올렸다.

"흐매, 깜짝이야."

"아주머니, 겨울이 못 보셨어요?"

"겨울이? 저 항구 쪽으로 가던디."

"감사합니다!"

지나가는 사람들에게 묻고 물어 항구로 달려간 나혜주는 겨울을 드디어 발견했다.

"겨-."

아이를 부르려는데, 아이가 누군가와 부딪혀 넘어졌다.

"어라?"

"애기야, 괜찮니?"

"헉, 애 우는데? 남규환 너 빨리 무릎 꿇어."

이제 막 배로 짐을 옮기고 있던 헤일로와 그 멤버들이다. 남규환과 부딪힌 아이가 바닥에 주저앉아 움직이지 못했다. 그러나 들썩이는 어깨를 발견한 나혜주는 겨울이 울고 있다는 걸 알았다.

"괜찮아? 많이 아파?"

문서연이 겨울의 손을 잡아줬다. 아이가 하얀 얼굴을 드러내며 홀쩍였다.

"무슨 일이에요?"

소란스러움에 VJ와 대화하다가 나온 헤일로가 아이를 발견했다. 아이는 잠깐 헤일로를 쳐다보았다. 그리고 어느 순간 홀쩍이던 울음이 "와앙" 하고 터져버렸다. 헤일로를 보며 아이는 그렇게 서럽게 울었다.

"어떡해. 진짜 아팠나봐."

"내, 내가 잘못했어."

"사장님, 애기 좀 달래주세요."

"제, 제가요?"

아이를 바라보던 헤일로는 문서연의 요청에 당황하며 다가왔다. 아이에게 닿기 전 발치에 스케치북이 보인다.

"줘!"

아이가 놀라 스케치북에 손을 뻗었지만 헤일로는 이미 스케치북을 보았다.

"달라고! 내 거야."

아이가 헤일로의 바지를 붙잡고 엉엉 울었다. 꼭 가지 말라고 붙잡는 것 같았다.

"이게 뭔데?"

"보지 마."

"너도 울지 마."

"내 맘이야."

"그럼 나도 볼래."

"그런 게 어딨어?"

"여기."

세상에 이런 유치한 대화가 어디 있을까. 그러나 아이가 울음을 그쳤으니 그걸로 됐다.

헤일로는 스케치북의 펼쳐진 부분을 보았다. 오선 없이 음표가 자유롭게 놀고 있었다. 가만히 스케치북을 바라보던 헤일로가 어느 순간 피식 웃었다.

"오선을 제대로 그렸어야지. 이러면 다들 못 알아보잖아."

헤일로가 겨울에게 스케치북을 돌려주었다. 김선철처럼 혹평을 할 거로 생각한 겨울은 멍하니 그를 바라보았다.

"그래도 잘 만들었네."

악보(樂譜)는 음악의 곡조를 일정한 기호를 써서 기록한 것이다. 역사적으로 다양한 종류의 악보가 존재했지만, 현재는 오선보를 보편적으로 사용하고 있다. 물론, 코드와 가사로 이루어진 리드 악보도 현대에선 활용도가 높은 편이다. 그럼에도 사람들이 가장 먼저 접하는 건 여전히 다섯 개의 선과 기호로 이루어진 오선보였다.

오선보는 음악의 조성을 표시하는 조표와 박자표, 음자리표, 마디 등 다양한 요소로 구성이 되어 있다. 이것들은 단순한 음악적 기호들의 집합을 넘어서 다른 이들에게 음악의 내용을 보조적으로, 그리고 시각적으로 전달했다. 마치 누군가의 경험이나 상상을 시각적으로 전달하는 책처럼 말이다. 악보는 책과 공통점이 많다. 단순히 다른 언어로 쓰인 텍스트 덩어리일 뿐만이 아니라, 암묵적으로 형성된 규칙을 허용한다. 이를테면, 가로쓰기(좌횡서). 언제 만들어졌는지 모를 이 규칙은, 이제 와선 코로 숨쉬기, 눈 깜빡하기처럼 무의식적으로 사용되고 있다.

헤일로도 처음에는 겨울의 스케치북을 봤을 때 왼쪽에서 오른쪽으로 읽었다. 오선이 없는 건 별로 문제가 되진 않았는데, 악보의 오선 간격은 대개 일정하여 오선이 있는 것처럼 읽을 수 있었다. 하지만 이상한 건 음악이 제대로 연결되지 않고 끊어졌다. 선을 쓰지 않고, 띄어쓰기 공백으로 마디를 표현한 것까진 알겠는데 이건 마디 선이 없다는 게 문제가 아니라 순서가 이상했다. 한 개의 마디로 이루어진 퍼즐 조각이 아직 맞춰져 있지 않은 상태 같았다. 마치 직접 맞춰보라는 것처럼.

'이것 봐라.'

헤일로는 코웃음을 치며 각자의 퍼즐 조각을 머릿속에 넣어 맞춰봤다. 애매한 마디가 있어서 의도한 음악이 나올지 몰라도, 무슨 의도로 이렇게 그린 건지는 알 수 있었다. 이는 악보이자 하나의 그림이었다. 즉, 어른들이 만들어놓은 규칙을 적용하지 않은 이 아이의 악보라는 의미였다.

유선 노트나 오선지가 그려진 노트에 사람들은 흔히 좌횡서로 글자를 쓰겠지만, 스케치북이나 도화지를 받은 사람들은 어떻게 그림을 그리는가. 오두막을 그린다고 했을 때 보통 정중앙에 오두막을 그릴 것이다. 그 차이다. 아이는 아무것도 없는 하얀 스케치북에 그림을 그리듯 가장 가운데부터 음악을 썼고, 점점 주변으로 퍼져나갔다. 크기 생각은 안 하고 막 그리다가, 뒤로 갈수록 그림이 작아지거나 겹치듯 사이드에 그려진 마디가 뒤죽박죽인 것도 여느 사람들의 그림 같다. 어른이 만들어놓은 규칙대로 보자면 이건 굉장히 이상한 악보가 될 것이다. 아주 엉터리 음악이 되고 만다. 그래서 보통은 장난을 쳤다고 생각하기에 아주 소수의 사람만이 알아볼 수 있을 것이다.

헤일로는 겨울에게 스케치북을 돌려주며 퍼즐이 맞추어진 음악을 허밍했다. 철썩이는 파도 소리와 함께 아이의 귀에 허밍이 닿았다. 아이의 눈이 동그래졌다. 어느새 울음은 쏙 들어간 것 같았다.

"잘 이을 수 있겠어."

목적어가 없었지만, 겨울은 그게 무슨 의미인지 단번에 알았다.

'인정해줬어.'

서울에서 엄청 유명하다는 사람이, 방송국에서 왔다는 PD가 찬양하듯이 말했던 사람이 인정해주었다. 겨울은 그 표정과 그 태도

에서 진심을 읽었다. 뒤에 가만히 있던 작가도 연신 고개를 끄덕이
며 동의했다.

'내가 잘 만들었대.'

겨울은 점점 기분이 좋아졌다. 좀 전에 김선철이 했던 말은 이제
아이의 머릿속에서 날아간 지 오래였고, 그냥 바닷물에 둥둥 떠 있
는 기분이었다. 아이는 갖다 버리려고 했던 스케치북도 다시 좋아
졌고, 그냥 이 사람에게 더 많은 걸 보여주고 싶어졌다.

'그럼 또 잘했다고 칭찬해주겠지?'

이 사람을 이기고 싶다는 마음은 여전하지만, 꼭 이기지 않아도
될 것 같았다. 겨울은 스케치북으로 얼굴을 가리고 실실 웃었다.

"울다 웃으면….""

아이를 놀릴 준비를 하는 남규환의 옆구리를 문서연이 쿡쿡 찔
렀다.

'조용히 해. 애 또 울리려고?'

애를 울린 적 없는 남규환이 억울해할 때 그들 앞에 한 사람이
섰다.

"실례지만, 잠시 이야기 좀 할 수 있을까요?"

나혜주 PD였다.

"저희랑요?"

"네, 그리고 겨울이도요."

5. 악당과 히어로

"이건 다음이야··· 요."

"그래? 이렇게?"

"응. 아니, 네."

애매하던 마디에 대해 겨울이 순서를 알려주었다. 헤일로가 자기 말대로 기타를 쳐주자, 겨울은 예의 바른 척하며 실실 웃음을 흘렸다. 아이는 티를 내지 않으려고 했지만, 어른의 눈에는 다 보였다. 겨울이 강아지였다면 꼬리를 미친 듯이 흔들고 있었을지도 모른다. 그 정도로 눈을 반짝반짝 빛내며 기타와 헤일로에게서 시선을 떼지 못했다. 그렇게 음악이 완성되고 있었다. 아직 어설픈 구석이 많았지만, 겨울이 이제 아홉 살이라는 걸 고려하면, 또 전문적인 교육을 받지 않았다는 걸 생각하면 뛰어난 재능으로 보였다.

나혜주 PD는 스케치북 가운데에서 악보가 시작된다는 해석을 듣고, 그리고 완성되어가는 음악을 들으며 머릿속이 하얘져가는 걸 느꼈다. 처음엔 놀람, 그리고 이를 해석한 헤일로에 대한 감탄과 인정, 뒤이어서는 아찔함이 찾아왔다. 이 순간 그녀는 본인이 놓치고 있는 것을 깨달은 것이다. 프로그램 취지는 재능있는 멘티와 멘토를 이어주며, 멘티의 재능을 키워가자는 것이었다. 그저 재능 있는 사람과 사람을 이어주자는 의도가 섣불렀다는 걸 이제야 알았다. 교육이란 건 그리 간단한 문제가 아니고, 인생이란 게 그리 단순한 게 아니다. 누군가에겐 좋은 스승이 누군가에겐 나쁜 스승이 될 수 있다. 멘토와 멘티의 조화도 잘 보지 않고 그저 이어주는 것에 급급해 과오를 저질렀다.

겨울을 김선철과 이어주었다면 어떻게 되었을까. 그 사람은 헤일로처럼 겨울을 제대로 봐주지 않는데, 만약 오케이했다고 해도 괜찮았을까? 한 아이의 인생이 달린 중요한 문제를 좀 더 신중하게 살펴봤어야 했다. 나혜주는 적어도 저렇게 아이가 그린 스케치북을 제대로 봐줄 수 있는 사람을 찾았어야 한다고 반성했다.

"이건 이 다음이지?"

"와! 맞아 맞아… 요!"

나혜주는 섬에서 헤일로의 휴식을 방해하지 않겠다고 딱 잘라 말했었다. 그러나 지금 한 입으로 두말하는 가벼운 사람이 되는 것을 불사하고 겨울이 울게 된 사연을 그들에게 털어놓았다.

"헉! 아니, 누가 겨울이 보고 재능이 없다고 말했다고요?"

"누가요? 아니, 어딜 보고?"

나혜주는 그 사람이 누구인지 그리고 어떤 말투로 어떤 말을 했는지 정확히 언급하진 않았지만, 부정적인 반응을 들려주었고 당연하게 의문만이 남았다.

"동시 3음 테스트?"

헤일로는 청음에 관해서 의문을 표했다. 나혜주도 이상하게 생각했던 그 청음 테스트 이야기가 나오자 보여주겠다며 영상을 찾았다. 물론, 헤일로가 의문을 표한 건 다른 의미긴 하다. 그는 음악 영재 테스트와 3음 테스트가 무슨 관계인가 싶었다. 악기가 어떤 소리를 내는지 어떤 음으로 이루어지는 아는 건 아주 중요하지만, 다른 모든 소리를 차단하고 동시 3음을 들려주는 건 누구나 맞출 것이다. 차라리 곡 하나 들려주고, 그걸 연주해보라고 하는 게 낫지 않을까. 아니면 직접 작곡해보라고 하든가 하는 생각이 들었다.

"아, 여기 있다."

녹화된 영상을 찾은 나혜주는 그들에게 소리만 들려주었다.

헤일로는 겨울이 이걸 왜 못 맞췄는지 의아해 고개를 갸웃거리며 바라봤다. 겨울은 자기가 못 맞춘 영상 소리를 다시 듣곤 입을 삐죽였다. 아이는 무척 억울했다.

"소리가… 소리가 이상하지 않아?"

"응? 그게 무슨 말이니?"

나혜주가 이해하지 못하고 되물었다.

그러나 겨울은 헤일로의 답을 기다렸고, 곧 그가 입을 열었다.

"조율이 좀 안 되었다고 못 맞춘 거야?"

"소리가 다르니까."

"그래도 이 정도는 맞춰야지. 크게 신경 쓰일 정도는 아닐걸."

"그런 거야? 요?"

너무 쉽게 헤일로가 답을 입에 담았고, 고개를 끄덕였다.

"그런 거야. 조율이 안 되었다고, 중간에 음악을 멈추는 사람이 없는 것처럼."

공연하다 보면 기타 스트링이 끊어지거나 날씨의 문제로 소리가 다르게 들리거나 하는 일들이 수없이 일어난다. 귀가 예민하다는 건 알겠는데, 소리가 별로라고 중간에 포기해버리는 태도는 좋아 보이지 않았다.

"알았어…."

겨울이 시무룩하게 고개를 끄덕였다.

음악이론에 관한 지식은 일반인과 크게 다르지 않을 나혜주가 어리둥절한 얼굴로 두 사람을 번갈아 바라보았다. 조율 안 되어 있다고 안 맞추는 아이나 그 정도는 맞춰야 한다는 소년이나 둘 다 그녀가 이해할 수 있는 영역의 사람은 아니었다.

문서연이 그녀를 이해한다는 듯이 웃어 보였다. 나혜주는 저만 이해 못 한 게 아니라는 데 안심했지만, 그녀는 문서연도 한때 한예종에서 사랑받는 인재였다는 건 몰랐다.

"근데 원래 조율? 그게 그렇게 힘든 거야… 요?"

"아니."

헤일로가 그건 아니라며 단호하게 고개를 저었다.

"조율은 어렵지 않아. 그냥 기본적인 거야. 뭐, 방송국 소품실에 있는 걸 썼나봐. 그런 건 보통 관리 안 하거든."

"앗!"

거침없는 말에 나혜주는 입을 다물었다. 누군지 말하면 안 될 것 같았다. 그 사람을 보호하기 위함이 아니라 그 사람을 데려온 스스로가 부끄러워지기 때문이었다. 다행히 겨울은 영재 테스트를 해준 사람이 멘토라고 말하지 않았다. 이미 까맣게 잊어버린 것 같지만, 아예 일어나지도 않은 일처럼 확실히 잊길 바랐다. 처음으로 돌아가 더 좋은 멘토를 구할 생각이었으니까.

"이제 슬슬 가야 할 것 같은데요."

배에서 경적이 울렸다. 선장이 슬슬 출발하자고 신호를 보낸 것이었다. 아직 이야기가 완전히 마무리된 게 아니기 때문에, 멤버들이 나혜주를 흘끗 바라봤다.

'더 좋은 멘토라….'

나혜주는 헤일로와 겨울을 훔쳐보았다. 지금 그녀의 눈에는 이보다 더 좋은 조합이 보이지 않지만, 헤일로가 원래 예능을 많이 하는 타입은 아니고 지금은 휴가 중에 만난 거라 더 말하기가 꺼려졌다. 심지어 이들한텐 프로그램을 뺏기게 되었다는 개인 사정도 털어놓지 않았다. 그것까지 이야기하는 건 왠지 선을 넘는 것 같았기 때문이다.

"그럼 겨울이는 어떻게 되는 건가요?"

문서연이 마지막으로 물었을 때, 나혜주는 의지를 다졌다. 개인 사정을 털어놓지 않는 건 이들의 휴가를 위한 것뿐만 아니라 자신의 의지이기도 하다. 절대 손 놓고 뺏기지 않을 것이다. 어떻게든 되찾을 것이다.

"제가 확신했고, 겨울이도 하고 싶다고 하니 좋은 멘토를 찾아볼 거예요."

이들에게 사정을 이야기하고 겨울을 위해 멘토가 되어달라고 감정에 호소하는 것이 프로그램을 뺏기지 않는 데 도움이 될지도 모르나, 나혜주는 끝까지 고민하다가 결국 말하지 않기로 했다.

'언제부터 내가 운이 좋았다고, 언제부터 내가 그렇게 감정적이

었다고. 신파가 한물간 지가 언젠데. 요즘엔 영화도 이러면 관객한
테 욕먹지.'

다만, 그녀는 작은 욕심을 부리기로 했다.

"서울에 돌아가면, H에도 정식 제안서를 넣어볼 예정이에요. 반
드시 수락해달라는 게 아니에요. 그냥, 이런 프로그램도 있구나,
이 사람은 이런 프로그램을 하는구나 하고 읽어주기만 했으면 좋
겠어요."

우연히 스타와 만나 섭외 제안서를 읽어달라고 요청하는 것이
얼마나 행운인지 잘 안다. 대부분의 섭외 제안서는 읽지도 않고 흘
려보낼 것이다. 나혜주는 이 정도 욕심만 부리기로 했다. 그녀는 어
떻게든 프로그램을 되찾을 것이고, 겨울의 진짜 멘토를 찾아줄 것
이다. 정의로운 사람이 되려는 게 아니라, 아이에게 사기꾼으로 남
고 싶지 않았기 때문이다.

부우. 거친 파도를 뚫고 배가 나아갔다. 곧 헤일로와 멤버들이 탄
배가 수평선 너머로 사라졌다. 나혜주는 항구 끝에서 이젠 보이지
도 않는 배를 찾는 겨울을 발견했다. 헤일로와 어울린 잠깐의 시간
이 즐거웠으나, 이미 한 번 거절당한 기억 때문에 붙잡지 못한 아이
는 마치 주인을 기다리는 강아지처럼 항구 끝에 앉아 있었다. 음악
을 흥얼거리면서.

나혜주는 그런 겨울을 보며 뒤늦게 제 머리를 감쌌다. 좋아하는
스타에게 쿨하고 책임감 있는 PD로 보이고 싶어 매달리지 않았는
데 뒤늦게 현실감이 찾아온 탓이다. 겨울에게 잘 맞는 멘토는 어떻
게 찾아줄 것이며 프로그램은 또 어떻게 되찾을 수 있단 말인가. 똑
같은 프로그램을 두 개나 방영하는 건 절대 안 될 말이고, 저쪽은

이미 회의까지 끝냈다는데….

"이제 나 어떡하지?"

나혜주는 제자리에서 빙글빙글 돌았다.

"애는 잘 달랬어?"

뒤에서 도민희 작가의 목소리가 들렸다.

"그게 언제 적인데. 너는 아마 깜짝 놀랄걸."

그녀가 달랜 것도 아니고, 헤일로가 직접 달래줬다.

"왜? 헤일로라도 만났어?"

"봤어?"

"멀리서. 마을이 워낙 작으니 사생활이 없네. 사생활만 없는 게 아니라 이 동네에 있는 게 별로 없네. 보니까 백운초 피아노도 고장 난 지 오래던데. 이 안에선 멘토든 뭐든 뭘 하긴 힘들겠다."

"으응."

"뭐야 설마 프로그램 포기한 건 아니지? 어떻게든 찾아야지. 김선철 그 새끼 때문에 열받아서 더 잘되어야겠어."

도민희가 콧김을 내뱉었다.

"대스타 섭외해서, 콘텐츠도 블록버스터로 가는 거야. 투자도 많이 받고, 애만 멘토하는 게 아니라 아예 싹 갈아엎자."

나혜주는 순간 사고를 멈췄다.

"방금 뭐라고 했어?"

"프로그램 되찾자고."

"아니, 그다음에."

"대스타 섭외해서…."

"응."

"블록버스터로… 영재만 가르치는 게 아니라 싹 갈아엎자."

나혜주가 '다시'라고 말했고, 도민희는 친절히 반복해줬다.

'싹 갈아엎자. 싹! 모든 걸!'

나혜주는 항구 끝에 있는 겨울부터 마을 전체를 한눈에 담았다. 있는 게 없는 마을, 있는 것도 옛것. 그곳에 사는 마을 사람과 음악 영재인 아이. 순간 머릿속에 종이 울렸다. '뎅!' 하고 청아한 소리가.

"이거다!"

나혜주가 소리쳤다. 그것도 모자라 환희에 차 도민희의 어깨를 붙잡았다.

"이거라고!"

뎅! 종소리가 울려 퍼졌다. 누군가 사랑에 빠질 때 귀에서 종소리와 함께 천사의 나팔 소리가 들린다고 했는데, 나혜주는 아직 만들지도 않은 프로그램과 사랑에 빠져버렸다.

* * *

오늘은 〈웰마월〉 3화 '웰컴 투 마이 클래스(Welcome to my class)'가 방영되는 날이다. 퇴근 시간 이후에 스트리밍되는 이 콘텐츠는 어린 왕자가 여우를 길들인 것처럼 많은 시청자를 1시간 전부터 기다리게 만들었다.

[〈웰마월〉 3화 같이 달리자!!!!!]
[시작한다 시작한다.]

지난 2화에 헤일로가 홍대 거리 앞에 서 있는 모습으로 끝났는데, 이번 화는 한 강의실에서 시작됐다. 불이 꺼진 강의실엔 하얀색 보드와 시계만이 얼핏 비추어졌다. 타임랩스로 시간이 빠르게 흘러갔다. 불이 탁 켜지며 이윽고 한 사람이 들어왔다.

무거운 베이스를 들고 들어온 남자는 5,60대의 중년이다. 그가 자리에 앉을 즘 다시 한번 문이 열린다. 이번엔 젊은 청년과 중년의 여자가 들어왔는데, 젊은 청년이 베이스를 전해주는 사이 중년의 여자와 남자가 대화를 나눈다. 이어서 사람들이 하나둘 강의실을 채웠다.

[연습 많이 했어요?]

[하나도 못 했지. 아들내미 밥해주느라고.]

[전 조금 했는데.]

[오, 공연 기대해도 되나?]

나이대는 다양했지만, 연습은 안 하고 일단 떠드는 건 어떤 반이든 다 비슷한 것 같았다. 그들을 보며 시청자들은 하나둘 〈웰마월〉 초반에 학원 강의실이 나온 이유와 왜 3화의 제목이 '웰컴 투 마이 클래스'인가를 알게 됐다.

[클래스에 의미가, 진짜 1반 2반 할 때 그 반이었어?]

[아니 저기 우리 학원 같은데 설마 헤일로가… 수강생?]

[그래미 수상자를 누가 가르치진 않았을 테고 그럼 강사로 갔나?]

[헤일로가 동급생 or 강사인 학원이 있다고?! 나도 다닐래!!!!]

[진지하게 헤일로 같은 강사는 수강비 얼마 줘야 할까?]

  └ 음대 교수들이 강의 한 번에 몇백 받지 않나? 헤일로가 몇백 달라고 해도 무조건 ㅇㅋ할 사람들 많을 듯.

└ 옆에서 음악 하는 것만 직관해도 전 재산 안 아까움.

시청자들이 기대하는 만큼 수강생들도 기대에 차 촬영 얘기를
시작했다.
[근데 이번 촬영하는 거 무슨 프로일까요?]
[너튜브 콘텐츠라고 들었는데. 진영쌤 너튜브 하나?]
[연예인 오는 거 아녜여? 진영쌤 아는 연예인 많잖아.]
[설마….]
누군가가 손가락을 든 채 말하자, 이 순간 보는 사람도 긴장했다.
[신주혁?]
[아니면 아이돌?]
[아이돌 중에 잘 치는 사람이 누가 있지?]
[배우… 는 안 오겠지?]

[아니 아무도 헤일로라고 생각도 안 하네ㅋㅋㅋㅋㅋ]
[이때 헤일로 원래 외국에 있어야 하는 때였다고.]
[처음에 영상 잘못 찾아온 줄 알았는데 왜 넣었나 이제 이해함. 개꿀잼이
네ㅋㅋㅋㅋㅋ]
[이따 해일이 들어오면 어떻게 되려나.]

그때 카메라 시점이 바뀌며 강의실 밖 복도를 비췄다. 멀리서 누
군가가 다가오고 있었다. 강사 한진영이 먼저 확대되며 자막처럼
소개가 달렸다.
[한진영(헤일로/노해일 밴드 베이시스트, 실용 음악학원 강사)]

그리고 그 뒤를 따라오는 검은 인영. 모자에 마스크까지 썼으나, 누가 봐도 헤일로였다. 한진영의 뒤를 따라가며 주변을 두리번거리는 소년이, 어느 강의실을 엿보더니 눈이 살며시 접혔다. 마스크에 가려진 입은 보이지 않았지만, 부드러운 시선에 시청자들은 그가 무엇을 보는지 궁금했다.

곧 한진영이 문을 열고 들어가고, 수강생들의 인사를 받는 가운데 헤일로가 모습을 드러냈다. 반응은 예상한 대로였다.

[누구지?]

[잠깐⋯.]

[아니, 헤일로라고?]

[진짜 헤일로야?]

[헤일로가 왜 여길 와.]

그러나 여기 왔다. 헤일로가 선글라스와 마스크를 벗었고, 수강생들의 표정이 실시간으로 드러났다.

[ㅇㅂㅇ]

[아 나도 저기 있고 싶다.]

[잠깐 나 저 촬영한다는 날 갔는데 그날 해일이 온 거였어???]

누군가 펜을 떨어트리고, 헤일로가 펜을 주웠을 때가 절정이었다.

[제, 제가 이걸 받아도 될까요?]

행복해 마지않는 표정과 당황한 표정이 교차하는 게 압권이었다.

[ㅋㅋㅋㅋㅋㅋㅋㅋ굿즈아니라고.]

[나였어도 근데 심쿵할 듯.]
[세상에서 제일 비싼 모나미ㄷㄷ]

[안녕하세요, 노해일입니다. 만나서 반갑습니다.]
한진영이 이목을 집중시킨 다음, 헤일로가 인사했다. 살포시 웃는 모습이 사회 초년생 같았지만, 그 안에 있는 스펙은 사회 초년생의 것이 아니었다. 수강생들이 헤벌쭉하며 톱스타를 환영했다.
그때, 헤일로가 장난스러운 미소를 짓더니 고했다.
[그리고 오늘 기대하겠습니다.]
영혼이 나간 것 같던 수강생들의 표정이 일순 경직했다.

[;;;;아니 그건 좀. 기대는 안 해도 될 것 같…]
[그러니까 해일이 앞에서 해일이 곡을 연주해야 하는 거야…?]
[와… 긴장돼서 어떻게 함;;;;]
[원곡자 앞에서도 보였으니 공연에선 긴장 안 할듯ㅋㅋㅋㅋ]

[그럼 누구부터 시작할까요?]
이제 막 오프닝이 끝났을 뿐이었다. 〈웰마월〉 3화 상편과 하편으로 나뉘어 학원에서 있었던 일화와 인터뷰를 보여줬다. 지상파예능이 아니기에 편성을 의식할 필요도 없었고, 그저 편집에 따라영상의 길이가 정해졌다. 영화도 드라마도 아닌 웹 예능이 시청자들을 1시간 이상 앞에 앉혀놓는 건 어려운 일일지도 모른다. 특히〈웰마월〉은 특별한 방송적 과장이나 악마의 편집이 들어가지 않고잔잔하게 흘러갔다. 그러나 왜일까. 계속 영상 속에 빨려 들어가는

기분이 드는 건.

[어때요…?]

[괜찮은데요.]

[네? 정말로요? 솔직하게 말해주셔도 돼요.]

[정말 괜찮았어요. 제 노래 같진 않았지만.]

방송을 시청하던 직장인 성호는 악의 없는 솔직함에 킥킥대며
웃게 되었다.

[틀리라고 만든 구간인데 안 틀렸더라고요.]

[어머, 일부러 그렇게 만들었다고요?!]

[네, 연습 안 한 사람은 틀리라고.]

못됐어! 순간 수강생의 얼굴에 지나가는 글자에 성호는 공감했다.

[아니 어쩐지 어렵더라…]

[우리 선생님이 예술적 해석 어쩌고 하던데 그냥 틀리라고 넣은 거였어?]

[의도대로 되긴 했네. 연습 부족 바로 티 나는 구간임.]

[그보다 초보자라면서;;; 어려운 곡을 선택하신 것 같은데 개잘하네. 저
기 학원 이름이 뭐라고요?]

그냥 헤일로가 천천히 기타를 맞춰주며, 베이스를 연주하는 모습
이 즐거워 보였다. '베이스를 한번 배워볼까?'라고 생각할 정도로.

성호는 참 이상하다 싶었다. 어떤 예능처럼 식사나 숙소를 건 게
임도 없고, 스릴 넘치는 추격전이 있는 것도 아니고, 추리도 개그도
없는데 왜 저 영상 속에서 함께하고 싶은 건지. 성호가 무엇보다 맥
주를 내려놓고 영상에 집중하게 된 것은 다들 음악을 하게 된 계기

를 털어놓다가 한 수강생이 '무대공포증'을 고백했을 때부터였다. 그것을 진지하게 듣고 이야기하는 헤일로의 모습은 시청자들이 쉽게 접할 수 없는 모습이었다.

[전 사람들이 타인에게 관심이 없다고 생각한 적은 없어요.]

[네?]

[오히려 많은 편이죠. 특히 무대 위에 오르면 나를 보러 왔든, 나를 보러 오지 않았든 사람들은 나를 보게 되지요.]

이즈음 실시간 시청자 수는 늘어났지만 댓글의 수가 줄어들었다. 다들 집중해 헤일로의 이야기를 듣고 있는 것이다.

[그래서 만약 어떤 무대가 실패한다면, 그건 실수해서가 아니에요. 내가 준비한 걸 다 보여주지 못했기 때문이죠. 그건 정말 아쉽지 않나요? 베이스 정말 열심히 연습했는데. 내가 잘하진 않아도, 완주할 줄 아는데. 사람들은 내가 아무것도 준비하지 않았다고 생각하겠지만, 정말 노력했는데.]

성호는 그 말에 속이 울렁였다. 실수가 무섭다는 대학생을 바라보는 헤일로의 시선이 따뜻해서 그럴까. 알아줄 줄 몰랐던 사람의 말에 치유되는 기분이었다. 그냥 즐겁게 보려던 프로그램에서 예상치 못한 걸 얻은 것 같았다.

이어서 헤일로가 그 대학생과 함께 연주를 맞춰나갔다. 불협화음, 간간이 끊어지는 소리가 마침내 어울어졌다. 그건 어쩌면 원곡보다 부족한 소리일지도 모르나 하나의 완성된 곡이었다.

수업이 끝나고 수강생들의 인터뷰가 짤막하게 이어졌다.

[Q. 오늘 수업 소감은 어땠나요?]

좋아하는 가수를 만나서 즐겁다는 사람도 있었고, 얼굴을 모자

이크 처리해달라던 사람은 그냥 보여줘도 된다고 하더니 친구들한테 혜일로 만났다고 자랑하기도 했다. 한 화밖에 나오지 않은 사람들이지만, 그들에게 벌써 정이 든 것 같다. 성호는 혹시 다음 화엔 이들의 공연이 나오지 않을까 기대했다.

그렇게 오늘 3화가 끝난 줄 알았는데 블랙 화면에 치지직 노이즈가 생기더니 카메라 불빛이 들어왔다. 황량한 들판, 뒤로 인적이 드문 산, 그리고 그걸 황망하게 바라보는 혜일로가 말했다.

[여길 간다고?]

그때, 묵직한 장비를 찬 중년이 돌아보며 물었다.

[자네, 안 오나?]

[해일이 등산해??]

[ㅋㅋㅋㅋㅋㅋㅋㅋㅋㅋ헤일로 표정=내 표정.]

[산은 자고로 멀리서 보아야 하는 것인데…]

[자네, 안 오나?]

그리고 이어서 카메라가 마구 흔들리기 시작했다. 세상에 재앙이 온 것이 분명했다. 한 5초 정도 그럴 줄 알았던 시청자들은 점점 멀미를 호소하다가 햇살을 정통으로 맞고 말았다.

[우리나라 언제 지진 남??]

[으아아아아ㅣㄴㅇㄹㄷㅇㄹㅎ]

그리고 화면이 딸칵 정화되며 커다란 바위에 올라간 혜일로가 비친다. 한동안 그 자리에 서 있던 헤일로가 기타 위에 손을 올렸을 때, 딸칵하며 화면이 꺼졌다.

* * *

서울에 돌아온 헤일로는 레이블에 있었다. 원형 회의 테이블에 앉아 있는 그의 앞엔 개학하면서 과제에 치여 죽어가고 있는 장진수가 앉아 있었다.

"과제 언제 끝나?"

"몰라, 안 끝나. 넌 진짜 대학 가지 마라."

"왜?"

어차피 갈 생각도 없지만 헤일로는 별생각 없이 물었다.

"교수님들이 이상해. 우리가 수업 하나만 듣는 줄 아나봐. 개강한 지 얼마나 됐다고 과제를 벌써 다 내줬다니까?"

새내기 주제에 장진수는 벌써 대학생이 다 됐다. 쉬러 잠깐 로비에 나왔던 직원들이 그들을 보며 킥킥 웃었다.

"학교에선 이런 걸 하는구나."

헤일로는 대학에 갈 생각은 없지만 뭘 배우나 궁금해 과제를 살펴보며 고개를 끄덕였다. 어렵다기보단 타자 치느라 손가락이 아플 것 같았다.

"이게 다가 아니야. 곧 팀플도 하고 개인 수업도 있다는데 선배들이 그게 진짜래."

"같이 하면 더 재미있지 않아?"

헤일로의 말에 장진수가 할 말을 잃었다. 그래도 뭐라 반박할 수 없는 건 노해일도 팀플을 해본 적이 있기 때문이다. 학교 팀플 말고 피처링이나 듀엣, 합작 같은 것 말이다. 노해일과 함께 곡을 만들었던 무수한 가수들이 스쳐 지나갔다. 그 가수들이 무임 승차할 사람들도 아니고, 반대로 노해일이 기죽을 성격도 아니니 재미있을 만했다.

"넌 재밌게 할 거 같다."

만약 노해일이 대학에 입학해서 팀플을 하게 된다면 어떻게 될까? 안 봐도 뻔하다. 누가 무임승차를 하겠는가. 학교에만 소문이 나는 게 아니라 전 세계에 소문나게 될 텐데. 설사 진짜 이상한 놈을 만난다 하더라도 노해일이 흔들리거나 상처 입을 멘탈이 아니다. 그래서 장진수는 과제나 열심히 하기로 했다. 그의 속도 모르고 헤일로는 다시 한번 과제가 언제 끝나는지 물었다. 장진수는 뒤늦게 '앨범 준비를 한다'고 했던 회의 내용을 떠올리고 노해일을 바라봤다.

"근데 너 이렇게 놀아도 돼?"

장진수는 슬럼프라고 하니 앨범 얘기는 쉽게 꺼내지 못하고 노해일이 혹시 스트레스라도 받을까 싶어 조심스러웠다. 그때 다행히도 한 직원이 헤일로를 찾아왔다.

"헤일로 씨."

"네."

"말씀하셨던 제안서가 지금 도착했습니다. 헤일로 씨 개인 메일로 전달드렸습니다만⋯."

"제안서?"

"그, MNC의 나혜주 PD 제안서요. 기획안이 함께 첨부되어 있습니다."

혜일로는 백운도에서 돌아왔을 때, 나혜주 PD가 부탁했던 대로 섭외 제안서를 읽어보겠다고 마음먹었지만 일주일 동안 메일은 오지 않았다. 그동안 레이블에선 나혜주와 얽힌 소문, 그러니까 선배에게 프로그램을 빼앗겼다는 소문을 전해줬다. 방송국 내부 일이라 쉬쉬하지만, 후배 프로그램을 뺏은 선배라는 놈이 은근히 나불거려서 소문이 났다고 한다.

"할 거야?"

회사에서 인턴을 하며 별 소문을 다 들은 장진수가 호기심을 보였다.

"글쎄."

"왜 그 애 재능있다며. 진영이 형이 그러던데."

혜일로는 누군가를 가르치는 건 역시 잘 모르겠다 싶었다. 백운도에서 나혜주의 프로그램 기획안을 들었을 때는 사실 불호에 가까웠다. 영재교육 프로그램이라는 게 뭐랄까, 옛날 퍼블릭 스쿨에 다녔던 기억 때문에 답답하게 느껴졌다. 그때 약속하지만 않았더라면 기획안을 읽을 일도 없었을 것이다. 혜일로는 별 기대 없이 기획안을 펼쳤고, 대충 훑어보던 눈의 움직임이 천천히 느려졌다. 그리고 어느 순간 씩 웃었다.

"왜?"

"아니, 그냥."

"그냥 뭐?"

"머리 잘 썼다 싶어서."

혜일로가 보기에도 선배한테 빼앗긴 프로그램을 되찾을 가망은 없었다. 기획회의를 이미 진행했으면 위쪽에서도 승인이 난 거고,

아직 입봉작도 없는 PD가 할 수 있는 건 많지 않다. 그러니 불가피하게 프로그램을 새로 만들 수밖에 없었을 것이다.

> 《(가제)슬기로운 섬섬생활》
> 하얀 구름이 아름다운 섬 백운도. 방문객이 드문 한적한 이곳에 완연한 봄이 펼쳐진다. 낡은 것은 새것으로 바꾸고 부족한 것은 채워 넣어 풍성한 시간을 선물하며, 한가로운 일상에 행복과 음악을 채우는 친구들의 낭만 가득한 섬 생활.

'아' 다르고 '어' 다르다는 게 이런 것일까. 이런 거라면 좀 재밌을 것 같았다. 프로그램을 빼앗은 사람이 누군진 모르겠지만 마음에 안 들었는데 잘 됐다 싶었다.

"갑자기 관심이 생겼어?"

"내가 이 말을 언제 했던가?"

"뭔 말?"

"나 어렸을 때 꿈이 히어로라고."

"뭐?"

"악당을 혼내주는 정의의 사도. 잘 어울리지 않아?"

'히어로는 모르겠고, 그냥 악당 같은데.'

장진수는 눈치껏 말을 삼켰다.

* * *

"나 PD, 나 이번에 편성 잘 나올 것 같은데."

나혜주 PD는 노트북을 닫고 피곤하다는 듯이 머리를 귀로 넘겼다. 뒤를 돌아보니 선배가 실실거리며 웃고 있었다.

"자, 선배가 뭐냐. 이런 거 아니겠냐. 힘내라고."

경 선배가 어깨를 툭툭 치며 캔커피를 건네줬다. 나혜주는 캔커피를 보고 피식 웃었다. 방송국 아래 편의점에서 원 플러스 원으로 팔고 있는 것이었다. 그런 걸로 지금 생색을 내며 그녀를 건드리고 있었다. 그녀의 아이디어를 뺏어간 것도 모자라서.

시선이 여기저기서 날아왔다. 아이디어를 빼앗아 간 주제에 경 PD가 여기저기 떠들고 다닌 덕에 방송국 내에 모르는 사람이 없었다. 사실, 방송국 밖에도 소문났다고 봐야 했다. 같은 부서이자, 나혜주 옆자리에 앉은 황 PD가 경 PD를 쏘아보았다.

"야, 넌 뭘 그렇게 잘했다고 후배를 괴롭히고 있냐."

"내가 괴롭혔다고? 언제? 커피 챙겨준 게 괴롭힌 거야? 나 PD, 세상 참 빡빡하지 않냐? 이런 것도 사내 괴롭힘에 포함되고. 한번 신고해보지, 그래?"

황 PD는 경악하며 혀를 끌끌 찼다. 경 PD와 동기인 황 PD는 그의 신입 시절을 기억하고 있었다. 경 PD도 처음엔 안 그랬는데, 언제부터 이렇게 된 것일까. 황 PD는 그렇게 도덕적으로 살아오진 않았으나 적어도 남의 아이디어를, 심지어 친한 후배 것을 뺏는 치졸한 행위는 한 적이 없다.

"후배 프로그램 뺏어놓곤 뭐? 부끄러운 줄이나 알아!"

그 말에 사무실에 침묵이 감돌았다. 아무도 황 PD를 말릴 생각을 하지 않고, 과연 뭐라 반응할지 궁금증을 안고 경 PD를 쳐다본다.

보통, 사람이 잘못하면 두 경우로 나뉘게 된다. 지레 찔려서 숨죽이고 피해 다니던가, 혹은….

"하."

경 PD가 실소했다. 그는 머리를 뒤로 젖히고 이마를 쓸다가 두 팔을 벌리고 황 PD와 나혜주를 봤다.

"내가 뺏었다고? 언제? 나 PD 프로그램이 언제 제작 발표회라도 했냐고."

"야!"

"아, 혹시 별것도 아닌 아이디어 하나 때문에 그래?"라고 하더니 경 PD는 "푸핫" 하고 웃었다.

"아니, 아이디어에 소유주가 어디 있어. 이름표라도 달려 있나? 어? 아이디어에 견출지라도 붙여났냐고. 나혜주. 이렇게 이쁘게 이름 써서. 말해봐, 나 PD. 정말 그래? 그럼 인정. 근데 아니잖아. 나도 원래 생각하던 거였어. 내가 말을 안 해서 그렇지 얼마나 많은 아이디어를 가지고 사는데. 내 아이디어 수첩 보여줘?"

경 PD가 품에서 수첩을 꺼낸다. 그리고 보란 듯이 보여준다. '영재 멘토·멘티 프로그램'이라고 쓰여 있다. 밑에 '멘토-현직 가수, 강사 경험이 있는 사람일 것', 'OOO, OOO… 김선철 중에 검토 필요'도.

"봐, 할 말 없지? 내 아이디어라니까? 날짜도 봐봐. 2022년 10월 26일. 10년 전부터 갖고 있던 아이디어였어."

경 PD의 수첩은 2033 별다방 프리퀀시 상품이었다. 작년 겨울 17잔 채워야 한다고 미션 음료 억지로 마신 기억이 있지만, 나혜주는 더 이상 소모적인 언쟁을 하고 싶지 않았다. 새 프로그램을 위해 신경 쓸 게 많았다. 특히, 가장 공을 들이는 건 겨울의 멘토가 될 출연진 목록이다. 헤일로가 제안서를 읽어준다고 했지만, 승낙하지 않을 확률이 높았다. 나혜주는 인연을 만든 것에 감사해할 뿐 행운을 기대하지 않았다.

둘이 아무 말도 없자 경 PD가 그것 보라며 말을 이었다.

"그리고 나 PD 새 프로그램 한다며. 뭐가 문제야?"

나혜주는 참다 참다 한마디 하려고 했다. 그때 핸드폰 진동이 울리지 않았다면.

[긴급, SSS급 섭외 논의 중, 1 회의실로]

도민희 작가의 문자였다.

'SSS급이라면, 설마!'

나혜주는 자리에서 벌떡 일어나 사무실 밖으로 뛰쳐나갔다.

"야, 선배가 말하는데."

* * *

상암 한 방송국 사옥 주차장에 커다란 밴이 하나 선다. 연예인들의 출근길을 찍기 위해 나와 있던 기자들은 번호판을 보며 그게 누구의 것인지 유추하려고 했다.

'아니, 처음 보는 듯하면서 굉장히 익숙한데.'

누구든 나오기를 기다리며 기자들이 카메라를 들었다.

그리고 밴의 내부에선.

"진짜 직접 가려고요?"

"네."

소년은 매니저의 얼굴에 깊은 의문이 새겨지는 걸 발견했다.

"오늘이 아니면 못 볼 거 같아서요."

"누굴요? PD나 제작진들은 촬영하면 주야장천 보게 될 텐데."

"그건 그렇죠."

소년이 의미심장하게 웃는다.

매니저는 불길함을 느꼈지만, 소년을 말리지 못했다. 매니저의 역할을 다하지 못한다고 탓해도 좋다. 매니저는 헤일로를 처음 만났을 때부터 상성이 우위에 있는 인간이라는 걸 몇 번의 대화만으로 깨달았고, 지금도 그렇게 휘둘리고 있다. 다행인 점은 헤일로가 거만하거나 도덕적으로 문제가 있는 상사가 아니라는 것이다. 간혹 제멋대로이긴 한데, 본인 스스로 제멋대로라 곤란한 거지 남을 제멋대로 휘두르려 한 적은 없었다. 그냥 매니저 자신이 휘둘리는….

'어, 똑같은 거 아닌가?'

오늘도 역시 헤일로가 좋은 상사인가 아닌가 선택하지 못한 매니저가 어찌하기 전에 헤일로가 밴의 문을 열었다.

코트 차림의 검은 머리 소년이 밴 밖으로 나왔다. 3월 중순부터 이례적인 꽃샘추위로 바람은 칼날 같았다. 코를 훔치며, 카메라를 든 기자들은 앵글에 들어온 모습에 잠깐 손을 멈췄다. 구름에 가려졌던 햇볕이 그들 사이에 내려앉는다. 소년은 햇볕으로 걸어 들어오며 그들을 향해 고개를 돌렸다.

"좋은 아침입니다."

그리고 마치 알고 지낸 사이처럼 정답게 인사했다.

"헤, 헤, 헤일로다…!"

정신을 차린 누군가의 외침이 울려 퍼졌다.

"헤일로가 여기 왜 있어."

"일단 찍어. 세상에, 헤일로가 오다니."

"헤일로 씨, 무슨 일로 방송국에 나오셨나요?"

"헤일로 씨, 음악 잘 듣고 있습니다."

"여기가 팬 미팅인 줄 알아?! …헤일로 씨, 좋은 아침입니다. 식사는 하셨나요?"

촤라락. 카메라와 플래시가 미친 듯이 터진다. 팬 사인회인지 기자회견인지 모를 상황에 헤일로가 태연하게 입을 열었다.

"어렸을 적 꿈을 이루러 왔다고 할까요."

'겸사겸사 계약도 하고.'

헤일로는 뒷말은 삼키며 눈을 데구루루 굴렸다.

"곤란한 사람도 만날 겸?"

"예?"

'그게 뭔 소리야. 일단 받아 적어. 역시 천재들은 다른가.'

찰칵! 상암의 흔한 아침이었다.

방송국 직원들은 대개 연예인들에게 무심하다. 자주 보기도 했고, 방송계에서 이 꼴 저 꼴 보다 보면 신입 시절 품었던 관심이나 애정이 밑바닥을 드러내곤 했기 때문이다. 그러다 보니 어떤 연예인이 방송국에 왔다고 해도 대개 무심히 흘려보냈다. 그들이 방송국에 모습을 드러내는 이유가 프로그램 때문일 테니, 누가 왔다고 소곤거릴 이유도 없었다.

하지만 방송국 사람들에게도 특별한 연예인이 있기 마련이다. 예컨대 할리우드 배우가 내한이라도 하면 지구에서 연예인은 모두 없어져야 한다는 극단적인 사고관을 가진 사람도 수줍은 팬이 될 수도 있고, 누가 왔다고 단톡방에 수군거릴 수도 있다. 그리고 지금, 방송국 사람들은 로비를 가로지르는 소년을 보고 가던 길을 멈추고 급하게 핸드폰을 들거나 2층에 올라가다 목을 길게 빼 아래를 내려다보았다.

"어, 헤일로?"

"진짜 태양이다."

"내가 아는 그 헤일로?"

"헉, 진짜…."

할리우드 배우는 아니지만, 할리우드 배우만큼 보기 드문 스타다. 방송국 일을 하면서 헤일로를 만나본 사람과 그렇지 않은 사람이 나뉠 정도로 방송가에서 보기 힘들었으며, 또 지금의 헤일로는 남다르기도 했다. 대한민국 아니 아시아 최초 그래미 수상자, 그 나이에 가진 앨범 숫자가 더 말이 안 되는 음악 천재.

방송국 내부에 헤일로 팬도 많았으며, 사실 이곳에서 헤일로 음악을 안 들어본 사람은 없을 것이다. 팝송이나 가요는 안 듣는 사람도, 방송 삽입곡으로 들어봤을 테니 말이다. 그리고 무엇보다 현재 가장 주가 높은 스타를 방송국이 마다할 리 없다. 아마 지금쯤 위에서 급하게 내려오고 있을 거다.

수많은 시선을 받는 어린 스타는 주변을 두리번거렸다. 방송국 직원이 헤일로에게 급하게 다가갔다.

"헤일로 씨?!"

"안녕하세요."

사람들이 누가 헤일로와 이야기를 하나 하고 바라봤다. 누군가 그 시선을 부끄러워하겠지만, 도민희 작가는 그렇지 않았다. 오히려 자기들이 누굴 잡았는지 자랑하고 싶었다. 아무도 잡지 못했던 이 사람이, 그들의 프로그램에 와준다는 게 아직도 믿어지지 않았다. 도민희는 덜덜 떨리는 마음을 누르고 그를 회의실로 안내했다.

이윽고 그들이 탄 엘리베이터 문이 달칵 닫히자, 로비 내 수군거림이 터졌다.

"방금 봤어? 누구야?"

"교양국에서 봤던 작가 같은데."

"교양국에서 왜 헤일로랑 만나? 예능국 아냐?"

"그런가?"

"설마 헤일로 프로그램 들어가나?"

"그게 아니면 여길 왜 왔겠어."

"대박. 도대체 어떤 프로인데 태양이 여기까지 와."

"미쳤다, 우리 국장이 헤일로 타령하던데. 알면 눈 돌아갈 듯."

"속.보.속.보. 헤.일.로. 예.능. 출.연."

도민희와 헤일로가 걷고 있는 교양국 회의실 복도는 고요했다.

"여기까지 오실 줄 몰랐는데. 와주셔서 감사합니다."

특급 출연진이다. 프로그램의 사활을 결정하는, 아니 사활뿐 아니라 이 정도 게스트라면 그 재수 없는 인간 엿 먹일 수도 있고, 편성도 시청률도 보장된다. 도민희는 특급 출연진은 처음이라, 무슨 말이라도 잘못해서 아티스트의 신경을 거스르면 어떡하나, 혹시 마음이 변하면 어떡할까 손발이 덜덜 떨렸다.

"회의실이 좀 멀죠?"

'이놈의 방송국은 설계를 어떻게 한 거야. 다리라도 아프면 어떡하지. 그래도 이제 코너만 돌면 된다'라고 생각하며 도민희가 긴장의 끈을 늦추지 않고 있는 그때, 재수 없는 목소리가 들렸다.

"나 PD 게스트 섭외는 잘 되고 있어?"

도민희가 멈칫하자, 헤일로도 따라 멈췄다. 코너에서 고개를 빼니 재수 없는 인간이 등진 채 서 있고 나혜주 PD는 회의실 앞에 있었다.

"근데 나 PD. 이번 기획안은 다 좋은데 게스트 섭외가 어려워 보이더라. 아니, 요즘 트렌드에서 좀 벗어났잖아. 스타들이 얼마나 까다로운데. 사실, 나도 보고 좀 놀랐지 뭐야."

헤일로는 도민희의 반응과 나혜주 얘기가 나오는 걸 듣고 단번에 저 사람이 누구인지 눈치챘다.

"좀 피드백을 주자면, 우리 방송국이 공공기관이 아니잖아. 무슨 복지재단도 아니고 오래된 시골 보수해준다는 발상은 좀 그렇지. 그리고 음악은 뭐야. 그 시골 촌뜨기 가르쳐주려고 그래?"

'저 인간 우리 기획안 또 찾아봤네.'

도민희가 앞으로 나서려고 하자 헤일로가 그녀를 말렸다.

"생각을 해봐, 거기 어떤 연예인이 나가겠어. 뭐, 바닥에서 구르는 애들이야 프로그램에 제발 넣어달라고 하겠지만, 그럼 시청자들이 볼 거 같아?"

그리고 헤일로가 입꼬리를 올린 채 한 발짝 나아갔다.

"나도 이런 말은 안 하고 싶었는데, 국장님 눈치가 좀… 안 좋아 보이더라고. 아, 국장님! 점심 드시고 오셨습니까?"

경 PD는 설교하느라 뒤에서 누가 다가오는 것도 눈치채지 못했다. 오히려 저 앞 멀리서 오는 시사교양국장을 향해 인사했다. 옆에 같이 식사를 하고 오는 예능국장도 있었다. 경 PD는 그들이 같이 식사한 이유도 알고 있었다.

반면, 나혜주는 헤일로를 발견하고 눈을 번쩍 떴다. 나쁜 기분이 모래성처럼 무너지고, 이 순간 세상에 빛이 쏟아졌다.

경 PD의 인사를 들은, 시사교양국장이 손을 들어 인사하려다가 그 뒤에 있는 인물을 발견했다. 예능국장이 반색하며 두 팔을 벌린다. 경 PD는 두 국장이 굉장히 반가워하자, 살짝 당황했지만 자신 쪽으로 다가온다는 걸 의심치 않았다. 실제로 그는 시사교양국장과 친했고, 잘하면 토요일 인기 예능 뒤에 편성이 될 수 있다는 말도 전해 들었기 때문이다.

"국장님, 제가 나 PD한테⋯."

"헤일로 씨?"

"헤일로 씨, 오랜만이에요."

두 국장이 경 PD를 스쳐 지나쳐 헤일로를 불렀다. 예능국장은 옛날 복도에서 스쳐 지나간 인연을 얘기하며 반가워했고, 시사교양국장이 언제 적 이야기냐며 타박했다. 일단 두 사람은 국장이기 전에 PD로서 맡은 프로그램이 있어 특히 반가워했다.

"여긴 어쩐 일이에요?"

"내가 헤일로 씨를 사옥에서 보게 될 줄은 몰랐는데."

"요즘 뭐 해요?"

"헤일로라고? 헤일로?"

경 PD가 뒤늦게 자기 뒤에 있는 사람을 인지했다.

"헤일로 씨, 관심 있는 프로그램 있어요? 누굴 만나러 온 거예요?"

헤일로가 옅게 웃었다.

"프로그램에 제발 넣어달라고 빌러 왔습니다."

"응? 빌러 왔다니?"

"아니 누가 헤일로 씨한테 빌게 시켜요? 어느 프로그램에 들어가고 싶은데요."

두 국장이 어리둥절하게 쳐다봤다. 지금 헤일로 이름값이면 어디든 나오라고 할 텐데 빌다니, 그게 무슨 소리인가 싶었다.

경 PD만이 설마 하며 나혜주와 헤일로를 번갈아 쳐다보았다.

"거기 어떤 연예인이 나가겠어. 뭐, 바닥에서 구르는 애들이야 프로그램에 제발 넣어달라고 하겠지만…."

경 PD는 자기가 방금 했던 말을 떠올렸다.

'설마 들었나? 그걸 비꼬는 건가? 아니겠지. 얘가 비꼴 이유가 없잖아. 없어야 하는데….'

"나혜주 PD님 프로그램에 관심이 생겨서요."

"나 PD 프로그램?"

시사교양국장은 나혜주가 무슨 프로그램을 하는지 헷갈리는 듯했다.

그때 경 PD가 먼저 입을 열었다.

"그 시골 가서 애들 가르치고, 시골 개선한다는 프로그램 있잖습니까. 국장님이 방송인지 복지인지 구별이 안 된다고 하셨던…."

헤일로는 그 말에 웃더니 대꾸했다.

"저는 그게 재미있을 것 같더라고요. 방송인지 복지인지 구별이 안 되는 그 기획안이요. 저번 기획안도 나쁘지 않았지만, 그것보단 지금 게 더 마음에 드네요."

경 PD가 그 기획안 아직 통과도 되지 않았다고 하려는데, 누군가 그의 팔꿈치를 툭 쳤다. 아니 툭 치는 걸 넘어 밀어내더니 그 앞자리를 차지했다.

"아, 내가 아이디어 좋다고 생각했던 그 기획안!"

시사교양국장이었다.

"난 그런 게 좋아요. 방송인지 현실인지 구별이 안 되는 그런 게 우리 국에 어울리는 프로그램이죠! 너무 방송적인 건 시청자들도 이제 별로 안 좋아하거든."

경 PD가 눈을 부릅떴지만, 아랑곳하지 않고 국장이 나혜주의 어깨를 부드럽게 두드렸다.

"내가 우리 나 PD를 얼마나 아끼는지 알아요? 요즘 사람들의 니즈를 귀신같이 맞춘다는 거 아냐. 우리 나 PD 프로그램 정말 열심히 지원해주려고, 이 친구랑 밥도 먹었잖아요."

그 말에 예능국장이 눈을 동그랗게 떴다.

"〈달리는 남자〉 뒤에 편성하고 싶다던 게, 그러니까 아끼는 후배가 나 PD였어?"

"아암, 그렇지."

"잠깐만요, 국장님 원래 제 프로그램을 넣어주시기로 했잖아요."

인기 예능 〈달리는 남자〉 뒤에 들어가는 편성, 예능국이 섭섭지 않게 함께 밥까지 먹고 완벽하게 가져온 그 자리는 원래 경 PD의 프로그램이 예약돼 있었다. 그게 순식간에 넘어갈 위기에 처하자 경 PD가 급하게 끼어들려고 했다. 국장이 눈썹을 꿈틀거렸지만, 그는 자기 거라 생각했던 편성에 눈이 멀었다. 결국 국장이 혜일로에게 잠깐 양해를 구하고는 차갑게 입을 열었다.

"아니, 경 PD. 편성에 네 자리 내 자리가 어디 있어. 편성에 이름표라도 붙여놨어?"

"구, 국장님."

"내 자리라니."

그렇게 말한 국장이 피식 웃었다.

"근데 경 PD는 여기서 뭐 하고 있나."

"예?"

"경 PD가 그렇게 하고 싶다던 새 프로그램 준비는 안 하고. 딴짓하지 말고 열심히 해야지. 뭘 잘했다고 놀고 있어."

경 PD의 얼굴이 하얗게 질렸다. 이제까지 그의 행위에 대해 언급한 적 없던 시사교양국장이 처음으로 비꼰 것이다.

"우리 나 PD와 프로그램 얘기해야 하니까, 경 PD는 가 있어."

'우리 경 PD'에서 그냥 경 PD가 된 건 순식간이었다.

"그래도 국장님….."

"근데, 헤일로 씨. 내가 하나 마음에 걸리는 게 있어서 그러는데, '넣어달라고 빌러 왔다'는 말을 누가 헤일로 씨에게 한 건 아니죠?"

"아니, 누가 헤일로 씨한테 그런 말을 해."

예능국장이 말도 안 된다며 덧붙였지만, 입을 꾹 다문 경 PD의 반응을 눈치채지 못한 사람은 없었다. 다들 방송국에서 오랫동안 생존한 사람들이다. 눈치가 없었다면 이 자리까지 오르지 못할 것이다. 헤일로가 대꾸하지 않고 은은하게 웃었다. 모두가 웃고 있는 자리에서 경 PD가 천천히 뒤돌아 떠났다.

"그럼 오늘 나 PD 기획안에 관해 얘기하려고 직접 온 거예요?"

'도대체 얼마나 마음에 든 거지?'

예능국장이 호기심을 드러냈다.

"기획안이 뭔지 다시 말해줄 수 있어요? 확정인 것 같은데. 들어보니, 시골 가서 개선하고 애들 가르친다고? 가만있자, 그거 예능 프로그램 재질인데. 나 PD 예능국 올 생각 없어요?"

"지금 내 눈앞에서 아끼는 후배 빼가는 거야?"

시시교양국장은 처음엔 애매하다고 생각했지만, 헤일로가 들어간다면 말이 다르다.

'예능국도 아니고 우리 국에 나온다니.'

헤일로를 잡은 나혜주와 그 기획안이 그렇게 예뻐 보일 수 없었다.

"안 되겠어. 이러다 우리 나PD 뺏기겠네. 어서 가."

"아니, 우리도 같이 얘기하면 안 돼?"

"우리가 왜 같이 얘기해. 헤일로 씨, 그럼 다음에 봬요."

시사교양국장이 예능국장과 투덕거리며 눈치껏 가던 길을 갔다. 중간에 멈춰 나혜주한테 엄지손가락을 올리기도 했다.

그렇게 세 사람이 그곳에 남겨졌다. 멋쩍은 표정의 두 방송인과 한 스타가.

"와, 진짜 한순간이네. 방송국 살벌하다. 축하한다, 나PD. 국장님의 '우리 나PD'가 된 것을."

한 스타의 존재에 국장의 태도부터 편성까지 바뀌었다.

'현실이 뭐 이렇지.'

도민희가 나혜주의 어깨를 툭툭 쳤다. 반면, 나혜주는 민망해하며 아무 말도 하지 못했다. 잘못한 건 없지만 못 볼 꼴을 보여준 기분이었다.

그때 헤일로가 말했다.

"악당도 퇴치했겠다, 본업으로 돌아갈까요?"

* * *

세상은 넓지만 좁다. 아직도 세상에는 미지의 영역이 넘쳐나지만, 인간 세상은 그리 넓지 않은 게 분명하다. 6단계만 거쳐도 지구상 대부분의 사람과 연결될 수 있다는 '6단계의 법칙'처럼, 실제로 어떤 SNS에선 평균적으로 3.57명만 거치면 15억 9,000만 명의 이용자 누구하고든 연결될 수 있다고 한다. 도민희 작가도 세상이 참 좁다는 걸 느꼈다.

'헤일로가 방문한 게 얼마나 되었다고….'

> *HALO in MNC, 그가 갑자기 방송국에 들린 이유는?*
> *헤일로, 새로운 프로그램의 태양이 되나?*
> *태양을 잡은 행운의 주인공은?*
> *이제까지 '그'가 했던 프로그램 총정리 (feat 시청률)*
> *예능계에 새로운 해일이 몰려온다*

방송국 앞에서 급하게 올린 듯한 뜨끈뜨끈한 기사는 OK다. 이건 기자들이 자기 의무를 다한 거니까. 그런데 옛날에 같이 방송을 했던 PD부터 기자, 그리고 엔터사까지 그 기사와 도민희가 헤일로와 함께 방송국에서 찍힌 사진을 공유하며 연락이 빗발쳤다.

「도 작가님, 이게 도대체 어떻게 된 거예요? 설마 헤일로랑 뭐 해요? 어떻게 설득했어?」

「도민희 작가님 데일리타임뉴스 임모탈 기자입니다 새 프로그램에 관해….」

「도민희 작가님 산타 엔터입니다. 작가님 프로그램에 소속 배우가 긍정적인 관심을 보이고 있는데….」

「OO투자 에이전시입니다.」

세상 좁지만, 이 업계는 더 좁고 씁쓸하다. 같은 포맷인데 참여하는 출연진의 존재 하나로 분위기가 완전히 달라졌다. 너희 PD에서 우리 PD가 되는 데 1초도 안 걸린 것이나 편성은 방송국이 기업으로서 할 일을 한 것이니 이해한다. 그러나 기존에 연락을 넣었을 때 관심도 없던 엔터테인먼트에서 먼저 연락을 하니 도민희는 기분이 참 묘했다. 심지어 그들이 논하는 소속 연예인들의 급도 달라졌다. 공식 발표도 없었는데도 헤일로의 방송국 나들이 하나로 출연이 확정된 분위기였다.

'뭐, 확정은 맞지.'

아니, 확정이어야 한다. 만약 여기서 계약이 파투나면 국장이 멱살을 붙잡을지도 모르겠다. 지금 작가인 그녀도 이 정도인데 PD인 나혜주한테는 물량 공세가 이어지고 있을 것이다. 나혜주가 계약 사항을 이야기하느라 핸드폰을 확인할 여유가 없는 것이 오히려 다행이었다.

"표준 계약조건은 후에 제대로 된 논의가 필요하겠지만, 우선 저희 레이블에서 나온 이유는 다음과 같은 권리를 미리 고지하기 위함입니다."

원래 아티스트가 계약 이후도 아닌 이전에 방송국에 먼저 갈 일은 많지 않다. 하지만 헤일로가 방문하겠다고 하자, 레이블 내에선 긴급회의를 잡았고, 프로그램 출연시 반드시 있어야 할 조항을 뽑았다. 단순히 수익배분이 아니라 레이블과 아티스트 쪽에서 절대로 양보할 수 없는 권리. 아티스트 보호는 당연하고, 부당한 대우 혹은 혹사 요구 즉시 계약 파기 및 손해배상, 아티스트 활동에 대한 사전 협의 그리고….

"무엇보다 중요한 건, 프로그램을 진행하는 동안 저희 아티스트의 작품은 모두 H 레이블에만 귀속되어야 합니다."

프로그램을 진행하며 만들어졌다고 하더라도 음원 저작권자에 아티스트 이름 외에는 존재할 수 없다는 작품 소유권이 중요했다. 다른 아티스트와 합작한다면 조항이 달라지겠지만, 제삼자인 방송국과 PD는 단 0.01퍼센트라도 소유권을 주장할 수 없다는 게 H 레이블에서 원하는 것이다.

"저희 그런 사기꾼 아니에요."

나혜주 PD가 깜짝 놀라 말했다. 그녀는 음원에 대한 소유권을 방송국이 요구할 일은 없을 거라고 못 박았다. 옛날이면 몰라도 요즘엔 절대로 가능하지 않은 일이다.

담당자도 고개를 끄덕였다. 계약서란 앞으로 일어나지 않을 일에 관해 적는 것이다. PD를 심문하려는 게 아니라, 조항만 넣어주면 됐다.

"그리고 추가로 말씀드리자면 촬영 허가를 해주셨으면 좋겠습니다."

"촬영 허가라면?"

"최근 혜일로 씨가 너튜브 콘텐츠를 진행하고 있는데."

"〈웰마월〉이요?"

"아시는군요."

"〈웰마월〉은 저도 재미있게 보고 있습니다. 제가 유일하게 챙겨 보는 너튜브 콘텐츠에요."

나혜주가 눈을 반짝거렸다. 그러나 아무리 좋아하는 프로라도 양보할 것과 양보하지 말아야 할 것이 있기 마련이다. 예를 들어 방영 전 콘텐츠를 미리 스포일러한다거나 하면 큰일이다.

"아, 〈웰마월〉에선 메이킹 영상, 그러니까 비하인드 컷이라고 하죠? 프로그램보단 프로그램에 출연한 아티스트 위주로 내보내려고 합니다."

"그런 건 좋습니다."

물론, 따로 법무팀과 제대로 이야기해야겠지만, 그들도 〈웰마월〉에 비하인드나 리액션을 방영하는 건 윈윈이라 판단할 것이다. 특히, 〈웰마월〉처럼 해외 시청층이 큰 너튜브 콘텐츠라면 해외 판권 판매에 큰 도움이 될 게 분명했다.

"그러면 저도 말씀드릴 게 있습니다. 계약조건을 말하려는 건 아니고요."

이번엔 나혜주의 차례였다. 그녀는 헤일로가 출연 의사를 밝혀 준 게 정말 감사했고, 출연 의사 하나로 이미 많은 도움을 받았으며, 앞으로도 감사할 일이 많을 거라고 여겼지만, 딱 하나 지켜줬으면 하는 게 있었다.

"저는 프로그램 내에선 출연자들을 똑같이 대하려고 합니다."

어쩌면 이상일지도 모르겠지만, 나혜주는 프로그램 내에서 출연자들을 공평하게 대하고 싶었다. 프로그램 바깥에선 출연료든 인기든 심지어 편집도 어쩌면 불공평할지도 모르나, 프로그램 내에선 똑같이 대할 것이다. 누가 더 나이가 많다고 해서 봐주거나, 누가 더 좋다고 특혜를 줄 생각은 없었다.

"구체적으로 말하자면, 헤일로 씨에게만 더 좋은 숙소나 더 맛있는 음식, 더 재미있는 콘텐츠를 몰아주는 건 다소 힘들다는 말입니다. 아프거나 특별한 이유가 없는 이상, 콘텐츠에 참여하지 않는다면 저뿐만 아니라 출연진과 제작진 일동이 곤란해질 수도 있거든요."

출연자의 기를 죽이려는 게 아니다. 나혜주가 뭐 하러 톱스타를 협박한단 말인가. 이는 계약서에 쓸 내용이라기보다 협조를 구하는 것이다.

"이건 PD로서 개인적인 부탁에 가깝습니다."

그녀는 이제까지 얼마나 많은 불상사를 겪었는지 모른다. 한 연예인이 PPL을 안 한다고 해서 위염에 걸릴 뻔한 적이 있는 그녀는 부디 헤일로가 최대한 촬영에선 협조해주길 바랐다. 헤일로가 협조하지 않으면, 다른 출연자도 "쟤도 안 하는데 내가 왜 하지?" 식으로 나올 수 있다. 그러나 헤일로가 협조한다면 말이 달라진다. 헤일로도 하는데, 어떤 출연자가 못하겠다고 버틸 수 있겠는가.

PD의 말에 매니저가 당황한 듯 헤일로를 보다가 문득 깨닫는다. 보통 톱스타들이 그의 아티스트보다 더 까다로웠던 것을. 헤일로가 동에 번쩍 서에 번쩍하는 건 그에 비하면 새 발의 피다. 막말로 그의 아티스트는 너무 자유로운 영혼이라 재미있어 보이면 진짜 해서 문제지, 예민하진 않았다. 나혜주는 아직 헤일로에 대해 잘 모르기 때문에 양해를 구하는 것이다. 촬영이 시작되면 알게 될 것이다. 괜찮을 거라고 얘기해야 하나, 다른 부분을 걱정해야 한다고 말해야 하나 매니저가 고민하는 사이, 헤일로가 웃으며 이야기했다.

"어떤 콘텐츠를 하려고 하는데요?"

"네? 아."

그녀는 기획안만 보냈지, 구체적인 내용은 보내지 않았다. 당연히 아직 미완성이니까. 백운도에 다시 답사를 가 정할 부분이다. 그래도 미리 생각한 게 있긴 했다.

"우선 우리 프로그램에선 크게 두 가지에 집중하려고 합니다. 시골에서 마을 사람들과 함께 지내며 사는 것, 그리고 선생님이 되어 아이들에게 한 과목씩 가르치는 것 이렇게요. 헤일로 씨는 음악 선생님이 되어 아이들을, 그리고 겨울이를 잘 가르쳐줬으면 좋겠어요. 그리고 첫 번째 콘텐츠에 대해선 꽤 많은 아이디어가 있는데, 오래된 벽에 그림을 그리고, 낚시하거나 해변에서 같이 놀고, 요리하는 활동 등을 생각해봤어요. 그리고 그곳에 절벽도 있는데 절벽에서…."

"다이빙을 하나요?"

"예? 아, 거긴 그냥 바닥이 땅인 절벽이라 다이빙은 못 하는 곳이에요. 그냥 별을 보려고요, 명당이라길래. 그리고 저는 그런 위험한 걸 시킬 생각은 전혀 없어요."

그 말에 헤일로가 짧게 탄식했다.

"아쉽네요. 한번 해보고 싶었는데."

"우리 아티스트가 위험 행동을 하려고 한다면, 급히 막아줬으면 합니다."

매니저가 다급하게 덧붙였다.

당연히 농담이라고 생각한 나혜주도 같이 웃었다. 직접적인 동의는 없지만 이렇게 농담하는 걸 보면 협조 의사를 밝힌 거로 여겼다. 사인은 양측 법무 담당 사이에서 계약서가 완성된 후에 이루어질 것이다. 그러나 임시 계약은 체결했고, 아티스트도 긍정적인 의사를 보였다. 이제 앞으로 아티스트의 변심이라거나 이외 재난이 일어나지 않으면 됐다.

"와주셔서 감사합니다, 헤일로 씨. 다시 한번 출연을 결정해줘서 감사하고요."

"다음에 봬요."

"다음… 우리, 다음에도 볼 수 있는 거죠?"

헤일로는 나혜주의 말에 장난스럽게 대답했다.

"못 볼 수도 있죠. 사람 마음이라는 게 모르는 거니까."

"최, 최대한 빨리 준비할게요."

하나의 커다란 해일이 지나갔다. 나혜주는 진이 다 빠져서 털썩 주저앉았다. 도민희가 잘했다는 듯 등을 다독여줬다. 그렇다고 이제 다 됐다고 말하지는 않았다. 이제부터 진정한 시작이니까. 이전보다 좋은 물살이라지만, 어떤 바다든 빠지면 몸이 젖고 무거워지는 법이다. 그래도 좋은 게 좋은 거 아니겠는가. 따뜻한 태양이 그들을 비추고 있는 동안 감기에 걸리진 않을 것이다. 그들은 헤일로 광신도가 왜 되는지 알 거 같았다.

도민희가 짝짝 박수를 쳤다.

"자, 일하자."

"좀만 쉬면 안 돼?"

"좋은 소식이 있는데 쉴 거야?"

"뭔데."

"S급 출연진 들어왔어."

"진짜?"

"세상 참 무섭지 않냐. 우리가 기획서 보냈을 땐 코웃음 치던 대형 기획사인데 먼저 달려들더라. 협찬도 벌써 쫙 붙었어."

"그래서 누군데?"

"정민아, 영화 고생 많았다. 그리고 축하한다."

"흠, 무슨 일이야 형?"

"무슨 일이라니, 축하한다고 축하. 첫 주연 영화잖아."

커다란 펜트하우스에서 샤워가운을 입고 머리를 터는 남자는 30대에 최전성기를 맞이한 대세 배우였다. 한 청춘 드라마에서 떠서 로맨틱 코미디를 비롯해 다양한 필모그래피를 쌓은 그는 이제 영화 첫 주연을 맡기도 했다. 아직 결과는 안 나왔지만 '주연'이란 건 특별했다. 특히, 오랜 무명, 엑스트라를 거쳐온 그에게는 더 그럴 것이다.

30대 나이에 대학생의 마스크를 지닌 이정민이 의심스럽게 매니저를 바라본다. 이제 그 눈빛 하나, 행동 하나하나에서 배우의 포스가 흘러나왔다. 매니저는 정말 눈물이 날 것 같다.

"무슨 일인데. 괜찮은 시나리오 들어왔어?"

이정민은 누가 워커홀릭 아니랄까봐 바로 일 얘기를 시작했다.

"시나리오는 아니고, 혹시 예능 할 생각은 없어? 대표님이 너한테 가장 먼저 줬는데."

"예능? 난 그것보단 연기가 좀 더 하고 싶은데."

"야, 방금까지 영화 찍고 왔잖아. 그런데 그게 아직도 하고 싶냐?"

"응, 난 아직도 목말라. 내가 이렇게 욕심이 많았나 싶어. 어쩌면 이상한 걸지도 모르지만, 아직 꿈을 꾸는 것 같아서 깨기 전에 더하고 싶어. 더더더."

"깨다니 뭘. 이제 현실을 받아들일 때도 되지 않았나, 톱스타?"

"하하."

가끔 매니저는 자기 배우가 짠할 때가 있었다. 톱스타에게 그런 마음이 드는 게 얼마나 우스운 일인진 아는데 아직 자신의 인기를 받아들이지 못하고, 다시 옛날로 돌아갈까 봐 발버둥 치는 모습이 안타까웠다.

이정민은 예능 출연에는 별 관심이 없어 패드를 보기 시작했다. 음악을 들으며 연락에 답장하는 게 그의 하루 루틴이었다.

"뭐, 그렇다면 거절할게. 나도 찝찝하긴 했어. MNC 교양국 PD 작품인데, 입봉작인 거 같거든. 조연출로 괜찮지만, 어쨌든 메인 PD로선 입증되지 않은 사람이잖아. 이름이 뭐더라, 나…?"

"나혜주 PD?"

"어! 맞다 그랬다. 나혜주 PD랑 도민희 작가! 아니, 근데 어떻게 알았어? 이제 방송국 PD 이름까지 모두 기억….."

매니저가 이정민의 얼굴을 보곤 입을 다물었다.

"왜 그래? 내가 뭐 잘못 말했어?"

"나 할래."

"어?"

이정민의 얼굴이 갑자기 굉장히 상기되었다.

"한다고 전해줘. 아니, 그냥 내가 얘기할까?"

"아, 아니, 내가 전할게."

"무조건 하고 싶다고 해줘."

"어?"

"출연료는 필요 없으니까."

"아니, 톱스타가 출연료 필요 없다는 게 무슨 말이야. 당연히 잘 받아야지. 그전에 한다고? 이거 되게 특이하던데. 교양국에서 하는 것도 웃긴데 시골에 가서 노동하는 거래."

"나 알바 많이 한 거 알잖아. 중노동도 해봤어."

"아니 그건 옛날의 너고. 진짜 한다고?"

"응. 꼭 한다고, 지금 당장 전해줘. 다른 사람들 들어오기 전에."

이정민의 패드엔 친한 감독님이 보낸 메시지가 있었다.

[정민 씨, 옛날에 헤일로랑 같은 프로그램 하고 싶다지 않았어요?
헤일로 프로그램 들어간다고 핫하길래, 정민 씨 생각나서 연락해요.
헤일로 거의 확정이야. '슬기로운 섬섬생활(가제)/나혜주 PD']

그리고 이정민과 비슷한 상황이 다른 곳에서도 일어나고 있었다.

"와, 신기하네."

"왜?"

"누나, 헤일로 말이에요."

"응, 이쁜이가 왜. 또 앨범 냈대?"

"아니, 언제 적 이쁜이에요. 당사자는 누나한테 립서비스했던 거
기억도 못하겠구먼."

"이쁜이가 맞는 말 했는데 그게 왜 립서비스지? 내가 어려 보인
다는 게 립서비스야? 경호야, 너도 그 립서비스 좀 하지 그래."

"아, 암튼. 헤일로 예능 들어간다고 찌라시 뜬 거 알아요? 심지어
거의 확정. 오늘 MNC에 갔대요."

"예능? 무슨 예능?"

"시골 가는 프로그램이랬나? 특이한 거 하던데."

"이쁜이, 아니 우리 아기 태양이 시골에 간다고?"

이소라의 입꼬리가 어느 순간 부드럽게 휘었다.

"경호야."

"왜요?"

"그거 가져와."

"누나 예능 안 하잖아요."

"가져와."

이번엔 발로 차인 매니저 김경호가 어이가 없다는 얼굴로 그녀를 바라봤다. 배우 이소라의 사촌 동생이자 그녀의 실체를 아는 그는, 하는 짓만 보면 여배우가 아니라 그냥 아저씨인 그녀가 도대체 왜 인기 있는지 알 수 없었다.

"빨리 안 가?"

"예, 예."

그러나 김경호는 오늘도 할 수 있는 게 없었다. 꾸물대며 최대한 천천히 이소라의 명령을 따르는 수밖에.

그리고 이런 사람도 있었다.

"형님, 예능 하나 하시겠어요?"

"어."

"뭔지 안 들어보세요?"

"어."

그렇게 하나씩 출연진이 정해지고 미팅 일자도 정해진 가운데, 그날이 왔다. 〈웰마월〉 4화 '웰컴 투 마이 어스(Welcome to my earth)'가 업로드되는 날. 이날은 〈더 사운드 오브 월드(The sound of world)〉 소리 전시회(특별전) 전날이기도 했다.

6. 소리의 초대

딸칵. 어둠 속에서 카메라가 들어온다. 코와 입이 보일락 말락 한다. 얼핏 보이는 건 단발머리와 바람막이 재질의 상의.

[여러분, 안녕하세요.]

여성이 은밀하게 카메라에다 대고 속삭였다.

[아니 ㅋㅋㅋ 왜 그렇게 무섭게 얘기하세요?]

[서연 언니다! 언니 예뻐요!!!]

[흔들리는데 여긴 어디지?]

[쉿.]

마치 혼란스러운 너튜브 채팅을 읽고 있는 듯, 문서연이 코에 손가락을 올렸다. 그에 맞춰 채팅이 다 같이 조용해졌다.

[지금 사장님이 자고 있어요.]

카메라가 슬쩍 돌아간다. 어둠 속이지만 창문 너머로 실루엣이 지나가 대충 차 안이라는 건 유추할 수 있다. 하지만 너무 어두워 문서연이 사장님이라 칭했던 '인영'이 얼핏 보일 뿐, 제대로 보이지 않았다.

[저희는 지금 아주 좋은 곳에 가는 중입니다. 사장님은 아직 어딜 가는지 모르고요, 하지만….]

문서연이 잠든 인영을 보며 부드럽게 웃었다. 그게 어둠 속에선 입술만 확대되어 무섭게 보였지만, 그렇게 찍혔다는 걸 당시 그녀는 몰랐다.

[사장님이니까 잘 적응하지 않을까.]

[아닠ㅋㅋㅋㅋ 지금 납치 중인가요.]

[저번 주에 보니 산에 가던데ㄷㄷ]

[시체 잘 파묻는 누나… ㄷㄷㄷ]

[왜 이렇게 무섭게 말하시냐구여ㅋㅋㅋㅋㅋㅋ]

때마침 과속방지턱을 밟은 듯 차가 덜컹거렸다. 밴 특유의 묵직한 소리가 울리며 시청자들은 진짜 시체가 있는 거 아니냐며 공포에 떨었다.

[힌트를 주자면, 그곳은….]

문서연의 말에 맞춰 화면에 카드가 나열된다. '스파이폴' 게임을 연상시키는 장소 카드들이었다.

[하늘이 예쁘고.]

일단, 펍, 식당, 청와대 등의 실내 카드가 모두 지워진다.

[도시와 조금 멀리 떨어져 있으며 조용한.]

시끄러운 페스티벌, 놀이동산 카드 역시 제거되었다.

[아, 동식물도 볼 수 있고.]

문서연이 잠깐 고민하는 듯하더니 말을 이었다.

[우리가 해보지 않은 체험을 할 수 있는 곳?]

많은 카드가 제거되었고, 남은 카드는 흐리게 처리된다. 그 위에 떠오르는 물음표. 모두가 답을 알긴 했지만, 모르는 척 장난치기 시작했다.

[폐가 체험 드가나?]

[salt pancake slave행 ㄷㄷㄷ]

[동식물이 있다는 거 보니 새우잡이 배인 듯.]

[해일아 일어나!! 지금 잘 때가 아니야 안 돼!]

그 순간 장난을 가로막 듯 빛이 환하게 들어왔다. 어느새 문서연이 자동차의 커튼을 걷은 것이다.

[이상, VJ 문서연이었습니다! 여러분 이따 봬요!]

그리고 4화 '웰컴 투 마이 어스(Welcome to my earth)' 타이틀이 올라간다.

이제까지 〈웰마월〉의 소제목은 중의적이면서 내용에 맞는 가장 적절한 키워드를 지니고 있었다. 〈웰마월〉 자체부터 노해일의 정규앨범 타이틀곡이자, 그의 일상을 보여준다는 의도를 품고 있지 않은가. 1화 '마이 홈'에선 헤일로의 레이블과 그의 집, 그리고 그 집에 사는 사람들을 조명했다. 2화 '마이 프로젝트'는 헤일로의 작업물과 이 콘텐츠를 찍는 이유, 헤일로의 슬럼프를 극복하고자 하는 목적까지 내포하고 있었다. 3화 '마이 클래스'는 남들과 다른 '클래스(계급)'와 '수업'이라는 의미가 담겨 있었다. 그렇다면, 4화 '마이 어스'는 무엇을 뜻하는 것일까?

〈웰마월〉의 애청자가 된 직장인 성호는 그 의미가 궁금해졌다. 산을 보자마자 당황하는 헤일로에게 공감하며, 성호는 '어스(earth)'의 의미를 생각해보았다. earth는 지구와 땅을 말할 때 많이 사용한다. 자연을 의미할 수 있는 것이다. 아무래도 산에 올라가는 거니 이 단어를 사용한 것 같다. 성호는 문득 earth가 단순히 땅을 말할 뿐만 아니라, world의 동의어로도 쓰인다는 걸 떠올렸다. 하지만 너무 멀리 간 해석 같다. '헤일로의 세상'이란 의미로 해석하기엔 자연은 누구에게나 똑같을 테니 말이다. 천재라고 해서 뭐가 다를 것 같진 않았다.

등산하기 전 한예종의 마태호 교수가 오늘의 목표가 소리 수집이라고 해서 성호는 흥미가 좀 가셔버렸다. 그는 소리 수집이 어떤 것인지 잘 알기에 흥미롭지 않았다. 소리 수집은 아주 귀찮고 지루한 작업이다. 똑같은 소리만 몇 번 듣다 보면 다들 질릴 것이다. 헤일로라고 해서 뭐가 다르겠는가? '그'라고 해서 물소리를 더 특별하게 만들어놓을 리 없다. 그냥 더 잘하는 수준일 것이다. 그래도 헤일로가 수집한 소리는 조금 궁금하긴 했다. 음악가들은 귀가 좋을 테니 소리를 더 잘 녹음할 수 있지 않을까 싶었다.

등산이라는 지루한 과정은 헤일로와 문서연의 대화가 계속 이어지고 있어 오히려 재미있었다. VJ 문서연의 열렬한 포착 덕도 있었고, 천재란 수식어를 항상 달고 사는 헤일로를 그냥 바라보는 것만으로도 뭔가 특별했다. 게다가 헤일로는 등산을 싫어하던 기색치고 생각보다 잘 올라갔다. 역시 몸 관리는 철저하게 하나 싶었다. 숨소리 하나 흩어지지 않고, 팬들이 좋아하는 그 목소리도 변함없었다. 그러던 어느 순간 바람이 쏴 하고 불어왔다. 시청자들까지 숲의 기운을 느낄 정도로 시원한 바람이었다.

[사장님?]

그때 문서연과 잘 떠들던 소년이 멈춰서 세상을 바라보았다.

[힘든가 보다.]

[기타는 두고 오지.]

채팅창에 공감의 글이 올라왔지만, 성호는 소년의 시선을 쫓았다. 카메라는 소년만 비추고 있어 소년이 어딜 보는지 알 수 없었다.

[교수님, 한 번 쉬고 가는 게 어떨까요?]

[잠깐 둘러보도록 하지.]

조교와 교수의 대화에 카메라가 돌아가자, 성호는 어쩐지 아쉬웠다.

'무슨 일이 일어나고 있는 게 느껴졌는데.'

카메라가 다시 헤일로를 비췄을 땐 평소의 헤일로가 보였다. 남들이 장비를 설치하기 바쁠 때, 혼자서 가만히 서 있었다. 사람들이 새로 온 인턴을 보는 것 같다고 웃었지만, 성호는 헤일로가 무슨 생각을 하는지 궁금했다. 다행히 그와 같은 마음을 가진 사람이 하나 더 있었다.

[무얼 하고 있나. 녹음 준비하지 않고.]

조교들이 부산스럽게 움직이는 가운데, 교수가 그에게 다가왔다. 한예종에서 유명한 교수라고 했다.

[여기에 왜 왔는지 들었나?]

[소리를 녹음하러 왔다고 들었습니다.]

[더 정확하게는, 소리를 잡으러 왔다네. 우리가 두 눈을 뜬 채로 놓치고 있는 소리를 말이야.]

너무 어려운 얘기라 시청자들은 대부분이 이해하지 못했다. 다행히 친절한 조교가 해석해주었다.

[이 프로젝트의 취지는 그런 친구들을 위한 '청각 교재'를 만드는 거예요. '우리'가 접하지 못하는 소리보다 '그들'이 접하지 못하는 소리로 생각하면 조금 더 쉬울 거예요.]

[와 좋은 일하는구나.]

[나도 들어보고 싶다.]

[헤일로가 만든 소리는 못 들어보나.]

사인을 해달라고 하려던 안 조교가 교수님에게 끌려가자 안쓰럽기도 했다. 그로부터 다시 고요한 세상이 펼쳐졌다. 성호도 시청자들도 모두가 헤일로가 무얼 할지 기대하며 기다렸다. 하지만 그는 눈을 감고 손을 편 채 바람을 느끼며 한동안 움직이지 않았다. 옆에서 열심히 일하는 사람들과 비교되었지만, 아무도 뭐라고 하진 않았다.

한참이나 지났다. 슬슬 시청자들이 지루해할 때, 헤일로의 손가락이 까딱였고, 어느 순간 카메라에 소년이 허공을 보며 씩 웃어 보이는 게 잡혔다. 팬들을 미치게 만드는, 평소엔 보기 힘든 장난스러운 미소. 그리고 곧 다른 의미로 미치게 했다. 예고편에 나왔던 그 장면들이 펼쳐진 것이다. 카메라를 든 소년은 미친 듯이 여기저기 쏘다니기 시작했다. 처음엔 'ㅎㅎ' 웃던 채팅창이 곧 난리 나기 시작했다.

[으아아ㅐ이ㅏ 런이ㅏ ㄹ]
[VJ! VJ 어디 갔어.]
[서연 언니 제발류 살려주세요.]
[ㅅㅂ 멀미.]
[헤일로 ADHD 걸린 거 아냐? 무슨 소리 수집이래.]
[s… tay!]

그리고 다음에 더 난리가 났다. 돌바닥에 카메라를 내려놓으며 화면이 진정된 것까진 좋은데 헤일로가 점점 절벽 끝으로 나아갔기 때문이다.

[안 돼 안 돼 위험해 어디가!!!!]
[미안해 해일아. 그냥 우릴 들어줘ㅠㅠ 아 제발.]
[어지럽게 해도 괜찮으니까 거기 가지 말고 우리를 들어!]

무섭지도 않은지 절벽 끝에 나가 녹음기를 든 손을 펼치는 모습은 무서운 상상을 하게 만들었다. 심지어 헤일로가 걸어간 부분의 흙이 절벽 아래로 떨어졌다. 팬이 아닌 성호도 간담이 서늘해졌는데, 팬들은 얼마나 무서웠을까. 다행히도 소년은 떨어지지 않았고,

오히려 소리를 들으면서 "괜찮네"라고 말해 시청자들의 속을 뒤집어놓았다. 그러곤 유유히 카메라를 든 채 걸어간다. 제발 절벽에서 멀어지기만 바랐던지라 열받는 사람은 없었지만, 성호조차 술맛이 뚝 떨어졌다.

시청자들의 상태가 어떻든 소년은 소년 나름대로 소리 수집을 즐기고 있었다. 연못에 물고기를 발견하고 카메라에 비추기도 했고, 어느 순간 소리 수집이고 뭐고 아무 곳에나 앉아 기타를 튕기며 흥얼거렸다. 햇빛이 소년의 머리 위로 떨어져 내린다. 하얀색 기타와 소년은 숲속에 원래 있었던 것처럼 어우러진다. 소년을 환영하는 듯 바람이 불어오기도 했다. 시청자들은 어느새 소년의 목소리를 듣기 위해 숨죽이며 핸드폰 소리를 키웠다.

'뭔가 좋은 것 같은데. 이건 무슨 음악일까.'

모두가 소년의 입에만 집중하고 있을 즘 "사장님!" 하며 부르는 문서연의 목소리가 들렸다. 뒤이어 사람들의 목소리도 이어져 이제 떠날 때구나 싶었다. 혜일로는 카메라를 돌아보는 걸 마지막으로 천천히 기타를 챙겼다.

[혹시 녹음할 게 남았나요?]

[아뇨.]

[한번 들어봐도 돼요?]

[그럼요.]

[그럼 이따 차에 가서 들을래요!]

'아, 이제 끝날 시간이 되었나?'

성호는 두 사람의 대화가 귀엽기만 했다. 하지만 4화의 엔딩으로는 좀 약했다. 뭔가 한 거 같긴 한데, 결과가 없으니까. 그때 화면이 다시 밝아지며, 아까 편집되었던 한 장면이 올라왔다. 헤일로가 숲 한가운데 서 있었다. 어딘가를 보는 듯한 헤일로가 녹음기를 든 채 한쪽 입꼬리를 올리며 말했다.

[온다.]

그 한마디에 사람들은 숨을 죽였다. 아직은 정적, 그러나 소리를 끝까지 키워놓은 터라 아주 작은 바람 소리가 들렸다.

'소리 수집한 건가?'

역시, 음악가 아니랄까봐 음향이 아주 깨끗했다. 성호는 뒤이어질 소리를 기다리며 남은 플레이 시간을 확인했다.

15초. 소리 수집을 보여주기에 충분한 시간이라고 여긴 순간, 물방울이 투두둑 떨어졌다. 실로폰처럼 깨끗하고 청아한 소리였다. 이어서 바람이 번진다. 바람을 따라 물방울이 기울어지고, 수풀들이 머리를 세웠다. 물의 파동, 바람이 시냇물을 어루만지고 그 위에 햇볕이 떨어져 내렸다. 그 순간, 소리가 하나로 올라갔다.

마지막 화면에 포스터가 하나 떴다.

'당신을 〈The sound of world〉에 초대합니다'

−전시 장소: 천상(서울특별시 강남구 도산대로 OOO)

−전시 기간: 34. 03. 15 ~ 31

−전시 시간: 11:00 ~ 18:30

−관람 비용: 무료

'The Earth' 노해일(헤일로), 특별관

: 우리가 두 눈을 뜬 채로 놓치고 있는 소리

물음표가 채팅창에 주르륵 채워진다. 이게 뭐냐는 반응이다.

[어???이게 뭐야?]
[15초 클립 따줄 사람.]
[아니 미쳤다. 노해일 도대체 뭘 수집해온 거야.]
[내가 생각한 소리 수집은 이런 게 아니었는데.]
[청각 교재가 원래 저런 거예요?]
[그러니까 저 전시회 가면 다 들을 수 있다는 거죠??]
[Why Only in Korea?]
[이게 슬럼프…?]

앞부분은 잔잔하고 조금 무서웠지만 힐링으로 가득한 40분이
었고, 마지막 15초는 모든 앞 내용을 압도해버릴 정도로 강렬했다.
여러 사이트 검색어에 '더 사운드 오브 월드' 전시회가 1위를 차지
할 정도였다.

* * *

"관장님. 보셨어요?"
아직 전시회를 개방하기 전, 관장은 사람들의 줄을 발견했다. 그
간 개장 이후엔 전시회 관람 인원이 한정되어 있으므로 발권시 줄
을 서는 경우가 있긴 했지만, 오픈 2시간 전부터 이렇게 줄을 선 건
처음인 데다 직원이 말해준 숫자만 하더라도 기존 전시회 관람 인
원을 초과했다. 영화도 드라마도 아니고, 소리 수집 작품이 전부인
데 말이다. 유명 연예인의 전시회를 진행한 적도 있지만, 이렇게까

지 눈에 불을 켜고 몰려오진 않았다.

"다들 왜 그리 호들갑이야. 준비는 잘 끝냈겠지?"

"예, 모두 확인하였습니다."

"사람이 평소보다 많다는 건 핑계가 될 수 없어, 잘 알지?"

"네!"

직원들이 부산스럽게 움직인다. 그들을 보며 관장이 결연하게 고개를 끄덕였다. 이토록 첫날부터 잘될 줄 몰랐지만, 분명 입소문이 날 것은 예상했다. 관장은 마 교수가 혹시 전시회 연장이 가능하냐고 문의했던 날을 떠올렸다. 원래는 갤러리를 새롭게 단장할 생각이라 거절하려 했는데, 마 교수가 한번 들어보라던 파일을 듣고 마음을 바꿨다.

'두 눈을 뜬 채로 우리가 놓치고 있는 소리.'

사람들이 같은 걸 다르게 보듯 같은 걸 다르게 들을 수 있다는 걸, 이 음악이 증명한다. '더 어스(The earth)', 외눈박이의 세상에 살아가는 두눈박이의 세상이란 이런 것일 테다.

월요일 오전부터 전시장 앞 숨 막히게 하는 진풍경을 보며 젊은 기자는 가슴속에 회의감을 떨칠 수 없었다.

"이렇게까지 봐야 하나? 그러니까, 기존 전시 내용에 특별히 추가된 건 태양 작품뿐이란 거죠? 그래서 프레스 티켓은 따로 없는 거고. 언젠가 태양 너튜브에 올라올 텐데, 굳이 이 줄을 기다려 들어가야 할까요? 아니면 다른 날 사람이 좀 줄지도 모르잖아요, 선배."

"기다리기 싫으면 가든지. 난 꼭 취재해야겠으니까. 전시회란 게 한 번 볼 때랑 두 번 볼 때 다르잖냐. 사운드 아트 전시회를 다시 취재하고 싶었는데, 잘됐지. 헤일로 작품은 꼭 봐야겠고. 언젠가 너튜브에 올라올 걸 기다릴 거면 거기 쓰인 댓글이랑 기사랑 뭐가 다르냐."

기존에 이미 전시회를 와봤던 사람들은 '이렇게까지 기다려서 꼭 봐야 할까' 다시 한번 생각해보게 되었다. 공개된 전시 목록에 따르면, 기존 내용에서 추가된 건 헤일로의 작품을 포함해 같은 자리에 있었던 재능봉사자들의 녹음이라고 했다. 그런데 여기서 다른 봉사자들의 녹음을 기대하는 사람이 얼마나 될까. 긴 포트폴리오를 가진 예술가도 아니고 그냥 재능봉사자. 갤러리에서 고르고 골라 전시했겠지만, 그 이상 기대하는 바는 없었다.

"그리고 내가 보기엔 오늘이 적기야."

"네?"

후배 기자가 눈을 동그랗게 떴다.

"이렇게 줄을 섰으니, 아마 내일부턴 예약제로 변경하겠지. 어떤 게 더 확률이 높을 거 같냐. 너 헤일로 콘서트 티켓 잡아본 적 있어?"

"아뇨…."

"아님 암표 구할 정도로 잘사냐?"

둘 다 아니었다.

"그래서 오늘이 가장 적기란 말이다."

후배 기자는 역으로 입소문이 안 좋게 나서 전시회가 망하는 상상을 했지만, 입 밖으로 반박을 꺼내지 않았다. 너튜브에서 공개된 15초 녹음이 전시회 음향으로 들어보고 싶을 정도로 정말 특별했기 때문이었다.

"할 말 없으면 그 15초 영상 다시 들으면서, 기사 제목이나 고민해봐."

그렇게 말한 선배 기자는 귀에 무선 이어폰을 꽂았고, 후배 기자는 눈치를 보며 너튜브를 켰다. '웰컴 투 마이 어스'의 마지막 15초는 쇼츠와 클립으로 널리 돌아다니고 있었다. '웰컴 투 마이 어스' 조회 수도 어마어마하지만, 15초 쇼츠는 깔끔한 제목 '더 어스(15"), 헤일로'를 달고 너튜브뿐만 아니라 별그램, 페이스노트, 파랑새 등등 인터넷망 속도로 퍼져나가고 있었다. 그도 영상이든 기사든 헤일로라는 이름만 들어가면 눌러보고, 'The sun'과 같은 단어를 보면 움찔하는데 저런 제목이면 새 앨범이라 여기고 눌러볼 것 같았다.

"어, 들어간다."

11시 전시 시간을 맞춰 15분 전부터 발권을 시작했다. 짜증 냈던 후배 기자는 저도 모르게 흥분 반, 긴장 반으로 사람들의 수를 세며 오늘 과연 들어갈 수 있을까 가늠해보았다. 발권할 때쯤 선배 기자의 말대로 '갤러리 천상'의 예약제 공지가 올라왔다. 공지를 한번 읽어보려고 했던 후배 기자는, 별그램에 들어갈 수도 없자 등골이 서늘해졌다.

'서버가 터졌… 네?'

정말 원인이 갤러리 천상의 공지 때문인지 아닌지 모르지만, 시간상 그리고 트래픽 과부하 메시지가 떠오르니 '어쩌면…' 하는 생각이 들었다. 그로부터 몇 초 뒤, 인터넷 기사로 천상 갤러리의 '익일 전시회부턴 사전 예약제: 11시, 오후 3시 해당 회차 시간에 맞추어 전일부터 사전 예약 가능'이라는 공지가 올라왔다. 다음날 11시 회차 예약 시간대가 모두 매진된 건 언급할 필요도 없다. 외국인이면 초록창이 뭔지 찾아보고 있기도 바쁠 테니, 아마도 전원 한국인이 틀림없을 것이다.

'와, 눈치 게임 안 하길 잘했다.'

"관람 안내 도와드리겠습니다."

발권 때도 줄을 서야 하지만, 입장 때도 줄을 서야 했다. 그래도 발권 때보다 나았다. 고개를 빼고 닫힌 문 너머를 어떻게든 보려고 했던 후배 기자는 안내원의 앞에 서서 입장 멘트를 들었다. 전시회 입장 멘트야 대개 비슷하다. 전시물 접촉, 흡연, 휴대전화 사용, 촬영 등 관람에 방해될 모든 행동을 금지한다는 내용이었다.

"마지막으로."

'그리고 또 있다고?'

후배 기자가 뒤이어진 말에 탄성을 내질렀다.

"회차당 관람 시간은 60분으로 제한하고 있습니다. 수많은 관람객이 몰려 관람이 지연되고 있으니 부디 양해 부탁드립니다."

새로 추가된 관람 규칙은, 모든 전시 작품에 해당한다고 말하지만, 이전까지 없었던 규칙이라는 걸 고려하면, 단 하나의 작품을 위한 규칙이 아닐 수 없다.

"60분?"

기자는 60분이면 충분하지 않을까, 생각했다. 갤러리는 규모가 큰 것에 비해 작품 수가 그리 많지 않았다. 대충 통과하면 헤일로 것만 40분은 들을 수 있을 것 같았고, 다른 것도 여유롭게 보면 20분 정도 투자할 수 있을 것 같았다.

"저, 제한 시간에 뮤지엄숍도 포함인가요?"

"아니요, 뮤지엄숍은 시간 제한을 두고 있지 않습니다."

"오."

뒷사람들도 그럼 괜찮겠다고 좋아했다.

"그럼 즐거운 관람 되시기 바랍니다."

안내원이 부드럽게 웃으며 닫힌 문을 잡았다. 천천히 열리는 문과 터널. 아직 무슨 소리가 들린 것도 아닌데, 멀리 비친 한 줄기 빛에 왜 그리 가슴이 뛰는지 모를 일이다.

사운드 아트는 소리를 예술의 한 형태로 제시하는 전시회로 그림이 아닌 소리의 울림을 다양한 범주(관람객 주도형 퍼포먼스, 인터랙티브 사운드, 비주얼 뮤직 등)로 소개한다.

굳게 닫힌 문이 활짝 열린다. 하나둘 어두운 터널을 통과하다 보면 수백 개의 작은 스피커들과 그것들을 통해 송출되는 소리를 마주하게 된다. 한 걸음 계단 아래로 내려갈 때마다, 각각의 스피커들과 가까워지면서 숲속으로 걸어 들어가는 기분이 든다. 도시에 사는 우리가 놓치고 있는 자연의 소리다.

"와, 신기하다."

전시회의 첫인상을 만들어준 첫 번째 방은 산뜻한 소리와 조명으로 시작한다. 계단을 내려갈 때마다 소리뿐만 아니라 푸른 빛의 조명이 짙어지며 마침내 완전한 자연에 발을 내딛게 되었다. 두 번째 방에 들어가면 불이 꺼진 극장에 입장하는 것 같다. 그곳에는 특별한 다른 효과 없이 하나의 벽을 비추는 소리 영사기가 준비되어 있다. 관람객들은 영사기를 돌리면서 영사기에 녹화된 도시의 모습을 타임랩스로 보고 들을 수 있다. 그건 1분 1초 속에 바쁘게 살아가는 우리가 놓친 하루의 소리였다.

첫 번째 방에서 들었을 때와 달라진 느낌을 적기 위해 후배 기자의 손이 바쁘게 움직였다. 두 번째 방으로 오니 확실히 보이는 게 훨씬 많았다. 첫 번째엔 소리와 시각적인 측면에 집중했다면, 두 번째엔 표현 방식이 보였다. 청각과 시각의 관계를 역동적으로 구현하고자 하는 게 보여 훨씬 쓸거리가 풍성했다.

"가자."

"벌써요?"

"언제는 헤일로 작품만 보러 들어가자면서. 이제 슬슬 가야지."

"그건 그렇죠."

후배 기자는 노트에서 손을 뗐다. 좀 더 여유롭게 보고 싶어 아쉬웠다.

"나도 좀 더 보고 싶은데. 심상치 않은 소리를 들어서."

"뭐가요?"

"앞에 줄이 장난 아니라고. 잘못하면 못 본대."

"이미 입장을 했는데 무슨 줄이요?"

후배 기자가 어벙하게 묻는 사이, 선배 기자가 재촉했다.

몇 개의 전시관을 스쳐 지나가면서 흘끔거리기 바빴던 후배 기자가 이상함을 느끼기 시작한 것은 헤일로 작품이 전시되었다는 특별관과 가까워졌을 때부터다. 특별관까지 전시장 하나를 사이에 두고, 사람들의 줄이 이어지고 있었다.

"잠깐 이건 무슨 줄이야."

갑자기 앞에서 무슨 병목현상이라도 생긴 건지, 아니면 뭐가 고장이 났나 하던 후배 기자는 설마설마했다.

앞에 커플도 불만을 토로했다.

"여기가 무슨 놀이동산도 아니고, 앞에 뭐 하는데 안 가는 거야."

"그러니까. 이거 진짜 민폐 아냐?"

"가뜩이나 제한 시간도 있는데."

"헤일로 음악만 듣고 가려고 했는데 줄 서다 시간 다 가겠네."

"완전 미쳤어."

덕분에 줄 선 전시관부턴 지겹도록 소리를 들을 수 있었다. 오래된 애니메이션 필름 소리가 지나가며 옛날 추억의 만화영화가 방영된다. 이젠 화질이 낮은 영상을 찾는 것도 힘든 추억의 만화였다. 추억의 만화영화와 필름 돌아가는 극장의 소리, 이 전시관의 테마는 '현대를 살아가는 이들이 놓친 부모님의 추억'이었다. 참 정겨운 소리다. 이제 더는 찾기 힘든 필름 만화가 신기하기도 하고. 그런데 그것도 한두 번이다. 줄어들 기미가 없는 줄에 서서 필름 돌아가는 소리만 반복해 듣다 보니 필름이 아니라 고막이 감기는 기분이 들었다.

"자기야, 우린 한 번 듣고 나가자."

"그러자, 자기야. 우린 다른 사람들도 더 많이 볼 수 있게 빨리 나가주자."

후배 기자가 특별관에 발을 들인 것은, 앞 커플이 이 대화를 마흔다섯 번쯤 했을 때였다.

"드디어."

특별관은 헤일로 작품을 들려줄 커다란 구 모양의 전시물이 가운데 있고, 그곳으로 가는 동안 벽을 따라 소리를 들을 수 있는 헤드폰이 준비되어 있다. 이것이 같은 날 대학원생들이 수집한 소리였다. 첫 헤드폰을 쓴, 후배 기자는 생각보다 괜찮아서 놀랐다. 엄선한 소리만 올릴 거라고 듣긴 했지만 정말 전문가가 수집한 소리 못지않았다. 전문가처럼 수집할 수 있게 되기까지 대학원생들이 피땀 눈물을 흘려야 했지만, 그 과정을 잘 모르는 기자는 음질도 퀄리티도 훌륭해 놀랐다.

'과연 천재들만 다닌다는 한예종이라서 그럴까.'

얼핏 헤일로의 녹음과도 비슷하게 들렸다. 역시 같은 곳에서 소리를 채취했기 때문인가 싶었다. 너튜브에서 예고로 들은 15초에서 각각의 자연 소리를 분류해놓은 파일처럼 느껴졌다. 도처에 놓인 소리 수집 파일을 들으며 기다리던, 후배 기자는 도대체 왜 줄이 줄어들지 않나 의문을 가졌다. 그 이유를 알기까지 오래 걸리지 않았다.

좌석이 이미 만원이라 벽 뒤에 서자, 전시장의 문이 스르륵 닫혔다. 어둠이 내려앉은 전시장엔 특별한 시각적 도구나 장치는 없었다. 사방에 박힌 스피커뿐이었다. 정말 '소리' 전시회 그 자체다. 기자는 침묵이 내려앉은 전시장에 저도 모르게 침을 꿀꺽 삼켰다. 그때였다. 작은 바람 소리로부터 소리가 시작되었다. 이건 헤일로 너튜브에도 올라온 소리였다. 이어서 물방울이 떨어진다. 실로폰처럼 깨끗하고 청아한.

'와…'

연못에 퍼지는 파동이 소리로 전달된다. 연못 가장 깊은 곳에서 시작되는 바람. 그를 따라 물방울이 기울어졌으며, 바람이 번졌다. 한순간 엄청난 바람에 수풀이 머리를 세우며, 물의 파동이 퍼져나갔다.

'잠깐….'

기자는 고개를 바짝 세웠다. 바람의 손길에 나뭇잎이 퍼져나갔다. 귓가에 규칙적으로 올리는 물방울 소리.

'아니, 이건….'

두 개의 소리가 하나로 합쳐지고, 그 위에 햇살이 내려앉는다. 나무와 가지가 일어서며, 바람이 숲을 관통하는 순간 온 세상이 울리기 시작했다. 물소리가 북이 되고, 수풀과 가지는 트럼펫, 바람은 현악기로 이 오케스트라를 리드한다. 하나의 소리를 각각 녹음했기에 모든 소리가 합쳐질 리 없는데, 잔상처럼 남은 소리가 쌓이고 쌓여 화음을 만들어내고…. 그건 소년이 숲에서 마주했던 '소리'였다.

이제 막 태어난 새가 지저귄다. 바람이 아기 새를 부드럽게 어루만지고, 태우고 나가 숲속의 새 친구를 알려줬다. 나무들이 가지와 잎으로 환영의 노래를 불러준다. 세상엔 수많은 고난과 위기가 있지만, 너는 극복할 수 있을 거라는 격려가 들려온다. 마치 그들이 그러했던 것처럼.

기자는 〈웰마월〉 4화 '웰컴 투 마이 어스'를 떠올렸다.

"여기에 있었구나."

그때 소년은 이르게 태어난 아기 새를 발견하고, 두 손으로 부드럽게 들어올렸다. 바람이 그러했던 것처럼. 그리고 두 손으로 아기 새를 들어올리며 둥지에 대고, 말했다.

"자, 돌아가."

헤일로가 들은 세상의 노래가 들려왔다. 불이 깜빡이며 하나둘씩 켜지기 시작했다. 안내원이 들어와 1시간 관람 시간이 다 된 사람들은 퇴장해달라고 요청했다. 그걸 두세 번쯤 반복해서 말하자 어쩔 수 없이 나가는 사람이 반이었고, 나머지는 꼼짝도 하지 않는다. 그렇게 다시 불이 꺼지며 같은 소리가 들려온다.

'이게 숲이구나.'

매번 갔던 숲인데, 앞서 들었던 전시물은 신기하긴 했지만 알던 소리였다면, 이건 다시 듣고 싶을 만큼 특별한 소리였다.

'헤일로한텐 이렇게 들리는구나.'

온 세상이 노래하고 있다. 그들은 각자 이름을 가진 것처럼 제 목소리를 가지고 있었다. 새롭고 다채롭고 풍요롭다.

'왜 이런 노래를 진작 들으려고 하지 않았을까. 그들은 단 한 번도 숨긴 적이 없는데.'

눈먼 사람들이 처음 눈을 뜨면, 세상이 이만큼 밝다는 데 놀란다. 다음으로 다채롭게 채워진 색깔에 감탄하고, 색깔이 가진 아름다움에 눈물을 흘린다. 후배 기자는 그들처럼 자신도 처음 눈을 뜬 느낌이었다. 당장 숲 어딘가로 달려가 이 소리를 듣길 바랐지만, 꼼짝도 할 수 없었다. 이 자리를 벗어나면 다시는 이 소리를 듣지 못할 것 같았다. 처음으로 헤일로라는 사람을 이해할 수 있었다. 매번 이런 소리를 듣고 살아갈 수 있다면, 그렇게 좋은 음악을 만드는 것도 어렵지 않을 것 같다. 천재들이란, 이 얼마나 풍요로운 세상에 살아가는가. 그런 세상에 태어나지 못한 게 아쉬우면서, 이렇게 엿볼 수 있는 게 감동적이었다. 이 여운은 꽤 오래갈 것이다.

제한 시간까지 제자리에서 움직이지 못하다 겨우 움직여 뮤지엄숍에 도착한 후배 기자는 흠칫 놀랐다. 그곳이야말로 사람이 가득 차 있었다. 특별관의 미련과 여운에서 벗어나지 못한 사람들이 뮤지엄숍에 눌러앉았다.

"헤일로, 아니 특별관 굿즈는 따로 없나요?"

"아무거라도… 제발… 아니면 재입장은 안 되나요?"

"NFT 안 팔아요? 아, 제발 내 돈 다 가져가."

굿즈가 별로 없어서 다행이다. 지갑을 그대로 바칠 것 같은 좀비 떼들과 죄송하다고 하는 직원들 속에 저도 모르게 지갑을 꺼냈던 후배 기자는 관련 굿즈가 없다는 말에 주섬주섬 지갑을 집어넣었다.

그는 여유롭게 전시를 관람했던 자신을 원망했다. 과거로 돌아가면 먹살을 붙잡고, 곧장 특별관으로 달려갈 것이다. 그는 헤일로 작품이 전시된 특별관의 주제를 입에 담았다.

"우리가 두 눈을 뜬 채로 놓치고 있는 소리."

그 말에 선배 기자가 그에게 고개를 돌리곤 허탈하게 웃었다.

"맞는 말이네. 우린 못 듣는 소리니."

그들이 이제 해야 할 건 정해져 있다. 오후 3시에 열리는 익일 전시회 티켓 예약하기, 그리고 기사 작성.

수많은 인파가 몰렸던 〈The sound of world〉 전시회는 전시 1시간 만에 방문했던 관람객들의 후기가 우후죽순 올라왔다.

[The sound of world 전시회: 천재의 세상이란 (헤일로 특별관)]
[헤일로가 천재라는 걸 다시 한번 알아가는 기회 in 소리 전시회.]
[그야말로 "우리가 두 눈을 뜬 채 놓치고 있는 소리"]
[헤일로가 그렇게 많은 앨범을 낼 수 있는 이유.]
[헤일로 전시회 보고 뽕 차서 등산한 썰 푼다.]

그중 '외눈박이 세상에 살아가는 두눈박이의 세상'이라는 관장의 인터뷰가 인용되어 여기저기 올라왔다.

헤일로 특별관이 추가된 전시회는 2주간 엄청난 열풍을 이끌었다. 초록창 예약 시스템이 몇 번이나 터져 주가도 같이 터졌던 게

부지기수였고, 다수의 해외 IP 접속을 디도스 공격으로 알고 차단
했다는 우스갯소리가 커뮤니티를 점령했다.

[2주를 누구 코에 붙여.]
[제발 음원이라도ㅠㅠㅠㅠㅠ]
[그렇게 개쩐다는데 왜 나만 못 들음?]
[Please how can i get sound art gallery ticket!]
[제가 생각하기에 이건 차별입니다. 외국인 차별을 멈춰주세요:(]

무엇보다 관장은 그렇게 많은 전시 연장 문의를 들은 건 처음이
었다. 차라리 티켓 가격을 천만 원으로 하라는 극자본주의적 문의
도 있었다. 하지만 어쨌든 연장은 하지 않고, 관련 전시 굿즈 판매
도 없는 탓에 관장은 별소리를 다 들었다. 다행히 일주일 후, 헤일
로의 너튜브 5화에 '소리 수집 전체 음원 파일'과 함께 헤일로가 찍
은 듯한 영상이 편집되어 올라왔다. 그래도 티켓팅 경쟁률이… 줄
어들진 않았다. 아무래도 집에서 듣는 음질과 갤러리 음질이 같지
않기 때문이다.

[방금 전시회 보고 왔는데… 헤일로는 진짜… 천재 맞나봐.]
[내 귀가 이상한가? 헤일로 수집 있잖아. 소리 녹음이 아니라 꼭 음악 같
지 않았어?]
  └ 지금 다들 그 이야기중임.
[이게 편집이 아니라 녹음이라고? 어딜 봐도 주작 아님?]
  └ 헤일로 너튜브에 무편집본 올라온 데다, 전문가 왈 녹음 맞대. 소리도

그림처럼 잔상이란 게 남아서 연속적으로 들을 수 있는 거라고 했나(출처: 헤일로가 진짜 천재인 이유ver 소리 잔상 활용).

[이런 소리 듣는 애가 슬럼프라는 게 당연하다고 누가 그러던 데;; 난 암만 생각해도 공감이 안 됨. 그냥 아무거나 발매하면 되는 거 아냐?]

  └ 이상한 곡 내도 내 귀가 이상한가 하고 한 백번쯤 들을 듯.

  └ ㄹㅇㅋㅋㅋㅋ

[자꾸 음원 내달라는 음원 거지새끼들 때문에 〈웰마월〉 다음 화 밀려서 빡침. 재밌게 보고 있었는데.]

  └ 야 너 솔직히 천상 갤러리 몇 번 갔냐?

  └ (글쓴이) 나? 네 번밖에 안 갔는데 (인증.jpeg)

   └ 이제 일주일 됐는데 네 번? 진짜 뒤지고 싶냐?

    └ (삭제된 게시글입니다)

"이거 때문에 밀렸다고 생각하는구나."

남궁 PD는 턱을 문질렀다.

〈웰마월〉 다음 화에 들어갈 백운도 콘텐츠가 밀린 건, 소리 수집 파일을 올리기 위함이 아니었다. 그보단 방송국 쪽에서 요청이 있었기 때문이다. 촬영 중 사람들이 몰리는 걸 방지하기 위해, 백운도 방영을 늦춰줄 수 있냐는 요청이 아주 완곡하게 왔고, 헤일로의 안전이 가장 중요한 레이블은 수락했다. 다음 화엔 다시 일상과 멤버들, 직원들의 인터뷰가 올라갈 것이고, 그 다음 화에 백운도 콘텐츠를 예정하고 있다.

"그나저나 사전 미팅 영상 찍지 못하는 건 조금 아쉽네."

방송국에서 무편집 영상을 준다고 했으니 그걸로 달래봐야 할 것 같았다.

* * *

"안녕, 아가? 잘 지냈니?"

혜일로는 사전 미팅에 벌써 와 있는 사람들을 보고 옅게 웃었다. 오랜만에 보는 사람들이었다.

"다들 와주셔서 감사합니다. 가제 〈슬기로운 섬섬생활〉을 맡은 연출, 나혜주라고 합니다."

나혜주 PD는 한식당 룸에 모인 멤버를 둘러보며, 침을 꿀꺽 삼켰다. 국장부터 CP까지 그녀의 어깨를 두드려줬던 원인의 99.98 퍼센트는 이들 때문이었다. 덕분에 어깨가 무겁기도 했지만 이건 다시 오지 않을 행운이라는 것을 다시 한번 인지했다.

'정신 차리자.'

나혜주는 도민희 작가와 한 번 눈을 마주치고 고개를 끄덕였다.

"미리 전달드렸지만, 촬영에 대해 한 번 더 안내해드리려고 해요. 그전에 각자 소개 좀 부탁드려도 될까요?"

이미 서로 인사는 했지만, 그때와 달리 카메라가 돌아가고 있었다. 출연진이 서로 얼굴을 확인하고 소개할 사전 미팅은 첫 번째 촬영이라고 봐도 무방했다.

그녀의 말에 가장 우측에 앉은 출연진부터 입을 열었다.

"제가 먼저 하겠습니다. 안녕하세요, 배우 권재익입니다. 조카 선물을 사주기 위해 출연을 결심했고요. 출연진을 보니 저는 적당히 묻어가도 될 것 같네요. 잘 부탁드립니다."

〈오늘부터 우리는〉의 주인공을 맡았던 배우 권재익은 드라마 제작발표회만큼은 아니지만, 적당히 털털한 모습이었다. 〈오늘부터 우리는〉의 주인공을 연상케 하는 그의 농담에 분위기가 단번에 부드러워진다. '역시 대배우님'이라며 감탄하는 제작진도 있었다. 여기서 그의 말이 순도 100퍼센트 진심이란 걸 아는 사람은, 매니저밖에 없었다.

다음으론 〈오늘부터 우리는〉에서 모두가 암묵적으로 인정하는 여주인공 이소라가 가슴에 한 손을 얹고 인사했다. 시상식이 떠오르는 우아한 움직임이었지만, 권재익이 눈을 살포시 찡그렸다. 촬영 전 두 사람이 신명 나게 디스 전을 나눈 바 있다. 이들의 디스 전, 아니 안부 인사를 본 제작진은 그 모습을 열심히 담았다.

"너도 못 본 새 많이 늙었다."

"너한테 들을 말은 아닌 것 같은데. 넌 입금이 좀 덜 됐나 보다."

그리고 〈오늘부터 우리는〉의 가장 충격적인 반전 캐릭터 희태 역의 대세 배우 이정민이 상견례 프리패스식 미소를 지으며 인사했다.

"배우 이정민이라고 합니다. 잘 부탁드릴게요."

"꺄아악!" 하고 어디선가 들려온 돌고래 소리에 이소라가 섭섭하다고 말했지만, 그녀 역시 엄마 미소를 띤 채 이정민을 보고 있었다.

마지막으로 모두의 시선이 한 소년으로 향했다. 평균 나이 30대 중반인 이곳에서 유일한 스무 살 막내. 그러나 그 안에 어마어마한 것을 담은 소년은 경력 많고 기 센 배우들에게 하나도 눌리지 않은 얼굴로 인사했다.

"와아!"

탄성이 뒤따른다. 정말 말도 안 되는 조합이 만들어졌다. 제작진은 이 사람들이 이렇게 다시 모인 게 믿기지 않았다. 좋은 의미의 불신이다. 모두 예능에는 잘 나오지 않는 유형에 무엇보다 〈오늘부터 우리는〉의 학생들이 모두 성인이 되어서 다시 만나는 느낌의 후일담 같은 분위기는 보는 이들을 흐뭇하게 했다. 물론, 헤일로는 그 드라마에 출연하진 않았지만, 나이가 나이인지라 드라마에 나온 것 같은 느낌이 들었다. 원래 〈오늘부터 우리는〉 드라마 인물 중 하나인데 음악 하느라 학교에 안 나온 학생이라면 말이 되는 것 같다.

나혜주는 오히려 자기야말로 잘 부탁드린다고 다시 한번 인사하며, 파일을 나누어주었다.

"우선 우리 프로그램이 '백운도'라는 섬에 가서 2주간 생활하는 다큐멘터리인 건 다들 아실 거예요."

그리고 사전 제작은 확정이다. 오프닝과 엔딩이 이미 정해진 프로그램이란 점도 있지만 안전을 가장 먼저 고려했기 때문이다. 배우 팬들은 예능 야외촬영지(특히 지방)에 통제할 수 없을 정도로 몰려들지는 않는다. 그러나 어딜 가나 예외가 있는데, 10대, 20대 팬층 비율이 높은 스타가 아이돌 같은 팬덤을 가지는 경우가 있었다. 그런 스타는 촬영지에 팬들이 몰려들고, 문의 전화도 정말 많이 걸려 오곤 했다. 〈슬기로운 섬섬생활〉 출연진에도 그런 스타가 있어서 필수불가결로 사전 제작하게 된 거다. 너튜브에 콘텐츠 방영 지연도 요청하고.

물론, 백운도는 정기적으로 운행하는 선박은 따로 없기에 단번에 사람들이 몰릴 확률이 높지는 않다. 그럼에도 PD는 출연진 및 제작진의 안전과 마을 사람들의 삶을 고려했다.

도민희 작가가 섬에서 진행할 촬영에 대해 차근차근 이야기했다. 마지막으로 덧붙일 건 하나밖에 없었다.

"다들 아시겠지만, 꼭 비밀 엄수 부탁드립니다."

헤일로가 방송국에 왔다는 얘기가 널리 퍼지긴 했지만, 아직 어떤 프로그램을 하는지 대중들에게 보도되지 않은 상황이다. 그런 상황에 헤일로가 어떤 프로그램을 하고, 그곳에 〈오늘부터 우리는〉의 톱스타들이 출연한다는 기사가 나온다? 진짜 끔찍한 상황이 펼쳐질 것이다. 〈슬기로운 섬섬생활〉에 대한 건 엠바고가 걸려 있다. 이것은 방송국뿐만 아니라, 출연진 모두가 조심해야 할 사항이다.

〈슬기로운 섬섬생활〉 홍보 담당자가 피곤해 보이는 얼굴로 웃었다. 지금도 업계에 퍼진 소문 때문에 방송국 전체 홍보 담당자에게 여기저기서 "헤일로 나온다며. 너희 프로그램이야?" 하고 찔러보기 때문이다. 그럴 때마다 "우린 모르겠는데요. 와, 헤일로가 언제 방송국에 왔다고요? 정말 신기하다, 왜 왔대요? 하하하. 아니, 근데 방송국에 올 수도 있지. 방송국이 무슨 핵융합 극비시설인 줄 아세요? 기자님도 들어올 수 있어요"라고 대답하기에 나날이 연기력만 늘고 있었다.

"그럼 촬영 날 뵙도록 하겠습니다."

카메라가 탁 꺼졌다.

7. 수상한 선생님들

매일같이 두르고 다녔던 목도리를 찾지 않을 날씨가 되었다. 오늘도 백운도엔 하얀 구름이 떴고 태양이 비친 바다가 반짝반짝 빛났다. 백금색 모래알로 뒤덮인 작은 해변에는 갈매기가 끼룩끼룩 울고, 선박이 뜬 한산한 항구에는 체구가 작은 아이가 다리를 흔든 채 앉아 있었다.

"겨울아, 여서 뭐 하고 있냐?"

아이가 덥수룩한 머리를 돌려 마을 어른을 쳐다봤다. 가끔 육지로 나가 사람들을 데리고 오는 선장이었다.

'선장님이 여기에 있으니, 오늘은 안 오겠구나.'

푹 실망한 아이가 입을 열었다.

"니는 공부도 안 하나?"

"하고 있어."

그러곤 아이는 노래를 흥얼거렸다.

픽 비웃은 선장이 아이를 번쩍 들어 올렸다.

"요즘 학교에서 바다 보면서 놀라고 가르치냐."

"노는 거 아니야! 숙제하고 있어."

"숙제? 누가 내준 숙젠디."

선생님이라고 말하려던 겨울이 입을 뻐끔거리다 말았다. 그러고 보니 선생님 안 한다고 했었다. 다음에 오면 봐준다고 했으면서 언제 올 건지 말도 안 하고 갔다. 도시의 시간은 섬과 다르게 흐르니, 아마 한참 지나서 오겠지 싶었다. 나혜주 PD가 최근 겨울을 가르쳐줄 선생님을 데리고 온다고 연락을 줬지만 겨울은… 별로 기대되지 않았다. 아이는 그냥 그 사람이 왔으면 좋겠다. 겨울은 자기가 나쁘다고 생각했다. 시무룩한 얼굴로 바닥을 바라보자, 선장이 왜 기죽었느냐며 머리를 쓰다듬어줬다.

"곧 방송국에서 온다고 했는디 이쁘게 머리라도 묶는 게 어떻나."

"숙제해야 해."

"긍게, 숙제는 누가 내줬는디."

"숙제할 거야. 나가!"

"여기가 밖인디 어딜 나가. 가스나, 승질은."

쪼그마해서 병아리가 삐약삐약대는 것 같다. 선장이 "곱기만 한 느이 엄마랑 하나도 안 닮았네"라고 하면서 덧붙였다.

"감기 걸릴라 어여 들어가라. 손님들은 내일 오니까."

아이의 눈이 동그래졌다.

"네가 기다리는 손님들 내일 오신단다. 숙제도 그 손님들이 내준 거 아니냐. 여서 기다려봤자 감기만 걸린다."

"어차피 안 올 텐데."

"걱정 말그라. 내가 잘 모셔올 테니."

겨울은 선장을 삐죽 바라봤다. 겨울의 마음도 모르는 선장이 엄마를 좋아하는 걸 알지만, 엄마가 너무 아까웠다. 곧 겨울은 다시 바다를 보며 생각했다. 내일 그 배에 그 사람도 있었으면 좋겠다고.

* * *

"우우욱."

모두의 시선이 한 사람에게 쏠린다. 한심하게 바라보는 아저씨 하나, 걱정하며 약을 챙겨주는 착한 동생 하나, 그리고 가만히 있어도 귀여운 막냇동생 하나. 편파적인 구분이지만 사실이다.

"가지가지 한다."

권재익이 툴툴거리며 약을 주고 이정민이 물병을 따주었다.

"고마워, 정민아. 그리고 해일이도."

"약 준 건 난데, 왜 감사 인사는 쟤들뿐이야. 나는?"

"흥."

가만히 있던 혜일로에게까지 인사한 이소라는, 한 사람에게만 인사를 쏙 빼놓고 약을 먹었다. 죽을 것 같았다.

"언제 도착해요?"

"이제 곧 도착하는디."

선장이 눈치를 본다. 오늘따라 안개가 좀 껴서 섬이 잘 보이지 않는다. 한쪽은 죽으려고 하고, 제작진도 힘들어하고. 섬엔 늘 오는 사람만 오기 때문에 멀미하는 사람들을 오랜만에 봐서, 그는 조금 당황스러웠다.

"세 분은 괜찮응가요?"

"바다낚시를 즐기는 편이라."

권재익이 담담하게 대답했고, 이정민은 희미하게 웃으며 단역 때 선원으로 출연한 경험이 있다고 얘기했다. 나머지 한 사람인 헤일로는 혼자 뱃머리 앞에 서 있었다. 심지어 기타도 벗지 않은 채로. 옆에 서 있던 카메라맨이 흔들리자 오히려 잡아주기도 했다.

"헤일로 씨는 안 들어가셔도 돼요?"

카메라맨이 걱정스러운 얼굴로 물었다.

"곧 도착이라 괜찮을 거 같아요."

"네? 아, 여기 한 번 와보셨다고 했죠. 근데 어떻게 알아요? 안 보이는데."

카메라가 안개에 뒤덮인 바다를 찍었다.

"예전에 왔을 때랑 파도가 똑같아서요."

"네?"

'그거랑 그게 무슨 상관이지?'

흑발의 소년은 눈을 감고 바닷바람을 맞았다. 소금 내가 담긴 바람은 끈적이면서도 시원했다. 간혹 캡을 벗기려고 할 정도로 강하게 불어오기도 하지만 우웅거리는 엔진 소리와 파도 소리가 규칙적으로 들려온다.

"이쯤일 텐데."

"어, 섬이 보여요!"

조연출의 외침이 헤일로의 목소리를 덮었다. 카메라맨은 조연출의 외침에 카메라로 다시 안개를 비추었고, 실루엣을 발견했다. 마치 섬과 육지 사이에 경계가 있는 것 같았다. 어느 순간 안개에서 빠져나온 느낌과 동시에 끼룩거리는 갈매기의 울음이 들려왔다.

"와!"

하얀 구름이 아름다운 백운도가 모습을 드러냈다. 하얀 항구와 뒤로 펼쳐진 알록달록한 지붕과 한가로운 풍경에 모두가 저도 모르게 탄성을 내질렀다. 이런 곳이라면 2주가 아니라 두 달도 살 수 있을 것 같았다.

"백운도에 당도한 것을 환.영.합.니.다."

항구에 도착해 내리니 그들을 데리러 마을 이장이 나와 있었다. 도민희 작가가 다큐멘터리식으로 찍을 거라 환영 인사는 따로 해주지 않아도 된다는 말을 미리 전해서 참 다행이었다. 이장이 처음 봤을 때와 완전히 다른, 무슨 청학동 훈장 코스프레를 하고 딱딱 끊어지는 서울말로 TMI를 발설했기 때문이다. 그래도 이곳에서 가장 적극적으로 촬영 협조를 해준 어른인지라 나쁘게 보이지는 않았다.

"편하게 대하셔도 돼요, 이장님."

나혜주 PD가 앞으로 나와 인사하는 동안, 배우들을 보고 휘둥그레졌던 이장은 카메라를 의식하자마자 다시 뚝딱거렸다.

"그럼 제가 마을을 소개해드리겠습니다."

가운데 산이 솟은 지형의 백운도는 마을이 언덕에 형성되어 있었기 때문에 오르막길을 따라 올라가야 했다.

"얼마나 가면 돼요?"

"빈집이 언덕에 있어서, 조금 더 올라가시면 됩니다."

"아, 아."

그때까지 본업 이외에 프로그램은 잘 하지 않은 초보자들은 별생각이 없었고, '집이 너무 높이 있으면 피곤한데. 집 밖으로 웬만

하면 나가지 말아야겠다'고 마음먹었다. 그들은 시골 생활에 대한 기대와 마을에 관한 호기심을 안고, 간혹 사람들과 마주치면 인사하며 힐링 프로그램을 찍기 좋은 곳이구나 생각했을 뿐이다. 그런데 원래 인생에서 힐링은 직접 만들어야 하는 법이다. 원래부터 존재했던 힐링이란 없다.

"자, 그럼 여러분이 머물 집은 여기입니다."

이장이 웃으며 소개했다. 이장의 집을 보고 감탄한 이들이 그 안으로 들어가려고 했다.

"아, 거기가 아니고요."

권재익이 멈췄고, 아무 생각 없이 뒤따라가던 이들이 천천히 고개를 돌렸다. 이장 집 옆에 오래된 돌담 벽 안에 판잣집이 있었다. 거미줄은 없었지만 꽤 낡은, 사람 냄새가 안 나는 판잣집이었다.

"여기입니다."

이장은 출연진 마음도 모르고 웃으며 이야기했다.

"아직 멀쩡합니다. 섬 생활도 충분히 즐길 수 있을 만큼, 준비되어 있고요."

권재익이 다가가 부엌을 열었다. 가스레인지 대신 아궁이를 발견한 그의 눈썹이 꿈틀거렸다.

"에이, 나 PD. 이건 아니죠."

"섬 생활을 즐기시면 돼요, 여러분."

이소라는 경직된 얼굴로 있었다.

"정민아, 해일아, 너희도 싫다고 지금 말해."

"저는 괜찮아요. 누나."

이정민은 어렸을 때 살았던 집보다 좋다고 웃었다. 오히려 뒤에서 걱정한 건 그의 매니저였다. 이정민이 불면증을 앓고 있었기 때문이었다. 불편하면 못 잔다고 중얼거린 이소라는 마지막 희망인 헤일로를 바라봤다. 놀랍게도 두 동생은 전혀 아무렇지 않은 것 같았다.

"카메라 설치하는 동안 푹 쉬셔도 되고요, 촬영 준비 끝나면 다들 파이팅입니다! 파이팅!"

이제까지 들었던 목소리 중에 가장 발랄한 목소리로 나혜주가 외쳤다. 사기꾼다웠다.

"자, 그럼 우린 뭘 해야 할지 역할을 정해볼까?"

침묵을 뚫은 건 권재익이었다. 나머지 사람들이 눈을 말똥말똥 뜬 채 바라봤다. 여기서부터 권재익의 부지런함, 일명 '권부지'의 시작이었다.

"집 청소도 해야 할 것 같고, 밥도 먹어야 하는데 재료는 또 어디서…."

그냥 편하게 쉬려고 왔던 권재익은 할 일이 너무 많이 보여 머리를 싸맸다. 그때, 이소라가 고개를 갸웃거렸다.

"청소? 깨끗하지 않아?"

"이게 왜 깨끗해?"

"우리 집보다 깨끗한 거 같은데."

"너 여배우 아니냐?"

권재익이 어이없다는 표정을 지었다.

"근데 우리 식자재는 어디서 구해요? 아니면 필요 물품이라거나…."

"직접 구하시면 됩니다. 바다나 산에 가서 구하거나 농사를 지어도 되고, 마을 사람들의 부탁을 들어주고 대가로 받을 수도 있겠죠?"

그들에게 아무것도 없으니 사실상 후자만 가능했다. 인생엔 공짜가 없는 법이다. 제작진 일동은 이들이 얼마나 행복한 시골 생활을 보낼지 기대했다.

권재익은 일단 도움이 안 될 것 같은 여배우를 제하고, 생활력이 강할 게 분명한 이정민을 바라봤다. 이정민은 웃으며 막내에게 물었다.

"해일 씨는 하고 싶은 거 없어요?"

이정민은 헤일로에게 친한 이소라와 권재익과는 다른 애정이 있었다. 고마움 반, 팬심 반이다. 그는 헤일로의 음악 덕에 떴다고 해도 과언이 아니기에 당연했다.

헤일로가 고개를 갸웃하더니 집을 한번 보고 웃으며 말했다.

"전…. 음악?"

"좋네요."

뭐라고 해도 좋다고 할 이정민이었다.

"우리 해일이 노래 부르게?"

"와, 여행자 바드네 바드!"

제작진들까지 좋다고 그러자, 권재익만 속이 뒤집혔다.

"좋긴 뭐가 좋아. 바드는 무슨. 이 사람들이! 지금 몰래카메라 하는 거지?"

권재익은 매니저가 예능 하라고 했을 때 좀 더 알아볼걸 하고 후회 중이었다. 도움 안 되는 동년배와 동생들 탓에 그는 속이 뒤집혔다. 힐링 프로그램에 들어와 대충 묻어가며 돈 벌려고 했더니, 사기꾼 제작진과 앞으로의 고난에 혈압이 올랐다. 2주는 무슨, 이틀도 못 버틸 것 같았다.

출연진이 확정되면서 제작진들이 공통으로 염려한 것이 있다. 출연진 전원이 예능 경험이 없거나 적었다. 연기나 음악 등 본업에 충실한 이들이지만, 제작진들은 그들에게 예능감이나 진행 실력 등 예능에서 필요한 능력까지 기대할 수 없었다. 진행자를 한 명 구하는 게 좋지 않을까, 하는 의견도 많았다. 심지어 〈슬기로운 섬섬 생활〉의 경우는 합류하고 싶어 하는 방송인들이 많았다. '출연하고 싶어하는 사람도 많은데, 꼭 이 네 명을 고집할 필요가 있을까'는 나혜주 또한 고민한 부분이다. 그러나 결국 출연진을 확정 지었다. 방송 프로그램이 재밌어야 한다는 건 인정하지만, 그녀는 보다 다큐멘터리적인 부분을 강조하고 싶었다. 예능 경험이 거의 없는 네 사람이 시골에서 낯설어하고 실수도 하며 가끔은 곤란에 빠지기도 하지만, 점점 적응해나가는 삶의 모습을 보여주고 싶었다.

인생이란 희극이나 비극의 단면이 아니라, 낯섦에 직면해 그것에 적응해나가는 과정이라는 게 담겼으면 했다. '성장'도 틀린 말은 아닌데, 매 순간 사람이 성장하는 게 아니라 퇴화도 하고, 제자리걸음을 하기도 하니 '적응'이란 단어가 맞지 않을까 생각했다. 그리하여 출연자들이 리얼리티 카메라에 어색해하기도 하고, 진짜 귀농한 사람처럼 이제 뭘 해야 할지 몰라 어리바리한 모습도 비추고 싶었다. 그런데 생각보다… 잘 진행되고 있었다. 놀라울 정도로.

집 청소가 끝나고 평상 식탁에 그릇이 하나씩 올라왔다. 여기까지 오는 데 권재익의 공이 50퍼센트는 될 것이다. 의외로 생활력이 강한 그는 집에 오자마자 이곳저곳 둘러보며 해야 할 일을 찾았다.

그에 비하면 다른 출연자들은 그만큼 생활력이 강해 보이지 않았다. 그리하여 제작진은 권재익만 속이 뒤집히고 그가 모든 걸 다해야 할 줄 알았다. 그러나 다른 출연진들은 초반 느긋했던 태도와 달리 생각보다 협조를 잘했다.

"앗, 여기 전구가….."

"그건 제가 고칠게요, 누나."

"아, 나사를 돌리면 빠지는구나. 내가 잡아줄게."

이정민이야 애초에 이것저것 잘하는 만능으로 유명했고(중장비 면허도 있었다), 이소라도 안 해서 몰랐던 거지 시키니 잘했다. 톱스타치고 까다로운 성격이 아닌 게 장점이었다. 그리고 정말 의외로 권재익조차 기대하지 않았던 소년의 활약이 있었다. 나혜주가 마을 사람들에게 이방인이 처음 들어왔을 때처럼 해달라고 간곡하게 요청했고, 이에 따라 초반에 마을 사람들이 이들을 전혀 도와주지 않을 줄 알았는데 그들의 도움도 컸다.

"그런데 이 전구는 어디서 난 거야? 우리 제작진이 구해왔을 린 없고."

"해일 씨가 이장님한테 받아왔어요."

"뭐?"

누가 0에서 1을 창조하는 천재 아니랄까봐 물건도 만들어(?) 왔다. 정말 별거 아닌 계기였는데, 빗자루로 집 앞을 쓸던 소년을 주민들이 알아봤다. 스타 헤일로라는 걸 알아본 게 아니라 한 달 전 놀러 왔던 남규환 할머니네 손님으로, 그리고 당시 마을회관 스타로.

"작은 사장님, 언제 왔는겨."

"아니, 이 쪼매난 손으로 그런 걸 쓰면 청소가 안 되지. 잠 있어봐. 내 빌려줄게."

빗자루를 빌려주는 사람부터.

"허매, 노래 잘 부르는 청년?"

"안녕하세요, 저번에 주신 파김치 정말 맛있게 잘 먹었습니다."

"맛있었어요? 더 줄까요? 자식새끼 주려고 남겨뒀는데 우리 가수 청년 먹을 거면 내 꺼내주고."

"감사합니다."

자꾸 음식이 늘어났다.

"뭐야? 어디서 농사지어 왔어?"

"아, 지나가시던 동네 분이 먹으라고 주시더라고요."

"와, 이 마을 인심 좋네. 그냥 주신 거야?"

파김치나 젓갈 같은 반찬에 제철 과일, 심지어는….

"이불?"

"아직 초봄이라 날이 선선하다고 덮고 자라더라고요."

"이건?! 뱀술까지?"

권재익은 뱀술을 품에 안았다. 소년이 앞으로 집안일을 전혀 하지 않아도 뭐라고 하지 않으리라 그가 결심한 순간이다.

집에서 부족한 건 헤일로가 다 가져오고 있었다. 정말 놀라운 활약이었다. 제작진이 다들 티 나지 않게 마을 사람들에게 고개를 저었지만, 끼어들 수 없는 건 소년이 대가를 지급했기 때문이다.

"혹시 그때 불렀던 노래 다시 한번 들을 수 있을까?"

"물론이죠."

마을회관에서 기타를 치며 노래를 불렀던 소년을 마을 사람들이 인상 깊게 기억하고 있었다.

"이번에도 마을 방송해주나? 작은 사장님 방송이 아직도 귀에 선선한디."

"마음에 드셨어요?"

"물론이지."

소년이 노래를 불러주면 마을 사람들이 잔잔하게 웃으며 노래를 감상하거나 눈물을 글썽거리며 방송 분량까지 충분히 뽑혔다.

'이, 이게 아닌데?'

이걸 원했던 게 아닌데 하며 제작진의 동공이 흔들렸지만, 소년이 노래를 부를 때면 그들 또한 감상하다 보니 집 안에 살림이 기하급수적으로 늘었다.

'이게 예능 초보들…?'

리얼리티 카메라에 어색해하기엔 다들 너무 바빴고, '이제 뭘 해야 하지?' 당황하기엔 권재익의 계획력과 이정민의 생활력이 너무 높았다. 심지어 사운드도 안 비었다. 오랜만에 만난 터라 다들 이제까지의 생활을 이야기하느라 바빴고, 중간중간 소년이 〈오늘부터 우리는〉 OST 메들리를 불러서 그 드라마의 비하인드도 나왔다. 헤일로가 촬영장에 왔던 일, 당시 열일곱 살이던 소년이 이소라 보고 너무 어리다고 했던 일, 그때 이정민이 소년에게 사인받고 같이 사진으로 찍었던 일 등.

"그때 왔었다고?"

"주변에 관심 좀 가져."

권재익은 아무래도 떠오르지 않자 깔끔하게 생각하길 포기했다.

"그나저나 우리 내일부터 임시 선생님으로 부임한다는데, 다들 무슨 과목을 가르칠지 생각해봤어요?"

정확히 말하자면, 교사가 참관한 상태로 그들은 교생처럼 수업에 들어가게 된다. 이소라의 물음에 가만히 밤하늘을 구경하던 사람들이 반응했다.

"난."

권재익이 먼저 입을 열었다.

"음악?"

"니가?"

"내가 음악 좀 가르칠 수도 있지."

흠칫한 제작진은 문득 기억해냈다. 권재익도 2집 앨범 가수라는 걸. 팬들은 제발 "하고 싶은 거 다 하지 마"라고 빌지만, 힙합 앨범을 2집이나 발매했고, 2시간짜리 팬 미팅에서 1시간 이상 랩을 하기도 했다.

"나 좀 잘 가르칠 거 같지 않냐. 애들도 날 좋아하고."

"아⋯."

"정민이도 아무 말 안 해주는데 한 번 다시 생각해봐야 하지 않을까?"

"이정민!"

"네, 선배님."

"할 말 없나?"

"네, 선배님."

"없구나⋯."

이소라가 킥킥 웃었다.

사실 누가 가르쳐도 상관없는데, 옆에 음악에 관해서 너무 큰 사람이 있어서 그랬다.

"넌 뭐 하고 싶은데?"

"난, 수학 선생님? 칠판에 그림 그리면 멋있지 않아?"

"구구단도 틀리면서 수학은 무슨."

"내가 언제 구구단 틀리는 거 봤어?"

"팔 칠에?"

"63?"

"아….."

"얘가 그래도 여배우니까 편집해주세요."

권재익의 말에 제작진이 깔깔대며 웃었다.

"아니! 틀린 거 아냐! 나 구 칠로 들었어."

"팔 칠이라고 했는데?"

"네 발음이 이상했어."

"아, 그래?"

권재익이 가당치도 않다는 듯 입꼬리를 비틀었고, 이소라는 수치심에 두 동생에게 잘못 들었다고 어필했다.

"패션 선생님도 한번 해보고 싶었어요. 이래 봬도 패션 전공이거든요."

초등 과목에 패션 같은 건 없다는 걸 누구도 말해주지 않았다.

"정민이 넌 뭘 하고 싶니? 어렸을 때 공부 잘했을 거 같은데."

실제로 잘했던 이정민이 고민했다.

"음… 과학? 고등학교 때 화학, 물리 선택했거든요. 암기를 잘 못해서."

"암기? 정민이 너 대본집 다 외우지 않니?"

"하하, 화학과 물리가 더 재밌기도 하고요. 그래서 과학 선생님이 어떨까… 요즘 양자 얽힘에 관심이 생겨서 찾아보고 있거든요."

"아, 양자 얽힘…. 잘 알지. 근데 초등학교 애들은 좀 힘들지 않을까?"

"하하, 조금 어려울까요? 재밌는 주제라고 생각했는데."

그건 초등학교 애들이 아니라 성인을 데려와도 힘들 거 같았다.

"해일 씨는요?"

이정민이 기타를 안고 앉아 있는 헤일로에게 물었다. 사실 이정민은 무엇보다 헤일로가 뭘 할지 알고 싶었다. 그리고 가능하다면, 그냥 그의 수업을 듣고 싶었다.

"아무래도 해일이는 음악?"

이소라의 물음에 헤일로는 어깨를 으쓱했다. 다들 그가 음악을 가르칠 거로 여기는데 정작 그는 잘 모르겠다 싶었다.

"글쎄요."

"왜? 아니야?"

세 사람과 제작진의 시선이 모이자, 그는 담담하게 말했다.

"제가 뭘 가르칠 게 있나 해서요."

몇 년간 음치에서 벗어나기 위해 음악학원에 다녔던 제작진 하나가 흠칫했다.

"그래도 그런 거 있지 않아? 대중에게 통하는 멜로디라고 해야하나. 머니 코드? 좋은 음악을 하는 방법."

"그런 건 여러 경험을 하다 보면 자연스레 알게 되는 거라서. 다들 좋아하는 음악은 누가 가르치지 않아도 좋잖아요?"

누군가 뼈를 맞고 가슴을 움츠렸다. 다른 가수였다면 헛소리나 허세라고 생각했을 텐데, 네가 천재인 줄 아냐며 비웃었을 텐데, 직전 '소리 전시회'로 자신을 다시 한번 증명한 천재의 말이라 그냥 아팠다.

"그럼 해일이 넌, 어떤 걸 가르치고 싶은데?"

연기학원 다니지 않고 친구 따라 재미로 오디션 지원했다가 합격하여 배우가 된 이소라는, 가수들에게 그건 당연한가 보다 했다.

헤일로는 사실 뭘 가르친다고 생각해보지 않았다. 애들이랑 안 친하고, 좋아하지도 않아서 아이들과 관계된 일은 모른다고 해야 할까. 그래도 무언가 한다면 재밌는 것을 하고 싶었다.

"체육?"

"어?"

바다에서 놀고 산에도 놀러 가고 여기저기 구경 다니면 재밌을 것이다.

절벽에서 다이빙해보고 싶단 말이 전달된 이후라, 헤일로의 레이블 직원이 온몸으로 발작했다. '절대 안 돼요'라고 나혜주한테 고개를 도리도리 젓고 팔로 엑스자를 만들었다.

"아니면 미술?"

잘 하진 않지만, 저번에 시계 도안을 그려보니 재밌었다.

"그런 걸 해도 재밌겠다."

"잘할 거 같아요."

소년이 무슨 말을 하든 좋다고 말하는 두 사람과 뭘 해도 무덤덤한 한 사람이 있기에 출연진의 분위기가 좋았다.

"아, 별 예쁘다."

"아, 아까 제작진 중 한 분이 별 명당자리 있다고 말해주셨는데, 언제 가볼까요, 누나."

"별이 다 그 별 아니야?"

화기애애한 그림이다. 출연자들 아래로 떨어진 그림자와 그 너머 하늘이 아름답게 카메라에 담겼다.

* * *

"자, 다들 집중의 박수를. 여러분, 우리 인사해요. 앞으로 2주 동안 선생님이 되실 분들이에요."

"안녕?"

으아아앙!

애들을 정말로 좋아한다는 권재익은, 남배우다운 강한 존재감으로 아이들에게 위압감과 울음을 선물했다.

"얘들아, 너희 축구 좋아하지? 가자가자 으아아!"

원하던 음악 수업 대신, 체육 수업을 맡은 권재익은 그렇게 아이들을 잘 본다고 자신했지만, 절대 봐주지 않는 경쟁심과 장난기로 아이들을 여러 번 울렸다. '남자한테 애를 맡기면 안 되는 이유'의 한 사례로 올라올 것 같다.

"남자들이란."

구경하던 이소라가 혀를 쯧쯧 찼다. 그녀에게 훌쩍이는 아이가 다가갔다.

"이쁜 누나. 저 여기 다쳤어요."

"누, 누나? 나 말하는 거니?"

초등학생한테 누나 소리를 들은 30대 중반 이소라가 순식간에 반색했다.

"그래, 얘들아, 예쁜 누나 여기 있어. 어디 다쳤어, 봐봐."

"주책이다, 정말."

"권샘, 한때 아꼈던 애제자를 예뻐해주세요."

권재익은 이소라의 선생님 소리에 질색했다.

"너는 나에게 나는 너에게 잊히지 않는 하나의 눈짓이 되고 싶다."

한편, 양자역학 대신 시를 읽어주는 국어 교사가 된 이정민은 아이들에게 인기가 많았다. 그러나 아이들보다 학부모들이 더 좋아했다. 상견례 프리패스상이란 말이 왜 존재하는지 새삼 깨닫는다. 그리고 정말 의외인 건, 아이들과 친하지 않다고 따로 인터뷰했던 소년이었다.

"선생님! 이건 어떻게 해요?"

"형, 같이 놀아요!"

"선생님, 선생님 또 주사위 놀이해요!"

헤일로는 백운초등학교 인기스타가 되었다.

"제길, 부럽다. 나도 가서 내 앨범을 부를까?"

"하, 애들 경기 일으킨다."

조카 사랑 나라 사랑이라는 신조로 아이들을 사랑하는 권재익이 정말 부러워할 만큼, 아이들이 어미 닭을 따라다니는 병아리처럼 소년을 따라다녔다.

"너도 애들이랑 가서 놀아."

그리고 나타나자마자 이소라의 애정을 받은 겨울은 헤일로의 옆에 꼭 붙어 있었다. 그가 어디로 가버리기라도 할까 봐 재킷 자락을 잡은 겨울은 다른 애들이랑 놀지 않았다. 이 동네에 초등학생쯤된 여자애가 겨울밖에 없었고, 체구도 작아 뛰어노는 것보다 음악하는 걸 좋아하는 여자아이는 축구하며 뛰어노는 남자아이 무리에 들어가기 어려웠다. 이소라는 대충 돌아가는 분위기를 파악하고, 겨울을 더 애틋하게 대해줬다.

"싫어, 쟤들은 나 작다고 놀리는 걸."

'역시나 그렇구나' 하고 이소라가 안쓰러워할 때, 헤일로의 말이 들려왔다.

"너도 나중에 더 커져서 놀리면 돼."

"내가 더 커질 수 있어?"

"왜 안 되는데?"

겨울이 눈을 반짝였다.

'설마….'

이소라는 헤일로를 흘끗 바라보고는 재밌다는 듯 입꼬리를 올렸다. 물론, 헤일로가 편견이 없는 사람일 수도 있지만, 마을의 대여섯 살 여자애들한텐 좀 더 부드럽게 대하는 걸 본 이소라는 혹시나 하고 헤일로에게 물었다.

"헤일아, 너. 혹시 모르니?"

"뭘요?"

'모르는구나, 겨울이가 여자애라는 걸. 딱 보면 보이는데.'

헤일로를 바라보며 눈을 빤짝이던 겨울과 이소라는 시선이 마주쳤다. 이소라는 살포시 눈을 접어 웃으며 입에 손가락을 올렸다.

'나중에 깜짝 놀라게 해주자. 그때까진 비밀.'

겨울은 영문도 모르고 고개를 끄덕였다.

* * *

찌르르, 간혹 풀벌레 소리가 들려오는 고요한 밤, 잠 못 든 이가 뒤척이다가 스르륵 일어났다. 물 마실 겸 몸을 일으킨 이는, 한 번도 움직이지 않고 조용히 자는 소년을 슬쩍 보고는 생각했다.

'나도 젊었을 적엔 잘만 잤는데, 나이가 드니 작은 소리에 예민해지고 화장실도 자주 가는 것 같네.'

카메라에도 불구하고 배를 긁던 그가 다른 한 사람의 부재를 발견했다.

'화장실 갔나. 어제도 이 시간대쯤 못 본 거 같은데.'

그때까진 별생각이 없이 곤히 자는 소년이 깨지 않게 조용히 마루로 나온 그는 문턱에 턱 걸린 하얀 발을 보고 화들짝 놀랐다. 첨엔 토막 난 발인 줄 알고 기겁했는데 곧 "드르릉" 하는 코 고는 소리에 정체를 깨달았다. 그는 떨떠름한 얼굴로 그녀를 바라봤다. 분명 방 안쪽에서 잔다고 했던 거 같은데, 베개는 옷장 쪽에 이불은 구석에 처박혀 있고, 이소라는 마루에 발 하나를 걸치고 잠들어 있었다. 게다가 문은 왜 열려 있는지 모를 일이다.

"침대 없으면 못 잔다던 게."

드르릉, 코까지 고는 모습에 권재익은 혀를 쯧쯧 찼다.

'이게 여배우의 잠버릇?'

이소라의 팬들은 그녀가 백설 공주처럼 잘 거라고 말하곤 했지만, 백설 공주한테 이런 잠버릇이 있었다면 왕자는 그녀를 발견하지도 못했을 것 같다.

"입 돌아가겠다."

권재익은 그녀의 발을 들어 방 안쪽으로 다시 넣어주고는 이불과 베개를 주워 다시 덮어주었다. 깨지도 않고 드르릉 코 고는 소리에 그는 코웃음을 치며 고개를 돌렸다. 냉장고 옆에서 눈을 마주친 카메라를 흘끗 보고, 물을 꺼냈다. 무심하게 다시 자러 가려고 했던 권재익이 멈칫했다.

'방금 밖에….'

권재익은 눈을 의심하며 디딤돌에 놓인 슬리퍼를 신었다.

"정민아, 뭐 하고 있냐?"

"아. 선배님. 안 주무셨어요?"

"잠깐 물 마시려고 깼지. 여기서 뭐 하고 있어? 안 자고."

늘어진 바지 주머니에 손을 넣은 권재익은, 평상에 앉아 있던 이정민에게 다가갔다. 누구보다 바른 생활하던 이가 어스름한 새벽에 궁상맞게 혼자 평상에 앉아 있는 것이 이상했다.

"저도 잠깐 깼어요."

"잠자리 타는 편이구나. 누구와 달리."

툭 나온 말에 이정민이 하하 조용히 웃었다.

"소라 누나, 또 나와 있어요?"

"쟤 어제도 저랬어?"

"아, 아니요, 오늘만요."

뒤늦게 비밀을 지키려고 했지만 통하지 않았다.

권재익이 곧 하품했다.

"들어가서 주무세요."

"너는 안 들어가고?"

"전 조금만 더 있다 들어갈게요."

권재익이 잠깐 이정민을 쳐다봤다. 어제도 이소라의 잠버릇을 봤다는 건, 같은 시간대에 깨어 있었다는 것이다. 권재익은 이정민이 내내 청소하고 마을 이곳저곳에 돌아다녔던 걸 떠올렸다. 다들 피곤해서 곯아떨어졌는데 혼자만 깨어 있는 건, 잠자리 문제가 아닐 수도 있었다. 권재익은 걱정되긴 했지만 자기가 파헤칠 문제가 아니라는 생각이 들었다. 그래서 그냥 들어가려다가 멈춰서 제 머리를 거칠게 쓸곤 평상에 털썩 주저앉았다.

"선배님, 왜?"

"나도 잠이 안 와서."

말간 눈망울이 그에게 닿자, 권재익이 변명했다. 정적이 내려앉는다. 권재익은 이정민을 흘끗 보고는 입을 열었다.

"희태야."

"네!"

"무슨 고민을 그렇게 하니?"

그 한마디에 〈오늘부터 우리는〉 촬영 때로 돌아간 것 같았다. 화들짝 놀랐던 이정민은 선배가 장난친 걸 알고 옅게 웃었다.

"그냥."

"그으냥?"

권재익은 양아치같이 말꼬리를 붙잡는다.

이정민은 희태가 되어 말했다.

"그냥 오늘 뭐 했나 다시 생각하고 있었어요."

"오늘 뭐 했는데?"

"권샘, 이제 선생님 다 되셨네요."

"그래? 하긴 이 정도면 잘하고 있지? 인내심도 많이 기르고."

권재익이 손을 까딱였다. 지포 라이터를 만지는 듯한 제스처였다.

"그래서 오늘 뭐 했는데?"

"해일 씨, 수업한 거 생각하고 있었죠."

"아. 그 주사위 놀이."

연기에서 순식간에 빠져나온 권재익이 탄식했다. 주사위 놀이 얘기가 나왔을 때, 권재익은 당연히 부루마블이나 야추 다이스(yacht dice) 같은 게임을 생각했다. 그런데, 헤일로가 보여준 주사위 게임은….

"난 아직도 그게 주사위 게임이 맞는지 모르겠어."

그 말에 이정민이 하하하 웃으며 백운초등학교 음악 선생님으로 부임했던 헤일로의 첫 음악 수업을 떠올렸다.

* * *

"오늘은 모차르트 주사위 놀이를 해보려고 해요."

같이 수업에 들어온 백운초등학교의 유일한 교사가 산만한 수업 속에서 입을 열었다. 여섯 명의 똘망똘망한 아이들과 나머지 어른이(?)들이 교사와 소년을 번갈아 바라보았다.

"노해일 선생님이 수업을 도와주실 거예요."

헤일로는 아이들과 눈싸움하고 있다가 고개를 끄덕였다.

"위대한 음악가 볼프강 아마데우스 모차르트는 음악의 천재로 유명했는데요, 여러분이 아마 들어본 음악 중에도 모차르트 선생님이 만든 음악이 있을 거예요. 그분은 어떻게 음악을 만들었을까요?"

오늘의 수업 주제는 모차르트와 음악의 역사였고, 아이들의 관심을 끌기 위해 모차르트의 주사위 놀이를 가져왔다. '놀이'란 말에 아이들의 눈이 번쩍 뜨였다. 뒤에 참관하는 어른이들과 카메라를 흘끗 보던 아이들은 집중하기 시작했다.

"주사위 놀이?"

"우리 놀아요?"

"여러분도 주사위를 던지고 논 적이 있죠? 모차르트도 그렇답니다. 주사위를 던져 놀며(?) 음악을 작곡했다고 해요."

헤일로는 첫날 선생님을 만나 수업 주제를 논의했을 때 '모차르트의 주사위 놀이'라는 것을 듣고 재밌어했다.

"주사위로 작곡을 한다고⋯."

"헤일로 씨도 하실 수 있지 않아요?"

선생님은 음악 천재로 유명한 헤일로에게 농담했다. 사실 이건 불가능에 가까운 일이기에 선생님은 헤일로가 진지하게 생각하기 전에 재빨리 덧붙였다.

"농담이고요, 제가 주사위와 수업을 준비할 테니 헤일로 씨는 인터넷에서 모차르트 주사위 놀이에 필요한 자료를 준비해주세요!"

"네. 그럴게요."

헤일로가 곧 웃으며 흔쾌히 승낙했다. 인터넷에 모차르트 주사위 게임이 올라와 있기에 그리 어려운 부탁이 아닐 것이다.

"그럼 한번 해볼까요?"

모차르트의 주사위 게임은 번호만 주어진 16마디의 미뉴에트와 트리오를 주사위 숫자에 따라 연주하는 것이다. 16마디의 미뉴에트는 마디마다 열한 가지의 음형이 있고, 16마디의 트리오에는 마디마다 여섯 가지 음형을 갖는다. 이에 따라 가로 16줄 세로 11줄로 이루어진 총 176마디의 미뉴에트 표를 만들어놓고, 주사위 두 개를 동시에 던져서 나오는 숫자의 합으로 한 마디씩 골라 16마디의 미뉴에트를 선택하고, 한 개의 주사위를 던져 16마디의 트리오를 선택하여 4분의 3박자로 연주한다. 이것이 모차르트의 주사위 놀이, 혹은 '알레아토릭(aleatorik)'이다. 모차르트 외에도 요제프 하이든 같은 다양한 음악가들이 알레아토릭으로 작곡했다. 그러나 가장 유명한 것이 모차르트 주사위 놀이다.

선생님이 책상을 모아 가운데에 숫자 표를 놓았고, 아이들과 어른이들이 몰려왔다.

"예시를 보여줄게요."

선생님이 주사위를 굴렸다. 첫 번째 주사위의 합은 10, 그리고 한 번 더 굴렸고 다음은 4였다.

"그러니까 이 표에 따르면, 98번, 95번, 37번이네요. 헤일로 씨, 틀어주실 수 있나요?"

"아, 번호는 안 적었는데."

'번호를 적을 게 있나. 숫자만 입력하면 알아서 만들어줄 텐데.'

선생님이 의문을 가졌을 때, 헤일로는 무언가 생각하더니 곧 기타를 들었다. 그의 손이 지나간 곳에 음악이 만들어졌다.

"와!"

아이들이 신기하다는 듯 외쳤다.

"그럼 이걸로 이걸로 하면요?"

"애들아, 주사위를 던져야지."

그렇게 말하면서 선생님도 함께 감탄했다.

'직접 연주하려고 다 듣고 준비했구나.'

"너희들이 직접 해봐."

헤일로가 기타 케이스와 함께 가져왔던 스케치북을 내려놓았다. 촬영 전 백운도에 문구용품이나 축구공 같은 체육용품, 그리고 피아노같이 필수적인 악기들이 모두 들어왔기에 다들 할 수 있었다.

"번거로워서 쓰다 말았는데, 그래도 100마디까진 있으니까."

"이거 어떻게 읽어요?"

"이걸 못 읽어? 왜?"

아이들이 직접 연주하게 하며 쏙 빠지려고 했던 헤일로가 경악하며 물었다.

"어머, 이걸 다 써오셨어요?"

선생님이 스케치북을 넘기며 감탄했다. 한 페이지에 정갈한 오선과 각각의 아홉 마디가 그려져 있었다. 카메라가 다가오며 찍었다.

"어제 온종일 방 안에만 있더니 이걸 했구나."

"열심히 했네."

다들 모차르트 악보를 옮겨 적은 노력에 감탄했다.

그때, 도민희 작가가 고개를 기울였다.

'뭔가 다른데? 원래 이랬나?'

모차르트 주사위 놀이를 한다길래 그녀는 전날 찾아보았다. 그런데 분명 같은 번호를 찍은 것 같은데 왜인지 다른 소리가 들려왔다. 멜로디는 좋은데 17세기 춤곡인 '미뉴에트'라고 보기 힘들고 오히려 요즘 들어본 팝 같았다.

'모차르트 음악이 꼭 팝 같네. 모차르트 음악이 원래 팝 같았나.'

클래식의 거장과 팝이라니 참 안 어울렸다.

"그럼 주사위 던져볼 사람."

"저요! 저요!"

"자, 다들 할 수 있어요. 다 같이 곡을 만들어볼까?"

한번 예시를 본 아이들이 신이 나 주사위를 던진다. 총 서른두 개의 마디를 정해야 하니, 주사위를 서른두 번 던질 수 있었다.

"선생님들도 같이해요."

신기하다는 듯 스케치북을 넘기던 이들도 주사위를 던졌다. 그렇게 나온 숫자를 적어나갔다. 아이들이 기대에 찬 얼굴로 스케치북의 마디를 칠판으로 옮겼다. 물론, 팔이 아파서 쓰지 않은 마디는 공백으로 내버려뒀다. 헤일로는 칠판에 옮겨진 숫자를 보며, 기타를 들었다. 그리고 연주해나간다. 어제 열심히 만들어놓은 음악을.

사실 주사위 놀이판을 완성한 건 아니다. 쓰다가 팔이 아파서 100마디 이후는 적지도 않았고, 몇 개는 공백으로 해놓았다. 그가 좋아하는 즉흥연주를 위해 비워두자, 나름 마음에 드는 음악이 완성된다. 미뉴에트 느낌을 내기 위해 살린, 빠른 박자의 즐거운 멜로디, 그리고 중간중간 들어간 기교와 허밍에 모두가 감탄하기 바빴다.

주사위 게임은 여러 번 하기 좋았다. 다들 이걸 학교 종소리로 해놓자고 했고, 누구의 테마곡이라고 부르기도 했다. 그걸 몇 번 반복할 때, 도민희는 드디어 이상함을 깨달았다. 아무래도 이상해서 어플에 똑같은 번호로 써보았더니 다른 곡이 나왔던 것이다. '그럼 이곡은 뭐지?' 하며 헤일로가 직접 만든 스케치북 악보를 한번 들여다본 도민희는 문득 소름이 돋았다.

'아니겠지? 아닐 거야. 이게 하루 만에 만들어지는 거라고?'

생각해보면 인터넷에 있는 악보를 비효율적으로 옮겨놓았을 리 없다. 그렇다면….

"저 헤일로 씨, 이거 직접 만드신 거예요?"

'그럼 직접 쓴 거지 다른 사람이 썼을까?'

다들 작가가 왜 이런 질문을 하나 했을 때, 헤일로가 답했다.

"역시 좀 어설프죠. 몇 개 손봐야 할 것 같은데."

헤일로는 몇 개 제대로 안 만든 거 티가 좀 났나 보다 했다. 지금 사실 어설픈 게 몇 개 보이기도 하고. 그는 그래도 촬영하는 동안엔 충분히 만들어갈 수 있을 거로 여겼다. 스케치북에 쓴 마디 몇 개를 벌써 고치고 싶어하는 헤일로는 천천히 경악으로 바뀌는 시선을 인지하지 못하고 옅게 웃었다.

"그래도. 처음 해보는데 재밌네요. 모차르트 놀이."

모차르트 주사위 놀이가 아니라, 헤일로 주사위 놀이였다. 그 이후로 모두가 스케치북에서 사사삭 멀어졌다. 혹시 제가 손상이라도 입히면 안 될 유물을 다루듯 멀리서 바라봤다. 이 유치한 표지의 스케치북이 먼 미래에 유리관 속에 보관되지 않을까. 위대한 음악가가 만든 주사위 놀이라며. 그런 위대한 스케치북을 헤일로는 마음에 안 드는 부분이 있다며 펜으로 대충 고치고 있었다.

"주사위 놀이 더 해요. 선생님!"

"너희들끼리 놀아."

"주사위 게임 하자, 하자."

아이들은 이 퍼포먼스의 가치를 몰랐지만, 이야기보따리처럼 계속 나오는 음악에 즐거워했다. 그리고 원래 관심 없는 듯 귀찮아하면서 다 해주는 또래 형이 제일 좋은 법이다. 함께 축구도 하고 열심히 놀아준 권재익은 사회의 쓴맛을 맛봤다. 다른 사람이 헤일로의 퍼포먼스에 감탄했다면 그는 그냥 아이들에게 인기 많은 소년이 부러웠다.

"나도, 나도 내 노래 부를 수 있는데."

"아서라. 애들 경기 일으킨다니까. 그리고 학부모 항의 들어와."

"왜?"

"네 노래에 들어가는 F가 몇 갠 줄 아니?"

"영어 안 썼는데."

"그게 더 문제야."

다음엔 네 조카한테도 들려줄 수 있는 힙합을 만들어오라는 말에 팬들이 뭐라고 하든 이제까지 자기만의 음악을 했던 권재익은 진지하게 고민했다.

* * *

오늘 낮의 음악 수업을 생각하며 미소 지은 이정민이 입을 열었다.

"헤일 씨는 정말 멋진 거 같아요."

"나는 재능이 있어도 못할 거 같아."

이정민이 헤일로의 퍼포먼스에 대해 감탄했다면, 권재익은 저에게 그런 재능이 있어도 숫자 표부터 머리가 어질어질하고 귀찮아서 하지 않을 것 같았다. 그는 촬영에 그렇게 큰 에너지를 쏟을 생각이 없다.

"아직 잠은 안 오니, 희태야. 어서 자야 내일 마을 일도 돕지."

"연기 아직 안 끝났어요?"

"어."

수면장애를 눈치챘지만 입에 담진 않는 친절함에 이정민은 살포시 웃었다.

"먼저 들어가서 주무세요, 선배님."

"그래야겠다. 졸려."

권재익이 기지개를 켜며 자리에서 일어났다. 터덜터덜 안으로 들어가려던 그가 멈칫한다. 그리고 잠깐 돌아서 말했다.

"정민아."

"네, 선배님."

"힘 좀 빼도 돼."

권재익이 무심하게 손가락을 들었다. 그러곤 자기 자신을 가리켰다.

"나처럼 좀 대충 살아도 문제없다는 거야."

"아…."

"뭐, 강요하는 건 아니지만, 힘이 많이 들어가 있는 것 같아서. 진짜 들어간다."

"네, 주무세요, 선배님."

권재익은 크게 개의치 않았다. 오랫동안 단역으로 살아왔던 이정민이 왜 긴장을 한 채 살아가는지 이해되기도 했고, 남의 일일 뿐이다. 그런데 저런 건 옆에 진짜 대충 사는 사람이나 혹은 힘을 뺄 수밖에 없게 하는 사람이 있으면 도움이 된다. 적당히 딴짓하고 적당히 놀러 다니며 '아, 저렇게 자유롭게 살아도 되는구나'라고 느끼게 만들 친구 말이다. 그래도 다행인 건, 여기에 베짱이가 많다는 것이다. 권재익도 적당히 베짱이처럼 살아가는 편인데, 여긴 그보다 더한 베짱이가 있다. 그러니 괜찮을 것이다.

* * *

나혜주 PD는 핸드폰이 울리자 곧장 받았다. 친한 선배 황 PD로부터 온 연락이었다.

"편성이요? 저희 편성 잘 됐는데, 왜 그러세요?"

전화를 받자마자 편성 얘기를 왜 하나 했더니, 곧 의외의 소리가 들려왔다.

"경 선배, 아니 경 PD님 프로요?"

"나 진짜 그거 듣자마자 어이가 없어서. 그거 편성 토요일로 잡힌 거 알아? 심지어 나 PD랑 같은 시간대야 인맥이 진짜 무섭다."

"동 시간대라고 하기엔 전 일요일인데요. 좋은 날 잡았네요."

"좋은 날이 문제야? 나 PD 제발 경 PD한테 지지 마. 만에 하나라도 그랬다간… 와, 진짜 무섭다. 경 PD가 일찍 편성 들어가긴 하는데, 나 PD 이길 수 있지?"

나 PD는 생각보다 아무렇지 않았다. 황 PD는 자기 일처럼 열을 내고 있고, 사실 그녀도 한 달 전이면 열받았을 거 같긴 한데.

"와 이 새끼 이제 보니 입도 털었네."

"뭘요?"

"아니, 기자한테 초특급 출연진 나온다고 입털었네. 근데 이렇게 말하면…."

"기자하고 인터뷰했다고요?"

"아니, 그거 있잖아 '관계자에 따르면'."

"아하, 거기서 관계자를 맡으셨군요."

"응, 티도 작작 내야지. 경 PD밖에 입털 사람이 없는데. 그런데 그렇게 말하면 오해할 수 있지 않나?"

선배 황 PD의 중얼거림이 채 완성되기 전에, 나혜주가 입을 열었다.

"선배, 근데 그거 알아요?"

"뭘?"

"음악의 천재가 누구인지."

"갑자기? 어… 모차르트?"

"헤일 모차르트 로를 믿으세요."

"미쳤니?"

"선배도 오면 미칠걸요. 너무 좋아서."

나혜주는 촬영 준비가 끝났다는 말에 전화를 끊었다. 경 PD의 소식은 전혀 중요하지 않았고, 이제 그 선배가 뭘 하든 상관없었다. 나혜주는 지시하지 않아도 무언갈 뚝딱뚝딱 만들어내는 출연진들의 이야기가 더 중요했다.

말도 안 되는 퍼포먼스를 보여줬지만, 헤일로가 꼭 모든 걸 잘하는 건 아니었다. 백운도에 유일한 구멍가게에서 재고를 쌓다가 와르르 무너트리기도 하고, 가게 앞 게임 기계에 몰려든 아이들을 돌려보내라고 하니 같이 앉아서 놀고 있기도 했다.

"이건 어떻게 하는 건데."

"형 완전 못 한다."

"들어와. 덤벼."

심지어 요리를 생각보다 못했다. 라면 색깔이 점점 어두워지자 권재익이 진지하게 물었다.

"해일아, 너 라면 끓여본 적 없니?"

이건 한강 라면도 아니고 오염된 한강 라면이었다. 다른 음식은 망하면 라면 스프라도 넣으면 되는데, 라면이 망했을 때 살릴 수 있는 길이 없었다.

"맛있는데요."

"평소에 뭘 먹고 사는 거야."

입맛이 안 까다로운 건 알겠는데, 이건 너무할 정도로 안 까다롭다고 어이없어하며 권재익이 다시 라면을 끓여줬다. 콩나물과 김치를 넣은 칼칼한 라면에 현자같이 웃는 슈퍼 사장님도 엄지를 척 올렸다. 그러곤 소년에게 먹으라며 간식과 음료수를 꺼내줬다.

도민희 작가는 참 신기했다. 보통 저렇게 일을 못 하거나 딴짓하면 얄미울 만도 한데, 헤일로는 하나도 얄밉지 않고 그냥 쭉 유쾌했다. 일하러 보냈더니 돌아오지 않은 헤일로를 찾으러 갔던 권재익도 결국 팔을 걷어붙이고 격투 게임을 하는 것을 보며 '남자들이란' 하며 이소라가 한숨짓는 것도 재밌었고, 헤일로를 잘 챙기라고 붙여놓은 이정민이 점점 이상해지는 요리에도 좋다고 공감하며 맛있다고 하는 모습도 즐거웠다.

지금도 헤일로가 바코드 기계로 음악을 만들어 다 같이 몰려가 구경하고 있다. 이소라가 간식을 뜯어 헤일로의 입에 넣어주고, 이정민은 슈퍼 사장님의 핸드폰으로 녹음하고 있으며, 권재익은 슈퍼 플라스틱 의자에 누워 여유를 즐기고 있다.

"헤일아, 너는 음악 하면서 살자."

뜬금없이 툭 나온 권재익의 진심에 이소라가 공감하며 까르륵 웃는다.

"그래도 라면 잘 끓이지 않았어요?"

"진심이야?"

"정민이 형은 맛있다고 했는데."

"맛있었어요."

이정민이 엄지를 올리자 권재익의 표정이 차게 식었다.

"정민아, 가끔 맞는 말도 해야지. 버릇 안 좋아져."

헤일로가 웃고 있자, 저것 보라며 권재익이 눈을 부릅떴다.

"소라 누나는요?"

"나? 나… 도 진짜 좋았지. 해일이 요리도 천재 아냐?"

다른 건 몰라도 입맛 까다로운 이소라는 한 입도 먹지 않았다.

"이야, 진짜. 내 편을 들어줄 사람 아무도 없나. 서러워서 못 살겠네. 감독님, 솔직히 말해주시죠."

권재익이 저를 담당하는 카메라 감독을 지목했다. 카메라 감독이 권재익을 한 번, 소년을 한 번 보더니 눈이 마주치자 수줍게 고개를 떨구었다.

"잠깐."

권재익은 불길한 예상이 들었다.

"말하지 마세요."

하필 찾아도 태양단 광신도를 찾았다. 성호를 긋는 모습에 권재익은 단번에 소름이 돋았다.

'여기 무슨 사이비 집단인가?'

헤일로가 웃으며 대꾸했다.

"나중에 꼭 끓여드릴게요."

아까 그 오염된 한강 라면을 봤을 텐데도 카메라 감독은 좋아했다.

"여긴 미쳤어. 다린이 보고 싶다."

그렇게 상쾌한 하루가 시작되었다.

슈퍼에서 점심까지 논 그들에게 해야 할 일이 하나 있었다. 슈퍼 정리는 그냥 심부름이었을 뿐이고, 오후엔 마을 아이들과 단조로운 회색 벽을 아름답게 가꾸는 일을 공식적으로 시작할 것이다. 그리고 마을 벽화에 페인트를 칠하기 전에 해야 할 것이 있다. 첫 번째 단계, 벽 청소. 테이프나 얼룩 그리고 불순물을 제거해야 한다. 다행히도 지난밤, 주민들이 청소를 끝낸 덕에 그들이 할 것은 페인트가 잘 접착될 수 있도록 벽에 젯소를 바르는 것이었다.

"그럼, 팀을 나눠야 할 텐데 말이지."

"얘들아, 삼촌이랑 같이할까?"

권재익의 말에 아이들이 눈치를 보더니, 헤일로에게 붙었다.

권재익이 배신당한 얼굴로 그들을 본다.

"전 혼자 할게요."

헤일로의 말에 이소라가 까르륵 웃었다.

"그냥 어른팀 아이들팀을 나눌까? 먼저, 나랑 재익이 그리고 감독님도 일하세요. 일해야만 밥 먹을 수 있는 거 아시죠?"

"그리고 정민이랑 해일이랑 같은 팀 하는 거지."

이정민이 그 구분에 의아해했다. 소년은 이제 갓 스무 살이 되었으니 아이들팀이라고 해도 무방하지만, 자신은 이소라와 권재익보다는 어리지만 그들 또래라 나이로 나눈다면 어른팀에 속한다.

"저도 어른인데요."

"난 애들이랑 같이…."

그러나 이의를 제기한 건 헤일로와 권재익이었다. 그 두 사람을 향해 고개를 저은 이소라가 진심으로 부탁했다.

"잘 부탁할게, 정민아."

그렇게 골목을 사이에 두고 팀이 나누어졌고, 촬영 팀도 둘로 나뉘었다. 팀에 불만 있는 사람이 그곳에 둘이나 있었으나, 양측 보호자가 데려가버렸다. 제작진은 어른팀이 일을 끝내고 아이들팀으로 가 일을 도와줄 거로 예상하며 헤어졌다. 하지만 인생은 예측할 수 없고, 사람은 더 예측할 수 없는 존재이다.

권재익은 팔짱을 낀 채 발로 바닥을 뚝딱거렸다.

"어머어머 이거 너무 이쁘지 않아?"

"예쁘네요."

"잠깐만 이게 더 예쁜데."

"오오. 날개도 멋있다."

"얘들아?"

웅성웅성 모여 있는 어른팀이 권재익의 부름에 다들 고개를 돌렸다.

"일 안 하니?"

시안은 나중에 고르고, 지금은 젯소를 칠하는 게 우선이었다. 아이들과 놀지 못할 바에 귀찮은 일을 최대한 빨리 끝내려고 했던 권재익은, 1시간 가까이 무슨 벽화를 그릴지 고민하는 사람들을 보고 인내심이 뚝 끊겼다.

"우리 일 좀 하자."

그는 자신이 일하자는 말을 이 악물고 할 줄 몰랐다. 가끔 누나가 소파에 누워 있는 자길 보고 왜 잔소리를 했는지 알 것 같았다.

"그래, 일하자. 일해야지."

이소라가 벌떡 일어났다. 제작진도 민망해하며 붓을 들었다. 이제야 일의 진척이 보인다. 권재익은 누구보다 빠르고 효율적으로 벽을 칠하기 시작했다.

"저쪽은 시작도 못 했을 텐데 우리라도 열심히 해야지."

"PD님 저쪽 상황 어때요?"

마침 보고받은 나혜주가 당황하며 말했다.

"거의 다 끝냈고 놀고 있다는데요?"

"네?"

권재익이 고개를 돌렸다. 그래 봤자 건너편 골목이 보일 리 없었다.

"거의 다 끝냈다고요? 말도 안 돼."

이정민이 있긴 하지만 그래도 힘들 텐데, 도저히 믿기지 않았다. 어른팀은 이제 시작했는데 말이다.

모두가 아이들팀이 젯소 칠을 제대로 하지 못할 거로 여겼다. 그리고 예측한 대로 시작은 산만했다.

"선생님, 우리 뭐 해요?"

"우린 이제부터 젯소 칠을 할 거야."

"선생님 언제 그림 그려요?"

"그림은 내일 그리자."

"선생님 이게 뭐예요?"

"태웅이 그림을 오래 보기 위해 칠하는 거야."

"선생님 이거 먹어도 돼요?"

"그건 먹으면 죽어."

"선생님 하늘은 왜 파래요?"

"하늘이 파란 건, 빛의 산란 때문인데 직진성을 가지고 있는 빛이 산란자에 의해 사방에 흩뿌려지거든. 여기서 산란자가 뭐냐면⋯."

이정민과 헤일로는 아이들의 질문 지옥에 휩싸였다. 그러나 이정민이 상냥하게 답해주며 활약했다. 똑같은 질문에도 화를 내지 않고 여러 번 답해주는 인내심이 엿보였다.

"그럼 시작할까요?"

헤일로는 이정민의 인내심에 감탄하며 붓을 들었다. 거친 벽을 쓱 쓸어내리며 한 줄로 긋는데 마을에서 장난꾸러기로 유명한 녀석이 불쑥 다가왔다.

"형 뭐 해?"

"너도 해."

"난 이미 했는데."

녀석이 이미 자긴 다 칠했다며 한쪽 벽을 보여줬다. 정신없이 산만하게 대충 그어진 벽이었다. 꼼꼼함이 부족한 아이의 작품 같았다. 그렇게 칠한 녀석이 어깨를 활짝 펴며 말했다.

"형 진짜 못 한다. 내가 어떻게 하는지 알려줄까?"

못 들은 척하려던 헤일로가 멈칫했다.

"내가 못 한다고?"

헤일로가 눈썹이 꿈틀하기에 이정민은 설마 했다.

"해일 씨, 설마 애들 장난에 화난 건 아니죠?"

"그럴 리가요."

헤일로가 웃어 보였다. 그러고는 아이에게 말한다.

"넌 얼마나 잘했다고."

'음, 욱한 거 보니 맞군.'

"봐, 내가 더 잘했잖아."

"내가 더 잘했는데?"

"아니야, 내가 더 잘했어."

'이걸 왜 진심으로 싸우고 있는 거지?'

정상인인 이정민이 하하 웃었다.

"형은 미술엔 재능이 없구나. 괜찮아, 우리 엄마가 세상은 공평한 거랬어."

요즘 애들은 참 조숙한 게 말을 참 잘했다. 다른 애들도 헤일로의 반응이 재밌었는지 몰려가 위로한다.

"괜찮아, 형."

"좀 더 노력하면 돼. 힘내, 형."

아까 헤일로에게 당한 권재익이 이 장면을 보면 시원해할 것 같은데, 아쉽게도 그는 어른팀이다.

"그래도 형은 노래 잘하니까 괜찮아."

"맞아 맞아 형 또 주사위 놀이하자."

"노래 알려주면 안 돼?"

마지막 아이의 말에 겨울이 움찔했다.

"안 돼. 싫어. 귀찮아."

헤일로는 평소처럼 뚱하게 대답했다. 아이들이 뭐가 귀찮냐며 더 귀찮게 했다. 헤일로는 그래도 이런 때 아이들의 관심에서 벗어나는 방법을 잘 알았다.

"너희가 한 번 불러봐. 너희가 아는 노래."

"우리?"

이러면 알아서 다른 주제로 넘어가곤 했다.

"우리 아는 노래 없어."

"응? 아는 노래가 어떻게 없어?"

"없어. 악보도 못 읽는 걸."

"얘는 바보라, 도레미도 몰라, 형."

헤일로는 놀라 어깨를 들썩였다. 악보를 못 읽는다는 것도 충격이었는데, 도레미를 모르는 건 이해가 전혀 되지 않았다.

"나 바보 아니야!"

"도레미 읽을 줄 모르잖아."

도레미파솔라시도를 모른다기보다 오선에 그려진 음표를 읽지 못한다는 것 같았다.

"도레미도 모르는 바보래요."

"악보는 너무 어려운 걸."

헤일로는 다시 무시하고 벽을 칠하려다가 문득 옛날에 보았던 영화를 떠올렸다. 스위스 여행을 결정지었던 영화였다. 벽에 길게 선을 그은 헤일로가 아이들을 돌아보며 말했다.

"하나도 안 어려워."

"응?"

"봐."

젯소로 투명한 오선을 그린 헤일로가 "애들은 애들같은 노래를 불러야지" 하고 중얼거렸다. 이 벽처럼.

"도는, 하얀 도화지의 도야."

모든 것을 시작하는 계이름이다. 헤일로는 오선 아래 도를 그려 줬다. 투명한 선이 사라지기 전에 아이들이 그걸 빤히 바라보았다.

"레는, 둥그런 레코드."

도 위에 그리고 선 아래 걸쳐진 레를 그린 후, 헤일로가 음율을 더했다.

"미는 너희들이 좋아하는 미끄럼틀."

붓이 뚝 떨어져 마치 미끄럼틀에 걸쳐진 아이같이 오선 첫째 줄에 동그라미가 그려졌다.

"파는 해변에 밀려오는 푸른 파도."

젯소 파도가 오선을 덮치자 아이들이 까르르 웃었다.

"솔은 나뭇가지에 맺힌 솔바람. 라는 학교에서 들려오는 종소리, 라라라. 그리고 시는 해가 떠오른 도시."

가장 높은 곳에 앉은 음계가 도시를 내려다본다. 누구나 들어본 동요였다. 그러나 헤일로가 부르는 동요는 중간중간 멜로디를 추가해서 그런지 새로웠다. 헤일로는 성난 파도의 소리라며 빠른 박자의 음악을 불러주었으며, 학교의 종소리를 얘기할 땐, 백운초의 종소리를 재연했다. 그리고 마지막에 웃어 보이자, 아이들이 올려보다가 천천히 따라 웃었다.

"어머."

도민희는 감탄했다. 마치 영화의 한 장면을 본 것 같았다.

"다시 한번 해볼까?"

헤일로가 발로 박자를 맞추었다. 그리고 그때부터 아이들이 붓을 움직였고, 헤일로는 조교처럼 아이들에게 지시했다.

"3번, 손이 멈췄다."

"안 멈췄어!"

"1번."

"나 잘하는데?"

노래를 부르며 같이 붓질을 했다.

"다 하면 하나 더 알려줄게."

"응, 좋아!"

이정민은 헤일로를 신기하게 바라보며 같이 흥얼거렸다. 그러다 한 아이가 눈에 들어왔다. 덥수룩한 머리의 겨울이 시무룩하게 고개를 떨궜다.

'나한텐 알려주는 거 싫다고 했는데.'

* * *

저녁 식사를 마친 후 헤일로가 기타를 만지고 있을 때 이정민이
입을 열었다.

"해일 씨, 안 들어가요?"

"형은요?"

"나는 조금 더 있다가….."

헤일로가 그러냐는 듯 고개를 끄덕이고는 다시 스케치북에 무
언가를 써 내려갔다. 입꼬리가 살짝 올라간 채 집중한 그의 모습을
이정민은 묘한 눈으로 바라봤다.

"지금 그 주사위 놀이 만들고 있는 거예요? 열심히 하네요."

"네, 저도 완성해야 쉴 수 있을 것 같아서."

"아, 그런 이유로?"

이정민이 하하 웃었다. 헤일로는 아이들이 귀찮다는 듯 말하지
만, 제삼자의 눈엔 그냥 즐거워 보였다. 사실 완성한 스케치북을 던
져준대도 아이들은 놀아달라고 조를 것이다.

"왜 웃으세요?"

"아니야, 그냥 보기 좋아서."

심지어 소년도 그것을 알 텐데, 괜히 그러는 게 귀여웠다. 이래서
아이들이 형이나 샘이라고 부르며 쫓아다니는 모양이었다.

"여어, 다들 여기서 뭐 해. 젊은 건 안다만 착한 어린이들이면 이
제 자야지?"

그때 이정민과 헤일로의 어깨에 팔이 올라왔다. 권재익이 그 사
이로 고개를 불쑥 내밀었다. 딸기우유 향이 나서 보니, 막대사탕 하
나를 물고 있었다.

"밤에 그게 보이니?"

무심히 헤일로의 스케치북을 들여다본 권재익이 눈을 비볐다.

"어유, 눈 나빠지겠다."

다른 사람들은 헤일로가 작곡하는 걸 보면 늘 대단하다고 꼭 한 마디 덧붙였지만 권재익은 무심하게 보다 말았다. 그의 눈엔 그냥 자기 일을 하는 것처럼 보였고, 그게 다였다. 어차피 다른 이들이 기대란 기대는 다 쏟는데, 자신까지 호들갑을 떨 필요는 없다는 생각에서다.

'얘도 좀 편해야지.'

권재익도 어차피 놀러 왔고 말이다. 같은 음악가(?)로서 부럽지 않냐고 묻는다면 "모르겠다"고 답할 그였다. 활발히 음악 활동을 하는 것 자체는 부러운 것 같다가도, 권재익은 이미 자신의 음악이 만족스러우니 더 부러운 것도 없었다. 감상은 '열심히 한다, 끝'.

"잠도 안 오는데 나도 더 있다 가야겠다."

권재익은 대신 빈자리에 털썩 누웠다. 그러곤 막대사탕을 먹으며, 하늘을 바라본다. 평온한 고요를 밤하늘의 별들이 대신 채워준다. 그렇게 또 하나의 밤이 찾아왔다.

* * *

〈웰컴 투 마이 월드〉 제5화 '웰컴 투 마이 레이블(Welcome to my label)'은 두 멤버와 달리 한 멤버가 무엇을 할지 아직 결정하지 못한 탓에 레이블의 일상으로 가득 채워졌다. 이제까지 소년에 대해 다루었다면, 오늘 방송은 조금 더 크게 소년의 레이블과 그곳에서 일하는 사람들을 다뤘다.

레이블의 최첨단 장비와 엄청난 복지가 소개될 때마다 채팅창에는 어떻게 하면 입사할 수 있냐는 글이 도배가 되었다. 특히, 직원들은 헤일로가 발표하는 노래를 가장 먼저 들을 수 있다는 내용이 나왔을 때 채팅창은 그야말로 난리가 났다. 그렇게 소란한 가운데 서서히 〈웰마월〉이 끝나갈 때쯤 퍼커셔니스트 남규환이 연습실 문을 벌컥 열고 들어온다.

[정했습니다.]

어리둥절한 멤버들의 시선이 쏟아지고, 바로 장면이 전환되며 익숙한 전경이 보였다. 새벽에 검은 옷의 인영들이 새마을호에 우르르 탑승하고, 한쪽 의자에 금빛 나비가 수놓인 헤일로의 기타 케이스가 확대된다. 모자를 벗은 헤일로에게 멤버들이 맥반석 계란과 바나나 우유를 건네며, 새마을호의 목적지를 비추곤 영상이 끝났다.

[어… 저긴 서울역?!]
[저번에 헤일로 서울역 목격담 한 번 뜨지 않았나?]

8. 음악을 담은 벽화

헤일로가 무언가 이상하다는 걸 느낀 건, 백운초등학교가 끝날 시간이 되었을 쯤이다.

"어라? 오늘 겨울이가 안 보이네?"

그날 아침 이소라가 겨울을 찾았다. 섬에 왔을 때부터 겨울은 늘 병아리처럼 헤일로를 졸졸 쫓아다녔다. 특별한 일이 아니라면 매일같이 보이던 아이가 오늘따라 보이지 않으니, 그녀는 걱정이 됐다. 그때까지 헤일로는 대수롭지 않게 여겼다.

"친구들이랑 학교에 갔겠죠."

"그런가?"

겨울은 학교에 오긴 했지만 하루 종일 헤일로 눈에 띄지 않았다. 사실, 눈에 안 띈 것이 아니라 그가 보이는 순간 아이가 대놓고 피한 탓이다. 누가 피하든 말든 신경 안 쓰는 헤일로지만, 저렇게 대놓고 피하는 건 누구라도 무시하지 못할 것이다.

"한번 가보는 게 어때?"

이소라의 말을 들으며 헤일로가 겨울의 뒤꽁무니를 뚫어져라 쳐다봤다.

"곧 수업이니 어쩔 수 없긴 한데, 겨울이 조금 더 신경 써줘, 해일 아. 다른 애들보다 섬세한 애니까. 그리고 누구보다 널 제일 좋아하잖아."

'섬세한 애인가?'

헤일로는 고개를 갸웃대다 끄덕였다. 수업 때는 피할 수 없을 테니 그때 이야기할 생각이었다. 하지만 음악 시간, 교사의 부름에도 겨울의 목소리가 들려오지 않았다.

"겨울이?"

"얘들아, 겨울이 못 봤어?"

"몰라요."

"샘, 오늘은 음악실 왜 안 가요?"

"오늘은 교실에서 수업하려고, 근데 진짜 겨울이 못 봤어? 얘가 어디 갔지?"

다른 애들은 관심 없는 듯했다. 헤일로는 난처해하는 선생님을 흘끗 보고 입을 열었다.

"제가 찾아올게요."

"헤일로 씨가요? 그럼 고맙긴 한데. 어디 있는지 알아요?"

"아뇨, 그래도… 짐작되는 곳은 있어요."

"그럼 부탁드려요."

헤일로는 복도를 걸어 나갔다. 그는 걸음을 멈추지 않고 곧장 한 교실 앞에 멈추어 선다. 방송실은 문이 잠겨 있으니, 그렇다면 갈

곳은 하나밖에 없다. 옛날의 그라면 망설이지 않고 학교 밖으로 나
갔지만, 겨울은 땡땡이칠 아이가 아니라는 걸 알기에 짐작하는 곳
으로 갔다. 드르륵 문을 연 헤일로는 음악실 피아노 앞에 앉아 있는
아이를 발견했다.

"여기서 뭐 해?"

겨울은 그에게 뭔가 불만이 있는 게 분명하다. 흘끗 그를 본 아
이가 티 나게 고개를 홱 돌리고는 피아노만 쳐다봤다. 치지는 않고
바라만 보고 있는 모습에 헤일로가 문을 닫고 들어갔다. 한 걸음 한
걸음 걸어갈 때마다 삐그덕대는 바닥에 겨울이 티 나게 몸을 움찔
거렸다. 헤일로는 그러든 말든 피아노에 기대 겨울을 바라봤다.

"한번 해봐."

"응?"

얼떨결에 답한 겨울이 제 대답에 놀라 고개를 푹 숙였다.

"피아노 치려고 여기 있는 거 아냐? 건반 보면서 반성하는 건 아
닐 테고."

"몰라."

"뭘 모르는데. 악보? 아무거나 쳐봐."

겨울이 천천히 볼을 부풀렸다. 열심히 '나 화났어'를 표출하고
있는데 헤일로가 전혀 알아주지 않았다. 그래도 쳐보라고 하니 손
을 올린 겨울은 건반 어느 것도 누르지 못했다.

"모르겠어. 생각나는 게 없어."

겨울은 피아노 앞에 오면 수많은 소리가 사라지고 자신만 남는
걸 느낀다. 아이는 그런 기분이 좋았다. 세상이 자신에게 피아노를
한번 쳐보라고 권유하는 것 같았다. 겨울은 모든 순간 피아노 앞에

앉았다. 피아노를 치고 싶을 때, 시끄러운 소리에서 해방되고 싶을 때, 혼자 있고 싶을 때, 그리고 기분이 좋아지고 싶을 때도 피아노 앞에 앉았다. 피아노에 앉으면 그녀의 손이 자유롭게 움직이곤 했는데, 오늘은 이상하게도 기분이 나아지지 않았다. 혼자 있고 싶었지만, 여전히 세상은 시끄러웠고, 기분은 엉망이었다.

사실, 겨울의 기분은 어제부터 그랬다. 헤일로가 다른 애들에게 아무렇지 않게 음악을 알려줄 때 '나는…. 나한테는 싫다고 안 된다고 했는데' 하는 생각에 시무룩해졌다. 그때였다.

"그럼 같이 칠래?"

헤일로의 목소리에 겨울이 고개를 번쩍 들었다.

헤일로는 그녀를 보지 않고 피아노에 오른손을 올려놓았다.

"내가 오른손으로 칠 테니, 넌 왼손으로만 치는 거야. 왼손이 더 편하지?"

"그걸 어떻게 알았어?"

글씨가 번지고 왼손에만 뭔가 많이 묻었는데 모를 수가 없다. 헤일로는 대답 없이 어깨를 으쓱하고는 말을 이었다.

"서로 소리를 쌓는 놀이야. 나는 오른손으로, 너는 왼손으로만 만들 수 있어. 누구 하나 멈출 때까지 계속 쳐야 하고, 멈춘 사람이 진 거야."

"어떻게 같이 쳐?"

악보를 공유하지도 않고. 다른 사고를 가진 사람 두 명이 각자 친다는 게 어떻게 가능한 건지 겨울은 이해가 가지 않았다.

"자신 없으면 안 해도 돼."

"아니, 할 거야."

"그럼 해보자."

헤일로가 씽긋 웃어 보이며, 오른손을 움직이기 시작했다. 그 음에 따라 겨울이 붙는다.

"봐줄까?"

"아니, 봐주지 마! 나도 할 수 있어."

"그래. 나도 봐줄 생각 없었어."

그 말에 겨울이 헤일로가 못됐다고 잠깐 노려봤다. 그러나 헤일로가 점점 빨리 치자, 후다닥 피아노에 집중한다. 다른 생각은 하나도 안 났다. 그렇게 음이 쌓여간다. 중후한 어른이 아이와 놀아주는 것 같기도 하고, 싸우는 것 같기도 하다.

겨울은 엉망이 될 거로 생각했지만, 생각보다 괜찮아 좋았다.

"괜찮지?"

괜찮지만, 괜찮다고 대답하고 싶지 않아 겨울은 아무 말도 하지 않았다. 그러나 표정이 숨겨지지 않고 드러났다. 누가 보면 파리 들어간다고 입 닫으라고 할 정도로 아이는 입을 헤벌리고 즐겁게 치고 있었다.

"이제 두 손으로 할까?"

헤일로가 소매 단추를 풀고 걷자, 겨울도 소매를 걷었다.

본격적인 시작이었다.

"누가 수업 시간에 피아노를! 겨울이 또 너지?"

경비원 할아버지가 쿵쿵 복도를 걸어와 음악실의 문을 벌컥 열었다. 그는 음악실 안을 두리번거렸다. 분명 피아노 소리가 들렸는데 아무도 보이지 않았다. 피아노 뚜껑이 열려 있어 할아버지는 예리한 눈으로 주변을 쏘아보다가 문을 닫고 나갔다.

발걸음 소리가 멀어졌을 때쯤 "후우…" 하며 교탁 아래 숨어 있던 헤일로와 겨울이 동시에 한숨을 내쉬었다. 그들은 교탁에서 기어 나와 덥다고 부채질하다가, 곧 웃음을 터트렸다.

"재밌어!"

겨울이 외쳤다. 답답했던 마음을 커다란 파도가 휩쓸어간 것 같다.

"원래 서울에선 이런 것도 해?"

"응. 심심하면 이러고 놀아."

겨울은 "와, 서울 사람들은 멋있구나" 하고 감탄했다.

"여기도 재밌어."

헤일로는 이 백운도라는 섬이 점점 좋아졌다. 영감도 떠오르고, 무엇보다 자신이 '노해일스러운 음악'을 하지 못했던 이유를 알 것 같은 기분이라, 조금만 더 있으면 슬럼프도 극복하지 않을까 싶었다.

어쨌든 겨울의 기분이 나아 보였다.

"그래서 할 말은 뭐야?"

"응?"

"나한테 할 말 있잖아."

헤일로의 말에 겨울의 표정이 차차 변해갔다. 그러다 툭 말을 던진다.

"할 말 없는데."

"정말 없어? 그럼 이제 수업 들어갈까?"

헤일로가 일어나려고 하자, 아이가 그의 팔을 붙잡았다. "가지 말라고" 하며 우물쭈물하며 입을 열었다.

"있잖아."

"응."

"내가 이상해?"

"응?"

그건 저번에 물었던 말이다.

겨울이 우물쭈물했다.

"왜 나만 안 돼?"

"무슨?"

"나는 가르쳐주기 싫어? 이상해서 안 되는 거야?"

겨울은 말하면서 다시 서운해졌다.

"다른 애들은 잘 알려줬으면서."

악보를 모른다니까 그렇게 재밌는 노래를 알려주고선, 왜 제게
만은 안 가르쳐준다고 했는지, 겨울은 다른 사람들이 말했던 것처
럼 자신이 이상해서 싫은 건가 싶었다. 헤일로는 이미 이상하지 않
다고 했지만, 걸리는 건 그것밖에 없었다.

"아."

헤일로는 문득 떠올렸다. 예전에 겨울이 노래를 알려달라고 했
을 때 싫다고 했는데, 그걸 마음에 담고 있는 줄 몰랐다.

"난 그냥."

겨울이 헤일로를 바라봤다. 눈이 반쯤 울고 있었다.

"음악을 가르치는 게 싫어."

"나한테?"

"아니. 모든 사람한테. 난 누구한테 음악을 알려준 적도 없고."

그에게 이제까지 음악을 알려달라는 사람이 없었던 건 아니다.
지난 세계도 그렇고 이번 세계에서도 심지어 강연 제안도 꽤 들어

왔다. 그러나 늘 거절하면서 하는 얘기가 있다.

"그건 그냥….."

헤일로는 옛 기억을 끄집어냈다.

"스스로 알아가는 거라서."

옛날에 형들이랑 어울리면서 알아갔다. 그들이 직접적으로 알려주는 건 많지 않았지만, 그들과 어울리면서 많은 걸 알게 되었다. 헤일로는 음악은 그렇게 배우는 거로 생각했다. 그리고 그게 아니더라도….

"넌 할 수 있잖아. 이미 알아서 잘하던데."

자신을 인정해주는 말에 겨울의 볼이 천천히 발그레해졌다.

'아, 그래서였구나. 내가 싫은 게 아니라 날 믿어서.'

서운했던 마음이 싹 사라진다. 징징거린 것 같아서, 너무 애같이 군 것 같아서 오히려 부끄러워졌다.

"그래도 그건 도와줄 수 있어."

헤일로가 정적을 뚫고 입을 열었다.

"뭘?"

"네가 하고 싶다는 거."

'내가 하고 싶다는 거? 그게 뭐지?'

겨울이가 못 알아듣는 눈치이자, 덧붙였다.

"네가 음악을 하는 이유 말이야."

처음 자신을 인정해주고 대화를 기억해주고 심지어 도와주겠다고 말한 헤일로의 말에 겨울의 얼굴이 천천히 꽃처럼 피어났다.

"좋아!"

뭐가 좋은 건지 그녀도 잘 모르겠다. 그냥 모든 게 좋았다.

"그럼 지금은 수업에 먼저 들어갈까?"

"응."

지금이라면, 수업도 좋았다. 겨울이 다시 생기 넘치는 병아리처럼 연신 고개를 끄덕였다. 그때, 종이 울린다. 수업이 끝나는 종.

"아…."

"어?"

서로를 바라본 아이와 어른이 곧 다시 웃음을 터트렸다.

그리고 옛날에 형들이 헤일로를 데리고 다녔던 것처럼 이번엔 헤일로가 형이 되어 본격적인 음악 수업을 시작할 것이다.

* * *

"아이들 잘 부탁해요."

선생님이 급한 일이 있어 오후 시간대에 헤일로에게 반 아이들을 부탁했다. 손을 흔들며 배웅한 아이들과 헤일로는 선생님이 사라지자마자 몸을 들썩였다.

"가셨어?"

헤일로가 물었다.

"응, 가신 거 같아."

제2의 헤일로가 된 겨울이 예리한 눈으로 복도를 둘러보며 답했다.

"그럼 이제 나갈까?"

다른 아이들 역시 눈을 빛낸다. 그러나 어느 무리에나 조금 소심한 친구도 있는 법이다. 한 아이가 걱정스럽게 물었다.

"우리 공부 안 해도 돼요?"

"공부가 인생의 다는 아니야", "공부 안 해도 되긴 하지, 요즘은."
이라고 그래미어워드 수상자와 명문대 출신 톱스타가 대답했다.

"그럼 갈까요?"

"근데 나가도 괜찮을까요?"

의자에 앉아 있던 이소라가 부드럽게 웃었다.

"다녀와, 정민아. 너라도 같이 가야지."

이정민이 우려하는 듯하자, 이소라가 괜찮다는 듯 어깨를 으쓱였다.

"저 애들만 보낼 순 없잖아."

"그건 그런데."

아이들은 이정민을 바라보며 간절히 바라고 있다. 이정민은 그걸 뿌리치지 못했지만, 책임감이 걸리는 모양이었다.

"괜찮아, 내가 잘 말해놓을게."

"그럼… 부탁드릴게요."

"그래."

이소라는 아이들에게 천천히 다가가는 이정민을 바라보았다. 한 걸음 한 걸음 걸어 나갈 때마다 부담감을 내려놓은 이정민의 얼굴이 천천히 밝아졌다.

"가자! 가자!"

"선생님한테 들키지 않아야 해."

"들키면 어떡하지?"

"형이 시켰다고 하자."

"내가?"

소년이 모르겠다는 듯 뻔뻔히 말하자, 이정민이 하하하 웃는다.

"즐거워 보이네. 그래, 애들은 원래 놀면서 커야지."

이소라는 그들을 보며 '백운초등학교 오후 수업의 진실'에 대해 말하지 않기로 했다. 원래 초등학교 저학년은 오후 수업이 없다. 고학년이 되면 5,6교시를 하지만, 저학년은 점심을 먹고 나서 혹은 전에 하교했을 것이다. 그러니까 이들의 오후 수업은 필수적이지 않은 추가 수업일 뿐이다. 어른들이 집을 비우는 시간대에 아이들을 맡아주는 방과 후 수업. 그리하여 이는 땡땡이가 아니라 합법적인 야외수업에 가까운 거였다.

학교 사정에 밝은 이소라는 그에 대해 설명해주진 않았다. 원래 몰래 수업 빠지고 땡땡이치고 노는 게 더 신나고 재밌는 게 아니겠는가. 그리고 이유가 하나 더 있다면, 이소라는 이정민이 긴장이나 강박을 내려놓았으면 했다. 가끔 규칙에서 벗어나기도 하며 자유로움을 느껴보길 바랐다. 이게 문제가 되는 일도 아니고, 본인이 싫어하는 것 같지도 않고, 오히려 온몸으로 '나 지금 재밌고 엄청 행복해요'라고 표출하고 있다. 당사자인 이정민이 그걸 눈치채지 못한다는 게 안타깝기도 하면서, 재미있기도 하다.

"선생님! 저희 보물 찾으러 갔다 올게요!"

"잘 다녀와, 애들아."

그리하여 오늘의 수업 내용은, 선생님 몰래 하는 보물찾기가 되었다. 아이들은 어디서 났는지 모를 종이를 들고 고개를 박고 있다.

[그것은 바다를 품고 있습니다. 그것에 귀를 기울여보세요. 그것과 닮은 소리를 찾으세요. 당신은 길을 알게 될 것입니다.]

"이게 무슨 뜻이야?"

아이들과 함께 들여다본 이정민은 생각보다 어려운 힌트에 고개를 기울였다. 초등학교 저학년을 위한 문제가 아닌 것 같았다.

"헤일 씨는."

헤일로에게 의견을 묻기 위해 뒤를 돈 이정민은 소년과 겨울이 딱 붙어 있는 걸 보고 고개를 갸웃했다.

"여기서 솔을 넣는 건 어때? 라라라라 이렇게?"

"흠. 이렇게?"

소년과 겨울이는 보물찾기엔 관심도 없는 것 같았다. 뒤따라오긴 했지만, 둘만의 세계에 있었다. 헤일로가 기타를 튕기자 아이들이 관심 있게 바라봤다. 하지만 비슷한 소리가 반복되니 곧 관심을 잃었다.

"똑같은 거 아냐?"

그 차이를 안 건 겨울이뿐이었다.

"와!"

겨울이 기타를 신기하게 바라봤다.

"너도 해볼래?"

"나도 할 수 있어?"

"응. 해봐."

"근데 이건 어떻게 치는 거야?"

"마음 가는 대로."

헤일로는 기타를 겨울이에게 넘겨줬다.

겨울이는 자기도 잘할 수 있을 거라고 생각했는지 눈을 반짝였지만, 곧 생각지도 못한 무게에 휘청였다.

"무거워."

"하하하."

헤일로는 당연히 이렇게 될 줄 알고 웃었다. 도와준다고 했으면서, 반은 놀리고 있었다. 뒤늦게 겨울은 놀림당했다는 걸 알고 볼을 부풀렸다.

"잠깐 잡아줄게."

헤일로가 앞에서 기타의 무게를 받쳐줬다. 겨울은 그제야 기타의 줄을 만지작거릴 수 있었다.

"샘, 샘 뭐 해요?"

"아. 문제 풀어야지."

그들의 모습을 멍하니 보던 이정민이 정신을 차리고는 다시 문제를 바라봤다.

[그것은 바다를 품고 있습니다. 그것에 귀를 기울여보세요.]

다시 생각해보니 알 것 같다. 이정민이 허리를 숙이며 아이들에게 상냥히 말했다.

"선생님도 잘 모르겠다. 근데 바다를 품고 있다고 했으니까, 한번 바다에 가볼까?"

"바다에 가자!"

"우아아!"

"얘들아, 천천히 가야지."

오랜만에 교실이 아닌 야외에 나온 아이들이 우르르 뛰어갔다. 해변에 나온 아이들이 보물찾기고 뭐고, 알아서 잘 놀았다. 이정민은 아이들과 어울려 노는 와중에도 소년과 겨울을 흘끔 훔쳐봤다. 모래사장에 앉아 기타를 연주하고 있었다. 정확히 말하면, 소년이 기타 치는 법을 하나하나 알려주고 있었다. 알려줄 자신도 없고 하기도 싫다고 했지만, 여느 선생님과 다르지 않은 모습이었다.

헤일로의 스케치북을 본 겨울이 어느 순간 물었다.

"그런데 악보는 꼭 직선이어야 해?"

"응?"

"다른 사람도 읽을 수 있도록 표시하는 게 악보랬잖아. 그럼 어떤 모양이든 모두가 볼 수만 있으면 되는 거 아냐?"

헤일로는 의외의 질문에 대답하지 않고 생각에 빠졌다. 그에게 악보는 음악을 표시하고 저장해놓을 수 있는 도구였을 뿐 그 이상도 그 이하도 아니었다. 그리하여 악보의 형태에 대해 생각해본 적이 없었다. 문득 마음대로 그려진 겨울의 악보 스케치북이 떠올랐다.

"그럼 너는 어떻게 하고 싶은데?"

헤일로의 물음에 겨울의 얼굴이 밝아졌다. 다른 어른들은 '쓸데없는 질문하지 마'라고 하거나, 혹은 '언어처럼 사회적 약속'이라는 어려운 답변을 해주곤 했다. 악보를 직선으로 하자고 누구와 약속한 적이 없는 겨울이는 늘 궁금했다.

"정말 그 소리처럼!"

겨울이 두 팔을 활짝 폈다.

"예를 들며 바람 같은 소리는 이렇게 그리는 거야."

겨울이가 날갯짓을 했고, 바람의 모양을 따라 하듯 빙글빙글 돌았다.

"그리고 구름같이 몽실몽실한 음악은 이렇게 하는 거야. 파도의 소리가 더 예쁜 이유는 파도가 파도처럼 오기 때문이 아닐까?"

겨울의 말대로 하면 악보가 춤을 추듯 흘러갈 것이다. 바닥에 떨어트린 양피지처럼 이리저리 제멋대로 흘러가고, 이는 직선으로 된 악보보다 알아보기 힘들 테다. 그렇지만 한 번도 해보지 않았던 생각이라 흥미로웠다.

'파도 소리는 파도의 모양으로, 바람 소리는 바람처럼 그려진 악보라니.'

헤일로는 다른 사람의 의견을 듣는 건 이래서 더 즐거운 걸지도 모른다고 느꼈다. 각자 서로 다른 생각을 하고 있으니까. 그리고 헤일로는 새로운 도전을 즐기는 편이다.

"그럼 한번 해볼까?"

"어떻게?"

"어떻게든 우린 할 수 있지 않을까?"

그의 머리에 아직 생각나는 건 없지만, 하는 게 그리 어려울 것 같진 않았다.

* * *

마을 벽화작업이 차근차근 진행되고 있다. 그림 그릴 벽면에 젯소를 칠하고 스케치를 끝낸 이들이 페인트를 들었다. 페인트 같은 경우엔 돌이키기 힘든 작업이라, 마을 주민들도 주말에 도와주기로 했고, 한 명 한 명씩 짝을 지었다.

"해일이는 겨울이랑 같은 팀?"

"네!"

"흠… 둘이 같은 팀에 있어도 되려나?"

이소라가 걱정 반 장난 반으로 바라봤다. 그녀는 이렇게 할 때마다 헤일로의 표정이 뚱해지는 게 즐거웠다.

"농담이야, 농담. 언닌, 겨울이만 믿을게. 아자아자 파이팅!"

"파이팅!"

"언니?"

'언니가 아니라 누나 아닌가.'

헤일로는 잠깐 고개를 갸웃했다가, 곧 신경을 껐다. 어떻게 지칭하든 상관없다고 생각했기 때문이었다.

"여러분, 색칠만 하면 돼요. 스케치 따라 꼼꼼히 바르면 되는 거예요. 더도 말고 덜도 말고 색만."

"네."

그렇게 말한 선생님이 헤일로를 흘끗 바라봤다.

헤일로는 왜 저 말 다음에 자기와 눈을 맞추는지 이해하지 못했다.

헤일로와 겨울이 앞에 집과 구름, 나무 스케치가 있다. 구름은 하얀색, 지붕은 빨간색, 나무는 초록색과 갈색으로 칠하면 되니 그렇게 어려울 건 없었다. 헤일로는 이 단순한 작업을 끝내고, 겨울이가 말한 역동적인 악보를 구상하고 싶었다. 어떻게 하면 모두가 잘 보고 읽을 수 있는 역동적인 악보를 만들 수 있을까. 스케치북에 하다가 공간이 부족해서 더 큰 종이에 할 필요를 느꼈다. 아주 커다란 종이. 헤일로는 페인트 붓을 들다가 멈칫했다.

'쭉 길게 이어지는 커다란 종이…?'

"이게 뭐예요, 누나?"

"응? 그림이 심심한 것 같아서 꽃을 추가하고 있어. 어때? 더 예쁘지?"

"응!"

패션을 전공해 그림도 잘 그리는 이소라의 추가 벽화 작업을 흘끗 본 헤일로는 한 걸음 멀어져 제 벽을 바라보았다. 그리고 천천히 입꼬리를 올리더니 은밀하게 겨울이에게 다가가 말했다.

"여기에다 하자."

"뭘?"

"우리 악보 그리는 거. 꼭 스케치북에 안 그려도 되잖아."

헤일로가 뒤를 돌았다. 제작진도 일하라는 이소라의 어명에 설치된 카메라 외에 그들을 보고 있는 건 아무것도 없었다. 그는 카메라를 향해 장난기 가득한 얼굴로 "쉿" 하고 시청자들의 입까지 막은 후 손을 올렸다. 겨울이 하고 싶다는 애벌레 같은 모양의 악보, 구름처럼 몽실몽실한 오선.

"아직 음악이 완성되지 않았는데."

"우리가 나중에 알아볼 수 있게 오선만 그려놓은 후, 추가 작업하면 돼. 자신 있지?"

"응!"

겨울이 눈을 빛내며 결연하게 고개를 끄덕였다. 곧 두 사람이 킥킥거리며 의지를 다지기 시작했다.

"해일이랑 겨울이 너무 조용하니 불안한데."

"잘하고 있던데요?"

"그래? 설마 숨겨주는 거 아니지?"

"제가요?"

"응, 정민이 넌 해일이한테 약하잖아."

이정민은 눈치가 빠르지만 헤일로에게 져주는 경향이 있다. 가끔은 소년이 하는 장난이 즐거워 넘어가주는데 반 이상은 그냥 감사와 팬심이 섞여 있었다.

"글쎄요?"

이정민이 모르겠다는 듯 웃었다.

이소라는 그냥 정말 열심히 하고 있으려니 하고 넘어갔다.

이정민이 다시 겨울과 소년을 향해 시선을 던진다. 그는 사실 그들이 무언가 하고 있다는 걸 알았지만, 말할 생각이 없었다. 솔직히 그들이 하는 게 즐겁기도 했고, 그냥 보기 좋았다. 자신도 저 자유로움을 닮고 싶기도 하고, 가질 수 없기에 부럽기도 했다. 한 걸음 떨어져 관객으로만 남아도 좋으니 멀리서 지켜보고 싶었다. 헤일로와 겨울이 쉴 때, 색이 튄 부분을 조화롭게 다듬기만 한 이정민이 다시 한 걸음 떨어졌다.

* * *

또다시 밤이 왔다. 모차르트 놀이 스케치북 작업을 모두 끝낸 헤일로는 평상에 누워 있고 옆에 이정민은 캠핑용 LED로 '불멍' 중이었다.

"으쌰."

그때 방에서 드르륵 나온 권재익이 무언가를 털썩 내려놓았다.

"형, 안 주무셨어요?"

"목말라서 잠깐 일어났다가, 쟤 머리카락 보고 귀신인 줄 알고 잠 깼다."

"그건 뭐예요?"

"잠도 깰 겸, 내일을 위해 미리 준비해놓으려고."

헤일로 역시 궁금해하자, 그걸 문 앞으로 가져온 권재익이 보여주었다.

"낚시하러 가게요?"

"내일 고깃배 선장님이 바다 낚시하러 간다고 태워주신다잖아.

그럼 가야지.”

권재익의 낚시사랑은 유명해서 다들 고개를 끄덕였다.

“너희도 갈래?”

그 말에 이정민이 부드럽게 웃으며 고개를 저었다.

“아, 맞다. 정민이도 멀미 있지.”

“멀미 있어요?”

‘저번엔 안 해서 몰랐는데.’

“늘 멀미약을 먹고, 귀밑에 패치도 붙여야 하는 체질이죠.”

그런 걸 했었구나 싶었다.

권재익이 낚시 도구를 확인하며 물었다.

“그럼 해일아, 넌 어때. 바다낚시 하러 가는 거.”

‘바다낚시라.’

여기저기 많이 다녔지만, 낚시를 해본 적은 없었다. 헤일로는 새
삼스레 제가 생각보다 많은 걸 경험하지 않는다는 걸 깨달았다. 그렇
다면 한번 도전해볼 만하다.

“좋아요.”

그리하여 다음 날 새벽 우웅, 뱃고동이 그들을 바다로 안내하고
있었다.

“거, 낚시하기 좋은 날이오. 사람이 이리 많은 건 오랜만이군. 내
배에 온 걸 환영하오.”

거친 바닷바람에 휘날리는 옷자락과 끼룩이는 갈매기, 구름이
적당히 걸린 새벽 헤일로는 선두에서 서서 바람을 맞았다. 선박이
파도에 부딪혀 밀리지만, 그런데도 파도를 가르며 나아가는 기분
이 좋았다.

"다들 낚시는 많이 해보셨소?"

한참 달려가 한 곳에 선 선장이 헤일로와 권재익, 그리고 뒤에서 카메라를 들고 있는 VJ에게 물었다.

"이쪽 분은 미끼 꿰매는 속도를 보니 한두 번은 아닌 것 같고."

"가끔 바다낚시 하러 이곳저곳 다닙니다."

"역시. 그리고 다른 분은…."

선장은 지렁이를 물끄러미 보고 있는 헤일로를 발견했다.

"이걸 만지라고요?"

"낚시는 미끼부터니."

"내 손으로?"

"그럼 남의 손을 빌리시게?"

죽은 지렁이인 줄 알았는데, 꿈틀하고 움직였다. 헤일로는 하수구에 돌아다니는 쥐나 벌레는 봤어도 살아 있는 지렁이는… 심지어 갯지렁이를 만져본 일 없다.

"이리 와봐, 해줄게."

"거참, 누가 도시분 아니랄까봐."

권재익이 보다못해 낚시바늘에 지렁이를 꿰어주었다.

"그리고 어떻게 해야 하냐면."

보아하니 미끼를 꿰는 것만도 한참 걸릴 것 같고, 잡아봤자 많이 못 잡을 것 같아 권재익은 초보 낚시꾼에게 고수의 비결을 보여주려고 했다.

'그럴 땐 역시 고수가 나서야 하는 법이지.'

그리고 1시간 후.

"왔다…!"

권재익은 작은 물고기를 건졌다.

"여기 자리가 좀 안 좋은 거 같기도 하고."

"입질 왔네… 당겨, 청년!"

사람들은 권재익의 말을 듣지 못하고, 소년의 낚싯대만 바라봤다.

소년은 배운 대로 낚싯줄을 감았다 풀며 물고기가 오기만을 기다렸다. 낚시란 끝없이 기다리는 인내의 시간이다. 미끼를 던지고 기약 없이 신호가 오기만을 기다린다. 그리고 신호가 오더라도 인내심 없이 바로 당기면 안 된다. 살살 끌고 풀며, 잡혔다는 걸 인지하지 못하게 낚싯줄을 당겨야 인고의 시간 끝에 물고기가 모습을 드러냈다.

"헉!"

"허미, 월척이네!"

"헤일로 씨, 축하드려요."

헤일로는 사람 얼굴만 한 물고기를 보며 환하게 웃었다. 왜 낚시를 하는지 알 것 같았다.

"이거 재밌네요."

"그치?"

초보자에게 낚시의 재미를 선물한 선장이 뿌듯하게 웃었다.

"뭐가 나올지 모르지만 기다리는 게 첫 번째 재미요, 두 번째는 내 손에 들어오기 전까지 잡은 게 아니라는 것이고, 놓칠 때도 있지만 인내를 보상받을 수 있다는 게 세 번째 재미지. 마치 우리의 인생과도 같지 않소? 가끔 잃기도 하고 실패도 하지만, 그런데도 우리는 무언가를 위해 끝없이 던져야 하지. 그러다 보면 가끔은 큰 놈이 물게 되고, 이렇게 잡게 되는 거 아니겠소. 이 재미에 중독되면 끝없이 던지고 던지며 일상이 되고, 그것이 어우러져 삶이 되는 것이겠지."

공감하는 소년을 보며 선장이 곧 검지를 하나 들었다.

"그리고 아직 자네가 경험하지 않은 진짜 재미를 알려줄까?"

"진짜 재미요?"

"사실 낚시를 하는 건, 이거 때문이야. 거, 얼마나 잡았소."

권재익은 이제야 관심받자 투덜거렸다.

"거, 저한테 진작 관심 좀 주시지."

"낚시 많이 했다면서 이게 다요?"

"여기 자리가 안 좋은 것 같은데."

"자리가 안 좋긴. 이걸 보면 모르시오."

권재익이 헤일로의 물고기를 보곤 입을 다물었다. 낚시 고수도 초행자의 행운은 이기지 못하는 모양이다.

"두고 보자."

"거참, 속 좁은 양반. 기다려보시오."

선장이 낄낄거리며 안으로 들어갔다 나왔다. 그리고 그가 들고 온 것을 보며, 세 사람이 눈을 빛냈다.

"이거 때문에 낚시를 못 잃는 거지."

선장이 가스버너와 라면, 초장과 함께 가지고 나온 페트병을 흔들었다. 바다처럼 회오리가 일었다.

"이게 기가 막히오."

갓 잡은 생선회와 금방 끓인 라면.

"키야."

권재익이 행복에 마지않은 얼굴로 라면을 후후 불었다. 남배우가 아니라 그냥 동네 아저씨 같은 모습이다.

"술인 줄 알았는데. 사이다네."

"요즘 법이 강화돼서 배에서 마시면 잡혀가오."

권재익이 탄식을 내뱉었다.

"청년은, 근데 술은 잘하시오? 밥도 많이 안 먹는 걸 봐서 술은 잘 마실지…."

선장의 물음에 헤일로가 옅게 웃었다.

"잘 마시는데, 노래 부를 땐 안 마셔요."

"노래?"

옛날엔 노래하든 뭘 하든 술과 담배를 끼고 살았는데, 시간이 지남에 따라 목소리가 점점 탁해진다는 걸 깨달았다. 그때는 목이 튼튼해서 이상은 없었지만, 현재는 노해일이 유리 몸이라는 걸 한번 경험했던 터라 더 조심스럽게 다루는 중이었다. 그리고 옛날만큼 술이 고프지 않았다. 술이나 파티가 싫어진 건 아니다. 다만 술이 없어도 그는 사람들에게 둘러싸여 파티하는 것 같은 즐거움을 알았다. 술을 마시지 않아도 마신 것처럼 즐거우니, 꼭 마셔야 한다는 생각이 들지 않았다.

"파도 소리가 좋네요."

헤일로가 바다를 보며 덧붙이자, 대화가 환기되었다. 선장도 같이 바다를 보았다.

"어떻게 들리시는데?"

헤일로는 눈을 감고 귀를 기울였다.

"모든 걸 덮는 소리."

철썩. 파도가 밀려났다.

"부딪혀 밀려나도 다시 돌아오며."

갈매기가 끼룩끼룩 울며 선장이 던져준 작은 물고기를 물고 가 버린다.

"규칙적이다가도 언제든 변할 수 있고."

바람이 쏴아 밀려왔다. 햇살을 받아 황금빛으로 빛나는 파도 사이를 지나가버린다.

"어디에나 있는 관현악처럼 들립니다."

그건 누구나 아는 소리이며 모두가 좋아하는 소리일 것이다.

"그럴 수도 있겠군."

선장은 소년을 보며 고개를 끄덕였다. 이해했는지 그저 공감한 건지 깊게 생각에 잠긴 얼굴이었다.

"나에게는 누군가의 목소리처럼 들린다오."

세 사람의 시선이 몰렸다.

"졸고 있을 땐 일어나라고 소리치고."

선장은 바닷소리에 놀라 잠에 깼던 걸 떠올렸다.

"술을 마시려고 하면 안 된다고 혼내고."

술을 가져간 날은 유독 파도가 세게 쳤다.

"가끔은 오늘 하루 잘 보냈냐며 속삭여주기도 하지."

항구에 배를 대면 오늘 하루도 고생했다고 이야기했다.

"내 아내처럼…. 참 고마운 이였지."

과거형의 말에 눈치챈 청중이 숙연해지자 선장은 손을 저었다.

"슬프라고 한 말은 아니오. 그냥 파도 소리라고 하니 이상하게 생각나서. 술이 들어간 것도 아닌데 술을 마신 것 같군."

선장이 껄껄 웃자, VJ가 허겁지겁 카메라를 잡았다.

"카메라 끌까요?"

함부로 담으면 안 되는 이야기 같았다.

"끄긴. 이제 나쁜 말 안 할 테니, 안 꺼도 되오. 그리고 삶을 담으려고 가져왔다며, 누구나 가지고 있는 삶을. 그런 좋은 일 하는데 내가 어떻게 방해하겠소. 나는 괜찮소. 정말 신경 쓰지 않아도 되오. 오래전의 일이니 이제 슬픈 것도 없소. 오히려 반갑기만 하오. 의식을 안 했는데, 정말 그런 것 같아서."

선장이 호탕하게 웃으며 괜찮다고 이야기했다.

"좋은 분이셨군요."

권재익의 말에 선장이 고개를 끄덕였다.

"내 가장 큰 복이었다오."

선장이 둘러보더니, 입을 열었다.

"그냥 옛날이야기 좀 해도 되겠소?"

"그러시죠. 이렇게 만난 것도 인연인데."

"말씀하시면 편집하겠습니다."

"뭐, 나는 내 이야기를 들어주는 걸 만족하오."

"그냥 누구에게나 있는 그런 이야기요."

그렇게 선장의 이야기가 시작되었다. 누구에게나 있지만 각자에겐 특별한 이야기. 어느 순간 VJ가 훌쩍이며 울고, 권재익의 목소리가 낮아졌다.

"내가 너무 분위기를 어둡게 만든 게 아닌가 싶소."

선장이 난처하게 웃었다. 그저 오랜만에 하는 부인 이야기에 본인은 즐거웠는데, 다른 사람이 슬퍼하니 미안했다.

"슬슬 돌아가야지. 낚시는 즐거웠소?"

"태워주셔서 정말 감사합니다."

선장이 고마움과 슬픔이 공존하는 선상을 보며, 우려하다가 고개를 들었다. 선장은 유일하게 담담한 소년이 참 고마웠다.

"청년, 혹시 하나만 부탁해도 되겠소? 라디오가 고장 나서 그러는데 어떤 노래든 하나 불러줄 수 있겠소?"

헤일로가 물었다.

"어떤 노래든요?"

"어떤 노래든 상관없어. 난 노래는 다 좋아한다오."

헤일로가 선두에 앉아 기타를 안고 '무슨 노래를 불러야 할까' 생각했다. 손가락이 움찔거리는 순간 헤일로는 깨달았다.

'아, 나 음악을 만들고 싶구나.'

손이 들썩들썩 움직이며 기타를 잡는다. 선장과 사람들의 시선이 쏠리든 말든 헤일로는, 기타를 몇 번 튕기다가 이윽고 바다로 시선을 던졌다. 선장이 이야기했던 바다의 목소리가 바람을 타고 들려왔다. 바다의 선율에 귀를 기울인 헤일로가 기타 줄을 튕겼다. 느리지만 감미로운 선율이다. 이윽고 소년이 입을 열었다.

어느 날 바다가 밀려와 말해요
모든 게 좋아질 거라고
나는 오늘도 어두운 바다에 등불을 비추고
노를 저으며 살고 있어요
어느 날 당신이 밀려와 나에게 말해요
오늘은 울지 말아요
그날을 살아가는 당신을 위해

노래를 감상하던 선장의 입술이 천천히 다물렸다. 소년이 다정하게 미소 지었다.

　　알아요 모두가 과거는 과거일 뿐이라며
　　오늘이 가장 아름답노라 말하지만
　　내겐 당신이 가장 아름다운 걸
　　잔잔한 바람과 파도 끝을 모르는 바다
　　그리고 당신은 그 모든 것들의 일부야

선장의 몸이 파르르 떨리기 시작했다. 헤일로는 그를 보다 바다로 시선을 던졌다. 그의 노래에 호응하듯이 파도가 밀려왔다.

　　어느 날 당신이 밀려와 나에게 말해요
　　오늘은 울어도 돼요
　　오늘을 살아가는 나를 위해

밀려온 파도가 부드럽게 배를 민다. 그건 마치 잡아주는 것 같기도 했다.

　　알아요 모두가 과거는 과거일 뿐이라며
　　술 한잔에 흘려보내라고 말하지만
　　술 한잔으론 바다를 덮을 수 없는 걸
　　잔잔한 바람과 파도 끝을 모르는 하루
　　그리고 당신은 그 모든 것들의 일부야

권재익이 소년을 멍하게 쳐다보았다. 단순하지만 서정적인 멜로디가 귀에 날아와 꽂힌다. 뾰족한 바늘이 가슴을 쿡쿡 찌르는 것 같다. 소년이 더 낮게 깔린 목소리로 노래했다.

나는 자랑스럽게 바다 위에 서서 말해요
당신과의 약속대로 나는 잘 지내고 있어요

연주가 점점 느려지고 있었다. 괜찮다고 말하지만, 점점 말이 느려지던 선장의 모습과 얼핏 닮아 있었다.

어느 날 당신이 밀려와 나에게 말해요
오늘은 울어도 돼요
언젠가 만날 우리를 위해

선장의 숨이 거칠어졌다.

알아요 그날이 오늘은 아니란 거
인내심을 가져야 한다고 말하지만
나는 언제 잡을 수 있을까요

언제 낚싯줄 끝에 걸린 그것을 잡을 수 있을까. 선장은 아까 해주었던 이야기가 다시 자신에게 돌아오는 걸 깨달았다.

어느 날 파도가 밀려와 말해요

이윽고 노래가 파도를 타고 흩어졌다. 음악이 끝났지만, 선장의 어깨는 그때부터 떨리기 시작했다. 권재익이 천천히 어깨를 두드려줬고, 기타를 내려놓은 소년이 앞에 와 자리를 채웠다. 선장은 손을 뻗어 소년의 손을 잡았다. 사실, 무엇을 잡고 싶었는진 모르겠다. 그러나 그는 헤일로의 손을 굳세게 쥐고 한동안 몸을 떨었다. 그가 그들을 항구에 다시 내려준 건, 해가 내려앉기 시작했을 즘이었다.

* * *

"으느늘 브드그(어느 날 바다가)···"

헤일로와 같이 낚시를 갔다 온 권재익이 감성에 받쳐서 자꾸 노래를 흥얼거렸다. 밥 먹다가 부르고, 밥을 다 먹고 부르기도 했다. 하도 발음이 꼬여 있어 알아듣기도 힘들었다.

이소라가 이상하다는 눈초리로 입을 열었다.

"쟤 왜 저래?"

"글쎄요, 무슨 일 있었나?"

이소라와 이정민의 눈초리가 헤일로에게 닿았지만, 그는 "글쎄요" 하며 어깨를 으쓱이기만 했다.

"권재익 씨 갑자기 왜 저래? 뭔 일 있었어?"

"바다 같은··· 일이 있었죠, 네."

"넌, 왜 또 울먹여."

나혜주 PD가 동행했던 VJ를 툭툭 치며, 야외 고정 카메라를 내버려둔 채 촬영 종료를 알렸다.

"다들 고생하셨어요. 오늘도 즐거운 밤 보내세요."

"들어가세요."

"고생하셨습니다."

출연진 역시 인사하며, 각자 흩어졌을 때였다. 방에 가장 먼저 들어갔던 이소라가 주섬주섬 이불을 꺼내왔다.

"그건 뭐야?"

"이불."

"아… 이불."

그걸 몰라서 물은 게 아닌 권재익이 황당해하든 말든 이소라가 평상에 이불을 내려놓았다. 그리고 억울해하며 소리쳤다.

"나 다 알아. 나만 빼놓고 너희들끼리 비밀 얘기해? 내가 모를 줄 알았지?"

그들이 밤마다 시간을 보낸다는 걸 이소라가 지적했다.

권재익이 중얼거렸다.

"모르는 줄 알았는데…."

"셋이 단톡방 따로 판 건 아니지? 암튼, 이제부터 나도 끼워주는 거다."

"우리 비밀 얘기 같은 거 안 하는데. 그리고 언제부터 네가 비밀 얘기든 단톡방이든 신경 쓰는 애였냐."

권재익의 말에 이소라가 답한다.

"나 생각보다 섬세한 애야."

"난 10년간 본 적이 없는데."

"네가 못 본 거겠지."

이소라가 평상 한쪽에 털썩 앉았다.

"들어가서 주무시지."

"괜찮아 정민아. 내가 말했니? 나 낯선 곳에서 잠 못 자는 체질이야."

"음, 그렇구나."

웬만하면 좋게 말하는 이정민도 보호해주지 못했다.

"한 주 넘게 내가 본 건 누구지?"

"해일아, 춥지. 자 덮자."

이소라가 챙겨온 이불을 그들의 다리에 덮어주고는 누워 하늘을 바라본다.

"아, 별 예쁘다."

도시에서 볼 수 없는 빛이 하늘을 채우고 있었다. 권재익과 혜일로도 차례차례 누웠고, 이정민은 앉아서 같은 하늘을 공유했다.

* * *

시간이 빠르게 흘러갔다. 드디어 노해일의 너튜브 wave_r에 모두가 기다리던 〈웰마월〉 제6화 '웰컴 투 마이 아일랜드(Welcome to my island)'가 올라왔다.

덜컹거리는 새마을호 기차 내부 전경을 비추며 시작됐다. 아예 한 량을 빌려 혜일로와 멤버들 그리고 VJ만 있었는데, 그곳에선 한참 작은 버스킹이 열리고 있었다. 모두가 여행을 갈 때 부르는 노래들('여행을 떠나요' 같은 18번 곡)이 울려 퍼졌고, 기타로만 이루어진 버스킹과 속삭이는 듯한 목소리에 실시간 채팅창에는 눈물과 응원봉 이모티콘이 주르륵 올라왔다. 그중에 '나도 들 수 있었는데…

왜 거기서 시계 자랑을…ㅎ'라는 미련 넘치는 글이 올라왔지만, 수많은 채팅이 빨리 올라오는 탓에 그대로 묻히고 말았다.

마침내 종착역에 그들이 내리자, 근처 사는 사람이나 최근 근처에 갔던 사람들이 아쉬워하기 시작했다. 그러나 그곳이 최종 목적지는 아니었다. 소년과 일행은 한동안 배를 타고 바다를 건넜다.

사람들은 어딜 그리 가나 궁금해하다가 남규환의 설명을 듣고 '한참 고민하더니 할머니 집으로 여행 가는구나' 하고 고개를 끄덕였다. 한 명은 학원, 한 명은 산, 한 명은 시골로 헤일로에게 새로운 경험과 휴식을 선물하고 있었다. 그렇게 '백운도'라는 섬이 사람들에게 처음으로 알려졌다.

[사시사철 하얀 구름을 볼 수 있는 곳이라 '백운도'라고 부르게 되었습니다… 근디 오늘은 구름이 없네요. 이상허다.]

[ㅋㅋㅋㅋㅋㅋㅋㅋㅋ날씨가 너무 좋다.]
[진짜 깨끗하다. 저기 어떻게 가요?]
[딱 봐도 운행하는 배 따로 없는데, 따로 배 구하는 거 아니면 못 들어갈 듯?]

날씨가 너무 좋아서 아쉬워하는 이상한 일이 일어났지만, 어쨌든 그들은 무사히 섬에 도착했다. 배가 요동친 것치고, 아무도 멀미를 안 한 게 놀라운 일이었다. 오히려 카메라가 흔들리며 시청자들이 대신 멀미했다.

얼마 가지 않아 남규환이 할머니와 인사했다.

[할머니, 나왔어.]

[으메, 우리 똥강아지. 왜 이렇게 말라 부렀냐.]

단란한 노손의 모습이지만, 제삼자들은 뭔가 어색했다. 게다가 저 일행 중에 남규환이 가장 체격이 크고, 남자답게 생긴 터라 더 그랬다. 차라리 소년이나 문서연에게 그러면 이해라도 갈 텐데.

[ㅋㅋㅋ아니 왜케 안 어울리냐.]

[할멈 돈이나 내놔. 이래야 할 거 같은데;;;]

[저게 말랐다고요? 한 대 맞으면 모가지 꺾일 거 같은데요.]

[근데 남규환 씨 나오기만 하면 다들 조용해지는 거 나만 웃김?ㅋㅋㅋㅋ]

[일진은 모르겠고, 헬리건은 확실해 보이는데.]

[아니 니들은 왜 조금만 체격 있고 말투가 조금 딱딱할 뿐 헤일로 욕하는 사람 없으면 얌전히 자기관리만 하는 애들한테 헬리건이라고 하냐ㅋㅋㅋ 우리 태양한테 뭐라고 안 하고 방해만 안 하면 우리도 좋은 사람이야.]

[…우린 그걸 헬리건이라고 부르기로 했어요.]

[허매 만나서 반갑습니다잉. 사장님, 참말로 귄있게 생겨브렀어요. 처음 뵙겠지라? 우리 강생이가 신세 지고 있습니다.]

[귄있다: 귀티 나고 예쁘다는 뜻.]

[할머니, 보는 눈이 좋으시네요.]

[…근데 강생이?]

[강생이(30대, 최소 190, 헬리건)]

이윽고 카메라가 할머니 집에서 내려다보는 백운도를 보여준다. 울퉁불퉁한 길 아래 알록달록한 단층집과 푸른 바다. 특히, 깨끗한 바다는 몰디브 부럽지 않았다.

콘텐츠는 지루할 틈이 없었다. 왜인지 청학동 코스프레를 한 섬장이 "혹시 자네들 집안일 좀 하나?"라는 퀘스트를 줬기 때문이었다. 시청자들은 자연스레 이제까지 봤던 〈웰마월〉 콘텐츠 속 멤버들과 헤일로의 성격을 떠올렸다. 시청자들은 불길함 반, 기대감 반으로 소년이 섬장의 요청대로 집안일을 하는 걸 기다렸다. 그리고 기대대로 대환장 파티가 일어났다.

[으아아아아 누가 해일이한테 칼 그렇게 잡는 거 아니라고 알려줄 사람.]
[후라이팬 불났는데 왜 감탄하며 보고 있어ㅋㅋㅋㅋ그거 요리 아냐. 창조적으로 못 하니까 개웃기네ㅋㅋㅋㅋㅋㅋㅋ]
[해일이 잘한다며 뿌듯하게 웃는 게 킬포.]
[나랑 결혼하면 내가 집안일 다 해줄 수 있는데ㅎㅎ(자취 경력 9년 차)]
[뒤지고 싶냐?]

[그, 힘들었을 텐데 좀 쉬게.]
섬장이 고생했으니 쉬라고 하며, 다른 일을 준다고 하는데, 사실상 해고와 다름없었다. 그러나 시청자들은 웃을 수밖에 없었다. 해고된 당사자의 표정이 밝은 데 반해 고용주만 그새 5년은 더 늙은 얼굴이었다. 그때까지 사람들은 헤일로가 은근히 사고뭉치라고 여기며 웃었다. 그리하여 다른 일들도 별로 기대하지 않았는데….

[안녕하세요, 여러분. 좋은 아침입니다. 다들 지난밤 편하게 주무셨나요?]

화면이 반전하며, 백운초 방송반 안에 헤드폰을 쓴 헤일로가 보인다. 집안일은 하나도 못 하고 어색해하는 모습을 보인 데 반해 이 자리의 헤일로는 여유로워 보였다. 눈이 마주치자 옅게 웃은 헤일로가 다시 대본에 집중했다.

[많이 들어본 질문일지도 모릅니다만, 여러분은 어떤 계절을 좋아하시나요? 모래사장이 가장 예쁜 여름? 형형색색의 꽃들과 몽글몽글한 새벽안개가 지는 봄? 전 겨울을 가장 좋아한답니다.]

귀가 간질간질하다. 낄낄거리며 웃다가, 어느새 사람들은 입을 다물고 입꼬리를 귀까지 올렸다.

[저… 저도요(부끄러워하는 이모티콘).]
[이제부터 겨울을 싫어하는 사람은 이교도다.]
[겨울을 법정공휴일로.]
[3개월을 쉬자는 거잖아ㅋㅋㅋㅋ 어? 좋은데?]
[헤일로 라디오 미쳤다…]

[그런데 최근에 읽었던, 어떤 책에서 이런 구절을 보았습니다. "Many human beings say that they enjoy the winter, but what they really enjoy is feeling proof against it(많은 사람이 말하기를 그들은 겨울을 즐긴다고 하나, 그들이 실제로 즐기는 것은 겨울을 이겨내는 느낌이다)." 영국의 유명한 소설가 리처드 애덤스의 명언입니다.]

[와 영어 발음;;;]
[응라아ㅡ으알아ㅡ랑.]

[노해일 라디오 해. 제발 해줘ㅠㅠㅠㅠ]
[저기 가면 헤일로가 매일 아침 방송 해주나요?]

어설픈 모습을 보여주다가 내 가수가 본업을 보여주는 건 정말 영리한 수법이 아닐 수 없다. 그리고 채팅이 폭발한 건 아침 방송에 틀어줄 음악 저장 파일을 찾지 못한 헤일로가 직접 노래를 불러줬을 때였다.

[내가 좋아하는 노래ㅠㅠㅠㅠ 카펜터 노래 정말 좋죠.]
[아ㅏㅏㅏ…넘 좋다…]
[Where is he.]
[Can i go there.]
[OMG So sweet…]
[그가 어떻게 태양이 아니겠어(자동 번역).]
[갑자기 영어 뭐야? 외국인들이 어디서 몰려온 거지.]

너튜브의 좋은 점은 특별한 편집 없이, 그러니까 같은 부분을 연속해서 보여주거나 생략하지 않고 풀버전을 보여준다는 것이다. 마을 사람들이 일하러 가다가 확성기 앞에서 멈칫거리는 걸 보여주며 눈은 다채롭게 귀는 연속적으로 소년의 노래를 들을 수 있었다. 그렇게 아침 방송을 모두 마칠 때까지 있는 그대로 보여줬다.

[저기 가면 해일이 볼 수 있나요? 지금 바로 짐 싼다.]
[나는 이미 배 탔다. 들리냐 뱃고동 소리?]

사람들은 실시간 영상에 주접과 드립을 남기며 자신들이 저기에 없었음을 아쉬워했다. 그러나 그들은 몰랐다. 지금 백운도에 가면 그를 진짜로 볼 수 있다는 것을.

* * *

드르렁.

"낯선 곳에선 잠을 못 잔다고?"

"하하하."

이소라의 발에 걸어차인 권재익이 중얼거렸다. 이정민은 옅게 웃으며 잠이 든 이소라가 감기 걸리지 않게 이불을 다시 덮어주었다. 헤일로는 이장님이 임시로 만들어준 모닥불에 고구마를 구웠다. 겨울이 아닌 4월의 봄이지만, 고구마는 언제 먹어도 맛있었다. 권재익이 고구마에 손을 뻗었다가 "아뜨뜨뜨!" 호들갑을 떤다.

"해일이, 다른 건 못해도 라이터는 잘 켜네. 언제 담배 피워본 거 아냐?"

"한 15년 되었나?"

"아, 다섯 살부터. 그랬구나, 어쩐지 나보다 능숙하더라."

헤일로의 의미심장한 말에 권재익이 낄낄낄 웃었다. 그러고는 다시 고구마를 까기 시작했다.

"정민아, 고구마 달다. 먹어봐."

"네, 잘 먹을게요. 아, 맛있다."

원래 밤에 간식을 못 먹는 이정민은, 의식하지 못한 채 고구마를 후후 불어먹었다. 배 속이 따뜻해지며 노곤한 기분이 들었다. 한 주이상 잠을 거의 못 잔 것치고 그리 피로하지 않은 기분이었다. 음식도 맛있고 공기도 좋아서 그럴까. 이런 기분이라면, 평생 잠을 자지 않아도 좋을 것 같다. 하루하루 흘러가는 게 아쉬울 만큼 모든 게 즐거웠다. 정말로.

다음 날 아침부터 이정민의 뒤로 아이들이 우르르 뛰어다닌다.

"나 잡아봐라!"

"하하하하…."

벽화작업 중이라 페인트 붓을 든 채로 뛰는 바람에 완벽하게 색칠해 놓은 곳에 페인트가 이리저리 튄다. 겨울이와 단둘이 작당한 헤일로는 제 머리에 페인트가 튀자, 천천히 자리에서 일어났다. 웃는 얼굴로 두꺼운 붓을 든다.

"너희들 이리 와."

"앗 형 화났다!"

"도망가!"

"하하하…."

헤일로가 아이들을 쫓고, 아이들이 재밌다며 뛰어다닌다. 그럴수록 페인트가 이리저리 튀는 건 어쩔 수 없다. 제 옷에 페인트가 묻은 걸 발견한 이정민이 웃었다.

"애들아…."

"으악 잡혔다!"

"이번엔 네가 술래!"

"하… 하."

이정민의 표정을 발견한 이소라가 흠칫했다. 입은 웃고 있는데, 눈에서 살기가 흘러나왔다. 그런 모습은 처음 보는 것이었다.

"다들, 재밌네."

이정민이 붓을 든다. 근데 그게 마치 칼처럼 보인다.

"정민아."

"네?"

"아니야."

이소라는 모르겠다고 외면했다. 그리고 이정민의 폭주도 시작되었다. 이미 그의 작품에 흠이 간 이상, 페인트가 튀어도 상관하지 않으며 아이들을 잡으러 다녔다.

"꺅! 이번엔 선생님이 술래다."

"애들아, 잡히기만 해. 하하하. 해일아, 넌 왜 피해?"

겨울이 헤일로의 손을 잡고 와다다 도망갔다. 다른 애들도 같은 곳으로 뛰어간다. 붓에 물을 묻힌 이정민도 아이들을 향해 달려갔다.

"애들치곤 오래 열심히 참아줬네."

"그러게."

"왜 앉아? 일어나. 애들이 다 놀러 갔으니, 어른들은 일해야겠지?"

"아…."

이소라는 권재익에게 붓 하나를 더 챙겨줬다.

그들이 아이들과 두 어른이를 찾아 나선 건 한참 지나서 저녁 시간이 되었을 즈음이었다. 어디까지 멀리 달려갔는지 저녁 시간이 됐는데도 집에 돌아오지 않았다. 그들은 초등학생 자녀를 둔 부모가 된 기분이다.

"정민이도 안 돌아올 줄 몰랐는데. 해일아! 정민아! 다들 어디 갔어."

애들이 도통 보이지 않아 찾아 나선 이소라는, 동네 구멍가게 근처에서 권재익이 가만히 서 있자 눈썹을 꿈틀거렸다. 지금 같이 찾기로 해놓고 놀고 있나 싶었다. 팔짱을 끼고 다가가는데, 뒤돌아본 권재익이 침착한 얼굴로 입에 손가락을 올렸다.

"쉿."

"왜?"

대답 없이 권재익이 보라는 듯 몸을 옆으로 비켜줬다. 이소라는 아무 생각 없이 보았다가, 곧 눈을 동그랗게 떴다.

"어디 갔나 했더니."

권재익이 고개를 절레절레 젓는다.

"이러다 입 돌아가는 거 아냐?"

"괜찮을 거 같은데."

카메라가 두 사람의 대화를 조용히 담았다.

이소라가 은행나무 평상 아래 둥글게 누워 있는 아이들을 보며 미소 지었다. 해일의 손을 잡고 자는 겨울과 아이들, 그리고 이정민까지 얼굴에 페인트를 묻히고 곤히 잠들어 있었다.

"귀여워라."

푸른 잎이 그들의 머리 위로 떨어져 내린다. 드디어 봄이 온 것 같았다.

9. 사람들의 이야기

헤일로는 즐거웠다. 막혀 있던 둑이 터져나간 것처럼 영감이 다시 차올랐다. 그가 하고 싶었던 노해일스러운 음악이, 마을 사람들을 볼 때마다 차올랐다. 그럴 때면 그는 마음 가는 대로 노래를 불렀고, 마을 사람들이 감상하며 즐거워했다.

"해일이, 오늘 아침방송하러 가는겨?"

"네, 맞아요."

"오늘도 잘 부탁 하지라."

처음에 주민들이 헤일로를 볼 때마다, 음악 천재, 청년이라고 부르더니 지금은 이름으로 부르기 시작했다. 또한 멀리서 보일 때면 손을 흔들고 인사했고, 원래 주던 간식을 더 많이 한 바구니 채워 선물했다. 주민들은 커다란 기타를 들고 돌아다니는 소년도, 까치집을 한 채 추레한 모습으로 돌아다니는 권재익도, 마을에서 단 한 번도 본 적 없는 미인이지만 웬만한 아저씨보다 털털한 이소라도,

그리고 마을 부녀자들에게 독보적인 사랑을 받는 이정민도 익숙해졌다. 더불어 이곳저곳 설치된 카메라나 지나가는 제작진들이 백운도의 일상처럼 스며들었다.

"겨울이는 어디 갔고 혼자 다니는겨?"

"음, 글쎄요."

"웬일로 아가 어디 갔지?"

사람들은 늘 헤일로 옆에 매미처럼 딱 달라붙어 있던 겨울이 보이지 않자 궁금해했다.

헤일로는 대답 대신 옅게 웃으며 백운초 방송반으로 걸어갔다. 오늘은 특별한 날이었다. 평소엔 사람들을 구경하며 느긋하게 어디엔가 앉아 음악을 하던 헤일로는 오늘만큼은 부지런하게 움직였다. 다른 곳에 정신 팔릴 시간이 없었다.

[아아, 안녕하세요, 여러분.]

평소와 같은 인사지만 오늘은 좀 다른 방송을 할 예정이다.

[다들 기다리는 게 있겠지만, 오늘은 좀 더 특별한 방송을 할까 합니다. 여러분, 혹시 들으셨나요? 우리 마을의 벽화가 완성된 거.]

벽화는 혼자 만든 게 아니다. 출연진부터 제작진 그리고 마을 주민과 아이들 모두가 같이 만들어나갔다.

[벽화를 만드는 동안 참 많은 일이 있었죠. 할 말이 한둘이 아니긴 합니다. 그러나 오늘은 벽화 대신 한 사람에 대해 이야기를 해보려고요. 음, 어떻게 시작할까. 제가 최근에 한 훌륭한 분을 만날 일이 있었습니다. 그분께서 이렇게 말씀해주셨죠.]

지난번 바다낚시를 한 날, 선장은 새빨개진 얼굴로 눈물을 흘리며 그의 손을 잡고 "내 아내가 했던 말이 있소. 각자만이 할 수 있는 이야기가 있고, 그리하여 그 자체로 아름답다고. 그러나 그것의 아름다움을 유지한 채 전한다는 건 참 어려운 일이지. 그러니까… 참 고맙소"라고 이야기해주었다.

[각자만이 할 수 있는 이야기가 있고, 그리하여 그 자체로 아름답다고.]

겨울이 집 앞에도 소년의 목소리가 울려 퍼진다. 평소에는 소년의 옆에서 방송을 구경하거나, 같이 무언가를 했겠지만 오늘만은 엄마의 방문 앞에 섰다. 겨울의 엄마가 일을 갈 채비를 마치고 나오자, 겨울이 막아섰다.

"엄마."

"응?"

"있잖아. 오늘은 일 말고."

간절한 얼굴, 사슴 같은 눈망울이 엄마를 올려다본다.

"나랑 같이 어디 가주면 안 돼?"

겨울은 엄마가 떠나갈까 봐 손을 꼭 잡고, 어디론가 이끌었다.

[어느 날 한 소년이 저에게 찾아왔습니다.]

겨울의 엄마는 아침 방송이 나오는 확성기를 흘끗 보곤 아이를 뒤따라갔다.

[특별한 재능을 가진 아이였죠. 음악을 하고 싶다는 소년에게 저는 물었습니다. 왜 음악을 하고 싶냐고. 그에 아이가 대답했습니다. "소리를 잇고 싶어요." 무슨 소리를 잇고 싶냐는 물음에 한참 망설이던 아이가 답했습니다. "엄마가 부르는 노래를 잇고 싶어요."]

사람마다 각자의 이야기를 갖는다. 그건 그리운 이야기일 수도 있고, 즐거웠던 이야기일 수도 있다. 그리고 누군가에겐 고통스러운 이야기일 수도 있다. 헤일로는 선장에게 겨울에 대한 이야기를 들었다. 정확히는 겨울이 부모에 관한 이야기다.

바다에서 일하던 남자와 도시에 살던 여자. 반대하는 집안을 버리고 연고 하나 없는 낯선 섬으로 내려온 여자는 남자와 가정을 이루게 된다. 참, 낭만적인 사랑 이야기에 사람들은 자연스레 해피엔딩을 떠올리게 된다. 그러나 이 이야기는 남자가 바다에 나가 돌아오지 않게 되며 끝이 났다.

여자는 남자의 피를 이은 세 아이와 함께 남겨졌다. 그 여자의 심정은 어땠을까. 누구도 상상하지 못하며 이해할 수 없을 것이다. 그리하여 여자는 매일 항구에 나가 돌아오지 않는 남편을 기다렸다. 사람들이 미쳤다고 생각할 만큼 그녀는 자신을 보살피지 못했고, 그녀의 아이들도 역시 마찬가지였다. 사람들은 여자의 아이들을 가엾게 여겼지만, 누구도 여자가 원래대로 돌아올 거라고 생각하지 못했다. 하지만 놀랍게도 어느 날 여자는 제정신을 찾는다. 그녀는 엄마로서 역할을 다시 하기 시작했다. 아이들을 다시 사랑해줬고, 모든 게 정상적으로 아무 일 없다는 듯이 돌아갔다.

"다만, 그 애는 기억할 수 있지. 다른 애들은 어려서 기억 못 할 테지만, 그 애는 아니었거든. 한 대여섯 살 때였나 그랬지. 그래서 지금까지 좀 어색해. 자기 엄마한테 투정 한번 못 하더군."

마을 사람들 모두가 기억하는 날이 있다. 어디선가 들려오는 아이의 비명이 섞인 울음소리. 사람들은 뒤늦게 바다에 몸을 던지려는 여자와 그녀의 허리에 매달려 가지 말라고 울부짖으며 버티던 대여섯 살의 아이를 발견했다. 모두가 사태를 알아차리고 여자를 말렸던 그날. 모두에게 강렬히 남겨진 기억을 분명 그 아이도 잊지 않고 있을 것이다.

"미안해하는 게 많은데. 근데 애가 아무 말도 안 하고, 엄마도 괜히 들추기 싫으니 말을 않는 거지. 고름이 쌓이니 어떻겠어. 어색해질 수밖에 없는 거지."

겨울은 말했다. 엄마가 부르는 노래를 잇고 싶다고. 엄마가 흥얼거리는 노래가 있는데, 매번 몇 마디 가지 못한다고 했다. 기억하지 못하는 것 같으니 자신이 뒤의 소리를 잇고 싶다고 했다. 돌아가신 아버지와 함께 부른 노래. 헤일로는 기억하지 못해 부르지 못하는 거로 생각하지 않았지만, 아무 말도 하지 않았다.

"이게 더 좋을까?"

"넌 어떻게 하고 싶은데."

"나는, 음."

"하고 싶은 대로 해봐."

"그럼…."

그저 하고 싶은 대로 내버려두고, 같이 음악에 관해 이야기했을 뿐이다. 헤일로는 겨울의 개인 사정에 관해선 방송으로 이야기하지 않았다. 이미 다들 아는 걸 말할 필요 없었다. 그리고 중요한 건 따로 있으니까.

[마침내 완성했죠.]

벽화가 완성된 날 노래가 완성되었다. 헤일로와 겨울은 집에서 몰래 빠져나와 벽화에 악보를 새겨넣었다.

겨울은 심호흡했다. 아침 방송으로 나오는 선생님의 목소리가 긴장을 눌러줬다.

[여러분에게 한 사람의 이야기를 들려주려고 합니다.]

벽화 앞에 선 겨울이 엄마의 손을 꽉 잡았다. 그리고 음악이 들려오자, 벽화 길을 한 걸음 한 걸음 걷기 시작했다. 마을의 벽화는 그냥 아무 그림이나 그려 넣은 게 아니다. 마을 사람들의 이야기를 그려놓았다. 그중 겨울은 학교로 가는 길을 걸어갔다. 겨울의 엄마가 익숙한 선율을 듣고 깜짝 놀라며 멈추려고 하자, 겨울이 벽화를 가리켰다.

"엄마, 우린 이걸 따라갈 거야."

엄마의 시선이 구름에 닿는다. 백운도의 전경이 그려진 아이들의 그림이다. 구름에는 구름 모양 선을 따라 음표가 그려져 있었다. 구름 모양으로 생긴 악보는 끝에서 산과 연결되었으며 뱅글뱅글한 나뭇잎을 타고 마을로 날아갔다. 벽화 속 어떤 여자와 어린아이가 손을 잡고 마을로 걸어 나갔다. 그들을 따라 음악이 울려 퍼졌다. 가사가 없이 멜로디만 있는 음악이었다.

"노래를 부르진 않고?"

헤일로가 묻자, 겨울이 답했다.

"엄마랑 같이 만들 거야."

서정적인 음악이 벽화를 따라 이어졌고, 벽화가 끊어지자 악보가 끊겼다. 하지만 자세히 보면 끊긴 게 아니었다. 겨울이 가져다 둔 후면 거울을 가리켰다. 거울 속 반대편에 비친 벽화에 악보가 이어졌고, 거울을 지나치면 다시 벽화로 이어졌다. 벽화 속에서 엄마의 손을 잡고 걸어 나가던 아이가 천천히 자란다. 아이는 초등학교도 가고 바다 건너로 나가 중학교와 고등학교도 간다. 그리고 그곳에서 섬에 돌아올지, 아니면 도시로 나갈지 선택하게 된다. 아이는 어떤 선택을 했을까?

선율이 옅어졌다. 어느새 겨울의 엄마는 눈물을 뚝뚝 흘리고 있다. 겨울이 만든 음악은 그녀가 알았던 음악보다 산뜻하고 희망찼다. 이전에 불렀던 노래를 잊을 수 없지만, 그 노래를 새로운 색으로 덮기엔 충분했다.

벽화의 마지막. 어른이 된 아이가 허리가 휜 여자의 앞에 섰다. 그것처럼 겨울은 학교 앞에서 엄마 앞에 섰다.

"엄마, 이제 나랑 같이 부르자."

용기를 내서 한 말이었다.

"내가 아빠가 돼줄게."

겨울은 엄마가 뭐라고 얘기할지 몰라 눈을 질끈 감았다. 겨울의 머릿속엔 엄마가 그녀를 밀쳐냈던 기억이 있다. 화를 낼 수도 있다고 생각했다. 그러나 눈 깜짝할 새 겨울은 엄마의 품속에 있었다. 겨울은 눈을 조심스레 떴다. 엄마의 몸이 덜덜 떨리고 있었다. 엄마는 겨울이 깨지기 쉬운 유리라도 되는 듯 머리를 조심스레 쓰다듬었다. 곧 사라질 모래성처럼 바람에 흩어지지 않게 꼭 껴안았다.

"겨울아… 엄마가, 엄마가 미안해…."

겨울의 눈이 동그래졌다.

"엄마가 잘못했어…."

울리려고 했던 게 아닌데 엄마가 울기 시작했다. 그러자 이상하게 겨울도 눈물이 났다.

"엄마가 다신 안 그럴게, 미안해."

"흐어엉."

겨울은 엄마에게 안겨 그렇게 울었다. 울음소리에 열심히 만든 음악이 묻혔지만, 서운하지 않았다.

"이걸 하려고…."

"밤에 뭘 하나 했더니."

마을 사람들이 웅성웅성 벽화 앞에 모여 이야기하고, 이소라가 추가된 그림을 눈여겨봤다. 몇몇이 겨울이 엄마의 등을 다독여주기도 했고, 통통 부은 겨울의 눈에 차가운 숟가락을 대기도 했다.

"아가 찐빵이 됐네."

"그래도 겨울이 아가 참 잘했네. 아가 특이하다고 생각했는데, 즈 엄마를 위해 노래도 만들고. 울집 아는 드러누워 배만 박박 긁던디. 언제 철드나 몰라."

겨울은 귀를 쫑긋이며 벽화에 관한 이야기가 들리면 빙긋 웃었고, 음악이 좋다는 소리가 들려도 방실방실 웃었다. 무엇보다 겨울은 가사가 완성되면 서울에 오라던 헤일로의 초대를 기억했다. 음반을 만들어주겠다고 했다.

겨울은 마냥 행복했다. 너무 행복한 나머지 그날 밤은 꿈속에서 엄마 아빠와 함께 놀러 가기도 갔다. 겨울이 솜사탕이 먹고 싶다며 떼를 쓰자, 아빠가 솜사탕을 사줬다. 달콤한 꿈이었다.

* * *

"간다고?"

겨울도 알고 있었다. 그들이 도시에서 온 이들이라는 것, 백운도에서 나고 자라 쭉 살아가는 주민이 아니라, 언젠가 돌아갈 집이 있다는 것을 말이다. 촬영을 2주간 진행한다는 것도 들었다.

"응."

헤일로의 대답에 겨울이 입술을 달싹였다. 가야 한다는 걸 알고 있지만, 이렇게 일찍 가야 할 줄 몰랐다. "안 가면 안 돼?" 그렇게 묻고 싶지만, 물을 수가 없다. 겨울은 헤일로의 옷자락을 보며 손가락만 꼼지락거렸다.

그때, 제작진 하나가 다가왔다.

"헤일로 씨, 잠깐 볼 수 있을까요?"

"아, 네."

스태프가 겨울을 보고 어색하게 손을 흔들었다.

"겨울이 안녕…? 선생님과 잠깐 이야기 좀 나눠도 될까?"

"알겠어요."

겨울은 결국 가지 말라는 말 한마디 하지 못하고 헤일로를 보냈다.

학교가 부산스럽다. 아니, 백운도 전체가 부산스럽다. 바쁜 일상을 보내느라, 촬영의 마지막 날이 다가왔다는 걸 다들 너무 늦게 인지했다. 뒤늦게 부랴부랴 인사하고 마지막 날을 잘 보내기 위해 준비하는 것이다. 어른들이 부산스럽게 움직이는 걸 보며 겨울은 가지 말라고 말하고 싶은 건 저밖에 없는 것 같다고 생각했다.

"겨울아, 뭐 하고 있어?"

겨울은 머리 위에 그림자가 지자 고개를 들었다. 이소라가 상냥하게 웃으며 쭈그려 앉았다. 겨울은 마을에서 본 누구보다 예쁜 이소라 선생님이 제 표정만 봐도 마음을 다 알아차리곤 해 좋았다. 게다가 다정하게 달래주니, 그녀에게 괜히 투정을 부렸다.

"선생님도 내일 가요?"

겨울의 물음에 이소라가 멈칫하더니, 머리를 쓸어주었다.

"응, 가야 해."

"꼭?"

"우리 겨울이, 많이 서운하구나."

그 말에 겨울의 눈시울이 붉어졌다. 그제야 아이는 아무렇지 않게 보낼 준비를 하는 마을 어른들이나 아무렇지 않게 돌아간다고 말하는 헤일로에게 서운했다는 걸 깨달았다.

"선생님도 아무렇지 않아요?"

그리고 눈앞의 선생님도 그렇게 보였다.

"아무렇지 않다니. 선생님도 서운하지. 겨울이랑 더 놀고 싶은데, 그리고 이곳도⋯."

이소라가 마을을 돌아보았다. 마을 사람들과 눈이 마주치자 손을 흔들었다.

"정말 좋은데. 선생님이 가봤던 곳 중에서 제일."

"하지만 웃고 있잖아요."

"음, 그건 말이야."

이소라가 말을 골랐다.

"선생님도 노력하고 있는 거야. 슬픈 거 꾹 참고, 겨울이한테 예쁜 모습만 기억되려고. 그래야 겨울이가 선생님을 잘 기억할 수 있을 거 아냐?"

"선생님은 매일 예쁜데."

"더 예쁘게. 겨울이가 선생님을 더 예쁘게 기억해서, 다음을 기약할 수 있게. 마을 어른들도 지금 그러고 있는 거야."

조금 더 좋은 옷을 입고, 조금 더 좋은 음식을 준비하며.

"우리 모두 좋은 모습만 기억하려고."

겨울이 어려워하자 이소라가 덧붙였다.

"첫인상이 가장 중요하다는 말이 있거든. 한번 인식되면, 웬만해선 그 인상을 바꾸기 힘들어. 그래서 처음에 잘해야 한다는 말이 있어. 근데, 그게 아니야. 첫인상이 중요한 게 아니라 마지막 인상이 가장 중요해."

"왜요?"

"사람들이 너무 바빠서, 기억의 용량이 정해져 있어서 혹은 여러 가지 이유로 먼 기억부터 하나씩 지워나가거든. 그런데 이 사람에 대한 모든 걸 잊어버릴 순 없잖아. 그래서 딱 한 가지 기억만 남기는데, 그게 보통 가장 최근의 기억, 그러니까 가장 마지막 인상이야. 그래서 이렇게 다들 열심히 준비하는 거야. 마을에 대한 좋은 기억만 남기고, 언제든 좋게 생각날 수 있도록. 그래야 다음에 더만나고 싶을 테니까."

완전히 이해한 건 아니지만 겨울은 고개를 끄덕인다.

"겨울이도 해일이 선생님이, 아니 오빠가 예쁜 모습만 기억해줬으면 좋겠지? 그래서 가지 말라고 못 하는 거지?"

"네."

"어른스럽네, 우리 겨울이."

겨울을 한번 안아준 이소라가 불현듯 눈을 찡긋거렸다.

"있잖아. 그럼 선생님이 하나 도와줄까? 해일이 오빠가 절대 못잊도록. 그래서 나중에 겨울이한테 먼저 연락하고, 찾아오도록."

"어떻게요?"

"방법이 있지, 선생님이랑 잠깐 어디 좀 갈까."

* * *

"무슨 일이에요?"

"아, 해일 씨. 있잖아요, 혹시….."

나혜주 PD가 오늘 마을 사람들을 위해 노래를 불러줄 수 있겠냐고 매우 정중히 물었다. 하고 싶지 않다면 하지 않아도 된다고까지 말했다. 하지만 헤일로는 노래는 시키지 않아도 할 예정이었던 터라 곧바로 수긍했다.

"할게요."

헤일로에게는 별거 아닌 부탁이었지만, 나혜주는 그가 흔쾌히 들어줄 줄 몰랐기에 무척 감동했다.

"고마워요, 해일 씨."

그녀는 오늘 잔치를 마지막 장면으로 넣으려고 한다고 뒤늦게 덧붙였다. 마지막 장면 연출 때문이라고 제의하면 강요처럼 들릴까봐 매우 조심스러워했다.

"어려운 부탁도 아닌데요."

"그래도요, 우리 계약서에도 있잖아요. 절대 공연이나 음악을 강요하지 않는다."

절대 잊지 않았다는 선언에 헤일로가 옅게 웃었다.

"알겠습니다. 그럼, 마지막 촬영도 잘 부탁드립니다."

소년이 멀어지자, 나혜주가 가슴을 쓸어내렸다.

"잘… 부탁…. 응응, 잘해야지."

적당히 선을 지키며, 오늘도 모든 사람을 공평하게 대해야 한다. 출연진 중에 톱스타가 아닌 사람이 없으니, 누군가를 차별할 일은 없지만, 특별히 누군가에게 팬심을 드러내면 다른 사람은 기분이 상할 수도 있었다. 그녀는 모두에게 일 잘하고, 선을 잘 지키는 PD로 남고 싶었다.

"나 잘하고 있지 않아?"

"으음."

도민희 작가의 표정이 차게 식었다.

"뭐, 그렇지"라고 답해주긴 했지만, 나혜주는 이미 누군가에게 팬심을 잘 드러내고 있었다. 다른 출연진에겐 하나도 안 떨고 답하면서 누군가와 일대일로 얘기하면 긴장하는 데다 표정 관리도 못하니 말이다. 도민희는 나혜주와 눈이 마주치지 않게 시선을 돌렸다. 그때였다. 그녀의 눈에 꼭 깨물어주고 싶을 만큼 귀여운 소녀가 들어온 것은.

"어머."

저도 모르게 감탄한 도민희가 입을 가렸다.

헤일로는 겨울을 찾았다. 잠깐 다녀온 새 어디 갔는지 보이지 않았다. 아이들 있는 곳에도 보이지 않았고, 어머니와 있는 것 같지도 않았다.

"해일아."

이소라의 부름에 헤일로가 아무 생각 없이 고개를 돌렸다.

"왜 그….”

그리고 말을 잇지 못했다.

평소보다 예쁘게 꾸민 이소라에 마을 청년들의 시선이 닿는다. 권재익이 멀리서 보다가 헛웃음을 치고 사탕을 와그작와그작 씹어 먹을 정도로, 색다른 모습이었다. 그러나 중요한 건 이소라가 아니었다. 하얀색 원피스를 입은 이소라의 뒤에서 머리가 불쑥 튀어나왔다. 이소라의 벚꽃 원피스를 리폼하여 만든 원피스를 입은 소녀는 아기 벚꽃 같았다. 수줍은 발간 볼도 벚꽃색이었고, 덥수룩한 머리 사이에 숨기고(?) 있던 얼굴도 뽀얬다. 사슴 같은 눈망울이 그를 올려다보며 불렀다.

"선생님."

"어?"

처음 보는 소녀에게서 익숙한 목소리가 들려왔다. 부정할 수 없는 겨울의 목소리였다.

"너 왜 치마를…?"

평소와 달리 반응이 느린 헤일로의 얼굴에 무언가 스쳐 지나갔다. 서서히 변해가는 표정에 이소라가 까르르 웃었다.

"해일아, 이렇게 예쁜 애를 어떻게 이제까지 남자애라고 생각할 수가 있어?"

카메라 감독은 어느새 헤일로의 표정만 확대해서 찍고 있다.

"무심하긴."

이소라의 놀림이 헤일로에게 들리지 않았다. 그동안의 기억들이 머릿속을 스쳐 지나갔기 때문이다. 이소라가 의미심장하게 "너 모르니?"라고 했던 것부터, '언니'라는 호칭. 그리고 무엇보다.

"누가 이상하다고 하면, 네가 멍청해서 그렇다고 해."

"그래도 하면?"

"그럼 선빵 날려. 남자는 주먹이야."

주먹을 쥐고 싸우는 법을 알려주거나 남자애라고 생각하고 쳤던 장난들이 생생하게 떠올랐다. 다른 건 몰라도, 집과 퍼블릭 스쿨에서 매너라는 것을 배운 신사의 얼굴이 망연자실해졌다.

"이러다 영영 눈치 못 챌 거 같아서 알려주는 거야."

이미 흑역사는 남았다. 아침 방송에서 겨울을 '소년'이라고 칭하지 않았던가. 이소라가 킥킥 웃으며, 겨울의 등을 부드럽게 밀었다.

"선생님."

겨울이 헤일로를 올려다봤다. 무슨 말을 기대하는 것 같았다.

헤일로가 어쩔 줄 몰라 하며 입술을 달싹였다. 이성과 감정이 격렬하게 싸우며 어떤 말도 나오지 않았다. 결국 승리한 건 이성이다.

"잘 어울린다. 예쁘네."

칭찬하는 얼굴치고 매우 해괴하다.

이소라가 결국 배를 잡고 웃었다.

"근데 저만 몰랐어요? 정민이 형이나 재익이 형은…."

"하하하. 진짜 모를 줄 몰랐는데…."

이정민이 어색하게 웃었다.

"우리 다린이랑 닮아서."

권재익도 겨울의 머리를 부드럽게 쓸었다. 그도 겨울이를 다른 아이들보다 예뻐하긴 했다.

"남의 집 예쁜 딸을 남자애로 알다니. 해일이 평생 반성해야겠어."

이소라는 소년을 놀리기 바빴고, 겨울은 원피스가 어색한 듯 만지작거렸다.

헤일로가 정신을 차린 건, 마을 잔치 준비가 끝났을 때쯤이었다. 물론 겨울을 대하는 손짓이 좀 어색해졌지만, 그건 곧 나아질 것이다.

* * *

마을 잔치는 학교 옆 공터에서 진행했다. 도시의 잔치처럼 화려하진 않았다. 그러나 백운도라는 마을의 분위기와 닮아 있었다. 평소보다 푸짐한 잔칫상과 술, 음료, 수업이 없어 그저 좋은 아이들,

오늘만큼은 놀기로 한 마을 사람들만 있으면 충분했다. 그리고 잔치엔 없어서 안 되는 음악까지 어우러져 정말 배부르게 먹고, 즐겁게 놀았다.

"내일 가셔야 하니 푹 쉬세요."

"좋은 밤 되세요."

"안녕히 주무세요."

"들어가세요."

내일 배를 타고 떠날 이들을 위해 평소처럼 헤어졌다. 헤어질 때 울 줄 알았는데, 아무도 울지 않았다. 그들조차 말이다.

"어차피 잘 거면, 들어가서 자라."

"오늘은 안 잘 거야."

그들은 평상에 둘러앉았다. 모두 평온하고 만족한 얼굴이었다.

"아, 배부르다. 오늘 3킬로그램쯤 찐 거 같아."

"넌 더 쪄도 돼."

"쪄도 되긴. TV에 돼지처럼 나온다."

오늘은 권재익과 이소라도 특별히 싸우지 않고 대화를 이어갔다.

"정민이는 안 피곤하니?"

권재익이 무심히 물었다.

"안 피곤한 거 같아요."

이정민이 미안해하자 "젊다, 젊어. 나도 젊었을 땐 며칠 안 자도 멀쩡했는데" 그러고 만다.

"나도 배가 너무 불러서 잠이 안 온다. 우리 뭐 할 거 없나? 게임 같은 거 할 거 없어요?"

출연진들이 밤에 안 잔다는 걸 깨닫고, 조연출과 교대로 나오기 시작한 나혜주 PD가 고개를 절레절레 젓는다.

"그런 것도 준비 안 하고 뭐 했어. 해일아, 요즘 애들하고 노는 거 없니?"

"음악?"

첫날의 기억에 권재익이 입을 다물자 이정민이 잔잔하게 웃었다.

'뭐, 할 게 없을까. 마지막 날은 잠으로 보내긴 아쉬운데.'

잔치가 너무 일찍 끝난 것 같다 싶지만 마을 사람들에게도 내일이 있다는 걸 인정했다. 아무 생각 없이 주머니에 손을 넣은 이정민이 바스락거리는 소리에 그걸 꺼냈다.

"이건….”

"설마 쪽지야?"

"이거 주려고 일찍 끝냈구나."

잔치가 너무 일찍 끝나 아쉬웠던 건 그뿐만이 아니었던 모양이다. 권재익과 이소라도 눈을 빛내며, 쪽지를 펴보라고 손짓했다.

"이건 기대하는 그런 게 아닌데….”

"그럼, 뭔데?"

이정민이 쪽지를 조심히 열었다. 그건 그들이 예전에 했던 보물찾기의 쪽지였다. 신나게 노느라 풀지 못했던 보물찾기. 원래 아이가 가지고 있었는데, 아까 헤어지기 전에 그에게 주고 갔다.

"우리는 어려우니까 선생님이 꼭 풀어줘."

같이 하지 않으면 의미가 없을 거 같은데 아이가 당연하듯 주곤 가족에게 돌아가버렸다.

"보물찾기에요."

"보물찾기? 오랜만에 듣는다. 근데 이게 보물찾기라고?"

"아직 못 푼 문제죠."

그 순간 권재익이 벌떡 일어났다. 이소라도 아무 말 없이 따라 일어났으며, 헤일로가 내려놓았던 기타 케이스를 다시 멨다. 이정민이 당황한 얼굴로 그들을 보다가, 결국 일어난다.

"해볼까요?"

저번엔 노느라 딱 두 문제만 풀었다. 바다의 소리는 해변에 있는 소라를 의미했고, 소라가 그려진 배에 가니 그곳에 소라고동이 새겨진 보물상자가 있었다. 아이들의 말로는 항상 이곳에 있었던 배라고 한다. 그들은 보물상자부터 본격적인 시작이라고 생각했다. 보물상자를 열면 두 번째 문제가 나온다.

[그것은 장미처럼 천천히 열린다. 그것은 우리를 별들로 가득 찬 협곡으로 안내해준다.]

장미처럼 천천히 열리는 '그것'을 아이들과 추리하긴 했지만 가진 않았다. 그냥 해변에 노는 게 좋을 것 같았고, 으슥하기도 했고 말이다.

"여길 들어가라고?"

이소라는 비좁은 골목을 가리켰다. 이정민이 고개를 끄덕였다.

"가다 보면 길이 장미처럼 열려요. 활짝."

아이들의 문제라는 듯이 벽에 아예 꽃봉오리 마크도 있었다. 아직 해가 완전히 지지 않아 다행이었다.

"근데 오늘따라 마을 사람들이 안 보이네."

"오늘은 고생하셨으니 일찍 쉬는 게 아닐까요?"

"그런가."

권재익이 이윽고 길을 따라 들어갔다. 정말 점점 길이 넓어졌다.

'별들로 가득 찬 협곡'으로 안내해줄 때까지 걸어 들어가기로 했다.

"여긴 뭐야."

골목에 변소 같은 나무판자 집이 있다. 정말 들어가야 하나 싶던 권재익이 안으로 들어갔다. 네 사람이 들어가기엔 비좁은 곳이라 권재익 혼자만 들어가 주변을 둘러봤다.

"별들로 가득 찬 협곡이 뭐지? 여기가 협곡이라고?"

플래시로 어두운 판잣집을 비춘 권재익은 곧 별이 새겨진 보물 상자를 발견했다.

'이걸 별이라고 한 건가?'

다음 문제를 발견하긴 했지만 납득하긴 힘들었다. 그때였다.

"아."

헤일로가 먼저 탄성을 내질렀다. 이정민도 뒤이어 눈치 채고 "오!" 하며 감탄했다. 이소라가 권재익을 손으로 가리켰다.

"별이다."

"나?"

권재익은 설마 스타인 자신을 칭하는 건 아닐 테고, 의문스러운 표정으로 고개를 숙이고는 곧 감탄했다. 빛들의 파편이 그의 옷에 묻어 있었다. 아니, 구멍이 뚫린 판자 사이로 그리고 지붕 대신 얹은 검은색 불투명한 천 사이로, 햇살이 내리쬐며 별들을 만들고 있었다. 지금이야 노을이 지고 있어 붉은빛 별만 있지만 아이들이 돌아다닐 환한 낮엔 아마 이곳은 정말 '별들로 가득 찬 협곡'이 될 것이었다.

"야, 재밌다. 더하자."

"다음 문제는 뭐야?"

[은빛 산꼭대기와 황금빛 에덴이 나를 인도한다. 나는 그곳을 가로지르며 인내를 배운다. 마침내 나는 마법의 샘에 도달한다. 그 안에 마지막 이정표가 있다.]

"이건 쉬운데?"

"인내는 하나밖에 없지."

구름이 낀 백운도의 꼭대기, 황금빛 태양이 쏟아지는 에덴이 뭘 말하는지는 너무 쉽게 알 수 있다.

"하아, 여길 올라가야 한단 말이지."

'산은 멀리서 봐야 아름다운 것'이라는 신조를 지닌 이소라가 허리에 두 팔을 올렸다.

"가자."

"가야지."

"도대체 뭐가 있는지 궁금해졌어."

마을을 한 바퀴 돌아 다시 집 방향으로 가야 하니 오기가 생겼다.

각자 자기관리 철저한 연예인들은 평소 운동도 열심히 해둔 터라 그들을 뒤따라가는 카메라맨과 나혜주만 숨을 헉헉거렸다. 길을 따라 산에 올랐다. 이제 막 집 근처에 왔을 뿐인데 점점 해가 지기 시작했다. 산에 플래시를 켜고 올라가야 할까 논의하는 중에 그들은 한 인영과 마주쳤다. 섬장, 아니 이장님이었다. 왜인지 몰라도 그는 등불을 가지고 있었다.

"허매, 깜짝이야! 왜 밤중에 돌아다니고 계신데요?"

"섬장님 어디 가세요?"

"아니, 어디 가는 건 아니고."

어딘가 가로등이 고장 난 모양이었다. 이소라가 잘 됐다며 그걸 가리켰다.

"그럼 그거 빌려주실 수 있으세요?"

"예? 아, 네. 빌려 가십시오."

카메라를 의식한 이장님이 다시 어색한 서울말을 쓰며, 등불을 빌려주었다. 이소라가 등불을 받아 들고 감사 인사를 했다. 그렇게 다시 '등불원정대'가 나아가기 시작했다. 사람들이 오가며 길이 고르게 만들어진 산은 험하지 않았다. 이상한 길로 새지만 않으면 될 것 같다. 중간중간 등이 들어온 곳도 있었다. 운동기구와 약수터용 호스를 발견한 사람들은 왜 등이 있는지 이해했다.

"약수터가 마법의 샘 아냐?"

"샘이라기에는 샘이 없는데. 이건 그냥 수도꼭지와 이어져 있어."

"그리고 아직 인내를 배웠다기엔 별로 안 올라왔죠?"

"더 올라가 보자."

뒤따라가는 카메라맨은 이미 인내를 배우고 있는 것 같았다. 낮에 왔어야 했다. 다들 보물이 뭔지 궁금해서 올라가고 있긴 했지만, 낮에 돌아다닐 아이들을 위해 만든 문제란 건 확실하다.

"어, 여긴가 보다."

"샘이다."

등불의 빛이 반사된다. 그들은 커다란 공터에 도달했다. 몇백 살인지 모를 커다란 나무들이 공터를 둘러싸고 있었고, 한가운데 샘이 있었다.

"근데 왜 마법의 샘일까?"

"마시면 건강에 좋아져서?"

헤일로가 샘에 다가갔다.

문제엔 그렇게 쓰여 있었다.

[그 안에 이정표가 있다.]

아마 샘 안에 마지막 문제가 존재할 것이었다. 하지만 샘 안에는 보물상자도 어떤 힌트도 보이지 않았다. 권재익이 손을 뻗어 샘을 헤집는다. 당연하게도 돌만 있었고, 헤집어놓으니 물만 탁해졌다.

"마법의 샘…."

아이들이 풀어야 하는 문제다. 그러니까 아이들의 사고에 맞게 접근해야 할 것이다. 어른들은 당연하게 생각할지도 모르지만, 아이들은 당연하게 생각하지 않는 것이 무엇일까. 다들 샘에 둘러앉아 물이 원래대로 돌아오기만을 기다렸다. 머지않아 흙이 가라앉았다.

"탁해졌던 물이 원래대로 돌아오는 것도 마법이긴 하네요."

"여기에도 물고기가 살겠지. 마법이네."

"마시면 건강에 좋다는 말이 아닐까?"

이는 어른의 상상력이다. 헤일로는 샘을 가만히 바라봤다. 그리고 고개를 들었다. 뻥 뚫린 하늘에 별들이 그대로 보였다. 샘에 비치는 별처럼.

"어…?"

헤일로가 샘을 다시 쳐다보았다. 각도마다 반사되는 곳이 다르겠지만, 아이들이 샘을 찾았을 때 가장 먼저 서게 될 곳을 찾아가 샘물을 보자, 나무의 기둥과 가지가 비쳤다.

"설마."

밤이라 잘 보이지 않는다. 아마, 낮이면 더 잘 보였을 것이다. 헤일로가 등불을 빌려 나무를 비췄다. 나무의 줄기에 커다란 천이 매달려 있다. 그러니까 이건 그가 겨울과 함께 벽화를 그리며 썼던 트릭이었다.

"그렇구나."

이정민이 뒤늦게 깨달았다.

"보이기는 하는데 잡히지 않는 게 마법이네요."

간단한 트릭이었다. 헤일로가 천을 잡아당기자, 천이 풀리며 같이 매달고 있던 것이 툭 떨어졌다. 작은 캡슐이었다. 캡슐을 열자 마지막 문제가 나온다.

[꼬리를 찾아 나에게 오세요.]

"이게 다야?"

"웬 꼬리?"

사람들이 꼬리 비슷한 무언가라도 찾기 위해 주변을 두리번거렸다. 카메라맨이 무언가를 가리켰다.

"혹시 저거 아니에요?"

사람들의 고개가 돌아갔다. 그리고 그들은 자신들이 지나온 길의 나무에 매달린 리본들을 발견했다.

"저건 길 잃지 말라고 매달아 놓은 거 아녜요?"

"그렇다고 하기엔 방향이 다른데."

이제까지 넓은 길로 안내하던 리본들이 그들을 산속으로 안내하고 있었다.

'밤중에 저런 데를 들어가도 될까? 위험한 동물이라도 나오면 어쩌지.'

모두가 고민하는 때에 나혜주가 문득 떠오른 기억에 고개를 들었다.

'저기 혹시 그건가?'

"한번 가볼까요? 생각보다 멀지 않을 거 같은데."

나혜주의 제안에 사람들이 고개를 끄덕였다.

드문드문 매달려 있는 게 아니라, 한 길을 향해 난 모든 나무에 리본이 매달려 있어 길을 잃을 일은 없을 것 같다. 아예 산길이라기엔 묘하게 땅이 고른 게 사람들이 오간 것 같고, 그리고 무엇보다 멀리서 빛이 보였다. 사람들은 그 빛을 향해 걸어갔다. 가다가 멈칫한 건 헤일로다. 문제가 있어서가 아니라 바다와 바람 소리가 강하게 들려서였다.

마침내 빛 끝에 도달했다. 도착한 사람들은 등불을 비추고는 "와!" 하고 감탄했다. 그들의 앞에 더 나아가지 말라는 듯, 나무 안전대에 꽂힌 바람개비들이 빙글빙글 돌아가고 있었다. 알록달록한 바람개비들을 본 사람들은 등불을 내려놓고 앞으로 나아간다.

"이거였구나."

"애들한테 보여주려는 게."

절벽에 설치된 전망대에 마을의 전경이 펼쳐졌다. 밤하늘과 불이 조금 들어온 전경조차 이렇게 예쁜데, 낮에 보면 얼마나 아름다웠을까 싶었다. 항구부터 해변, 밭과 모든 집들이 보이는 곳이었다. 사람들이 나무 안전바에 기대 마을을 구경했다. 금은보화나 숨겨진 힘이 나오지 않았지만 이걸로 만족스러웠다.

얼마나 구경했을까. 슬슬 추워지자, 누군가가 말했다.

"이제 갈까?"

좋은 구경했다. 마음 정리는 이렇게 하면 족할 것 같았다. 하나둘 고개를 돌리고 마침내 소년도 몸을 돌리려고 하는데 멀리서 빛이 보였다.

"잠깐만요."

헤일로의 부름에 사람들이 다시 몸을 돌렸다. 그리고 그들은 곧 발견했다. 진짜 보물. 항구의 빛이 하나씩 늘어나기 시작한다. 조명을 켠 건 아니었다. 작은 빛들이 바다에 띄워지고 파도를 타고 퍼져 나간다. 마치 은하수를 따라 별들이 퍼져나가는 것처럼. 마을 사람들이 놓은 소망등이 파도를 따라 퍼져나갔다. 겨울이가 엄마와 함께 등을 파도에 놓는다. 소망등에는 '다음에 또 만나게 해주세요'라는 겨울의 소원과 '언제나 행복하길'이라는 어머니의 소원이 새겨져 멀어진다.

"이게 뭐야."

항구에서 퍼져나가는 빛들에 이소라가 낮은 목소리로 탄식하더니, 손을 들어 눈을 만졌다. 무언가 말하려던 이정민이 입을 다물고 그 아름다운 광경을 바라봤다. 옆에서 코를 훌쩍이는 소리가 들려 권재익을 바라보자, 자기가 아니라며 코를 훔쳤다. 항구에 촛불이 하나씩 들어오며 천천히 흔들린다. 그에 권재익도 눈물을 참지 못했다. 마을 사람들의 진짜 이별 선물이 이것이었다.

아쉬웠던 마음이 흘러간다. 별들이 하늘에서 지상으로 떨어져 내린 모습이 카메라에 담겼다.

"아."

그걸 지켜보던 소년의 귀에 고깃배 선장의 목소리가 들려왔다.

"내 아내가 했던 말이 있소."

그 울림이 물결을 따라 밀려왔다.

"각자만이 할 수 있는 이야기가 있고, 그리하여 그 자체로 아름

답다고."

"그 자체로⋯."

사람들의 이야기, 사람들의 소망이 담긴 등이 어둠을 밀어내고 있다. 그 자체로 빛났고 아름다웠다. 헤일로는 무언가 알 것 같았다. 이 마을에서 이상하게 음악을 만들고 싶다는 욕구가 찾아오고, 음악을 만드는 게 전혀 어렵지 않던 이유를.

"이거였구나."

그가 노해일스러운 음악을 하고 싶었지만 하지 못했던 이유.

영원히 아름다울 밤이었다.

* * *

마을 사람들은 어젯밤이 거짓말이었던 것처럼 일상으로 돌아갔다. 배웅을 나온 건 겨울과 섬장, 그들을 육지로 데려갈 배의 선장 뿐이었다. 그러나 하나도 서운하지 않았다. 오히려 그들은 편안히 마을을 향해 손을 흔들었다.

"언제든 찾아와. 하고 싶으면 연락하고. 어떻게 쓰는지 알지?"

집에 있는 노트북을 떠올린 겨울이가 퉁퉁 부은 얼굴로 고개를 끄덕였다.

"나 안 잊을 거지?"

그의 흑역사가 떠올라 잊어버릴 수 없을 거다. 여전히 겨울이 여자아이라는 게 당혹스러운 헤일로가 머리를 조심스럽게 쓰다듬어 줬다.

"잘 있어."

"응."

결국 겨울이 다시 눈물을 터트렸다. 배가 멀어진다. 예전과 똑같이 멀어지는데, 더 슬픈 것 같다. 결국 이장이 괜찮다며 겨울을 달랬다.

그리고 배에 탄 이들도, 마지막 눈물을 닦으며 촬영을 정리하기 시작했다. 단 하나 카메라를 남긴 채 말이다.

"모두 고생하셨습니다."

"우리 시즌 투도 해요."

"정말 즐거웠습니다."

"겨울아….”

"니가 왜 울어?"

제작진들과 인사한 후 출연진들이 앉았다. 이번엔 멀미약에 패치까지 잘 붙인 이소라는 더는 물고기들에게 먹이를 주지 않았다.

"넌 이제 돌아가서 드라마 들어가냐?"

"응, 다시 본업 해야지. 너도?"

"난 이미 시나리오 봐둔 게 있어서."

"오올. 정민이는?"

"저는… 조금 쉬어보게요."

"쉬는 것도 정말 중요하지. 잘 생각했어."

이소라가 부드럽게 웃었다.

마지막 남은 건 소년이었다. 세 사람의 시선에 헤일로가 당연하다는 듯 말했다.

"전 이제 정규 2집 내려고요."

"오! 헤일로 앨범? 사람들이 좋아하겠네."

"아니요, 이건 노해일로요.”

사람들이 모두 눈을 화등잔만 하게 떴다.

"노해일 정규 2집."

"본캐 아직 하는구나."

"그럼 '헤일로'는 당분간 쉬는 거야?"

'헤일로? 생각 안 해봤었는데.'

잠깐 생각한 소년은 불현듯 좋은 생각을 떠올렸다.

"아니요. 헤일로 씨 곧 앨범 낸다는 소식을 전해 들을 것 같아요."

장난기 가득한 제삼자 화법이지만, 누구도 받아주지 못했다.

"응? 노해일 앨범 낸다며."

"헤일로는 어떻게? 나만 이해가 안 가나?"

"그건 쉬우니까요. 이미 만들어놓은 것도 있었고."

무슨 소리인지 더더욱 알아듣지 못한 이들만 서로 멀뚱멀뚱 바라봤다.

'쉽다고? 뭐가? 이미 만들어놔?'

사람들의 반응에 아랑곳하지 않고 헤일로는 장난을 이어갔다.

"어쩌면 이번에 헤일로 씨와 발매 날이 겹칠지도 모르겠군요. 아주 재미있는 경합이 될 것 같아요."

"어…!"

"최근에 헤일로 씨의 시상식을 인상 깊게 봤는데, 이렇게 된 거, 저도 한번 가볼까요? 그래미 어워즈."

다른 사람이었으면 비웃었겠지만, 이쪽은 웃음도 안 나온다. 이소라가 뒤늦게 정신 차리고 물었다.

"해일아, 근데 너 슬럼프 아니었어?"

'아, 맞다. 나 슬럼프였지.'

헤일로는 그제야 인식했다. 그러나 곧 그가 환한 얼굴로 말했다.

"이제 극복한 거 같아요."

"아…. 아…."

다들 공감하지 못하고 탄식만 내뱉었다.

나혜주 PD는 깨끗하게 찍힌 걸 확인하며 '뭐, 이런들 어떠하고, 저런들 어떠하겠는가. 일단 이 프로그램의 엔딩은 잘 나온 것 같다'고 생각했다.

배가 바다를 가로질러 나아간다. 〈슬기로운 섬섬생활〉의 촬영은 종료됐다.

10. 스승의 자격

"잘 다녀왔냐?"

장진수는 지친 얼굴로 H 레이블 로비 테이블에 얼굴을 묻었다. 촬영은 헤일로가 다녀왔는데, 장진수가 더 지친 얼굴이다. 헤일로는 테이블 위에 늘어진 악보와 노트, 프린트물을 보고 고개를 기울였다.

"이건 뭐야?"

"과제. 아니, 야. 이게 말이 되냐."

"뭐가?"

장진수가 굉장히 억울한 얼굴로 말했다.

"중간고사가 끝났는데 어떻게 과제는 더 많을 수가 있지? 해도 해도 끝이 안 나. 영감이라는 게 쥐어짜야 나온다고 생각하는 걸까? 영감은 모르겠고, 머리에서 쥐 날 거 같아."

"그래? 그럼 내가 도와줄까?"

"너야 쉽겠지만…. 어?"

장진수는 예상치 못한 말에 귀를 의심했다.

'표정은 평소의 노해일인데, 이런 말을 한다고?'

차라리 "그게 뭐가 어렵다고"라고 말했으면, 평소 노해일이구나 했을 것이다.

"야, 무슨 일 있었어? 예능 촬영을 하더니…."

장진수가 노해일을 유심히 바라보았다.

〈웰컴 투 마이 월드〉 제7화에 백운도 이야기와 방송국 이야기가 함께 나오면서, 헤일로가 예능에 나온다는 게 알려지며 최근 한참 시끄러웠다. 과제로 죽어가는 장진수의 동기들도 그 이야기를 할 정도였다. 요즘 김선철이 멘토로 출연하는 〈메, 멘토(Me, mento)〉를 재밌게 보고 있었는데, 기대작이 하나 더 생겼다고 하는 이들도 있었다.

"컨디션 좋아 보이는데. 잘 쉬고 온 거야?"

장진수는 노해일이 촬영했다는 예능에 대해선 잘 몰랐다. 아는 것이라곤 백운도라는 섬에 가서 찍었다는 것, 그 주제가 음악이라는 것뿐이다. 음악이야 노해일이 있는 곳이니 당연할 것이다.

"응, 잘 쉰 것 같아."

헤일로가 정말 기분 좋다는 듯 웃었다.

"이제 슬럼프도 괜찮아진 것 같고."

"뭐? 진짜? 그럼 앨범도…."

"이제 정리해서 녹음해야지."

이건 희소식이다. 친구의 슬럼프에(슬럼프로 보이지 않았음에도) 은근히 신경 쓰였던 장진수는 속으로 안도했다. 노해일은 차라리 재수 없는 게 어울렸지, 약한 척하는 건 하나도 어울리지 않았다. 장진수가 고개를 들었다. 갑자기 과제 의욕이 샘솟았다. 노해일도 컴백한다는데 자신도 더 열심히 해야 할 것 같았다.

"아직 안 도와줘도 돼."

"응?"

"아까 물었잖아. 아직 안 도와줘도 된다고. 내가 좀 더, 영감을 쥐어짜서 해볼게."

"그래."

"아, 근데, 잠깐만."

장진수가 미련 없이 어깨를 으쓱이는 소년을 붙잡았다.

"나중에… 나중에 봐줄 수 있어? 다 만든 다음에, 어떤지."

헤일로가 어렵지 않다는 듯 고개를 끄덕였다.

장진수의 얼굴도 환해진다.

"열심히 해야겠다."

의지에 불타는 얼굴에 헤일로가 물러섰다. 멀리서 음반팀이 불러 돌아가려던 그가 멈칫했다. 마침 뭔가 생각이 나 입꼬리가 올라갔다.

"열심히도 좋은데, 서두르는 게 좋을 거야."

"뭐가?"

"어쩌면 너한테 선배가 하나 더 생길지도 모른다는 생각이 들어서."

"뭐?"

"수고해."

자기 할 말만 한 소년이 유유히 떠나간다.

장진수는 어처구니없다는 얼굴로 중얼거렸다.

"뭔 소리래. 선배는 무슨, 선배. 아니… 그전에 내가 언제 너희 레이블에 들어간다고 했냐고."

소년한테 들리지 않게 작은 목소리로.

"이쯤 되면 그냥 내가 들어오길 바라는 거 아냐? 진짜… 그런가?"

곧 장진수는 제 뺨을 손바닥으로 치며 정신을 차렸다.

"이럴 때가 아니다. 과제나 하자."

* * *

깔끔한 편집, 경력 있는 PD와 제작진, 무엇보다 오랜 세월 연예계에서 자리한 김선철이라는 가수와 누구보다 열심히 사는 음악영재의 조합이 만들어낸 〈메, 멘토〉를 향해 많은 이들이 입을 모아 교양국에서 괜찮은 프로그램이 나왔다고 이야기했다. 물론, 어느 방송이나 그렇듯 악플이 없진 않았지만 이를 불편해하며 나무라는 댓글도 많았다.

[강남권 영재?ㅋㅋ 웃고갑니다.]

[절대음감 있으면 다 영재냐ㅋ]

[재랑 김선철은 무슨 조합임? 음악이라고 억지로 붙여놓았지만, 아예 다른 영역인데 그냥 피아니스트를 데려오든가, 어디 엔터 지망생이나 데려올 것이지.]

[프로그램 취지는 음악적 도움이 필요한 아이를 멘토링하는 거라고 쓰여 있는데… 강남권 사는 애가 도움이 필요함?]

[초특급 게스트 나온다고 입털더니 김선철이 초특급 게스트임?]

[강남권이면 영재가 아님? 애한테 열등감 느끼는 수준.]

[절대음감에 벌써 심금을 울리는 연주를 하는 거 보면 영재 맞지.]

[아홉 살짜리한테 뭐라고 할 시간에 느그들 아홉 살 때 뭐 했는지 반성하
길.]

이 정도면 양호한 수준의 프로그램일 것이다. 경 PD의 〈메, 멘
토〉는 2화부터 주목을 받으며 괜찮은 시청률을 올렸다. '영재'와
'음악'이라는 키워드에 여기저기서 관심을 보이기도 했고 말이다.
아마도 올해 대한민국 최초, 아시아 최초로 헤일로가 그래미상을
타며 음악과 영재에 관한 관심을 키워놨던 덕분인 듯했다.

[우리 해일이도 어렸을 때 저랬을까?]

[진짜 열심히 산다. 애기가 나보다 열심히 사는 것 같애.]

[김선철 가수님 되게 엄격하면서도 인자한 이상적인 스승 같음. 나도 어
렸을 때 저런 선생님을 만났다면…]

[암만 봐도 진짜 천재 같다.]

어떤 땐 마냥 아이 같지만 음악을 할 때만은 의젓하고 시간 하나
낭비하지 않고 연습하는 영재와 엄격하지만 다정한 김선철이 보여
주는 사제지간의 모습이 많은 시청자를 끌어모았다.

"나 PD도 잘될 거야. 내가 응원할게!"

경 PD가 시청률 표를 보며 으스대더니 나혜주 PD에게 꼭 한마
디 했다.

"와, 저 새끼 입 나불대는 거 봐라."

옆에 있던 선배 황 PD의 얼굴이 썩어갔다.

"왜요? 또 뭐라고 했어요?"

나혜주는 티저 공개에 정신이 쏠려 경 PD가 온 줄도 몰랐다.

"늘 하던 거 있잖아. 방송 분위기도 너무 좋고, 김선철 가수도 좋고, 애도 얼마나 착하냐며 하늘이 자길 도와주는 것 같다고 나불대고 갔다. 나불대는 수준 보니 저 새끼는, 다른 건 몰라도 입 때문에 망할 거 같다."

신랄한 비판에 나혜주가 픽 웃었다.

"지금 잘나가잖아요."

"나 PD 안 억울해? 저 프로… 아니다. 아니야."

"전 미련 없어요."

"미안해. 말 꺼내서."

"진짜 괜찮아요."

'이렇게 말하면 속만 뒤집히지'라고 생각한 황 PD가 눈치를 보며 입을 다물었다. 그러나 나혜주는 하나도 신경 쓰이지 않았다. 백운도를 떠나기 전 촬영 마지막 날 출연진들과 함께 많은 이야기를 나누며 의외의 말을 들었기 때문이다. 이전 프로그램이었다면 혜일로는 출연하지 않았을 것 같다고 말했고, 이소라와 이정민은 자기들은 솔직히 소년과 다시 만나고 싶어서 나왔다고 했다. 권재익은 매니저의 말을 듣고 합류한 케이스지만 결국 소년과 연관 있었다. '그럼 아무도 안 나왔을 수도 있는 거네' 하며 그때 얼마나 소름이 돋았는지 프로그램을 빼앗겨서 다행이라고(?) 생각했다.

"하늘도 무심하지. 어떻게 저런 놈을 도와줄까."

선배의 말에 나혜주는 고개를 돌려 시청률 표를 바라보았다. 토

요일 방송 중 교양국에서 가장 높은 시청률을 기록한 게 경 PD의
〈메, 멘토〉였다. 티저가 나가고, 제작 발표회를 마친 후에 그녀의 프
로그램도 저 표에 올라가게 되길 바랐다.

그런데 왜일까 나혜주는 이상하게 불안하지는 않았다. 출연진
과 제작진은 재밌어도 시청자들은 그렇지 않은 괴리감 때문에 불
안해하는 경우가 있는데, 그녀는 막연히 자신의 프로그램이, 그들
의 프로그램이 잘될 거라는 믿음이 있었다. 웃음, 눈물, 사람 사는
냄새가 가득한 그들의 방송이 시청자들에게 먹힐 것 같다.

이윽고 일요일 오후, 인기 예능 〈달리는 남자〉 방영 후에 티저가
공개되었다.

* * *

직장인 성호는 따로 보는 예능이 많진 않다. 보는 예능이 딱딱 정
해져 있는 편에 가깝다. 최근 보는 웹 예능까지 합치면, 금요일엔
〈웰컴 투 마이 월드〉, 토요일엔 〈메, 멘토〉, 일요일엔 〈달리는 남자〉
정도다. 그중 가장 오래 본 예능이라면 아무래도 장수 예능 〈달리
는 남자〉다. 게스트가 나오든 나오지 않든 기존 멤버들의 티키타카
를 보며 일요일을 마감하는 건 습관을 넘어 일상이 되었다. 오늘의
게스트는 게다가 그가 좋아하는 가수였다. 가죽 재킷에 시크한 패
션, 남자의 피를 끓게 하는 로커 신주혁이 오랜만에 〈달리는 남자〉
에 출연했다. 출연자들이 다들 오랫동안 알고 지낸 사이라 근황도
자연스레 나왔다.

[주혁아, 요새도 가끔 네 이야기 나오더라. 인사 제대로 안 하면,
후배들 모두 집합시킨다고.]

[하하, 자주는 아니고 한 일주일에 한 번쯤?]

[뭐? 하하하. 이걸 받아주네.]

멤버들의 놀림에 신주혁이 웃으며 잘 받아준다. 소문에 대한 건 장난이지만, 신주혁은 선이 뚜렷한 성격이라고 많이 알려졌다. 선 넘는 사람들을 싫어하고, 선배건 후배건 아닌 건 아니라고 말하는 성격이다. 로커 특유의 성격에, 무표정으로 있으면 사나워 보이는 인상이라 길거리에서 사이비가 피해서 지나갔다는 일화는 유명했다.

[어, 근데. 생각해보니 신주혁 씨 후배 중에….]

[잠깐만. 주혁 씨, 설마 그분도 집합시켜요…?]

'그분'. 웬만해선 무슨 말이든 내뱉고 보는 멤버들이 조심스레 물었다.

성호는 그게 누구인지 알고 눈을 번쩍 떴다. 생각해보니 신주혁과 제일 친한 후배, 혹은 친구로 불리는 사람이 있었다.

[아, 그러고 보니 주혁이 가장 친한 후배가 헤일로 님 아니야?]

[감히 태양에게….]

'그분'이 누구인지 모를 시청자들을 향해 정리하며, 멤버들이 집중 공격을 퍼부었다.

[아니, 아니, 헤일이는… 저도 무서워요. 그분을 만날 땐, 제가 먼저 가서 인사드립니다. 평안히 주무셨습니까 하고.]

[뭐라고요? 하하.]

웬만해서 받아줄 신주혁이 두 손바닥을 올려 항복했다. 멤버들이 웃으며 넘어가지만 다들 알 것이다. 극존칭을 쓰긴 했지만, '해일이'라고 부를 정도면 정말 친한 게 맞았다. 실제로 연예계에서 친한 선후배 관계로 유명했다.

어쨌든 이번 게스트는 신주혁이라 게임도 그 위주로 돌아갔다. 홍대에서 고음을 지르며 유리잔을 깰 때 역시 로커는 다르다는 걸 알았다. 오늘도 〈달리는 남자〉는 재밌었다. 다 먹은 음식을 치우려던 성호는 익숙한 목소리에 고개를 들었다.

[이 사람들이! 지금 몰래카메라 하는 거지?]

시골집, 추리닝을 입었지만 길쭉한 다리와 잘생김을 숨기지 못하는 남자배우 권재익이 나왔다. 최근 사이코패스 살인마 연기로 극장가를 소름 돋게 만든 권재익이 실성했다.

'권재익 예능해?!'

[청소? 깨끗하지 않아?]

다른 여자의 목소리가 들렸다. 우아하지만, 통통 튀는 목소리. 성호는 어쩐지 이조차 익숙하다고 생각하며 침을 꿀꺽 삼켰다.

[우리 집보다 깨끗한 거 같은데]

[너 여배우 아니냐?]

카메라가 천천히 돌아가 한 여자를 비추었다. 뒤에서 후광이 몰려온다.

'권재익이랑 이소라랑 같이 예능 찍어?'

친해 보이는 두 사람의 대화가 편안히 오갔다. 성호는 '와! 미쳤다!' 하며 감탄했다.

'둘이 예능 찍었는지 몰랐는데. 근데 둘만 시골에 보내진 않았을 테고, 이건 도대체 무슨 예능일까?'

[나눠서 한번 해볼까요?]

그때, 또다시 들려온 익숙한 목소리는 누구인지 바로 알아들었다. 이정민이었다.

'아니, 그럼 권재익이랑 이소라랑 이정민이 나온다고?'

성호는 벌떡 몸을 일으켰다. 과거 〈오늘부터 우리는〉의 열렬한 시청자였던 그는 그 조합에 전율을 느꼈다.

[정민아, 너밖에 없다.]

권재익이 바라보는 방향으로 카메라가 움직이며, 부드럽게 웃는 이정민이 비친다. 주름 하나 지지 않은 니트를 입은 이정민은 순정만화에서 튀어나온 남주인공이었다. 그때, 이정민의 시선이 돌아간다. 굉장히 부드러운 시선이라 그는 다른 여자 출연진이 있나 싶었다.

[해일 씨는 하고 싶은 거 있어요?]

"해일?"

'내가 아는 해일은 하나밖에 없는데. 잘못 들었나?'

성호가 귀를 의심하는 순간, 카메라가 돌아가며 평상에 앉아 있는 소년을 비추었다. 기타 케이스를 내려놓은 소년은 주변을 한번 둘러보더니 곧 웃는다.

[전… 음악?]

"아?"

그가 무슨 말을 했는지 인지하기도 전에 필름이 돌아가며, 애니메이션 티저가 올라왔다. 낚싯대를 쥐고 배에 올라타는 아저씨, 아니 권재익, 고운 원피스를 입고 아이들과 어울리는 단아한 여자가 담기고, 한쪽에 교탁에 선 청년이 교과서를 읽고 있다. 마지막으로 운동장에 기타를 멘 소년과 머리가 덥수룩한 아이가 서로를 바라보며 마을이 하나로 합쳐진다. 둥그런 산으로 이루어진 섬 곳곳에 집과 밭이 생겨나고 마을 사람들의 얼굴로 가득 찬다. 출연진과 마을 사람들, 그리고 그들 앞에 항구와 해변.

[〈슬기로운 섬섬생활〉 다음 주 일요일 18:30 첫 방송]

"에?"

성호는 멈춰 서서 TV를 바라봤다. 이미 광고로 넘어갔지만, 그는 어떤 행동도 할 수 없었다.

"으어?????"

[헤일로 예능 떴다! 확정 맞네.]

[슬기로운 섬섬생활 출연진 수준 뭐임ㄷㄷ 갑자기 호화 톱스타 라인.]

[PD 누구길래 예능 안 나오는 사람만 싹 다 데려왔냐… 도대체 뭐 하시는 분이야.]

[저 셋은 같은 드라마 나왔는데, 헤일로는 혼자 뭐임?]

└ 헤일로가 그 드라마 OST 부름.

└ 아 ㄹㅇ?

[달리는 남자 보고 TV 안 끈 나 새끼, 잘했다.]

[아니 근데 이거 노린 거 아님? 〈달리는 남자〉에 신주혁 나오고, 잠시 '그분' 토크 한 다음, 끝난 후 티저 공개ㅋㅋㅋㅋ 너흰 천재야ㅠㅠ]

[다들 집안일 얘기할 때, 해일이 혼자 음악 하고 싶다는 거 나만 귀여움?]

[그래, 잘 생각했다 집안일 하지 말고 다음 앨범 내자.]

[웬만해선 그래도 도와야 하지 않겠나 싶지만, 〈웰마월〉 보고 오니 안 도와주는 게 도와주는 거일 듯.]

[ㅋㅋㅋㅋㅋ해외에서 그걸로 헤일로 대마법사짤 만든 거 봤냐?]

[사원소마법-불과 파괴 마법(밥솥 물 범람) /자연친화(야채못자름) /바람(그릇깸)]

[저게 성수나는 헬리건 드립이 ㄹㅇ뇌절인데 걍 웃김 ㅋㅋㅋㅋㅋ]
[걔들은 드립이 아니라 진심임.]

굳이 〈슬기로운 섬섬생활〉의 티저 반응을 찾아보던 경 PD가 코웃음 쳤다. 집안일 좀 못하는 것 갖고 신격화하는 게 웃겼다.

"귀엽긴. 그냥 싹수없는 놈이지. 역시 유명해지면 똥을 싸도 박수 친다고."

경 PD는 손톱을 물며 댓글을 좀 더 살폈다. 그가 〈슬기로운 섬섬생활〉에서 제일 신경 쓰인 건 성황리에 열린 제작 발표회보다 티저에서 헤일로와 어떤 꼬마의 애니메이션이 나왔을 때였다. 그때부터 굉장히 찜찜한 기분이 들었다. 도대체 뭔가 싶어 검색해봤지만 다들 관심이 없는 것 같았다. 간혹 '근데 헤일로랑 마주 보는 꼬마는 누구야?', '애기들이랑 학교 나오는 거 봐서 시골에서 선생님 하는 건가 봐 귀엽다' 정도의 글만 있을 뿐 그들이 무엇을 하는지에 대한 것은 거의 없었다. 그저 그들의 가수나 배우가 예능에 나왔다고 좋아할 뿐이었다.

"경 PD님, 김선철 선생님께 연락왔는데요."

"어, 어."

핸드폰이 울린 것도 몰랐다. 경 PD는 전화를 받았다. 간단한 안부가 오가고 뭐 하고 있었냐는 질문에 후배 프로그램 티저를 봤다고 하자, 김선철의 피식 웃는 웃음소리가 들렸다. 그리고 통화를 이어가며 어두웠던 경 PD의 얼굴이 점점 밝아졌다. 김선철이 그곳에 나온 꼬마를 알아봤기 때문이다.

"신경 쓰실까봐 연락드렸습니다."

"감사합니다, 선생님."

예전에 나혜주 PD가 테스트를 맡겼던 겨울이라는 아이는 다행히 영재가 아니라고 했다. 간단한 음감 테스트도 통과하지 못했다는 말에 경 PD는 안심했다. 자신에게 오해하고 이를 악물었을 줄 알았는데 '그래, 나 PD가 그래도 치졸한 애는 아니야'라고 생각하며 전화를 끊고 커뮤니티를 닫았다.

"신경 쓰지 말자."

경 PD의 눈이 시계를 향했다. 오늘 〈슬기로운 섬섬생활〉 1화가 방영하는 날이었다. 시간이 가까워질수록 불길함이 다가온다.

'재미없을 거다. 재미없을 거다.'

자신은 하늘이 돕는 남자고, 나혜주는 그렇지 않다. 경 PD는 강박에 가까운 불안이 기분 탓일 거라 여기며 떨쳐내려고 노력했다.

* * *

〈슬기로운 섬섬생활〉 1화, 섬에 도착하면서부터 시작된 네 사람의 여정은 티저에서 편집되었던 장면을 그대로 보여주면서 웃음과 함께 시작되었다. 마을 이장과 함께 살게 될 집에 따라간 네 사람은, 그들이 2주간 살게 될 집에 도착한다.

[자, 그럼 여러분들이 머물 집은 여기입니다.]

앞 사람들이 감탄하며, 들어가려는데 이장이 붙잡았다.

[아, 거기가 아니고요. 여기입니다.]

커다란 집 바로 옆, 오래된 돌담 벽 안에 있는 판잣집을 본 권재익의 표정이 클로즈업되자 시청자들은 웃음을 터트릴 수밖에 없었다.

[표정 다 썩었어ㅋㅋㅋㅋ]

[소라 언니 표정 관리 뒤늦게 하지만 이미 마음에 안 듦.]

[아니, 근데 저런 집에서 살 수 있음?]

집 안을 샅샅이 둘러본 권재익이 아궁이를 발견하곤 다시 뒷걸음질해서 나왔다. 마치 옷 가게를 둘러보다가, 직원이 다가오자마자 나가는 우리의 모습처럼 재빨랐다.

[에이, 나 PD. 이건 아니지.]

[PD님, 이게 PD님의 진심인가요?]

사기 계약이라고 선언해봤자 이미 늦었다.

[카메라 설치하는 동안 푹 쉬셔도 됩니다. 촬영 준비가 끝나면 다들 파이팅입니다! 파이팅!]

나혜주 PD는 목소리만 나왔는데도 해맑은 게 출연자들이 열받겠다 싶었다.

[자고로 나씨 성을 가진 PD와의 계약은 세 번 생각해보고 나서 결정하라고 했거늘ㅋㅋㅋㅋㅋ]

[사기 계약이란 걸 깨닫고 망연자실한 엄마·아빠, 그리고 그저 좋은 두 아들의 모습이군요.]

[아니 근데 제일 부유하게 자란 건 이정민이랑 헤일로 아냐? 저런데 제일 적응 못 할 거 같은데.]

└ 이정민은 금수저 아님.

[자, 그럼 우린 뭘 해야 할지 역할을 정해볼까?]

사람들은 곧 웃을 수밖에 없었다. 권재익의 말 뒤에 촬영 전 인터뷰가 실렸기 때문이었다. 거기서 권재익은 조카 선물을 살 돈을 벌러 나왔고, 적당히 시키는 것만 열심히 하겠다고 말했다. 그리고 재미있는 사람들 옆에서 묻어가고 싶다고 야망을 밝힌 것이다.

[대환장파티넼ㅋㅋ 진짜 아무도 안 해ㅋㅋㅋㅋ]
[이소라: 집안일 안 해봄 /이정민: 귀하게 자람 /헤일로: 222]
 └ 이정민 귀하게 안 자랐는데 왜 헛소문이 돌지? 이정민 자수성가임.
[다들 그거 앎? 헤일로도 금수저긴 한데, 권재익 권씨가문 삼대독자라,
제일 귀하게 자람ㅋㅋㅋㅋㅋㅋ]

[해일 씨는 하고 싶은 거 없어요?]
[전…. 음악?]
[좋네요.]
믿고 있던 이정민이 그렇게 말하자, 권재익의 눈에 불길이 솟았다.
그것도 모르고 다른 사람들은 부둥부둥해준다.
[우리 해일이 노래 부르게?]
[와, 여행자 바드네 바드!]

[ㅅㅂ바드ㅋㅋㅋㅋㅋㅋㅋ]
[근데 해일이는 이게 맞아… 집안일은 하면 안 돼… 응, 안 되더라…]

[좋긴 뭐가 좋아. 바드는 무슨. 이 사람들이! 지금 몰래카메라 하는 거지?]

권재익이 목뒤를 잡으며 대노했다.

[나 PD가 사기꾼인 줄 알았더니, 피해자는 한 명뿐인 것에 관하여 ㅋ]
[다 예능 초보라 재미는 기대 안 했는데, 케미 미쳤네 ㅋㅋㅋ]
[다들 그냥 오우(오늘부터 우리는) 등장인물 그 잡채인데 ㅋㅋㅋ]
[권샘과 말 안 듣는 반장, 같은 편 아닌 희태, 그리고 음악 하느라 학교 안
나온 해일이.]
└ 아니 ㅋㅋ 진짜 그럴듯하잖아.
└ 진짜 오우 성인버전이넼ㅋ

웃음이 있다면 반전도 있었다. 집안일을 못 했던 헤일로가 본업
은 잘했던 〈웰마월〉처럼 말이다. 또 다른 집안일 고수의 등장에 〈슬
기로운 섬섬생활〉은 예측할 수 없는 방향으로 흘러갔다.
[그건 제가 고칠게요, 누나.]
[아, 나사를 돌리면 빠지는구나. 내가 잡아줄게.]

[아니 이정민 집안일 왜케 잘해.]
[이소라도 생각보다 협조 잘하는데. 안 해봐서 그렇지 하면 잘 할 듯?]
[근데 전구 어디서 남? 제작진 안 도와주는 척하며 도와줬나?]

분명, 제작진이 식자재나 필요한 물품은 바다나 산에서 구하거
나 농사를 짓거나 아니면 마을 사람들의 부탁을 들어주고 받으라
고 했기 때문에 갑자기 등장한 새 전구에 시청자들이 의문을 갖는
건 당연했다.

[이거 어디서 구했어요?]

PD가 놀라며 묻는다.

이정민이 웃으며 말했다.

[해일 씨가 이장님한테 받아왔어요.]

[분명 도와주지 말라고 그랬는데?]

[아니, 나PD. 도와주지 말랬다고요?]

분명 마을 사람들한테 평소 이방인이 들어왔을 때처럼 해달라고 말했지만, 예외란 게 있다. 이미 마을 사람들이 소년을 알고 있었다.

[작은 사장님, 언제 왔는겨.]

[아니, 이 쪼매난 손으로 그런 걸 쓰면 청소가 안 되지. 잠 있어봐. 내 빌려줄게.]

[허매, 노래 잘 부르는 청년?]

[아 〈웰마월〉]

[아 마을 사람들이 해일이를 아네.]

[의도대로 되어가지 않는 상황에 당황하는 나PD…]

이미 마을회관에서 노래까지 부른 소년에게 마을 사람들은 카메라를 피해 김치며, 반찬이며 심지어 이불까지 챙겨주었다. 그럴 때마다 헤일로는 "챙겨 주셔서 감사합니다" 하고 받았고, 이는 안타깝게도(?) 카메라에 고스란히 잡히고 말았다. 태연하게 받아내는 헤일로의 뻔뻔한 활약을 시청자들은 매우 좋아했다. 분명 나혜주가 원한 그림은 물에 밥을 먹은 출연진들이 의지를 불태우며 알

바를 하는 것이었을 텐데, 첫날 임금님 수라상 부럽지 않을 정도로 상이 차려졌다.

[회사에서 인맥 좋은 사람 뽑는 이유.]
[우리 낙하산도 우리가 몇 년 동안 못 따낸 계약 바로 따왔더라. 어떻게 했냐고 물었더니 친구 아빠라 밥 먹으면서 해달라고 했대ㅇㅇ 그 뒤로 아무도 일 못한다고 안 깜.]
[누가 감히 대 외교부 장관님 욕함?]

헤일로의 노래를 듣고 '대가'를 지급하니 제작진이 끼어들 틈이 없었다. 경험 많은 제작진이었다면 다를 수도 있었겠지만 말이다. 어쨌든 출연진이 제작진을 이기는 그림은 시청자들에게 꽤 신선했고, 매력적이었다. 밥을 먹고 다 같이 평상에 앉은 출연진들은 다음 날 백운도 초등학교 임시 선생님으로 부임해 가르칠 과목에 대해 의논했다. 헤일로가 있는데 굳이 음악을 가르치고 싶다는 권재익이 "내가 음악 좀 가르칠 수 있지"라고 했을 때 그가 낸 2집 앨범이 화면에 올라왔다.

[그래, 좀 가르칠 수 있긴 한데, 팬 미팅에서 1시간 동안 노래 부르는 건 좀 너무하지 않았나…]
[팬 미팅 몇 시간이었음?]
[…2시간]
[ㅋㅋㅋㅋㅋㅋㅋㅋㅋㅋㅋㅋㅋㅋㅋㅋㅋㅋ]

이어서 이소라가 수학을 가르치겠다는 희망 사항을 말했을 때, 이소라와 같은 미모의 수학 선생님이라면 수학은 1등급이라며 반응이 무척 좋았다. 하지만 곧 실체가 밝혀졌다.

[팔 칠에?]

[63?]

[아….]

[얘가 그래도 여배우니까 편집해주세요.]

[누가 이소라 같은 수학샘 있었으면 1등급 맞는다고 하지 않았냐?]

[ㅎㅎ 소라누나는 수학샘해. 공부는 인강 보고 알아서 할게.]

[ㅋㅋㅋㅋㅋㅋㅋㅋㅋ 그게 수학샘이 맞냐.]

과학을 가르치고 싶다고 한 이정민은 최근 양자 얽힘에 관심이 생겨 이를 가르쳐보고 싶다고 했다.

[아, 양자 얽힘…. 잘 알지. 근데 초등학교 애들은 좀 힘들지 않을까?]

[하하, 조금 어려울까요? 재밌는 주제라고 생각했는데.]

[아;;;알지 알지.]

[아 내 친구가 그거 잘함ㅋㅋ]

[그걸 초등학생한테…?]

이소라를 비웃던 시청자들이 단체로 숙연해졌다. 그런데 이정민이 양자 얽힘으로 시청자를 차게 식게 했다면, 식다 못해 얼게 한 발언이 소년에게서 나왔다.

[글쎄요, 제가 뭘 가르칠 게 있나 해서요? 그런 건 여러 경험을 하다 보면 자연스레 알게 되는 거라서. 다들 좋아하는 음악은 누가 가르치지 않아도 좋잖아요?]

[전혀 기대 안 했는데 케미가 미침.]
[교양국이래서 메멘토랑 비슷할 줄 알았는데 개그물임.]
└ 예능국 인재가 왜 교양국에…
[사기당한 권재익과 세 명의 베짱이들.]
[요약: 미슐랭 셰프, 자취 고수, 우리 누나 그리고 외무 및 문화부 장관 노해일.]
└ 제작진이 여배우의 품위를 지켜주지 않았어…
└ 근데 헤일로는 진짜 별걸 다 구해오긴 하더라.
└ 장난인 줄 알았는데 진짜 바드였음;; 노래 부르고 먹을 거 받아옴.
[근데 다들 말한 거 반대로 된 거 나만 웃기냐ㅋㅋㅋㅋ]
[헤일로 애들이랑 안 친하다고 하는데, 제일 잘 놈.]
└ 해일이는 엊그저께 애였으면서 왜 싫어해ㅋㅋㅋㅋ

예능 커뮤니티와 인기 검색어를 〈슬기로운 섬섬생활〉, 헤일로, 〈오늘부터 우리는〉이 지배했다. 시청률 표를 보고 활짝 웃은, 시사교양국장이 예능국장을 놀리기 위해 전화하기 전에 두 PD를 칭찬했다.

"잘나가는 프로가 함께 공존하는 거 얼마나 좋아. 현상 유지만 하라고, 경 PD. 그리고 우리 나 PD도 파이팅."

경 PD는 분명 지금까지 하던 대로 하기로 했다. 그러나 〈슬기로운 섬섬생활〉 2화가 방영되면서 그가 우려하던 상황이 나왔다. 정확히 헤일로의 본격적인 음악수업과 겨울이라는 아이가 나오면서. 이를 본 누군가가 〈메, 멘토〉의 김선철의 음악수업과 비교하며 경 PD의 신경을 갉아 먹었다.

* * *

〈슬기로운 섬섬생활〉이 방영되고 나서도 헤일로의 일상은 특별히 달라진 게 없었다. 헤일로 미니앨범 14집과 노해일 정규 2집의 수록곡 악보를 받아 든 멤버들의 얼굴이 잠깐 파리해지긴 했지만, 이게 처음 있는 일은 아니지 않는가. 레이블 직원들도 본격적으로 헤일로와 노해일의 컴백 준비를 도왔다.

그렇다고 달라진 게 아예 없진 않았다. 헤일로의 첫 예능 출연으로 섭외가 다시 물밀듯이 밀려왔으며, 심지어 개인적인 연락도 많아졌다. 그러나 이는 직원들의 몫이었다. 컴백 이후면 몰라도 헤일로는 당분간 음반 제작에 전념할 것이다. 혹시 또 흥미가 생긴다면 모를까.

"드라마? 드라마 섭외는 왜 오는 거야?"

"비슷한 예능이 잔뜩 들어왔네."

"방송국에서 헤일로 씨 컴백 언제인지 모르면서 음방 날짜부터 잡자고 연락왔는데요. 혹시 컴백하는 거 아냐?"

레이블 직원들이 섭외 건과 여러 가지 행정적 업무를 처리하는 동안, 헤일로는 티저 공개쯤부터 지인들에게 꽤 많은 연락을 받았다.

[해일이 예능 찍었네! 누나가 꼭 볼게.]

[언제 예능에 관심이 생겼냐?]

[요즘 바쁘니 혹시 잠깐…]

[해일 씨, 제가 해일 씨의 첫 PD라는 걸 잊지 말아 주세요.]

약속이라도 한듯 번갈아 온 연락은 레파토리가 대개 비슷했다.

> 신주혁 : 아니, 이렇게 예능할 줄 알았으면 같이 나가자고 할걸. 내가
> <달리는 남자>에서 해일이 좀 데려오라는 말을 얼마나 들
> 었는 줄 아냐? 네가 막았냐고 심문하더라. 내가 막는다고, 니
> 가 막아질 애냐? 방송에선 편집됐지, 실제론 장난 아니었어.

신주혁 구박 클럽만 모아본 혜일로가 재밌게 봤다고 답장했다.

> 신주혁 : 재밌냐? 그래, 넌 재밌겠지. 사람들도 이걸 알아야 하는데.
> 진짜 무서운 건 내가 아니라 너라는 거. 첫 만남에 반말 박은
> 애를 받아준 내가 얼마나 착했는지.

'착하긴 뭐가 착해' 하며 혜일로가 코웃음을 쳤다.

> 신주혁 : 그래서 좀 생각 있어?
>
> 그거 재밌었어요?
>
> 신주혁 : ㅇㅇ 재밌는 사람 많아서 편집점이 좀 살벌하긴 하다만 너
> 는 걱정 안 해도 된다. 그냥 나와서 하고 싶은 대로 해.

평소에 혜일로에게 프로그램 출연을 권하는 법이 없던 신주혁

은 이번에 좀 달랐다. PD가 어떤 그림을 짜든 헤일로가 하고 싶은 대로 하는 것이 그 그림 안에 들어갈 것이다. 신주혁은 〈슬기로운 섬섬생활〉에서 예능 초보인 소년의 모습을 보고 확신했다. 헤일로가 다른 사람들처럼 편집점이나 예능을 고려했을 리 없고, 그냥 자기 하고 싶은 대로 했을 것이다. 그것이 마침 요즘 대중들이 기대하는 바일 테다. 그리고 이는 축복받은 방송 재능이다. 논란을 일으켜도(?) 재미없다는 말은 안 들을 것이다. 그렇게 생각한 신주혁은 헤일로의 답장을 보고 폭소를 터뜨렸다.

> 저는 PD님 의견을 존중하고, 협조도 잘하는데요.
>
> 신주혁: 니가? ㅋㅋㅋㅋ아니 누가 너한테 그런 말 해줬냐? 혹시 나 PD님이 그랬어? ㅋㅋㅋㅋㅋㅋㅋㅋ
>
> 지금 나가자는 건 아니고, 너 복귀할 때쯤? 어때?
>
> 얼마 안 남았네요.
>
> 신주혁: ?너 컴백해?[1]
>
> 헤일로 정규 2집으로?[1]
>
> 폰 봐라.[1]
>
> 야야야야.[1]

폭탄 발언에 놀란 신주혁이 뭐라고 보내든, 헤일로는 다시 일에 전념하기 위해 무시했다. 뮤직비디오 및 무대, 앨범 표지 등 해야 할 일이 산더미처럼 쌓였다.

"다시 시작할까요?"

"네!"

* * *

〈슬기로운 섬섬생활〉위 태그에 왜 '음악'이 있는지 알게 된 것은 2화에서 출연진이 학교에 임시 교사로 부임하게 되며 마주한 아이 때문이었다.

학교에 도착하자마자 머리가 덥수룩한 한 아이가 와다다 달려와 헤일로에게 매달린다. 사람들이 놀라든 말든, 헤일로는 아이를 알아보았다.

[잘 있었어?]

[응!]

아이가 그러곤 주변 사람들을 보며 인사했다.

[안녕하세요.]

그리고 삽입된 인터뷰에서 카메라가 처음인 듯 주변을 두리번거린 아이가 자신을 소개했다.

[안녕하세요, 진겨울이라고 합니다. 아홉 살이고요, 좋아하는 음식은… 엄마가 해준 건 다 좋아해요! 그리고 음악도 좋아요…!]

또랑또랑한 눈에, 분홍색 원피스를 입은 아이에 시청자들이 비명을 쏟았다. 그때까지 귀엽기만 한 겨울이가 주목을 받은 것은 헤일로의 음악 수업(?)을 빙자한 기만 수업을 진행했을 때였다.

[모차르트 주사위 놀이라고 말했을 땐 아무 생각 없었는데 직접 만들었다고??]

['이게 되네' 해일이 중얼거리는 거 들었음??]

[진짜 저렇게 작곡한다고?]

[헉 나도 나도 하고 싶어.]

[저기 가면 스케치북 볼 수 있음?]

[ㅋ이 새끼 이제 슬럼프인 척도 안 하네.]

처음엔 헤일로가 직접 쳤지만, 한 발짝 물러나자 피아노를 담당하게 된 건 겨울이었다. 숫자에 맞는 마디를 찾기 위해 페이지 터너가 스케치북을 넘기고 있는데, 겨울이가 혼자 연주해버렸다.

[어?! 어떻게 알았어?]

[아까 연주해서….]

[아까 10번 한 번 나오긴 했는데.]

[잠깐 그사이 외웠다고?]

[주작 아님?]

[외울 수도 있는 거 아냐?]

[그사이에 주사위 놀이 세 번은 한 거 같은데 외울 수 있다고? 쟤 영재 아님?]

[보인다… 제2의 헤일로…]

[선생님, 132번이 없어요.]

[아아.]

헤일로가 안 만든 132번을 치기 위해 다가오자, 겨울이가 헤일로가 치는 걸 집중해서 바라봤다. 그냥 귀여운 애인 줄 알았는데, 뭔가 심상찮은 기운이 느껴졌다.

경 PD가 다리를 다시 달달 떨었다. 김선철이 영재 아니라고 확언했는데, 저게 어떻게 영재가 아닌가.

헤일로가 말한다.

[자, 이제 기억했지?]

소녀가 대답했다.

[응!]

〈슬기로운 섬섬생활〉은 출연진들의 적응기를 다루는 이야기였기에 겨울이의 이야기는 그게 다였지만, 한 주 두 주 지나가고 편수가 늘어날수록 점점 겨울이에 대한 이야기가 나왔다. 그리고 직접적으로 영재라고 의심하게 된 것은 헤일로가 인정하면서부터였다.

겨울이와 어떻게 만나게 되었는지에 대해 출연진들과 이야기를 나누던 중 자연스레 겨울이의 스케치북이 나왔고, 아이는 보여주겠다는 듯 신나게 달려가 스케치북을 가져왔다. 사람들은 음표로 가득 찬 그림을 보게 된다.

'미쳤다, 이게 뭐야. 진짜 영재인가.'

이때, 시청자와 출연자의 반응이 일치했다. 게다가 곧 이 난해한 악보를 헤일로가 직접 해석했다. 보통 아이가 스케치북 정중앙에 그림을 그리고 그림이 서서히 퍼져나가는 것처럼, 이 악보도 정중앙에서 시작한다고 설명했다. 그러고 나서 헤일로가 기타를 연주해줬다.

"다음 것도 봐줄 수 있어?"

겨울이 눈을 빛내며 다음 페이지를 보여준다. 이번엔 오선이 제대로 그려져 있었다. 그걸 흘끔 본 헤일로가 피식 웃었다.

"괜찮은데."

"정말?"

"응. 열심히 했네."

겨울의 얼굴이 밝아졌다.

'씨발, 저게 어디가 영재가 아니라는 거야.'

〈슬기로운 섬섬생활〉 보고 있던 경 PD가 발작하며 일어났다. 그의 눈엔 아무리 봐도 영재 혹은 천재로밖에 보이지 않았다. 슬슬 영재가 맞는지 의심이 되는 〈메, 멘토〉의 멘티와 확연히 달랐다. 경 PD가 손톱을 깨물다 허겁지겁 커뮤니티를 열었다. 아직 시청률은 완만하게 성장곡선을 이루고 있어 괜찮았지만, 다음 주엔 또 어떻게 될지 몰랐다. 그리고 그는 마침내 그렇게 걱정하고 걱정했던 비교 글을 발견했다.

[〈메, 멘토〉 다정이 vs 〈슬섬〉 겨울이 누가 더 천재 같아?]
└ 닥후. 아홉 살짜리 작곡 스케치북을 이길 건, 헤일로 습작노트밖에 없음.
└ 둘다 대단하긴 한데 동갑에 사는 곳도 다르니 좀 비교되긴 하네.
└ 아니 비교할 게 없어서 아홉 살짜리 애기들 비교하냐.

대부분 비교하지 말라는 비난이었지만, 경 PD의 눈엔 들어오지 않았다.

[음악 잘 몰라서 누가 더 영재인지는 모르겠는데, 선생님 한 명 선택할 수 있으면 닥… 아닐까 ㅋㅋㅋㅋ]
└ 태양 위에 무엇이 있으리오.
└ 난 조용히 하고 있었는데 니들 진짜 못됐다 ㅋㅋㅋ
└ 이 글 헤일로 팬커뮤에만 올리지마. 누굴 비교하냐고 진짜 개난리난

다ㅋㅋ
  └ 근데 헤일로 팬이 그렇게 무서워? 난 잘? 모르겠는데.
  └ (헬기 화형식.jpeg)
  └ 그쪽은 종교임. 아이돌 팬덤도 발뺀다.
[다정이 불쌍하다ㅠ 더 좋은 선생님ㅠ 만날 수 있었는데ㅠ]
  └ 사회에서 인맥이 중요한 이유.
  └ 다정이 불쌍한 거 맞아? 헤일로 아니더라도 집안이 잘사니 그냥 대학
교수한테 1대 1 수업받으면 되는 거 아냐?
  └ 대학교수 vs 헤일로 ㄱㄱ

경 PD의 손가락이 덜덜 떨렸다. 그는 참다못해 반박을 올렸다.

[그래도 가르치는 건 현직 강사 경험 있는 분이 낫지 않을까? 공부 잘하
는 것과 잘 가르치는 건 다른 것처럼.]
  └ 선철이니?
  └ 김선철 강의하면 5만 원 낼 의향 있음.
[헤일로 강의하면 적금 깨야 함(근데 못 들어감)]
  └ 강의조차 티켓팅ㅋㅋㅋㅋㅋㅋㅋㅋㅋㅋㅋ
  └ 솔직히 강의할 거면 올림픽 대공원에서 해야 한다.

"이 새끼들이 진짜."
경 PD가 댓글을 달았다. 그러자 마치, 좌표가 찍힌 것처럼 대댓
글이 우수수 달렸다.
[그건 니들이 헤일로 팬이라 그런 거고 난 김선철이 나은 것 같은데?]

└아니 리브면 몰라도 김선철은 좀.

└헤일로 신격화하는 거 뇌절이라고 생각하는 사람이지만, 김선철보단 헤일로지.

└그래미가 ㅈ으로 보임? 1년 13집 가능?

"할 일 없는 놈들."

경 PD가 욕하며, 인터넷 전투를 개시했다.

└아니 ㅋ 그래미 받았다고 뭐가 달라져? 그래미가 언제부터 최고를 가르는 기준이 됐다고 ㅋ 그래미도 그냥 상 중에 하나야.

└그래서 느그 가수 그래미 받은 적 있음? 빌보드엔 올라가 봤나?

└13집 낸 다음에 와서 말해라, 선철아.

"말이 안 통하네."

경 PD는 고민하다가, SNS를 열었다. 〈메, 멘토〉 페이지가 보였다. 그는 크게 한번 숨을 들이마시고 내뱉었다. 원래 공식 SNS에 글을 올릴 땐 홍보팀과 논의하는 게 맞지만, 이는 시청자들에게 개인적인 부탁을 하려는 것이고, 좋은 말을 하려는 것이니 괜찮다고 생각했다. 그렇게 그는 〈메, 멘토〉 다음 화 홍보 게시글 아래 댓글을 달았다.

안녕하세요, 〈메, 멘토〉의 연출 경윤기입니다. 먼저, 〈메, 멘토〉에 많은 관심과 응원을 보내주는 팬 여러분께 진심으로 감사의 말씀 드립니다. 최근 온·오프라인, 모바일상에서 출연진들을 타 프로그램의 출연진과 비교하고 자질에 대해 비난하는 사례가 늘어나고 있습니다. 저희 출연진은 오랜 세월 아티스트로서 그리고 강사로서 많은 경험을 가지며 누구보다 멘토에 합당한 자질을 가졌다고 생각합니다. 또 나이 어린 출연진을 제2의 OOO라고 부르는 것은 그의 인격을 부정하는 행위가 될 수 있습니다. 이렇듯 잦은 비교와 악의적인 비난은 출연진들을 상처입히고 불쾌하게 합니다. 그러니 부디 멈춰주시길 간곡히 부탁드립니다.

항상 많은 관심과 사랑에 감사드립니다. 앞으로도 따뜻한 격려와 응원 부탁드립니다.

말이 다소 세게 들어갔나 했지만, 김선철이 곧바로 '좋아요'를 달아주자 안심되었다. '나는 잘하고 있구나' 생각하며 경 PD는 SNS를 껐다. 편집이 밀려 한동안 잠을 자지 못했더니, 이제야 서서히 피로가 몰려왔다. 자고 일어나면 커뮤니티 놈들이 반성하고 알아서 글을 지웠을 것이다.

그의 발언이 초래할 반향을 알지 못한 채 경 PD가 잠들며 미소 지었다. 그리고 몇 시간 후, 우우웅 진동이 울린다.

"뭐야"

우우웅.

"알람이 왜 이렇게 안 멈춰?"

경 PD가 더듬더듬 핸드폰을 찾았다. 핸드폰을 찾았을 때 마침 진동이 멈췄다. 오랜만에 잠을 푹 잔 경 PD는 정신이 말똥말똥했다. 몇 시인지 확인하기 위해 핸드폰을 본 그는 부재중전화가 정확히 134통이 와 있는 걸 발견하고 벌떡 일어났다. 메시지도 수백 개가 찍혀 있었다.

'무슨 일이 생겼나? 출연진이 다치기라도?'

이 정도면 프로그램에 문제가 생긴 거라 경 PD가 서둘러 작가에게 전화했다. 20통이나 전화를 했던 작가가 이상하게도 전화를 받지 않았다. 불길함을 느낀 경 PD가 메시지를 확인했다. 그가 들어가자마자 남아 있던 1이 마법처럼 지워졌다. 처음엔 사소한 잡담이었는데 홍보팀 직원의 질문 이후부터 문제가 생겼음을 알 수 있었다.

> ○○ : PD님 이거 뭐예요?
> ◇◇ : 이거 PD님이 올리신 거 맞아요?
> □□ : PD님 전화 좀 받아주세요.

홍보팀 직원은 그를 부르며 난리가 났고 카톡은 재난 상황이 그대로 실현된 거 같았다.

> □□ : 일단 삭제해요.
> ◇◇ : 삭제는 했는데 짧은 새에 퍼져서…
> □□ : 국장님 오셨다.
> ○○ : PD님 어디 계신지 아는 사람?
> ◇◇ : 혹시 잠드셨나.

사라진 1을 보고 그가 카톡을 봤다는 걸 인지한 스태프가 전화

를 했다. 전화를 받기 전에 경 PD는 자기가 올린 글이 어떻게 퍼졌
는지 알고 싶었다. 얼떨결에 전화를 끊어버린 그는 커뮤니티를 열
었다. 그리고….

[오죽하면 올렸겠냐고 이해해보려고 해도… '누구보다' '제2의 OOO' 대
놓고 헤일로 저격이라 이해 불가.]
[보고 눈을 의심했네;; 이게 PD가 올릴 글이냐? 다른 건 몰라도 누구보다
멘토에 합당하다는 건, 헤일로는 안 그렇다는 소리 아냐? 그리고 제2의
뭐시기 쓰지 말라고? 지들 자막에 제2의 헤일로 띄워놓고 뭐만 하면 헤
일로 우려먹던 게 니네 프론데ㅋ 내로남불쩌네. 응 안 봐.]
[현재 메, 멘토 PD 사태 요약정리(99+)]
[두 프로그램 다 잘 보고 있었는데 PD 새끼 왜 갑자기 급발진함? 그냥 가
만히 있으면 둘 다 윈윈 아니야? 다정이랑 선철 스승님한테 정들었는데
이젠 못 보겠다…]
[소신 발언한다. 다정이 천재도 영재도 아님ㅇㅇ 그러니까 제2의 헤일
로 아님ㅇㅇ 연출 맞는 말 한 거임.]

커뮤니티를 쭉 내린 경 PD가 얼굴이 파리해졌다.

[(HOT) 메, 멘토 연출 공지문 해석해준다.
안녕하세요, 연출 경윤기입니다. >>> 나다.
관심, 응원 감사합니다. >>> 내가 할 말이 있는데.
최근~ 비교 비난 사례가 늘어나고 있다. >>> 니들 자꾸 출연진 슬섬(추
정)이랑 비교하더라?

저희 출연진은 많은 경험~ >>> 헤일로(추정)가 경험이 많냐 강사를 해
봤냐 어디다 대고 우리 김선철 교수님이랑 비교를 해ㅋ
어린 출연진~ >>> 제2의 헤일로도 ㅈ같으니까 쓰지 마라.
이렇듯 잦은 비교와 비난은~ 부탁드립니다 >>> 알겠냐 눈치 없는 ㅉ1
ㄸ들아.
앞으로도 따뜻한 격려~ >>> 입 다물고 방송이나 쳐봐.]

"씨발, 내가 언제 이렇게 말했다고."
경 PD는 헤일로 팬덤에 잘못 걸렸다며 욕했다. 하지만 놀랍게도
이 논란이 시작된 건 헤일로 팬 커뮤니티가 아닌 일반 예능 시청자
판이었다.

[메멘토 연출이 공지 썼네. 다들 이거 봄? 근데 이렇게 써도 되나?]

누군가 가지고 온 캡처본이 인터넷망을 타고 뻗어나갔다. 방송
국 대처가 늦기도 했거니와 해석의 여지가 많은 글이라, 재미 위주
커뮤니티에도 퍼져나가기 쉬웠다. 많은 사람이 보는 곳인 만큼, 소
식은 헤일로와 노해일의 팬덤까지 닿았고, 그쪽 반응이야 말하지
않아도 뻔했다. 한마디로 표현하자면, '배신감'. 왜냐면, 그들 중
많은 이들이 〈메, 멘토〉를 즐겁게 보는 시청자였기 때문이다. 헤일
로의 어린 시절도 이러했을까, 상상하면서 말이다.

[재밌게 보던 프로에서 뒤통수 후두려 까네… 와!! 얼얼하다.]
[태양이랑 비교돼서 불쾌하다네ㅋ 누가 불쾌해야 할 지점인지ㅋ]

[김선철이랑 태양 아무도 비교 안 했는데, PD 새끼 왜 혼자 급발진함? 이해해주려고 해도 누구보다<<< 이거 태양 대놓고 저격하는 거라 그런데 이션 분노 중.]

경 PD의 생각과 달리 가장 비교하지 않던 게 헤일로의 팬덤이었다. 헤일로가 나이 어려 부당한 일(예를 들어 영국 CD 담합 사태)을 경험했다고 생각하기에 어린애들에게 나쁜 영향을 미칠 말은 올리지도 않았고, 사실 비교할 생각도 해보지 않았다. 그들에게 헤일로는 언제나 최고였고, 누굴 데려오든 헤일로가 최고였다. 그렇게 비교 글에 반박도 해주며 프로그램을 응원하던 헤일로 팬덤은 경 PD의 공지와 함께 돌아섰다.

"당장 경운기 그놈… 아직도 못 찾았어?"

국장도 난리가 아니었다. 책임져야 할 당사자가 사라져버렸으니 당연했다.

"어떡할까요?"

"이번 주 결방하고 해명문 올려야지. 아니, 걔는 도대체 무슨 생각으로 잘나가던 프로그램에 똥을 뿌리는 거야."

나혜주 PD와 친한 선배 황 PD가 입을 "헉" 하고 벌렸다. '입으로 망할 새끼'라고 예언했지만, 예언이 이렇게 일찍 이루어질 줄은 몰랐다. "설마… 나 각성했나?" 하고 선배 PD는 의미 모를 말을 중얼거리며, 곧 고개를 들고 "나는 이번 주에 로또 1등에 당첨된다. 무려 당첨금은 123억!"을 삼세창했다.

이를 본 나혜주가 킥킥 웃으며 가끔 이상하지만 재밌고 착한 선배라고 생각했다.

"그래서 나 PD는 반격 안 해?"

"네?"

"잘되던 프로라 폐지까진 안 갈 거 같은데. 불난 데 기름 뿌릴 생각 없냐고."

"지금 편집하기도 바빠요."

"내가 해줄까?"

"선배는 방송 안 해요?"

정곡을 찔린 선배가 "으윽." 하고 신음했다.

"저는 그냥 제가 할 거 할게요. 굳이 똥 묻은 곳에 발을 담글 필요가 있나요."

"가끔 보면 경 PD가 운이 좋아. 그렇게 사고를 쳐도 잘나가는 프로니 폐지 걱정은 안 해도 되겠지. 해명만 잘하면 될 테니 국장님이 나서서 먼저 수습도 했고, 벌 줄 나 PD도 가만히 있으니. 저 새끼는 더 벌 받아야 할 텐데."

"그래서 선배는 방송 언제 하냐고요."

"으으윽. 스톱. 그만 뼈 때려."

레이블은 기분이 나쁠 테지만 방송국이 '헤일로 욕하는 게 아니다. 비교하지 말라는 부탁이었을 뿐'이라고 해명하면 뭐라고 항의할 수 없을 것이다. 다만, 보통 레이블이 아닌지라 사적으로 연락을 할지도 모르겠다.

***

중간에 의도치 않은 잡음이 있었지만, 노이즈 마케팅되어서 〈슬기로운 섬섬생활〉의 시청률은 날이 갈수록 고공행진 했다. 출연진 모두가 예능 첫 출연에 가깝고, PD도 입봉작으로서 재미에 대한 기대가 크지 않았다. 그러나 시간이 흐를수록 힐링과 음악 그리고 출연진의 매력이 무르익어 갔다.

"헉!"

아이들이 미술 시간에 장난을 치다가 이소라의 셔츠에 선을 죽 그려버렸다. 그게 명품인 걸 잘 아는 시청자들도 함께 소리 질렀다. 이소라도 처음엔 놀란 것 같았다. 그러나 곧 웃으며 이소라가 펜을 들었다.

[선생님이 장난치지 말랬지?]

[잘못했어요.]

[잘못했어?]

[네….]

[잘못했으면, 이리 와봐. 기죽지 말고. 선생님이 재밌는 거 보여 줄게.]

그녀는 선이 그어진 제 옷에 선을 더했고, 물감을 떨어트렸다. 옅은 하늘색이 천을 타고 퍼져나갔다.

"이게 뭘까?"

"갈매기?"

"정답. 참 잘했어요."

갈매기가 하늘을 담고 날아오른다. 그건 그곳에 있던 아이들에게도 시청자들에게도 인상 깊은 장면이었다. 생각보다 그림을 잘 그리는 것도 그렇지만, 그보다 아이의 장난을 대하는 자세가 감동적으로 와닿았다. 자기 방 아니면 못 잔다면서 누구보다 잘 자는 모습까지 본 사람들은 이소라의 매력을 알 것 같았다.

다른 출연진도 마찬가지다. 아이들을 목마 태워주고 양팔에 달고 다니며 '초등학교에 부임한 권샘' 같은 말을 달고 사는 권재익, 차분한 국어 선생님과 주부 백 단의 반전 매력을 가진 이정민, 그리고 언제 어디든 아이들을 몰고 다니며 '피리 부는 사나이' 대신 '노래 부르는 사나이'가 된 헤일로까지, 안 어울린다고 생각했던 네 사람이 점점 어우러지니 프로그램의 매력이 살아났다.

출연진의 케미만 좋은 게 아니었다. 더 특별한 것은 힐링과 음악을 담은 인생 드라마라는 점이다. 사람들의 일상에 특별함이 한 스푼 들어간 드라마는 시청자들의 눈물을 자아냈다. 다른 프로그램에서 '전문성'이 없다며 지적했지만, 언제나 자유로워 보이는 소년의 선생님다운 모습이 드러난 두 개의 일화가 있다. 하나는 아이들과 함께 벽화에 젯소를 칠하며 도레미 송을 부를 때였다. 그리고 두 번째는… 오랜 시간 가장 많은 조회 수를 얻게 된 장면이다.

[여기서 뭐 해?]

혼자 음악실에 앉아 있는 겨울을 소년이 찾아가면서 이야기가 시작됐다.

[피아노 치려고 여기 있는 거 아냐? 건반 보면서 반성하는 건 아닐 테고.]

[몰라.]

[뭘 모르는데. 악보? 아무거나 쳐봐.]

아이가 삐진 게 한눈에 보이는데 전혀 모르는 듯한 소년의 모습에 다들 무심하다고 했던 것도 잠시, 아이와 소년의 대화가 이어져 나갔다.

[모르겠어. 생각나는 게 없어. 원래 연주하고 싶은 게 생각나야

하는데…]

  우울해하는 얼굴을 발견한 소년이 말했다.

  [그럼 같이 칠래?]

  [응?]

  시청자들은 여기서부터 묘한 고양감을 느꼈다. '부웅' 구름 위를 사뿐사뿐 밟고 올라가는 그런 기분.

  [내가 오른손으로 칠 테니, 넌 왼손으로만 치는 거야.]

  관심 없는 척했지만, 겨울이 왼손잡이인 것도 아는 소년이 장난치듯 묻는다.

  [자신 없으면 안 해도 돼.]

  [아니, 할 거야.]

  [그럼 해보자.]

  따라란. 소년이 오른손을 움직이기 시작했다. 그 음을 따라 겨울이도 들어왔다. 그렇게 음이 쌓여갔다. 겨울은 작은 손가락으로 어른을 어떻게든 따라가려고 발버둥 쳤고, 카메라엔 간혹 그런 겨울을 보며 살짝 웃고는 속도를 늦추는 소년이 잡혔다.

  [이제 두 손으로 할까?]

  소년이 소매를 걷자, 겨울도 따라 소매를 걷었다.

  즉흥적인 멜로디지만 끊기지 않는 소리에 가만히 듣던 사람들이 울상을 지었다. 하나도 슬픈 장면이 아닌데 말이다.

  [왜… 왜 이렇게 눈물이 나지?]

  [와… 이게…]

  [영화 같다ㅠㅠㅠㅠㅠ]

경비원 할아버지가 다가오자, 얼떨결에 숨어버린 악동 같은 모습도, 그러고 나서 나와 둘이 같이 이야기하는 모습도 좋았다.

[원래 서울에선 이런 것도 해?]

[응. 심심하면 이러고 놀아.]

[???]

[잠깐만 감동하고 있는데 뭐요?]

[누가? 우리가?]

[우리가… 저러고 노나…?]

[피아노 치다 위층 집에서 찾아온 적은 있는데ㅎㅎ]

[원래 서울 사람들은 아침에 일어나면 애프터눈티 마시고 클래식 듣긴 해.]

[저러고 놀면 찍어서 올리라고!!!!]

[여기까지, 헤일로 팬이 고혈압에 걸려가는 과정입니다.]

잠깐 감동의 물에서 빠져나갈 뻔했지만, 다행히 그들의 대화가 시작되며 엇나가지 않을 수 있었다.

[있잖아. 내가 이상해?]

[응?]

[왜 나만 안 돼? 나는 가르쳐주기 싫어?]

헤일로가 당황한 얼굴을 했다. 이는 시청자들도 처음 보는 얼굴이었다.

[난 그냥.]

겨울이 반쯤 울먹이고 있다. 누군가는 물만두 같다고 생각했다.

[음악을 가르치는 게 싫어.]

[나한테?]

[아니. 모든 사람한테. 난 누군가한테 음악을 알려준 적도 없고. 그건 그냥… 스스로 알아가는 거라서.]

소년이 처음으로 속내를 드러냈다.

[넌 할 수 있잖아. 이미 알아서 잘하던데.]

소년의 능력을 의심한 적은 없어도 한편으론 선생님이란 직업엔 어울리지 않는다고 생각했던 사람들은, 겨울의 눈이 천천히 커지는 걸 발견하고는 생각했다. 어쩌면 그들이 아는 '선생'이라는 모습과 조금 다를지라도 저런 선생님도 괜찮을지도 모르겠다고.

[그래도 그건 도와줄 수 있어.]

[뭘?]

[네가 하고 싶다는 거. 네가 음악을 하는 이유 말이야.]

그리고 누군가는 상상했다. 만약 헤일로 같은 선생님이 있었다면, 그들의 학창 시절이 어땠을지. 그들도 지금 겨울이 같은 얼굴을 하고 있지 않았을까.

[그럼 지금은 수업에 먼저 들어갈까?]

[응.]

그때 타이밍도 웃기게 수업 끝나는 종이 울렸다.

[ㅋㅋㅋㅋㅋㅋㅋㅋㅋㅋㅋ]

[수업 끝났엌ㅋㅋㅋㅋㅋ 얘들아~]

[감동적인 와중에 개웃기네ㅋㅋㅋㅋㅋ]

[울다 웃었다 지하철 사람들이 나 미친년인 줄 알 거 같다.]

[괜찮아 나도 그래.]

[ㅋㅋㅋㅋ누구보다 땡땡이 잘하는 선생님ㅋㅋㅋ]

서로를 보며 와하하! 웃음을 터트리는 그들이 꽤 괜찮은 사제 같다고 처음으로 여기게 되었다. 그리고 이러한 깨달음은 경 PD가 원치 않았던 일을 다시 수면 위로 올라오게 했다.

그건 의외로 맘카페에서 〈슬기로운 섬섬생활〉을 인상 깊게 본 한 학부모가 올린 글로부터 시작되었다.

[다들 〈슬섬〉을 보고 계시나요? 요즘 전 〈슬섬〉 애청자로서 미쳐가고 있답니다. 이번 편도 기대했고 역시나 재미있게 봤는데, 오늘은 평소보다 많은 생각이 드네요.

사실, 저는 헤일로가 '선생님'이란 역할에 잘 어울리는지에 대해선 의문을 가지고 있었어요. 학부모로서, 헤일로는 가진 능력도 많고 배울 점도 정말 많지만, 커리큘럼이 분명해야 할 '강사'를 하기엔 너무 자유로워 보였어요. 헤일로처럼 재능이 많은 아이라면 모를까 범인보다 조금 더 특별할 뿐인 우리 아이에겐 좀 과한 스승이라고 생각했죠. 비하로 들린다면 미안해요, 한 시청자이기 전에 학부모로서 좀 과몰입한 거 같아요.

그랬는데… 오늘 방영분을 보며 생각이 달라졌어요. 겨울이라는 아이와 즐겁게 피아노를 연주할 때부터…. 겨울이의 재능을 인정해주고, 가르치는 건 못하겠지만 도와줄 수 있다는 그 말이 가슴에 굉장히 와닿더라고요. 그리고 무엇보다 충격적이었던 건, 같이 TV를 본 아들이 "재밌겠다"라고 말해서였어요. 음악을 그만둔 이후 단 한 번도 그런 말을 한 적이 없는데, 오랜만에 집에 있던 키보드를 찾더라고요.

아들은 지금은 수험생이지만, 원래는 음악을 준비하는 아이였어요. 옆 동네 아이처럼 영재 소리도 들었고, 대회에서 입상한 적도 있었죠. 저도 아들이 음악 쪽으로 가길 바랐고요. 그래서 유명한 강사분을 찾아간 적이 있어요. 잘되길 바라는 마음에서였죠. 그때부터였나. 모든 게 망가지기 시작했어요. 처음에는 아들한테 담배 냄새가 나는 거예요. 전 아들이 PC방에 갔다 왔다고 생각했는데⋯ 그 강사님이 피운 거라고 아이가 그러더라고요. 전 근데 나쁜 엄만가 봐요. 그럼 괜찮다고 넘어갔어요⋯.

문제는 얼마 안 가 일어났어요. 아이가 오열하면서 가기 싫다고 하더라고요. 음악 못하겠다고 재능이 없는 것 같다고 이제 모든 걸 그만하고 싶다고. 전 말리고 싶었지만 죽을 것처럼 우는 아이에게 더 강요할 수 없었어요. 그 이후 음악을 완전히 그만두었죠. 나중에 알게 된 사실인데, 그 강사님이 그렇게 말했다고 하더라고요. '넌 재능이 없다. 내가 얼마나 해야 하냐 멍청한 새끼야. 너희 엄마가 정말 불쌍하다'는 식으로. 증거도 없고 소문이 좋은 강사님이라 아무도 안 믿어주더라고요.

오랜 세월이 지나 잊고 살았는데, 오늘 〈슬섬〉을 보면서 그때 생각이 나네요. 이젠 미련일 뿐이지만, 그냥 이젠 궁금해요. 우리 아들은 정말 재능이 없었던 걸까. 헤일로 같은 선생님을 만났더라도 그만뒀을까. 어쩌면 여전히 즐겁게 음악을 하고 있지 않았을까. 적어도 그 강사님과 만나지 않았더라면 무언가 달라졌을까. 그분은 정말로 우리 아들이 재능이 없다고 판단했을까.

어떻게 생각하세요? 김선철 선생님.]

게시글은 맘카페에서 얼마 안 가 삭제되었다. 김선철의 소속사에서 즉각적으로 대응했기 때문이다. 그러나 인터넷에서 완전한

삭제란 없었다. 게다가 〈메, 멘토〉의 연출이 대형 사고를 쳐놓아 이미 미운털이 박힌 터라, 그 고발은 캡처본으로 여기저기 퍼지기 시작했으며, 김선철 소속사의 즉각적인 대응 역시 의심받기 시작했다. 웬만한 일에 대응 안 하는 소속사의 발 빠른 대처가 오히려 고발문에 언급된 김선철이 〈메, 멘토〉의 김선철이라는 것을 확인시켜준 셈이 되었다.

[김선철 방송에서 좋게 나오던데 개쓰레기였음?]
[중립기어 박자.]
[김선철 소문 안 좋은 거 다들 모름?]
[김선철 개역겨운 이유: 그 연출 급발진 공지에 좋아요 눌렀다가 문제된 3분 후에 취소함.]
 └ ㄹㅇ? 개씹역겹네.
 └ 분명 소속사에서 당장 취소하라고 연락와서 지운 듯.
 └ 와… 진짜 배신이다… 그냥 엄격하지만 좋은 스승인 줄 알았는데 속은 피해의식개쩐열등감덩어리였네.

논란은 눈처럼 점점 불어나기 시작했다.

[겨울이랑 다정이 라이벌 구도 웃긴 이유
1. 어렸을 때부터 대학교수한테 강의받음 VS 헤일로도 모르는 시골 촌동네 삶
2. 성과: 절대음감 vs 작곡스케치북, 헤일로와 합주
3. 김선철, 경 PD가 인정한 영재 vs 헤일로가 인정한 영재]

ㄴ죄 없는 애를 왜 자꾸 데려와 패냐.

ㄴ다정이가 뭐 잘못 했다고.

ㄴ다정이가 뭣모르고 SNS에 제2의 헤일로 기사 태그함.

ㄴ이건 무슨 콩가루 집안이냐ㅋㅋㅋㅋ 경 PD랑 김선철은 기분 나쁘다는 그 별명 다정이는 좋아하는 듯.

ㄴ다정이는 죄 없는데, 눈치 없어서 잘못 눌렀네.

김선철 쪽에서 논란을 수습하긴 했지만, 한번 미운털 박힌 이상 계속 말이 나올 것이다. 경 PD는 하늘에 제발 도와달라고 빌고 또 빌었다. 그래서 그랬는지 모르지만 먹구름이 다른 이에게 몰려갔다.

[다들 아냐? 김선철이 겨울이 본 적 있는 거.]

ㄴ다정이 아니고 겨울이?

ㄴ(글쓴이) 대충 요약하면, 원래 김선철이 나 PD 프로 들어가기로 함. 경 PD가 중간에 인터셉트. 김선철은 나 PD가 부탁해서 겨울이랑 면접. 그리고 겨울이한테 정확히 이렇게 말함. '꼬마야, 넌 그냥 지극히 평범한 애니까, 엄마아빠한테 괜히 헛짓거리하지 말라고 해라.' 〈웰마월〉에서 헤일로랑 겨울이 처음 만났을 때 겨울이 울고 있었잖아. 그거 때문임.

ㄴ???? 이게 뭐냐?

ㄴ진짜임? 증거 있음? 이거 진짜면 장난아닌데;;;

ㄴ저걸 니가 어케함? 관계자임.

ㄴ설사 면접을 봤다더라도 겨울이 영재인 걸 몰랐다고? 그게 말이 됨? 이건 인성에 더해 자질 문제가 될 거 같은데.

ㄴ(글쓴이) 그때 겨울이가 절대음감 테스트 통과 못함. 그리고 스케치북

위에서부터 연주하니까 이상해서 어디서 보고 온 걸 비슷하게 그린 거다라고 말함. 증거 있음.

　└ ㅅㅂ 진짠가?????

김선철이 주먹으로 테이블을 내리쳤다. 이 내용을 아는 사람이 많지 않다. 나혜주 PD와 도민희 작가, 겨울이, 그리고 그만 있었던 상황 아닌가. 김선철이 쌍욕을 하며 경 PD에게 전화를 걸었다. "도움도 안 되는 새끼가 전화도 안 받네"라고 또 욕을 하고 있을 때, '도움도 안 되는 두 번째 새끼'인 매니저가 껌을 질겅질겅 씹으며 나타났다.

"형님."

"이 거지 같은 새끼가 어디 갔다 오는 거야! 꺼져, 이 새끼야!"

매니저의 얼굴이 순간 일그러진 것도 모르고, 김선철은 평소처럼 욕지거리를 내뱉었다. 방문을 나가는 매니저의 표정은 무척 건조했다.

11. 앞으로 더 아름다울 이야기

한쪽 프로그램이 결방과 함께 터져나갔지만, 다른 쪽 프로그램은 매 순간 최고 기록을 세웠다. 앞선 프로그램 〈달리는 남자〉에서 멤버들이 요즘 재밌게 보는 프로그램으로 뽑을 정도였다.

[전, 요즘 다른 건 몰라도 〈슬섬〉을 꼭 챙겨보는 것 같아요. 그 감동이 진짜….]

[형, 그럼 〈달리는 남자〉는 안 본다는 소리예요?]

[아니, 내 말은 그런 게 아니고.]

[본인 피셜, 모니터링은 안 해.]

[ㅋㅋㅋㅋㅋㅋㅋ 〈슬섬〉은 ㅇㅈ이지.]

[〈달리는 남자〉도 노력하자 ㅋㅋㅋㅋ]

[재익소라정민해일 행복하자ㅠㅠㅠㅠ]

[〈슬섬〉은 진짜 법으로 월화수목금토일 방영 정해야 함.]

그리고 프로그램과 연관된 '논란'을 따로 언급하는 사람이 없는 건 나혜주 PD가 똥물에 발을 담그지 않아서일지도 모른다. 무시로 대응하지 않고 조금이라도 그 전쟁에 참전했다면 어떻게든 같이 엮였을 것이다.

〈슬기로운 섬섬생활〉에서는 매 순간 감동적인 서사가 흘러나왔다. 헤일로가 마을 사람들 위해 만들어준 노동요도 재미있고, 낚시배에서 선장의 이야기가 흘러나온 순간부터 울지 않은 사람이 없었다. 바다의 노래가 들려온다. 파도와 기타가 어우러진 선율과 함께 소년의 입을 빌린 파도의 노래가 그들에게 전달되었다.

[요즘 일요일마다 눈 퉁퉁 붓는 듯ㅠㅠㅠㅠㅠㅠ]
[선장님 이야기까지 참아보려고 했는데 헤일로 노래에서 못 참겠다. 아ㅜㅜㅜ]
[슬섬이 왜 교양국 프로인지 알겠음. 재밌기도 재밌는데 감성을 건드리는 게 장난 아님…]

바다낚시 에피소드 이후 선장의 인터뷰가 삽입되었다. 당일 소년에게도 했던 감사 인사였지만, 조금 더 많은 생각이 담겨 있었다.

[제가 슬픈 인생을 살고 있다곤 생각하지 않습니다. 아내가 죽은 지도 오래되었고, 매일매일 고마워하며 살아가고 있거든요. 지금 이 나이까지 일을 할 수 있는 건 얼마나 축복이며, 이 끝없는 세상을 매일 볼 수 있다는 것도 얼마나 행복한 일입니까. 그날 잡은 고기와 소주로 목을 적시면 또 얼마나 즐거운지. 저도 다른 이들처럼 잘 살아가고 있지요. 그래도….]

선장이 그날을 회상하다가 담담하게 고개 숙여 인사했다.

[아주 오랫동안 잊지 못할 추억이 될 거 같습니다. 많은 분들께 감사드립니다.]

〈슬기로운 섬섬생활〉이 다른 비슷한 프로그램보다 시청자들의 관심과 주목을 받는 이유를 분석하는 글이 종종 보였다.

> 슬기로운 섬섬생활에는 '삶'이 담겨 있다! 톱스타 출연진도 각자의 삶을 살아가는 사람이었고, 섬주민들도 그렇다. 이 프로그램은 각자 다른 인생을 살아가는 사람들을 만나게 해주었을 뿐이다.

어느 평론가는 프로그램 자체는 특별하지 않다고 말했다. 그러나 사람들의 삶을 과장하지 않고 그대로 보여준 연출에 대해선 칭찬했다. 또 누군가는 '톱스타 출연진, 헤일로의 음악, 섬생존기'일 뿐이라며 간결하게 말했고, 누군가는 '타 프로그램이 알아서 침몰하며 노이즈마케팅 되었다'고 성공의 이유를 뽑기도 했다. 그러나 사실 이런 말도 있지 않은가. 실패의 원인은 누구나 하나를 이야기하지만, 성공의 원인은 다 다르게 말한다고. 결국 여러 가지 변수들이 현재의 〈슬섬〉을 만들었을 것이다. 실제로 시청자들이 좋아하는 포인트가 다 제각각이었다.

[해일이 여기와서 만든 노래가 몇 개야… 심지어 다 좋음.]

└ 발매도 안했는데, 곡 이름도 다 앎ㅇㅇ

└ 오랜만에 해일이 발라드했는데ㅠㅠㅠ 미쳤다, 좋아.

└ 이 퀄리티 보니까 습작곡 왜 싫다고 했는지 이해가 되는 것도 같음. 뭐

가 확실히 다르긴 하네…

[이소라 반전매력 모음

1. 자기 침대 아니면 못 잔다는 누나…(발가락 귀신.jpeg)(코골이.gif)(평상에서혼자.jpeg)

2. (남자들이란.gif)

3. 이 시대 낭만 보건샘, 학교에 이소라같은 보건샘 있으면 매일 2층에서 뛰어내린다. ㅇㅈ?

4. 눈치빠른데 능청(feat. 표정 썩은 권재익)

5. 벌레 무섭다며, 슬리퍼로 벌레 으깨놈(feat. 도망간 하남자들)

6. 연애상담 고수.

7. 의외의 미술실력 등등 셀 수 없음.]

[권부지 힘내세요, 우리가 있잖아요.]

└ 야익 ㅋㅋㅋㅋㅋㅋ권부지 각혈하겠다.

└ 말 안 듣는 아이들에 매일 늙어가는게 ㄹㅇ 권샘.

└ 분명 대충 묻어가고 싶다고 했는데 제일 열심히 함.

└ 나중에 해탈해서 다같이 놈. 순서도 있어서 웃김.

1. 헤일로 심부름 보냈더니 안 옴(혹은 사고침)

2. 이정민한테 찾아오랬더니 안 옴(혹은 칭찬함)

3. 이소라는 안 간다고 함(혹은 같이 칭찬함)

4. 그래서 직접 찾으러갔더니 애들끼리 그냥 놀고 있음(뭐라고 했더니 세 사람한테 반격당함)

5. 담배가 고픈 권부지.

6. 이얏! 개판이다!

[헤일로가 끓인 라면 먹고 싶다는 해외 태양단 근황]

└ 이새끼들 뇌절인데 개웃기네 ㅋㅋㅋㅋㅋㅋ

└ 신의 시험, 성수ㅇㅈㄹ

└ 라면이 그 주인을 만나니, 제 색을 찾더라<< ㅁㅊㄴ인가 ㅋㅋㅋㅋㅋ

    예능 출연은 고사하고 본업 아니면 볼 일이 없는 제 배우(가수)의 떡밥 대잔치라 팬들이 가장 살맛이 난 건 맞았다. 그중 가장 좋아한 건 의외로 권재익이나 이소라의 팬이 아니라, 바로 이정민의 팬덤이었다.

    이정민의 완벽주의자 성향은 팬들에게 이미 잘 알려져 있었고, 〈슬섬〉1, 2, 3화가 진행되며 다른 팬들과 달리 이정민의 팬들은 걱정이 많아졌다. 단 한 번도 이정민의 자는 모습이 나오지 않고, 권재익이 밖으로 나가 찾으니 불면증 의혹이 생겼던 것이다. 완벽주의자 성향으로 제 배우가 본업에 굉장히 충실하다는 것을 조금 자랑스러워하고 있었으나, 그 성향 때문에 불면증이 생겼을 가능성이 컸다. 불면증도 마음이 아픈데, 혼자 평상에 앉아 있으니 저러다 쓰러지는 게 아닐까, 외롭진 않을까, 걱정과 우려가 쌓여갔다.

    [정민아, 뭐 하고 있나?]

    그때, 권재익이 처음으로 이정민을 발견해줬다. 그들의 대화가 오갔을 땐, 조금 마음이 놓였다가 권재익이 들어가려고 하자 내 배우 옆에 좀 더 있어주길 바라게 되었다. 물론, 권재익은 타인에게 워낙 무심한 성격이니 그럴 가능성은 높지 않았다. 그러나 들어가려던 권재익이 이정민의 옆에 털썩 주저앉았다.

    [나도 잠이 안 와서.]

    그리고 팬들의 마음을 울컥하게 만든 장면이 이어졌다.

[희태야, 무슨 고민을 그렇게 하니?]

체육관 농구 골대 앞에 앉아 있는 희태와 그를 바라보는 권 선생님, 〈오늘부터 우리는〉 때로 돌아간 것 같았다. 그들의 편안한 대화에 팬들은 조금 마음이 놓였다. 권재익이 눈치챈 것 같아 그들은 여기까지만 해도 만족할 수 있었다. 그런데 한밤중 평상에서 이정민과 함께하는 사람들이 하나씩 늘어났다. 헤일로가 '모차르트 놀이'를 완성한다며 평상에 계속 앉아 있었고, 권재익이 자다가 나와 그들과 합류했다. 그리고 다음 날은 이소라가 남자들끼리 자기만 빼놓고 비밀 얘기한다며 이불까지 가지고 나와 평상 마지막 자리를 차지했다. 늦은 밤이고 각자 할 일을 하는 터라, 특별한 대화가 오가지 않았다. 오디오가 비면 벌레가 찌르르 우는 소리만 퍼질 뿐이다. 그러나 팬들은 뭔가 뭉클해졌다. 매일 밤 혼자 있던 그들의 오빠가 더는 외로워 보이지 않았다. 잠은 여전히 못 자는 것 같지만 그래도 괜찮을 것 같았다.

[다들 눈치챈 것 같은데 아무 말 없는 게 진짜 감동이다…]
[진국이구나.]
[다들 무심해 보이지만, 은근히 신경 써주는 게ㅠㅠ]
[힐링된다.]

마침내 그들의 마지막 밤이 찾아온다. 뜻하지 않은 보물찾기 여정과 마을 사람들의 감동적인 이벤트. 그들의 앞에 소망의 별들이 내려앉은 바다가 펼쳐진 것처럼, 시청자들도 똑같이 느꼈다.

[아름답다… 아름답다는 말밖에 안 나온다.]

[와… 처음에 안 친했던 마을 사람들이 작별인사로 이런 이벤트를 해주는 게 진짜…]

처음에 그들을 맞이한 사람이 선장과 섬 이장밖에 없었다면, 가는 날엔 모두가 그들에게 인사해줬다. 이 차이는 꽤 인상 깊게 다가왔다.

[그냥 안 끝나면 안 될까ㅠㅠㅠ]

[진짜 마지막…]

[다음주에 에필로그 방영한다는데 시즌 2도 예고 함께 해주라.]

[〈슬섬〉 너무 완벽하게 끝나서 시즌 2 제작은 힘들 듯. 출연자들 부담돼서 어떻게 나오냐.]

└ 그냥 1 출연자들이 나오면 되는 거 아님?

└ 헉 님 혹시 한국대임?

백운도의 이야기는 이렇게 끝나가는 듯했다. 그러나 〈슬기로운 섬섬생활〉의 여파는 이제부터 시작이었고, 백운도는 이미 몸살을 겪고 있었다.

* * *

신주혁 : ㅋㅋㅋㅋㅋㅋㅋㅋㅋㅋㅋㅋㅋㅋ 야설마설마했는데. 다른 건 몰라도 겨울이 여자엔 걸 모르는 건 좀;;

방송이 나가고 헤일로는 저 소릴 얼마나 들었는지 모른다. 벽화 방송을 할 때부터 그에게 여기저기서 잔소리가 날라왔다. 신주혁 뿐만 아니라 리브, 황룡필, 어머니, 아버지한테도 어떻게 모를 수 있냐고 혼이 났다. 멤버들도 정말 몰랐냐며 되묻는 통에 그는 멍청이가 된 것 같은 느낌을 정말 오랜만에 맛보았다.

이것 말고도 헤일로에게 오는 질문은 주로 겨울에 대한 이야기였다. '진짜 너와 비슷하냐'는 질문도 한 사람씩 다 했다. 그리고 덤으로 다른 레이블에 뺏기기 전에 계약하라는 이야기도 많았다.

> 신주혁 : 물론 니가 싫어서 안올 수도 있지만 ㅋㅋㅋㅋㅋㅋ겨울이 한테 사과는 했냐? ㅋㅋㅋㅋㅋ
>
> 연락도 안 받는거 아냐? 아니, 그 전에 거긴 통신망은 있나?
>
> 지금도 연락 잘하고 있어요.
>
> 신주혁 : 오그래? 겨울이 요즘 뭐 하는데?

'언제 봤다고 겨울이 겨울이 하는 거야.'

헤일로는 겨울이와 특별한 걸 하지는 않고 그냥 같이 이런저런 이야기를 나누고 있다. 겨울은 요즘 학교가 끝나고, 어머니의 일이 끝나면 가사를 쓴다. 서두르지 않고 한 소절 한 소절 공들여 쓰고 있다. 간혹 겨울이 떠오르는 음상을 말하면 헤일로는 정리해주고, 노래를 불러달라고 하면 불러주기도 했다. 최근 헤일로와 프라우드웬이 만든 '더 라스트 데이(The Last DaY)'를 들은 겨울은 요들을 알려달라며 졸랐다.

헤일로는 최근까지의 일을 회상하다 신주혁의 질문에 답했다.

헤일로는 문득 '빼앗길 수 있다'는 말을 곱씹었다. 어거스트 베일도 그 같은 말을 했다. 해외에서 본방을 시청한 그는 겨울에게 큰 관심을 보였다. 헤일로에게 겨울의 스케치북 보여줄 수 있냐고 청탁(?)을 넣었을 정도였다. 방송이 해외에 판권이 팔리기 전에 너튜브 클립으로든 뭐든 꽤 많이 퍼진 것 같았다. 〈슬기로운 섬섬생활〉은 〈Wise settling Life on the island(슬기로운 섬 정착기)〉 혹은 〈The Documentary He is featured on(그가 출연한 다큐멘터리)〉이라는 이름으로 알려졌고, 네 명의 출연자만큼 사람들에게 알려지기 시작한 주인공은 겨울, '윈터(Winter)'였다.

겨울은 종종 섬에 많은 사람이 방문하고 있다고 그에게 알렸다. 우리나라 사람이 제일 많았고, 일본인이나 중국인들, 더 나아가 다양한 사람들이 종종 온다고 했다. 선장이 섬 사람들의 생활에 지장이 되지 않을 만큼만 데려오며, 그들은 섬을 조용히 둘러보고 떠난다고 했다. 항구와 해변, 벽화 길을 따라 백운초등학교를 보고, 이제는 다시 빈집이 된 출연자들의 숙소도 구경하고, 보물찾기 길을 따라 산에 올라가 섬을 구경한다고 했다. 그리고 꼭 마지막엔 다시 벽화 길에 돌아와 겨울과 어머니가 걸었던 길과 헤일로와 겨울이 함께 그려 넣은 악보를 따라 걷는다고 했다.

방송이 한창 방영 중이던 5월, 겨울은 외지에서 온 사람들이 간식 같은 걸 준다며 좋아했다. 헤일로는 그때까지 안심했다. 그러나

〈슬기로운 섬섬생활〉의 여파가 뒤늦게 섬을 강타했다. 선장이 외지인 수를 조절했을 때는 괜찮았다. 무례한 사람이 아예 없는 것도 아니지만, 마을 어른들도 있고 외지인들이 알아서 말리는 경우도 있었다.

관광객을 백운도라는 섬에 데려가는 게 돈이 된다는 걸 안 외지인들이 '사업'을 하기 시작하면서 백운도가 몸살을 앓기 시작했다. 외지인들이 사람이 사는 집에 막 들어오고, 쓰레기를 버리고, 심지어 백운도 주민들에게 과하게 다가오기도 했다. 어른들이면 차라리 이해라도 할 텐데, 아이들이 제일 문제였다. 외지인들이 학교로 들어가 아이들에게 선물을 주는 것뿐만 아니라, 같이 놀려고 하고 이름을 부르며 덥석 붙잡기도 했다. 멀리서 동물원의 동물을 보듯 손가락질하고 사진도 찍어가며, 학교에 몰래 들어와 헤일로의 스케치북이나 피아노를 훔치려고 하거나 방송반 설비를 마음대로 만진 이후론 마을에서 난리가 났다. 그리고 무엇보다 사람들이 가장 관심을 두는 것은 '진짜 영재', 혹은 '제2의 헤일로'였다. 서울에 있는 다른 영재와 반반 나누어졌던 관심이 겨울에게 쏠렸다.

"외지인 출입을 금지하면 안 됩니까?"

"섬이 지대로 돌아가지 않소."

시청과 구청에 항의했지만, 자유민주주의 국가에서 국민을 막을 만한 강력한 방도는 존재하지 않았다.

"아니면, 아라도 바다 건너 보내야만⋯."

"겨울이, 아는 어떻소. 아가 먼 죄라고 사람들이 그렇게 못살게 굴까."

"그리고 섬에 있어봤자 뭔 음악을 하겠소, 겨울이 어멈⋯."

섬 이곳저곳을 누비며 돌아다녔던 겨울이는 집에만 있었다. 아이는 헤일로가 걱정할까봐, 아무 말도 안 하는데 마을 어른들은 이렇게 있으면 안 된다고 판단했다.

"한번 즈 선생님에게 연락해보는 것도⋯."

"아는 뭐라고 하오."

어느 날, 헤일로는 겨울이에게 말했다.

"이곳으로 올래?"

겨울이는 대답하지 못했다.

"오기 싫어?"

"아니. 그건 아닌데⋯ 내가 잘할 수 있을까?"

"뭘?"

"난 아무것도 모르는데."

겨울이 걱정하며 물었다.

서울도, 서울에 사는 아이들도, 뭘 어떻게 해야 할지도 아이는 하나도 몰랐다. 엄마와 떨어져 사는 삶도 생각해본 적 없었다.

"네가 뭘 걱정하는지는 모르겠지만. 도와줄 수는 있어."

헤일로의 대답에 겨울이 눈을 번쩍 떴다. 언젠가 교실에서 들었던 말이었다.

"원래 우리가 했던 대로."

헤일로가 환하게 웃으며 물었다.

"오고 싶어? 아니면 더 있고 싶어? 네가 하고 싶은 대로 해. 오고 싶다면 올 수 있게 도와줄게."

"어떻게?"

"저번에 비행기에서 무슨 소리 나는지 궁금하다고 했지?"

두두두두두.

겨울이는 비행기 대신 헬리콥터가 어떤 소리를 내는지 그날 알게 되었다.

공공기관과 합의는 잘 되어가고 있지만 〈슬기로운 섬섬생활〉을 찍은 백운도는 혹독한 몸살을 치렀다. 백운도 주민들은 가끔 촬영을 괜히 허가했나 하고 후회했다. 하지만 곧 녹음된 소년의 아침 방송, 있어야 할 곳에 없는 사람들의 공백, 그리고 그들이 남기고 간 벽화를 보며 미소 짓고는 일상을 시작한다.

"후회하긴 뭘 후회해. 그이들 잘못도 아니고."

"비쩍 말라서 밥은 잘 먹고 지내나 몰라."

"그러게 말이야. 잘살고 있겠지."

"그이들 낯선 섬에 와서도 지 집처럼 잘 산 거 기억 안 나? 어디서든 잘 지낼 살 사람들이여."

"하긴 그래, 어서 일이나 합시다."

뱃고동 소리가 다시 울린다.

* * *

〈슬기로운 섬섬생활〉의 에필로그는 편집된 짧은 비하인드, 그리고 떠나는 날의 이야기를 짤막하게 담았다. 섬 아이들과 술래잡기를 하며 계단 난간을 타고 내려와 제작진을 놀라게 했던 소년의 아래에 '100세 이하의 어른들은 따라 하지 마시오'라는 자막이 달리고, 누구보다 콩나물 머리를 잘 따던 아저씨 권재익, 바람개비를 들고 화보를 찍은 이정민, 해변에서 나 잡아보라며 혼자 잘 노는 이소라 등 짤막한 영상들이 올라왔다. 2주 동안 일어난 일이라는 게 믿기지 않을 정도로 방대한 양이었다.

또한, 출연진과 제작진의 소감 인터뷰를 보며 시청자들은 진짜 끝나간다는 걸 알았다. 겨울이 스케치북을 헤일로가 프로듀싱하여 만든 곡이 엔딩 크레디트와 함께 들려왔다. 서울에 올라온 겨울의 곡이 무사히 저작권협회에 등록되어서 삽입할 수 있었다.

[진짜 끝났네.]

[왜 끝난 거야ㅠㅠㅠ]

[이제 믿는 건 〈웰마월〉밖에 없다…]

[아직도 벽화는 소름… 그냥 낙서라고 생각했는데.]

[거울 트릭이 ㄹㅇ 소름임. 그릴 땐 거울 없었잖아 반사될 거 생각해서 그린 게 진짜…]

[다른 그림은 못 그리지만 악보만큼은 귀신같이 잘 그리는 음악 천재들.]

[겨울이 곡 좋다… 이걸 누군 범재라고 하고 누군 천재라고 한 게 참 아이러니하다.]

[김선철 일은 결국, 재능 알아봐주는 선생님이 최고라고 결론나지 않았음?]

[근데 헤일로는 자기 스승 아니라고 한 거 아님? 가르친 적도 없고 가르치지도 못하고, 가르칠 생각도 없다고.]

[청담 아줌마들은 그렇게 생각 안 할듯ㅋㅋㅋㅋㅋ]

[?? 안 가르쳐줘도 좋으니까 우리 애 친구라도 되어주세요ㅠㅠㅠㅠㅠ]

[헤일로와 함께 앨범 내는 게 대학 갈 때 유리하니까ㅋㅋㅋ 심지어 줄리아드 이런 데서 겨울이 노리고 있다며.]

화면이 암전되며 다들 끝난 줄 알았다. 그러나 다시 화면이 밝아지며, 바다를 비춘다.

[다들 고생하셨습니다.]

[촬영, 다들 수고하셨어요.]

이제 촬영 끝나고 집으로 돌아가는 길이란 걸 깨달은 시청자들이 리모컨을 든 채로 멈췄다. 쿠키 영상이 남아 있었다.

출연진은 다 밝은 얼굴이었다. 이별을 아쉬워하지 않는다기보다는 행복한 시간에 대한 만족이 더 컸다.

[넌 이제 돌아가서 드라마 들어가냐?]

[응, 다시 본업해야지. 너도?]

[난 이미 시나리오 봐둔 게 있어서.]

[오올. 정민이는?]

두 배우의 복귀 소식에 시청자들은 좋아했고.

[저는… 조금 쉬어보게요.]

[쉬는 것도 정말 중요하지. 잘 생각했어.]

이정민의 휴식에 안심했다.

그리고 마지막 남은 사람. 세 사람처럼 시청자들도 반쯤 기대를 갖고 소년을 바라본다. '마을에서 그렇게 많은 명곡이 나왔는데, 당연히 앨범 내줄 거지?' 하는 심정들이다. 절대로 내야 했다.

[전 이제 정규 2집 내려고요.]

'역시!'

직장인 성호는 주먹을 쥐었다.

[오! 헤일로 앨범? 사람들이 좋아하겠네.]

[아니요. 이건 노해일로요.]

'어? 이건 더 좋은데.'

하긴 한국음악이니, 헤일로 이름보단 노해일의 이름이 어울릴 것이다. 본캐의 부활에 성호의 마음이 술렁였다.

[본캐 아직 하는구나.]

[그럼 '헤일로'는 당분간 쉬는 거야?]

[아니요. 헤일로 씨 곧 앨범 낸다는 소식을 전해 들을 것 같아요.]

'엉? 헤일로 씨가 컴백을 해? 어떻게?' 하며 성호는 눈을 껌뻑였다.

[응? 노해일 앨범 낸다며.]

[헤일로는 어떻게? 나만 이해가 안 가나?]

권재익이 시청자들의 가려운 등을 긁어준다.

'권재익 씨, 저도 이해가 안 돼요'라고 생각한 성호는 곧 들려오는 말에 사고를 멈췄다.

[그건 쉬우니까요. 이미 만들어놓은 것도 있었고.]

커뮤니티에도 이해하지 못하겠다는 물음표가 올라오더니, 곧 'ㅋㅋㅋ'로 도배되었다.

[쉬워? 아, 그게 쉽구나.]

[아니, 야 너 슬럼프라며. 슬럼프라고 말했으면 척이라도 해.]

[ㅋㅋㅋㅋㅋㅅㅂ 내가 무슨 소리를 들은 거야.]

기겁한 사람들의 반응에 아랑곳하지 않고, 헤일로가 장난스럽게 웃었다.

[어쩌면 이번에 헤일로 씨와 발매 날이 겹칠지도 모르겠군요. 아주 재미있는 경합이 될 것 같아요. 최근에 헤일로 씨의 시상식을 인

상 깊게 봤는데, 이렇게 된 거, 저도 한번 가볼까요? 그래미 어워즈.]

다른 사람이었으면 비웃었을 거다. '그래미 어워즈가 장난이야? 니가 헤일로냐?'라고. 그런데 진짜 헤일로가, 아니 노해일이 '헤일로처럼 그래미 가는 게 목표'라고 밝히자, 다들 환영의 웃음을 지을 수밖에 없었다.

[ㅁㅊㅋㅋㅋ]

[변방의 가수, 할리우드 대스타에게 도전장을 내밀어.]

[ㅋㅋㅋㅋㅋ이거 좀 논란될지도.]

[헤일로부터 이기고 와서 말해라, 해일아ㅋㅋㅋㅋㅋ]

[아니 감히 대선배님 헤일로한테 비비려고 하네ㅋㅋㅋ]

└ 헤일로가 선배임?

└ 노해일 3월 데뷔 헤일로는 직전년도 12월 데뷔.

└ ㅋㅋ4개월이면 대선배 확실하넼ㅋㅋㅋ

[해일아, 1년 13집이 ㅈ으로 보이냐? ㅋㅋㅋㅋ]

[이게 할리우드식 이름빵 2차전이냐 할리우드 살벌하네.]

헤일로는 미니앨범으로 올지 정규로 올지 모르겠지만, 노해일은 정규 2집으로 온다고 했으니 이번 하반기에 들을 곡이 참 많겠노라고 사람들이 기대했다. 그리고 헤일로와 노해일의 격돌도 예상했다.

[그니까 이번 하반기에 헤일로랑 노해일이랑 둘 다 컴백한다는 거지?]

[와 하반기 라인업ㄷㄷ 살벌하다 살벌해.]

[헤일로는 싱글? EP? 정규?]

[해일아, 근데 너 슬럼프 아니었어?]

시청자처럼 허허롭게 웃던 이소라가 뒤늦게 정신 차리고 물었다. 시청자도 잊고 있던 부분이었다. 그 질문에 헤일로의 표정이 천천히 변해간다. 누가 봐도 '아, 맞다'의 표정으로 잊고 있다가 이제 생각난 것이 분명했다. 그러다 환히 웃으며 〈슬기로운 섬섬생활〉이 완전히 끝난다.

[ㅋㅋㅋㅋㅋㅋㅋㅋㅋ]

[이게 폰슬럼프인가 뭔가인가.]

[암만 봐도 자기 슬럼프인 거 잊고 있었던 거 같은데.]

[슬럼프 그래도 극복 맞지 않아? 백운도에서 어느 순간 매일 명곡 나오던데.]

[뭐가 됐든 좋다. 내 가수 슬럼프 극복하고, 이번에 복귀하고. 벌써 기사 올라옴. 헤일로(부캐)VS노해일(본캐)]

└ 근데 헤일로가 부캐가 맞냐?

└ 본명이니 본캐 아님?

└ 규모로 따져야지.

　：

└ 애들 또 싸우네.

└ 애들 싸우는 게 한두 번이냐.

└ 내버려둬 애들은 원래 싸우면서 크는 거야.

*　*　*

"야, 이거 봐줄 수 있어?"

"뭔데?"

"겨울이랑 내기했어."

"무슨 내기."

"진 사람이 이긴 사람 선배라고 부르기로."

"뭐…?"

"그렇게 바라보지 말고 어서 봐줘."

장진수가 민망해하며, 악보를 내밀었다. 옆에서 제가 선배라고
으스대야 할 겨울이 보이지 않았다. 헤일로는 악보를 바라봤다.

"흐음."

"왜? 별로야?"

장진수가 조마조마하며 바라봤다. 그의 친구는 호불호가 확실
해서 늘 각오하고 물어야 했다.

"아니, 좋은데."

"역시 그렇… 뭐라고?"

"좋은 것 같다고. 연결이 좀 약하긴 하지만…."

장진수가 멍하니 헤일로를 봤다. 헤일로가 뭐라고 피드백을 하는
데 들리지 않았다. 그냥 '좋다'는 한마디가 그의 귀에서 반복됐다.

"좋다고?"

자기 말을 하나도 듣지 않았다는 걸 깨달은 헤일로의 표정이 곧
뚱해졌지만, 장진수의 마음이 천천히 들떴다.

"뭘 그렇게 좋아해."

헤일로는 몰랐다. 그가 장진수를 칭찬한 게 이번이 처음이라는

걸. 장진수의 입꼬리가 실룩이며 위로 올라갔다. 아직 배워야 할 것도 많고, 계속 성장해야 한다는 건 안다. '그래도…. 아, 나도 잘 가고 있구나' 하는 깨달음이 들었다.

장진수에게 피드백을 마친 헤일로는 멤버들을 찾았다. 멤버들이 어디 갔나 했더니, 로비에 몰려 있었다. 그리고 얼핏 겨울도 보였으며 그 옆에 금발의….

"로즈?"

소리를 쫓아 소녀의 고개가 그에게 향했다. 겨울은 로즈의 옆에 딱 붙어 있었다.

'분명 언어가 안 통할 것 같은데 어떻게 친해졌지?'

"언제 왔어, 로즈?"

"지금. 아빠랑 영화 보러 왔어."

"영화? 아."

올여름 모두가 기대한 영화 〈HALO〉의 티저가 공개되며 엄청난 반향을 일으켰다. 헤일로의 음향과 6,70년대의 영국의 풍경, 주인공의 연기는 영화에 대한 기대를 품기에 충분했다. 그리고 12월 크리스마스 전 세계 동시개봉 이전에 한국에 선개봉한다는 감독발 오피셜로 더 뜨거운 관심을 끌었다. BB가 한국에서만 인기 있는 감독도 아니고 한국에 영화를 선개봉할 아무런 이유도 없지만, 오로지 헤일로를 위해 개봉하는 것이다.

'이런 거 안 해줘도 되는데.'

덕분에 헤일로는 지인들에게 시사회 좀 초대해달라는 연락을 엄청나게 받았다. 같이 영화 보러 가자는 N번째 관람 약속도 이루어지고 말이다.

"슬슬 갈까, 생각 중이었는데."

"짐은 다 준비했어요. 언제든 출발할 수 있게!"

"어? 다들 어디가?"

겨울이 어리둥절해하며 헤일로를 올려다봤다.

노해일 정규 2집과 헤일로 앨범 발매로 한동안 바빴던 헤일로다. 그런 헤일로가 오늘 조금 후련한 얼굴로 기타 케이스만 들고 있었다.

"응."

'좀 멀리 갈까 생각했는데 손님이 왔으니 조금 더 미루어야 할까? 아니면….'

"같이 갈래?"

한국어를 조금 배운 로즈가 고개를 갸웃한다.

헤일로가 고개를 돌려 보니 레이블 1층엔 사람들이 붐비고 있다.

"뚫고 나가려면 좀 고생해야겠지만."

"어디를 갈 생각인데?"

"그건 아직 안 정했어."

"그럼?"

겨울의 물음에 헤일로는 기분 좋게 웃었다. 슬럼프 경험을 통해 그는, 노해일의 음악을 만드는 법을 깨닫게 되었다. 헤일로의 음악은 그리 쉬우면서 노해일의 음악을 하지 못했던 건 '사람들을 위한 노래'의 의미를 잘 몰랐기 때문이다. 그가 귀 기울여야만 자연의 소리를 들을 수 있는 것처럼 사람들의 이야기도 마찬가지였다. 그들을 위한 이야기를 하려면 그들의 삶에 다가가 이야기에 귀 기울여야 했다. 누군가 그러지 않았던가. 누구에게나 자기만의 이야기가 있고, 그건 그 자체로 아름답다고. 헤일로는 이제, 그들의 아름다운 이야기를 들으러 갈 것이다.

"가자."

궁금하지 않은가. 자기의 이야기를 하는 헤일로와 다른 사람들의 이야기를 하는 노해일, 누가 그 끝에 남게 될지 아직 아무도 모른다. 그건 그 끝에 가봐야 알게 될 것이다. 아무도 예상하지 못한 결과를 얻게 될지도 모른다. 헤일로가 죽음의 끝에서 다시 시작했던 것처럼. 그래서 이것은 언젠가 그가 닿게 될 앞으로의 이야기다.

"음악 하러."

《영광의 해일로》 끝.

영광의 해일로 6

초판 1쇄 인쇄 2025년 3월 10일
초판 1쇄 발행 2025년 3월 31일

지은이 하제
펴낸이 이진영 배민수
기획 · 편집 밀리&셀리
디자인 스튜디오 허브
마케팅 태리
펴낸곳 (주)테라코타 **출판등록** 2023년 1월 13일 제2024-000080호
주소 서울시 용산구 원효로 128 e-테크벨리오피스텔 907호
메일 terracotta_book@naver.com
인스타그램 @terracotta_book

ⓒ 하제, 2025
ISBN 979-11-93540-24-4 04810
       979-11-93540-18-3 (전6권 세트)